Best Time

白 马 时 光

教堂外的停车场上停满了车子，但吸引他目光的并不是汽车。她在跳舞，在教堂外的大街中央。

周围的光充满奇幻感,清晰而闪亮,像阳光照耀下的香槟酒。这光辉让我感到平静。

玛拉越想越觉得难过,泪水不知不觉间溢满了眼眶,有些失去的东西永远也找不回来了。

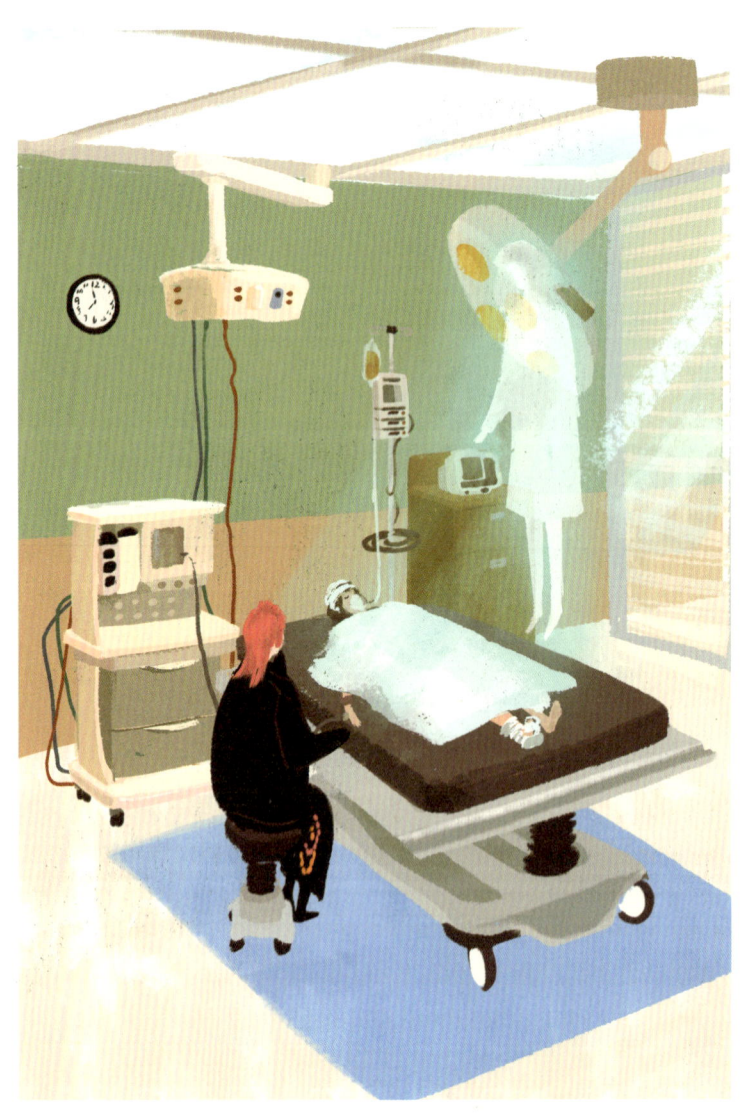

她嘴里念叨着我的名字,努力忍着不哭出来。我喜欢这孩子,她的悲伤炙烤着我的灵魂。她需要我马上醒过来。

"多萝西,你在我眼里一点都不像疯子,"他说,"你是疯子吗?"

这还是第一次有人这么直白地问我。

我奋力向上爬去,眨眼间,我已置身山顶。我闻到了栀子花和干薰衣草的芳香。

多萝西的心又悬了起来。最好不要寄希望于奇迹,这一点她十分明白。

塔莉的目光又回到照片上。她用指尖轻轻摩挲，端详着照片上的每一条裂纹，每一处阴影。

再见，
萤火虫小巷

〔美〕克莉丝汀·汉娜 著

吴 超 译

图书在版编目（CIP）数据

再见，萤火虫小巷 /（美）克莉丝汀·汉娜著；吴超译 . —南昌：百花洲文艺出版社，2020.4
ISBN 978-7-5500-3250-7

Ⅰ. ①再… Ⅱ. ①克… ②吴… Ⅲ. ①长篇小说—美国—现代 Ⅳ. ① I712.45

中国版本图书馆 CIP 数据核字（2019）第 082355 号

江西省版权局著作权合同登记号：14-2019-0031
FLY AWAY: A NOVEL By KRISTIN HANNAH
Copyright © 2013 BY KRISTIN HANNAH
This edition arranged with JANE ROTROSEN AGENCY LLC through BIG APPLE AGENCY, LABUAN, MALAYSIA.
Simplified Chinese edition Copyright © 2020 by Beijing White Horse Time Culture Development Co., Ltd.
All Rights Reserved.

再见，萤火虫小巷
ZAIJIAN , YINGHUOCHONG XIAOXIANG

〔美〕克莉丝汀·汉娜　著　吴　超　译

出 版 人	章华荣
出 品 人	李国靖
特约监制	王　瑜
责任编辑	袁　蓉　黄文尹
特约策划	王　瑜　刘洁丽
特约编辑	刘洁丽　王良玉
版权支持	程　麒
封面设计	林　丽
版式设计	王雨晨　赵梦菲
封面绘图	Miya
内文插图	王　婧
出版发行	百花洲文艺出版社
社　　址	南昌市红谷滩世贸路 898 号博能中心Ⅰ期 A 座 20 楼
邮　　编	330038
经　　销	全国新华书店
印　　刷	三河市兴博印务有限公司
开　　本	680mm×970mm　1/16
印　　张	22.25
字　　数	350 千字
版　　次	2020 年 4 月第 1 版第 1 次印刷
书　　号	ISBN 978-7-5500-3250-7
定　　价	49.80 元

赣版权登字：05-2019-104
版权所有，侵权必究
发行电话 0791-86895108　　　　网　址 http://www.bhzwy.com
图书若有印装错误，影响阅读，可向承印厂联系调换。

献　词

谨以此书
献给本杰明和塔克，
是你们让我懂得爱的真谛；
献给我的家人——
劳伦斯、黛比、肯特、朱莉、麦肯齐、
劳拉、路卡和罗根，
你们是我坚持写作的动力之源，
和你们在一起的回忆记录着我们的故事；
最后献给我亲爱的妈妈，
我们怀念你！

致　谢

　　我的每一部作品的完成，都离不开朋友的支持和帮助，是他们给了我创作故事的灵感和赋予故事生命的力量。写作是艰辛的，我曾数次想到了放弃，而最终是我的朋友们给了我坚持下去的动力。在此，我要特别感谢苏珊·伊丽莎白·菲利普斯和吉尔·巴奈特，是她们及时提醒我写下本书中的故事，还有梅根·乔斯和吉儿·玛莉·蓝狄斯。毫不夸张地说，没有你们，这部作品不可能完成。

　　此外，我还要感谢珍妮弗·安德林和马修·希尔，你们给了我最需要的东西：时间。

记忆的魅力,或精神,
在于它的挑剔、偶然和喜怒无常:
它对庄严的教堂或许无动于衷,
却偏偏要为教堂外面那在尘土中吃着甜瓜的小男孩,
留住永久的形象。

——英国女作家伊丽莎白·鲍恩

万一你睡着了呢?
万一你在睡觉时做梦了呢?
万一你在梦中到了天堂,
在那儿采下了一朵奇异而美丽的花?
万一你醒来时,花儿正在手中?
啊,那时你要如何呢?

——英国诗人塞缪尔·泰勒·柯勒律治

序　言

她坐在厕所的小隔间里，神情恍惚，脸上挂着泪痕。几个小时前细心搽上的睫毛膏被泪水冲得一片狼藉。明眼人一看便知，她不属于这里，但她确实就在这里。

悲伤总是让人难以捉摸，像个不请自来而又无法拒绝的客人。她很需要这份悲伤，尽管一直以来她都不愿承认。那是最近这段时间她唯一感觉真实的东西。她发现自己时常有意想起她最好的朋友，只因为她想哭泣，即便此时此刻。她就像个好奇的孩子，面对身上一处硬硬的痂，虽然明知道揭开痂会很痛，却还是忍不住伸出手去。

她曾试着一个人继续生活，非常努力地生活。如今她依然在努力，以她自己的方式。只是有时候生命里曾有那么一个人给你支撑，令你屹立不倒。而一旦没有了这个人，你会发现自己如同自由落体一样迅速坠落，不管你曾经多么坚强，也不管你多么努力地保持稳定。

很久以前，她曾在夜深人静的时候独自走在一条名叫萤火虫小巷的街道上，那是她人生中最凄凉的夜晚，但她却找到了与她相知相惜的人。

那就是我们故事的开始，尽管已经时隔三十多年。

塔莉与凯蒂，一起面对整个世界。永远的好姐妹。

但故事总有结束的时候，你说呢？失去深爱的人，你仍要想方设法地生活下去。

我该学着放手了，微笑着道别。

这并不容易。

此刻她还不知道，她已然触动了一连串事件的机关。要不了多久，一切都将随之改变。

第一章

2010年9月2日
晚上10：14

  她有点头晕。这感觉不错，像裹在一条刚从烘干机里拿出来的热毛毯中。可是当她慢慢清醒，看到自己身在何处时，感觉就不那么愉快了。

  她正坐在厕所的小隔间里，神情恍惚，脸上挂着泪痕。她在这里待多久了？她慢慢站起身，走出厕所，挤过拥挤的剧院大厅。天花板上，19世纪的水晶吊灯光彩夺目；灯下，一群打扮入时的体面人正啜饮着香槟，而她毫不理会众人投来的异样眼光。

  电影肯定已经结束了。

  来到门外，她把脚上那双可笑的尖头漆皮鞋踢到了阴影里，只穿着昂贵的黑色尼龙袜，顶着毛毛细雨，沿着西雅图肮脏的人行道向家走去。也就十来个街区而已，对她来说不成问题，况且夜里这个时间她根本搭不到出租车。

  快到维吉尼亚街时，一块写着"马丁尼酒吧"闪闪发亮的粉色招牌吸引了她的目光。酒吧门口站着几个人，在雨搭下抽烟聊天。

  尽管她暗暗发誓决不停留，但还是不由自主地转了身，推开门，走了进去。酒吧里昏暗拥挤，她径直走向长长的红木吧台。

  "想喝点什么？"酒保是个颇有文艺范儿的瘦个子，头发染成了橘黄色，脸上穿的环、打的钉比西尔斯百货五金区的零件还要多。

  "来杯龙舌兰。"她说。

  喝完第一杯，她又点了一杯。喧闹的音乐给她带来了一丝快慰。她再次端起酒杯一饮而尽，身体随着音乐的节拍慢慢摇摆。周围欢声笑语不断，她觉得自己也仿佛成了这狂欢的海洋的一部分。

  一个身穿名贵意大利西装的男人缓缓走到她身边。此人个头很高，而且看得出来身材相当健美。一头金发修剪得格外精致，造型也赏心悦目。多半是个银行高管吧，或者公司律师？当然，相对她而言，此人显得太过年轻了。他顶多也就35岁。他在这里待多久了？八成在物色合适的美女上前搭讪，喝一杯，或两杯？

终于，男子转身面对她。从他的眼神中她看出对方知道她的身份，这种似曾相识的暧昧感觉对她充满了诱惑。

"我能请你喝一杯吗？"男子说。

"我不知道。你说呢？"她是不是口齿不清了？这可不妙。她的脑袋也不太灵光了。

男子的视线从她的脸庞移到她的胸部，而后又回到脸上，神情之间毫不掩饰他的欲望，"当然，喝一杯才只是开头而已。"

"我很少结交陌生人。"她说谎。近来她的人生中就只剩下陌生人。其他人，所有她在乎的人，都将她遗忘在脑后了。她已经感觉到镇定药开始起作用，或者，难道是龙舌兰？

他的手摸上她的下巴，顺着下颌轻轻爱抚，她不由浑身颤抖。他的动作大胆而放肆，如今已经没人这样抚摸她了。

"我叫特罗伊。"男子说。

她望着他蓝色的眼眸，感觉到了自己深深的孤独。已经有多久没有男人想要她了？

"我叫塔莉·哈特。"她说。

"我知道。"

他吻了她。他的口中有股甜美的味道，像某种酒，还带着淡淡的烟草香，也许是大麻。她想在纯粹的肉欲中放纵，让自己像颗糖果一样彻底融化。

她想忘掉人生中所有的烦恼，忘掉自己怎会沦落至此，深陷这片陌生人的海洋。

"再吻我一次。"她听到自己几乎恳求着说，真是可悲，她痛恨这低贱的语调。小时候的她就是如此。当年她还只是个小女孩儿，把鼻子贴在窗玻璃上，等着妈妈回来。我究竟做错了什么？那个小女孩儿问过每一个愿意倾听的人这个问题，可是直到如今她也没有得到答案。塔莉伸手把特罗伊拉向自己。他吻着她，身体紧紧贴着她，可即便如此，她还是发现自己哭了起来。而泪水一旦决堤，便再也无法遏制。

2010年9月3日
凌晨2：01

塔莉是最后一个离开酒吧的人，门在她身后砰的一声关上。霓虹招牌吱吱闪了几下，随即熄灭。已经是深夜两点出头，此时西雅图的街道上空空荡荡，寂静无声。

她跟跟跄跄地走在湿滑的人行道上。一个男人吻了她——一个陌生人——结果她哭了起来。

真是悲哀。难怪人家被吓跑了。

雨点劈头盖脸地打下来，几乎令她难以招架。她想停下来，仰起头，张大嘴巴，使劲喝那雨水，直到把自己淹死。

这似乎是个不错的点子。

仿佛过了几个小时她才终于到家。进入大楼，她连看都没看门房一眼，就从对方身边走了过去。

在电梯里，她看到了镜子中的自己。

天啊！

她的样子可真恐怖。红棕色的头发因为缺少护理，已经失掉了大半颜色，而且乱蓬蓬的，像个鸟窝顶在头上；随泪水冲下的睫毛膏在两颊上留下浓墨重彩的痕迹，犹如战士脸上的油彩。

电梯门打开，塔莉步入走廊。她一步三晃，费了半天工夫才走到门口，试了四次才把钥匙插进锁孔。终于打开门后，她已经眩晕得快要站立不住。可恶的头痛又开始发作了。

从餐厅到客厅的途中，她撞上了一张靠墙的桌子，整个人差点摔倒。谢天谢地，她在最后一刻扶住了沙发。她无奈地叹息一声，重重地倒在又厚又软的白色坐垫上。面前的茶几上堆满了邮件，全是账单和杂志。

她向后半躺在沙发上，闭上眼睛，想着自己的人生是多么惨不忍睹。

"都怪你，凯蒂[1]·雷恩。"她低声抱怨着并不在身边的好朋友。这样的孤独她实在难以承受。可是她的好朋友已经走了，死了，那是一切痛苦的开始。失去凯蒂，多么可怜啊！好朋友死后，塔莉长期沉溺于悲痛，无法自拔。"我需要你！"她大声喊道，"我需要你！"

死一样的寂静。

---
[1] 凯蒂：凯瑟琳·雷恩的昵称。

她的头向前低垂着。她睡着了吗？也许……

再度睁开双眼时，她用迷蒙的眼神望着茶几上的那堆信。大部分都是垃圾邮件，像产品目录和杂志广告之类，她连拆都懒得拆。她刚要把目光移开，忽然，一张照片引起了她的注意。

她眉头微微一皱，向前倾过身体，扒开压在上面的一摞信封，一本《明星》杂志映入眼帘。在杂志封面的右上角有一张她的照片，一张很难看，甚至可以说相当丑陋的照片。照片下面写着触目惊心的三个大字：

瘾君子。

她双手颤抖着抓起那本杂志，掀开，一页一页往后翻，直到再次看到她的照片。

那篇报道的文字并不多，甚至连一页都不到。

流言背后的真相

许多女性公众人物都很难从容面对衰老的挑战，而这对塔莉·哈特而言或许尤为不堪。她曾是当年红极一时的脱口秀节目《塔莉·哈特的私房话时间》主持人。哈特女士的教女玛拉·雷恩（20岁）近日向《明星》杂志独家爆料，证实已到天命之年的哈特女士在事业跌入谷底之后，最近似乎又出现了严重的心理问题。据雷恩小姐透露，短短数月之间，哈特女士不仅体重暴增，而且还染上了吸毒和酗酒的恶习……

"哦，天啊……"

玛拉。

遭到出卖的震惊与痛苦令她无法呼吸。她勉强看完了剩下的报道，随后任由杂志从手中掉落下去。

数月乃至数年来她一直按压在心底的痛此时咆哮着苏醒过来，将她吸入最凄凉、最孤独的所在。她平生第一次感受到了绝望，仿佛跌进了一个永远也爬不上来的无底深渊。

她摇摇晃晃地站起身。尽管泪水模糊了视线，但她还是伸手抓起了车钥匙。

她不能再这样活下去了。

第二章

2010年9月3日
凌晨4：16

我在哪儿？

出什么事了？

我急促地喘了几口气，并试着动一动，可是我的身体不听使唤，就连手和手指都纹丝不动。

终于，我努力睁开双眼。眼睛里仿佛有无数沙子，又疼又痒。我的喉咙里像有一团火在烧，连一个小小的吞咽动作都无法做到。

周围一片黑暗。

我的身旁似乎有人，或是什么东西，因为我能听到锤子落在金属上的敲击声，背部也能感觉到振动，而且那振动一直传到我的牙齿间，振得我头疼。

四周，空气中、身体旁边、身体里面，似乎到处都是金属摩擦和扭曲变形所发出的嘎吱声。

嘭！

嘎吱嘎吱！

疼痛刹那间涌了过来。

剧烈的、压倒一切的疼痛。当我意识到它、感觉到它时，其他的一切瞬间都不复存在了。

疼痛唤醒了我，令人生不如死的头痛，胳膊上还传来难以忍受的阵痛。我身上某个地方肯定有骨头断掉。我试着移动身体，却一下子疼得昏了过去。再度醒来时，我又试着移动。我吃力地喘着气，肺部发出呼噜呼噜的声响。我能闻到血的腥味，我自己的血，并感觉到它沿着我的脖子向下流淌。

救命。

我想呼叫，可是黑暗吞噬了我微弱的意图。

睁开眼睛！

我听到一个声音命令道，心里顿时松了一口气。原来我不是孤立无援。

睁开眼睛！

可我睁不开。我根本无能为力。

她还活着。

那个声音喊了起来。

躺着别动。

黑暗在我周围不断变化，疼痛爆炸般袭来。耳边响起尖锐的噪声，像电锯锯在雪松上，又像小孩子在厉声尖叫。然而在这令人窒息的黑暗中，却有一些小光点像萤火虫一样闪烁飞舞。这情景让我倍感难过，且疲惫不堪。

1，2，3，起！

我感觉自己被几只看不见的冰凉的手使劲拖拽了几下，而后又抬起。我疼得尖叫起来，但这叫声立刻又被我吞了下去，或许那只是我在脑子里臆想出的声音？

我这是在哪儿？

我重重地撞在什么东西上，不由大叫了一声。

没事了。

我要死了。

这念头猝不及防地跳进脑海，攫住了我的肺，一时间我竟喘不过气来。

我要死了。

2010年9月3日
凌晨4：39

强尼·雷恩忽然醒来，他的第一个念头是：不对劲。他直挺挺地坐起身，环顾四周。

可周围并没有任何异常。

此时他正在班布里奇岛寓所的办公室里。和平常一样，他又是在工作的时候睡着了。作为一个在家里办公的单身父亲，这简直成了他难以打破的诅咒。要做的事情实在太多，白天的时间根本不够用，所以他只能熬夜加班。

他揉了揉困倦不堪的双眼。旁边的电脑显示屏上，一段视频停在了某个瞬间。画面中，一个蓬头垢面衣衫褴褛的流浪儿童坐在一块摇摇欲坠的霓虹招牌下，嘴里的烟头已经燃到了过滤嘴的边缘。强尼点了一下播放键。

屏幕上，这个名叫凯文，外号"卷毛"的小男孩儿开始说起了他的父母。

"他们才不关心呢。"孩子耸了耸肩说。

"你怎么知道呢？"画面外的强尼问道。

镜头捕捉到了卷毛的目光，他的眼眸中流露出显而易见的痛苦和怒气冲冲的挑战。

"看我现在的样子不就知道了？"他对着镜头说。

这一段视频强尼已经看了不下一百遍。他和卷毛也在数个场合交谈过几次，但他至今仍不清楚这孩子来自哪里，在何处落脚，夜里是否有人会望着漆黑的天幕，担心他的冷暖，为他牵肠挂肚而难以入眠。

强尼很了解为人父母的种种担忧，知道一个孩子多么容易在黑暗中消失不见。所以他才会在这里没日没夜地制作这部关于流浪儿童的纪录片。也许只要他看得更仔细一些，打听得更详细一些，最终就会找到她。

他盯着屏幕上的画面。拍摄这段视频的那天夜里，因为下雨，街上的流浪儿童并不多。可尽管如此，每当他在画面背景中看到一个模糊的年轻女子的轮廓，总会立刻戴上眼镜，眯着眼凝视半天，心里想着：那会不会是玛拉呢？

在制作这部纪录片的整个过程中，他如此研究了无数个背影，可没有一个属于他的女儿。玛拉自从离家出走之后就音信全无，他现在甚至不知道女儿是否还在西雅图。

他关掉楼上办公室里的灯，来到昏暗寂静的走廊。左边的墙上挂着几十张黑框白底的家庭照片。他经常在这里停留，随着那些照片的足迹，在过去的美好时光中流连忘返。有时他会久久伫立在妻子的照片前，沉迷于她温暖的笑容中，那笑容曾经照亮了他的世界。

然而今晚，他径直走了过去。

在儿子们的房间前，他停下脚步，轻轻推开门。他现在经常这么做，每天夜里悄悄查看他那对11岁的双胞胎儿子，就像强迫症。人一旦意识到生命何其短暂，而生活又何其艰辛，便会不由自主地对身边的亲人萌生出强烈的保护欲望。此刻，孩子们在房间里睡得正香。

他缓缓地松了口气，甚至没注意自己何时屏住了呼吸。随后他继续向前走，接下来是玛拉的房间，她的房门紧闭着。强尼没有停留，打开这个房间的门需要莫大的勇气，因为里面的一切都保持着玛拉离开时的样子，每看一眼，他都心如刀绞。

回到自己的房间，他随手关上门。房间里乱七八糟的，遍地是衣物、纸张以及随手丢下的尚未看完的书。按照他的意思，稍微清闲时，他任意拾起一本就可以接着读下去。

他一边走向卫生间，一边脱掉衬衣顺手丢进洗衣篮。站在卫生间的镜子前，他端详着自己的模样。有时候，他会自鸣得意地想，自己看起来并不像55岁的人；而有些时候，比如此刻，他会不由自主地在心里惊叫："我怎么都老成这般模样了？"

他看起来哀伤极了，尤其是那双眼睛。他的头发已经花白，且又长又乱，显然早就错过了修剪的时间。他总是忘记理发。他叹口气，拧开淋浴开关，站到喷头下面，任由近乎滚烫的水从头顶倾泻而下，仿佛那能冲掉他郁积在心中的烦恼与惆怅。然而洗完澡，他又精神焕发地准备迎接新的一天了。用不着尝试睡觉，至少现在不必。他用毛巾擦干头发上的水，从橱柜里找了件旧的涅槃T恤和一条破牛仔裤穿上。正当他开门要到走廊上去时，电话响了。

是固定电话。

他蹙了下眉。都2010年啦，手机时代，打固定电话的人已经不多，而知道他家电话号码的人则更是少之又少。

谁会在早上5：03给人打电话呢？这个时候准没好事。

难道是玛拉？

他箭步冲到电话旁边，抓起话筒："喂？"

"请问凯瑟琳·雷恩在家吗？"

该死的电话推销员，难道他们从来都不更新资料吗？

"凯瑟琳·雷恩已经去世快四年了。您可以把她从您的联系人中删除了。"他语调平淡地说，同时等待着对方问："您是家里拿主意的人吗？"然而继之而来的却是一段长长的沉默，他终于失去了耐心，开口问道："请问您是哪位？"

"我是西雅图警察局的杰里·马龙警官。"

强尼不由眉头一皱："您找凯蒂？"

"我们这里有一起交通事故。受害人钱包上写的紧急联络人是凯瑟琳·雷恩。"

强尼在床沿上坐下来。世界上只有一个人依然把凯蒂当成紧急联络人。她出什么事了？这年头谁还会在钱包里留紧急联络号码啊？

"是塔莉·哈特，对不对？是酒后驾车吗？因为如果她——"

"这我不清楚，先生。哈特女士目前正被送往圣心医院。"

"伤得有多严重?"

"对不起,先生,我无可奉告。您得问圣心医院的人。"

强尼挂了电话,随即在网上查到圣心医院的号码,并拨了过去。然而电话转来转去,直到十分钟后他才找到能回答他问题的人。

"雷恩先生,"一个女人说道,"您是哈特女士的家人?"

强尼微微一怔。他已经多久没和塔莉说过话了?

但他比谁都清楚。

"是的。"他说,"出什么事了?"

"具体情况我还不清楚,先生。我只知道她正被送往我院途中。"

强尼看了看表。如果动作快点的话,他能搭上5:20的渡轮,那样一个小时出头他就能赶到医院。"我马上过去。"他对电话里的人说。

直到耳边传来急促的嘟嘟声,他才意识到自己忘了和对方说再见。电话挂断之后,他随手把听筒扔到了床上。

拿过钱包,他又重新抓起电话,然后一边伸手拿毛衣,一边拨了个号码。忙音响了好久电话才终于接通,这时他才猛然想起现在还是大清早。

"喂?"电话那头传来一个女人慵懒的声音。

"柯琳,真抱歉这么早就吵醒你,不过事情实在太紧急了。你能过来帮我送孩子去学校吗?"

"出什么事了?"

"我得去趟圣心医院,一个朋友出了点意外。我不想把孩子们单独留在家里,可我又没时间把他们送到你那儿。"

"别担心,"柯琳说,"我十五分钟之内赶到你家。"

"太谢谢了,"强尼说,"我欠你一个大人情。"说完他匆匆穿过走廊,推开了儿子们的房门,"孩子们,该穿衣起床啦,快。"

两个孩子缓缓坐起身来。

"啊?"威廉睡眼惺忪,不敢相信已经到了起床的时间。

"我有急事要出去一趟,十五分钟之内柯琳会来接你们。"

"可是……"

"别可是了。你们要去汤米家,练完足球可能还是柯琳去接你们。我还不知道什么时候能回来。"

"出什么事了?"路卡睡意全无,瞬间皱起眉头担心起来。孩子们虽然年纪不大,却都明白爸爸如此紧急意味着什么,因为他们更喜欢按部就班的生活,尤其是路卡。他很像他的妈妈，天生爱操心。

"没什么。"强尼丝毫不露口风，"我要去一趟城里。"

"他以为咱们还是小孩子。"威廉说着掀开了被子，"来吧，天行者[1]。"

强尼焦急地看了看手表，已经5：08了，他需要马上出发，否则就赶不上5：20的渡轮了。

路卡跳下床，顶着一团乱糟糟的头发，一边仰脸儿看着他，一边缓缓走来，"是玛拉，对不对？"

是啊，他们最担心的就是这个。两个孩子已经不知道跑过多少次医院去看望他们的妈妈。天知道那段时间玛拉遭了什么罪。他们一直担心着她。

他几乎忘了孩子们有时会多么敏感，尽管已经时隔四年，他们身上已经烙下悲剧的印迹。强尼尽最大努力照顾孩子们，可他能给予的最好的感情也无法弥补孩子们失去妈妈的空缺。

"不是玛拉，是塔莉。"他说。

"塔莉怎么了？"路卡不安地问。

孩子们都很喜欢塔莉。上一年他们求了他无数次要去看望她，可每一次都被他以不同的理由拒绝。想到这里，他有些内疚。

"我还不太清楚，但我保证一有消息就立刻告诉你们。"强尼承诺说，"柯琳到来之前要准备好上学的一切，听见了吗？"

"我们不是小孩子了，爸爸。"威廉说。

"练球结束后你会给我们打电话吗？"路卡问。

"会的。"

他挨个儿吻了他们，随即从门厅桌子上抓起车钥匙。出门之前他又回头看了一眼儿子们，他们站在那里，仿佛是一个模子刻出来的。两人都穿着平角短裤和宽大的T恤衫，正忧心忡忡地望着他。强尼顾不了那么多，扭头向车子走去。他们已经11岁了，单独在家待上十分钟应该不成问题。

钻进车子，发动引擎，强尼一路狂奔驶向渡口。上船之后他仍然待在车里，手指焦灼地在真皮方向盘上整整叩打了三十五分钟，直到下船。

6：10，他把车子停在了医院停车场上一盏昏黄的路灯下。离日出还有差不多半个小时，整座城市仍在黑暗中沉睡着。

进入熟悉的医院大楼，他径直走向服务台。

"我找一个叫塔莉·哈特的病人。"强尼急促地说道，"我是她的家人。"

---

[1] 天行者：电影《星球大战》中的人物名。

"先生,我——"

"我想知道塔莉目前的状况,马上。"他声色俱厉,如同在发号施令,服务台后面的女子仿佛触电般打了个寒战。

"哦,"她忙不迭地说,"我去去就来。"

强尼转身从服务台走开,不耐烦地来回踱着步子。天啊,他太讨厌这个地方了,尤其是那些熟悉得不能再熟悉的味道。

他在一张硬邦邦的塑料椅子上坐下,脚掌不安地拍打着亚麻地板。时间一分一秒过去,他的情绪也一点一点接近崩溃的边缘。

过去四年,他渐渐地接受了失去爱妻的现实,学会了独自面对生活,可这并不容易。他必须强迫自己向前看。无论何时,回忆总是让他痛彻心扉。

可是在所有的地方中,他又如何忘得了这里?他们到这家医院做手术、化疗、放疗。他和凯蒂每每倾心交谈几个小时,彼此安慰鼓励,并争相让对方相信,他们的爱终将战胜渺小的癌症。

撒谎。

最后不得不面对现实的那一刻,他们就在这家医院的一间病房里。那是2006年。他与妻子并肩躺在一起,搂着她,尽量不去注意她与病魔搏斗一年之后瘦得可怜的身躯。床边,凯蒂的iPod里面播放着凯莉·克拉克森的歌:

有的人,等了一辈子……只为这一刻。

他还记得凯蒂脸上的表情。病痛像流动的火焰,烧灼她的整个身体——骨头、肌肉、皮肤。她已经使用了最大剂量的吗啡,但她不愿让自己陷入神志不清的状态,以免吓到孩子们。"我想回家。"她说。

看见妻子,强尼心中总有一种可怕的感觉挥之不去:她快要死了。现实太残酷,那样的结局令他不寒而栗,却只能独自黯然神伤,偷偷流泪。

"我的宝贝儿们。"她平静地说,而后又不禁哑然失笑,"唔,他们已经不是小孩子了。都开始换牙啦,能从牙仙子那里换一块钱了。每掉一颗牙还要拍张照片……还有玛拉,告诉她我能理解。我16岁的时候也很叛逆,跟我妈妈也合不来。"

"我现在还没有做好谈这些的心理准备。"他说,而心里却暗恨自己的懦弱。从妻子凝视的眼神中他看到了失望。

"我想见塔莉。"她接着说道。陡然转变的话题出乎强尼的预料。他的妻子和塔莉·哈特曾是最要好的朋友,后来因为一场矛盾闹翻了脸。两年来她们断绝了一切联系,而也恰恰在这两年中,凯蒂不得不面对癌症的折磨。强尼无法原谅塔莉，不仅因为那场本就因塔莉而起的矛盾，更因为在凯蒂最需要她的时候，她却不在身边。

"见她干什么？你忘了她对你做的事了吗？"他的语气中充满了怨恨。

凯蒂微微翻身面对他。看得出来，这小小的动作给她制造了难以言说的痛苦。"我需要塔莉。"她又说道，这一次声音更为柔和，"从初中起她就是我最好的朋友。"

"这我知道，可是——"

"你得原谅她，强尼。如果我能做到，你也一样能做到。"

"没那么容易。她伤害了你。"

"我也伤害了她，好朋友闹矛盾很正常。人有时候总是会忽略最重要的东西。"她叹了口气，"相信我。现在我已经知道什么重要什么不重要了，我需要她。"

"都过了这么久，你怎么能保证一打电话她就会过来？"

凯蒂忍着痛微微一笑："她会来的。"她摸着丈夫的脸，让他的眼睛朝向自己，"我死之后，你要照顾好她。"

"别说这种话。"他轻声说道。

"她的坚强都是装出来的。这你知道，所以你要答应我。"

强尼痛苦地闭上眼睛。这些年他一直在努力摆脱丧妻之痛，并使家人的生活重新步入正轨。往事不堪回首，可他做不到，尤其在此时此地。

塔莉与凯蒂，两人做了将近三十年的好朋友。而且也正是因为塔莉，强尼才有幸遇到了他的人生挚爱凯蒂。

从塔莉走进强尼破旧的办公室那天开始，他的魂儿就被这个生气勃勃的女人勾去了。当时塔莉二十来岁，青春飞扬，激情饱满，在强尼经营的一家小电视台里成功谋得了一份工作。他以为自己爱上了塔莉，然而那并不是爱，而是别的东西。他只是被她的美艳迷住了。她比他见过的任何一个女孩子都更朝气蓬勃，活泼开朗。站在她的身旁，就如同在暗室里待了数月之后猛然沐浴在阳光下。也正因为如此，他老早就看出来，这个姑娘前途无量。

塔莉刚把她最要好的朋友凯蒂·穆勒齐介绍给他时，他并没有留意。凯蒂看起来毫不起眼，皮肤更白，人更安静，倘若把塔莉比作汹涌澎湃的波浪，那么凯蒂顶多只算浪尖上的一团漂浮物。然而几年后，当凯蒂大胆亲吻他时，他从这个女人眼中看到了他的未来。他还记得他们第一次做爱时的窘态。那时他们都没什么经验——他30岁，她25岁——但只有凯蒂还保留着少女般的天真。

"难道做爱都是这种感觉吗？"她悄悄问他。

爱情就这样毫无征兆地降临在强尼头上。"不，"他说，从那时起，他便再也对她撒不出谎来，"不是的。"

和凯蒂结婚后，他们远远关注着塔莉在新闻界迅速崛起，但不管凯蒂与塔莉的生活多么天差地别，两人却依然保持着比亲姐妹更紧密的关系。她们几乎天天通电话，而每逢节日，塔莉也多半会到他们家做客。当塔莉放弃她的人脉，放弃纽约，毅然回到西雅图创办自己的日间脱口秀节目时，她曾请求强尼担任她的节目制作人。那些年他们多么春风得意。直到凯蒂患上了癌症，并最终被疾病夺去生命，一切都戛然而止了。

往事不受控制地涌上心头。他闭上眼睛，靠在椅背上。他知道这一切都源于什么时候。

差不多四年前，也就是2006年10月，在凯蒂的葬礼上，他们全都坐在圣塞西莉亚教堂的第一排……

目光呆滞，神情黯然。但他们十分清醒自己为何会置身此地。他们一起来过这座教堂许多次，圣诞节子夜弥撒，复活节礼拜，但这一次不同往日。教堂里没有金光闪闪的装饰品，只有白色的百合处处可见。空气中弥漫着让人厌腻的甜香味儿。

强尼像个陆战队员一样挺直了腰板坐着。他必须拿出坚强的样子，为了他的孩子，他们的孩子，凯蒂的孩子。这是他在凯蒂临终之前亲口答应了的，可现在他有些怀疑自己是否能够信守诺言。他的心已经干涸龟裂。16岁的玛拉坐在一旁，身体同样僵直呆板，双手夹在膝盖之间。她已经有几个小时，也许几天没有正眼看过他一次了。强尼知道，他有责任消除和女儿之间的那道鸿沟，使她重新回到家人中间。可看着女儿时，他又失去了勇气。他们的哀伤加在一起，比大海都要深邃黑暗。所以他只是静静地坐着，尽管眼睛像烧灼一样难受，心里却不断地提醒自己：不能哭，要坚强。

他真不该向左边瞥那一眼，否则就不会看到板架上放的那张凯蒂的巨幅照片。照片拍摄于几年前，那时的凯蒂还是位年轻的妈妈。她站在班布里奇岛他们家房子前面的沙滩上，大大地张开双臂，迎接着奔向她的三个孩子。她的头发在风中飞舞，脸上的笑容像夜里的灯塔一样明亮动人。摆放这张照片是凯蒂的意思。那天夜里，他们相拥着躺在床上，凯蒂忽然请求他找出这张照片，当时他立刻就明白了她的意思。"不着急。"他抚摸着她光秃秃的脑袋，凑在她耳边轻轻说道。

这件事她再也没有提过。

她当然不会再提。即便到了最后时刻，她也是更坚强的那一个，用自己的乐观保护着每一个家人。

为了不让丈夫因为她的恐惧而伤心难过，她在心里不知道囤积了多少话。最后的那段日子她该多么的孤独啊。

天啊。她离开才仅仅两天。

两天，可他已经巴不得生命能够重来。他想抱着她，亲口问她："告诉我，亲爱的，你到底害怕什么？"

迈克尔神父走上讲台，原本就静悄悄的教堂，陷入一片死寂。

"我毫不奇怪为什么会有这么多人来送别凯蒂。她曾经影响了我们很多人，她的音容笑貌必将长留在我们心中——"

曾经。

"如果我告诉你们，是凯蒂特意点了我的名，要我来主持这场仪式，想必你们一定不会感到意外。所以我不想让她失望。她希望你们能够化悲痛为力量，去享受生命的喜悦和快乐。她要你们记住她大笑的声音和她对家人的爱。她要你们好好活着。"说到这里，神父哽咽了，"这就是凯瑟琳·穆勒齐·雷恩，尽管到了生命的尽头，却还在为别人着想。"

玛拉发出一声低沉的呻吟。

强尼拉住她的手。刚两个人的手碰到的时候，玛拉浑身一颤，随即扭头看着他。她把手缩回去的时候，强尼从她眼中看到了深不可测的悲伤。

音乐声响起。起初听起来分外遥远，仿佛来自他的脑海深处。过了一会儿他才听出是那首熟悉的歌。

"天啊，不要。"他小声念叨，而情绪在随着音乐上升。

那首歌名叫：《为你疯狂》。

他和凯蒂曾在婚礼上和着这首歌共舞。他闭上眼睛，想象着她就在身边，一个滑步溜进他的臂弯，在乐声中翩翩起舞。

触摸我，你就会明白这是真的。

懂事的路卡拽了拽他的袖子，对他说："爸爸，妈妈说哭出来也没关系。她让我和威廉保证不要害怕哭。"路卡那年才8岁，妈妈去世前后他开始做噩梦，有时会因为找不到自己的婴儿毛毯而大发脾气，其实那条毛毯几年前他就已经弃之不用了。

强尼这时才发现自己正在哭泣。他擦了擦眼睛，简单点了下头，轻轻说道：

"没错，小家伙。"但他没有胆量扭头看儿子一眼，因为儿子眼中的泪水会让他精神崩溃。于是他只管茫然地看着前方，渐渐地，神思恍惚起来。从神父口中飞出的每一个字都变成了易碎的玻璃珠，或者石头，乒乒乓乓地砸向一堵结实的厚砖墙，继而又哗哗啦啦掉落一地。他把精神集中在自己的呼吸上，努力不去想他的妻子——这是他在夜深人静而又孤独一人的时候惯用的做法。

仿佛过了好几个钟头，祷告终于结束了。他和家人一起下楼接受亲友的慰问。他在人群中举目四望，不禁又是震惊又是心碎。他看到几十个陌生的面孔，而有些人他也仅仅是感到眼熟。哦，原来凯蒂的人生也有他所不知道的一面，这让她忽然变得遥远起来。想到这里，他的心更痛了。因而一待时机允许，他就立刻带着孩子们走出了教堂的地下室。

教堂外的停车场上停满了车子，但吸引他目光的并不是汽车。

塔莉在那儿。她正微微仰着脸，沐浴在夕阳的余晖中。只见她伸开双臂，身体缓缓移动，臀部轻轻摇摆，就像某个地方正为她播放着优美的音乐。

她在跳舞，在教堂外的大街中央。

强尼大喊了一声塔莉的名字，身旁的玛拉吓了一跳。

塔莉转过身，看到他们正走向车子，随即从耳朵里掏出耳机，径直向强尼走去。

"还顺利吗？"她悄声问道。

强尼感觉到一团怒火在胸中升腾而起，便立刻抓住不放。这个时候，任何东西都好过无尽的悲痛。当然，塔莉比谁都明智。她知道参加凯蒂的葬礼会有多么痛苦，所以干脆连教堂的门都不进。整个葬礼期间，她都在教堂的停车场上旁若无人地跳舞。

跳舞！

这就是所谓的最好的朋友。或许凯蒂能够原谅塔莉的自私，但对强尼来说可没那么容易。

他扭头对孩子们说："你们先到车上去。"

"强尼——"塔莉上前想要拥抱他，但他避开了，现在他不愿意任何人碰他。

"我想进去，但我做不到。"塔莉说。

"是啊，谁又做得到呢？"强尼阴阳怪气地说。他马上就意识到，哪怕看塔莉一眼也是个错误。她的存在让凯蒂的离去变得更加真实。这两个女人总是形影不离的，她们一起欢笑，一起高谈阔论，一起唱跑调的流行歌曲。

塔莉与凯蒂做了三十多年的好朋友，强尼看到塔莉，自然而然会想到凯蒂，这种痛苦他难以忍受。该死的人应该是塔莉。一百个塔莉也抵不上一个凯蒂。

"客人们都要到家里去，"他说，"这是她的意思。我希望你也能来。"

他听见塔莉倒吸了一口气，便知道自己的话伤到了她。

"这不公平。"塔莉不满地说。

强尼没有理会，甚至连看都没有看她一眼。他把孩子们轰上他那台越野车，离开了停车场。一路上谁也不说话，他在沉默的煎熬中把车开回了家。

傍晚苍白的日光洒在他们家颇具工匠风格的焦糖色的房子上。院子里惨不忍睹。自从凯蒂患上癌症，就再也没有人打理过。他把车子停在车库，领着孩子们进了屋。家里的窗帘上、地毯的羊毛绒里还残留着淡淡的病人的气息。

"现在该干什么呢，爸爸？"

他用不着回头就知道是谁在发问。路卡，这是一个情感无比细腻的小家伙，鱼缸里的金鱼每死去一条，他都要哭上一场；在妈妈临终前的日子里，他每天都为她画一幅画。最近他在学校里又开始哭了，上次过生日时，他郁郁寡欢地坐在派对中间，一句话都不说，甚至在打开礼物的时候也没有露出半点笑容。他能敏锐地感觉到一切。凯蒂临走之前曾特别嘱咐说："尤其要照顾好路卡，他可能应付不好想妈妈这件事。"

强尼转过身。

威廉和路卡几乎肩挨着肩站在他面前。他们穿着同样款式的黑裤子和灰色的V领毛衣。早上强尼忘了让这兄弟俩洗澡，他俩本来就散乱的头发经过一夜睡眠变得更加蓬松夸张。

路卡有双明亮的大眼睛，纤长的睫毛上还挂着晶莹的泪花。他知道妈妈再也不会回来了，但他并没有真正理解为什么会这样。

玛拉走近两个弟弟身旁。她身体瘦弱，脸色苍白，穿着一身黑色的裙子，看起来活像个幽灵。

姐弟三人全都望着爸爸。

这种时候，他需要说上几句安慰和鼓励的话，提一些让孩子们能够终生铭记的建议。作为父亲，他有责任带领孩子们走出悲伤的阴霾，将沉痛的悼念转变成对妻子生命的热情的庆祝。可问题是，他怎么才能做到呢？

"来吧，小家伙们。"玛拉叹息着说，"我给你们放《海底总动员》[1]。"

"不。"路卡哭着说，"不要看《海底总动员》。"

---

1 《海底总动员》：迪士尼和皮克斯公司联手制作的一部动画电影作品，讲述的是关于亲情和友谊的故事。

威廉拉着弟弟的手,抬起头,仿佛在向姐姐解释一样,说道:"尼莫[1]的妈妈死了。"

"哦。"玛拉会意,"那看《超人总动员》[2]怎么样?"

路卡很勉强地点了点头。

强尼仍在绞尽脑汁地思索着该如何安慰悲伤的孩子们,这时门铃响了。

他被这突如其来的声音吓了一跳。随后的事就如同做梦,一切变得恍恍惚惚,时间失去了长短,他只隐约记得自己置身在一群人当中,房门一会儿打开一会儿关上,太阳不知什么时候已经落山了,夜幕悄无声息地爬上窗棂。他满脑子都被一个念头控制着——

快,去打个招呼。

可他似乎连这都难以做到。

有人碰了碰他的胳膊。

"真让人难过,强尼,你一定要节哀啊。"他听到一个女人的声音,于是转过身。

她就站在他旁边,一袭黑衣,手里端着一个包着锡箔纸的热焙盘。强尼死活想不起来这个女人是谁。

"当初亚瑟为了咖啡店的那个狐狸精抛弃我时,我也以为我的人生要完了。可只要我们咬牙坚持下来,总有一天你会发现自己可以坦然面对一切。你会重新找到值得爱的人的。"

如果不是竭力忍着,强尼定会张口骂这个女人,他想告诉她,死亡和背叛完全是两码事,她不忠的丈夫是没资格和他深爱的妻子相提并论的。可他甚至连这女人的名字都还没有想起来,另一个女人就出现了。她粗壮的大手端着一个硕大的包着锡箔纸的盘子,从盘子的尺寸看,她大概同样认为强尼当前最主要的问题就是吃饭。

他只听到对方说什么"去了更好的地方",便不耐烦地走开了。

穿过人群,他向设在厨房的吧台走去。一路上他听见好几个人小声对他说着同样的无聊的话——节哀、抱歉、挺住、会好起来的。他既没有停留,也没有回应,只管低着头向前走。屋里到处摆放着照片,板架上、窗台上、台灯旁,但他一眼都不敢看。来到厨房,他看到一大帮眼神哀伤但手脚麻利的女人正忙个不停,她们扯下热焙盘上的锡箔纸,把盘子塞进烤箱。看到他进来,女人们几乎同

---

1 尼莫:《海底总动员》中的主要角色之一。
2 《超人总动员》:皮克斯动画公司制作的一部动画电影。

时停下了手里的动作,整齐得就像受控于同一个按钮,而后她们纷纷抬头看着他。她们的同情,以及对未来同样命运的恐惧,使厨房里的空气格外凝重。

洗碗池前,他的岳母玛吉正把刚刚接满的一罐水咣的一声放在柜台上。她捋了捋垂在脸前的几缕头发,向强尼走来。其他女人纷纷侧身给玛吉让路。她在吧台前停了停,在一个加了冰块的杯子里倒了点威士忌,又兑了些水,然后递给他。

"我到处都找不到杯子。"他说。真是笨透了。杯子就放在他旁边,"巴德呢?"

"跟肖恩和孩子们看电视呢。他不习惯这种场合。我是说和一群陌生人共同面对失去女儿的悲痛,他做不到。"

强尼点头表示理解。他的岳父一向低调安静,女儿的死对他打击巨大。就连玛吉,去年过生日的时候还是一副生龙活虎的样子,头发乌黑,欢声笑语不断,看起来一点也不像上了年纪的人,然而从女儿患癌之后,她好像瞬间便衰老了。她的背开始向前弓,仿佛随时准备迎接新的打击。她的头发也没有再染过,白发迅速占领了发际线,看着犹如一条不断蔓延的冰冻的河。她戴着一副无框眼镜,镜片放大了她那双水汪汪的眼睛。

"去看看孩子们吧。"玛吉说着伸出她那苍白的、青筋暴突的手,放在强尼的臂弯里。

"我还是留在这儿帮你吧。"

"不用,我没事。"她说,"但我很担心玛拉。一个16岁的小姑娘突然失去妈妈,换作谁恐怕都受不了。凯蒂生病之前她经常和凯蒂吵架,我想现在她一定后悔极了。说出去的话就像泼出去的水,再也收不回来了,尤其是生气时说的话。"

他喝了一大口酒,看着杯子里叮叮当当的冰块发了会儿呆:"我不知道该对他们说些什么。"

"说什么并不重要。"玛吉紧紧抓住他的胳膊,拉着他走出了厨房。

屋里到处都是人,但即便在黑压压的人群中,塔莉·哈特依然那么耀眼夺目。名人,走到哪里都是人们关注的焦点。她一袭黑色紧身女装,一看就是名贵的高档货,价格可能比外面停的某辆车子还要贵。在悲痛的时候也尽量使自己看上去美丽动人,这一点她做到了。当时她留着一头红棕色的披肩长发,葬礼之后很可能重新补过妆。在客厅里,她被一群人围在中间。从她夸张的手势和动作可以看出,她正讲着什么故事。只见她的话音刚落,众人便哄堂大笑。

"她怎么还能笑得出来？"强尼愤愤地说。

"你别忘了，塔莉也是个苦命的人。只是她一直都把自己的痛苦隐藏了起来。我还记得第一次见到她时的情景。因为当时她和凯蒂刚成为朋友，我想看看她是个怎么样的人，所以我就沿着萤火虫小巷去了她的家。她们家那栋老房子破旧不堪，进屋之后我首先拜见了她的妈妈。呃，也谈不上拜见，只是碰到而已。白云四仰八叉地躺在沙发上，肚子上搁着一堆大麻。她想站起来，可惜身不由己。嘴里嘟囔了一句'该死，我又吸嗨了'，就重新倒在沙发里。随后我才看到塔莉，那时她大概14岁，正是自尊心最强的时候。她眼睛里那种羞愧的神色会让你看了之后一辈子都忘不掉。"

"您以前也有过一个酗酒的父亲，可您照样克服了。"

"那是因为我找到了我的爱人，还有了孩子。家庭能拯救一切。塔莉觉得除了凯蒂没有人会爱她。我想她可能还没有意识到自己失去了什么，不过等她意识到时，她要面对的痛苦将比任何人的都强烈。"

塔莉把一张CD放进音响，按下播放键，喇叭中随即传出《天生狂野》的曲调。

客厅里的人立刻从她身旁往后退去，且个个脸上露出不悦的表情。

"来呀！"塔莉说道，"大家嗨起来！"

强尼知道他应该阻止塔莉，但他不敢靠近，至少当时他还没有那个勇气。看到塔莉的每一眼都在提醒他凯蒂的离开，那种感觉犹如在新鲜的伤口上撒了一把盐。他只好放弃了阻止她的念头，转身上楼去安慰他的孩子们。

他的双腿好似灌了铅，每上一级楼梯都要用上浑身的力气。

在两个儿子的房间门口，他停住了，试着集中精神，鼓起勇气。

你能做到的，他暗暗鼓励自己。

他能做到，他必须做到。门后的两个小乖乖刚刚才懂得人生无常、死亡可以撕裂人心和家庭的道理。他有责任教会他们生活的真谛，让他们振作起来，治愈他们心灵上的创伤。

强尼深吸了一口气，推开房门。

他第一眼看到的是两个儿子凌乱的床——床上的《星球大战》床单皱皱巴巴的。凯蒂亲手为他们粉刷的深蓝色的墙壁上贴满了孩子们的手工画和各种电影海报，盖住了原本画在墙上的白云、月亮和星星。衣柜顶上整齐地陈列着金色的儿童棒球和足球奖杯。

他的岳父巴德坐在酷似一个大碗的帕帕森椅子里，儿子们平时打游戏时总喜欢挤在那上面。凯蒂的弟弟肖恩则躺在威廉的床上睡着了。

玛拉坐在电视机前的地毯上，路卡紧挨着她。威廉缩在墙角看电影，他抱着双臂，看上去气呼呼的，谁都不愿搭理。

"嘿。"强尼轻轻地说，并关上了房门。

"爸爸！"路卡爬起来蹒跚着跑到他跟前。他一把揽过儿子，紧紧抱在怀里。

巴德笨拙地从帕帕森椅子里站起身。他看起来憔悴极了，过时的黑西装七皱八褶，里面穿着白衬衣，系着一条宽宽的涤纶领带。他面色苍白，脸上布满了老年斑，短短几周时间似乎就新增了许多皱纹。灰白的浓眉下面，一双眼眸溢满了忧伤。"我给你一点时间。"他走到床边，在肖恩的肩膀上拍了拍，说道，"醒醒。"

肖恩一个激灵坐起来，睡眼惺忪，直到看见强尼才醒过神。"哦，好。"说完他跟着父亲走了出去。

强尼听到门咔嗒一声锁上。电视屏幕上，身着醒目服装的超级英雄一家正穿过丛林。路卡从强尼的怀抱中钻出来，站在他一旁。

强尼看着伤心的孩子们，而孩子们也看着他。他们对妈妈去世的反应各不相同，就像他们本身一样，每个人都独一无二。路卡心地温柔，他想妈妈已经想得吃不好睡不好，而且令他大为困惑的是，他不知道妈妈究竟去了哪里。他的孪生哥哥威廉则相对张扬，他喜欢运动，喜欢被人注意，如今他俨然已经是个颇讨人喜欢的运动健将了。失去妈妈既让他愤怒又让他害怕。他不喜欢害怕的感觉，于是便用愤怒来代替。

还有玛拉，一个美丽的、无忧无虑的花季少女，于她而言，这世上的一切似乎都轻而易举，没有什么可发愁的。妈妈得癌症后，她将自己封闭了起来，变得安安静静，沉默寡言，她似乎认为只要自己不开口，不引起任何人的注意，就能躲过这一天。强尼心里清楚，玛拉因为之前对妈妈的态度早已后悔万分。

尽管悲伤的表现因人而异，但孩子们眼中所流露出的需求却是完全一致的。他们都指望强尼能把他们垮掉的世界重新支撑起来，好减轻这难以想象的痛苦。

然而一直以来，凯蒂才是这个家庭的中心和灵魂。她就像胶水一样把全家人都凝聚在一起。这种时候，孩子们最应该听到的是她的声音。强尼能说什么呢，除了撒谎？他们的伤口如何能够愈合？情况如何才能好起来？没有凯蒂，再多的时间又何以给他们安慰？

玛拉突然站起来，她身上已经具备了大多数同龄女孩儿所不具备的优雅和美丽。悲伤中的她看起来就像一个忧郁的精灵，面色苍白，如同缥缈的空气。一头乌黑的长发，一身黑色的长裙，相比之下，洁白的皮肤简直像透明一般。强尼听出她呼吸的节奏有些顿挫，仿佛吸这一口空气给她带来了极大的困难。

"我哄弟弟们上床睡觉。"她说着向路卡伸出手，"来吧，小家伙。我给你读故事听。"

"爸爸，你可真会安慰人。"威廉撇着嘴说。这话出自一个8岁的孩子，杀伤力要远远大于一个成年人。

"会好起来的。"强尼硬着头皮说。他痛恨自己的懦弱。

"会吗？"威廉反问，"怎么好起来？"

路卡仰起小脸儿看着他，"是啊，爸爸，怎么好起来呢？"

他拿眼望向玛拉，却只看到一张冷若冰霜的脸。

"办法就是睡觉。"她无精打采地说。可怜的强尼如释重负，感激地望了玛拉一眼。他知道自己早已没了方寸，他辜负了孩子们的期望。他本该一马当先地为孩子们提供支持，而非像个废物一样束手无策，可他悲哀地发现自己的身体已经被掏空了。

空白，空虚。

明天会好些吧，他会振作起来的。

可看到孩子们一张张失望的脸，他已经知道这是骗人的鬼话。

他在心里说："对不起，凯蒂。"

"晚安。"他哑着嗓子说。

路卡抬头对他说："我爱你，爸爸。"

强尼缓缓跪在地上，张开双臂。两个儿子挤到他怀里，他紧紧地搂住他们。

"我也爱你们。"他的视线越过儿子们的脑袋，邀请似的盯着无动于衷、高傲地站在原地的玛拉，"玛拉？"

"我用不着。"她平静地说。

"你们的妈妈让我们保证一定要坚强，而且要永远在一起。"

"嗯。"她的下嘴唇不易察觉地抖动了一下，"我知道。"

"我们能做到的。"他故作坚定地说，尽管他的声音已微微发颤。

"是，我们当然能。"玛拉叹了口气，随即她又催促道，"来吧，小家伙们，准备睡觉啦。"

强尼知道自己应该留下来安慰玛拉，可他一句安慰的话也想不出来。

于是他像个胆小鬼一样退出了房间，并紧紧关上了门。

下楼之后，他没有理会任何人，而是头也不回地穿过人群，从洗衣间里拿了件外套，来到屋外。

夜已经黑透，却看不到一颗星。天幕上铺着一层薄薄的云。一阵清凉的微风掠过房子周围的树梢，裙摆一样的枝干在风中翩翩起舞。

头顶的树枝上挂满了梅森罐[1]，里面装着黑色的卵石和点着的祈愿烛。多少个夜晚，他和凯蒂曾在这里席地而坐，点上一支蜡烛，一边倾听海浪逐沙滩的声音，一边谈论他们的抱负和理想。

他抓住门廊上的栏杆，让自己稳稳站住。

"嘿。"

不期而遇的声音让他感到意外和愤怒。此刻他只想一个人静静地待着。

"你居然让我一个人在那儿跳舞。"塔莉抱怨着，来到了他身旁。她身上裹着一条蓝色的羊毛毯，毯子的一角拖在地上，她光着的双脚若隐若现。

"看来到中场休息的时间了。"他说着扭过头。

"什么？"

他从她的呼吸中闻到了龙舌兰酒的味道，心想不知她醉到了什么程度。

"塔莉·哈特个人秀啊。是不是中场休息时间到了？"

"这是凯蒂嘱咐的，她让我把今晚的气氛搞得活跃些。"她说着话，身体却在向后退。她在发抖。

"真不敢相信你居然没去参加她的葬礼。"强尼说，"她要是泉下有知该有多伤心啊。"

"她早就知道我不会去，她甚至——"

"你倒心安理得。难道你从来都没有想过玛拉？也许她在葬礼上最想见到的人就是你啊。你一点都不关心你的教女吗？"

塔莉还没有来得及回答——她能说什么呢——强尼就转身回屋了，经过洗衣间时他随手把外套扔到了洗衣机上。

他知道这样指责塔莉很不公平。倘若换个时间，或者换一个世界，他定会回去道歉。即便他不愿意，凯蒂也会要求他回去道歉。但是现在，他无论如何都做不到。此刻他还没有倒下已经谢天谢地。凯蒂离开他们刚刚两天，他就已经萎靡不振成现在这般模样了。

---

[1] 梅森罐：是一种带有螺纹铁盖的玻璃罐子，可用来储物，也可以放入点着的蜡烛挂在树上做祈愿之用。

第三章

那晚凌晨4点，强尼放弃了睡觉的念头。在妻子葬礼的当天晚上，他怎么可能睡得着呢？

他掀开被子下了床。雨点砸在屋顶上，房子里回声一片。他来到卧室的壁炉前，按下开关，噗噗几声过后，壁炉里的假木头周围冒起了蓝色和橘黄色的火焰。迎面扑来一阵淡淡的燃气味儿。他在壁炉前站了好几分钟，盯着火苗出神。

随后，他发现自己游荡起来。游荡，这是他能想到的唯一可以描述他从一个房间徘徊到另一个房间的行为的词语。不止一次，他猛然发现自己站在某个地方盯着某件东西发呆，但大脑却一片空白，丝毫想不起自己是怎么来到那里的，以及为什么来那里。

不过，他最终还是回到了自己的卧室。床头柜上依旧放着凯蒂的玻璃水杯，此外还有她看书时戴的眼镜和连指手套，临终之前那段时间她经常感觉冷。

他仿佛又听到妻子说："强尼·雷恩，你就是我生命的唯一。在我们相知相伴的二十年里，我用我的每一次呼吸爱着你。"那声音就像他自己的呼吸一样真切。这是凯蒂最后一晚对他说的话。那晚他们偎依着躺在床上，他紧紧搂着她，因为她已经没有力气抱他。他记得当时他把脸庞深深埋进妻子的脖间，哀求着说："别离开我，凯蒂，别这么早离开我。"

甚至在那个时候，在凯蒂弥留之际，他就已经辜负了她的期望。

他穿上衣服来到楼下。

客厅里充满了柔和的灰色的光。雨水从房檐上滴下，形成一道雨帘，妨碍了视线。厨房里，柜台上摆满了洗净擦干的盘子、碟子，下面垫着擦盘布。垃圾桶里塞满了纸板和用过的餐巾纸。冰箱和冰柜里装满了用锡箔纸包裹严实的各类容器，里面全是吃的东西。当他一个人躲在屋外的黑暗中自怨自艾时，岳母却一言不发地做完了所有该做的事。

他一边煮着咖啡，一边尽力幻想着自己今后的生活。可他只看到餐桌前空着的椅子、方向盘前换了的司机和做早餐时不一样的双手。

要做个好爸爸,帮助他们渡过难关。

他靠在柜台上喝起了咖啡。两杯下肚,倒第三杯时他感觉到了咖啡因的劲道。他的手开始不由自主地哆嗦,于是他转而给自己倒了杯橙汁。

先是咖啡因,然后是糖,那接下来该是什么?龙舌兰吗?心里虽然这么想,可他并没有真的付诸行动。他晃晃悠悠地走出了厨房,为什么不呢?这里的一切都让他想起妻子——她喜爱的薰衣草护手霜;印有"你——独一无二"字样的盘子,无论哪个孩子取得哪怕一点点成绩,她就会把它们摆到桌子上;还有她的外婆传给她的一个只有在特殊时刻才会拿出来用的大水瓶。

他忽然感觉有人在他肩膀上碰了一下,不禁吓了一跳。

玛吉,他的岳母,不知何时走到了他的身旁。她穿着白天穿的高腰牛仔裤、网球鞋和一件黑色的高领毛衣。见强尼转过头,她疲倦地微微一笑。

巴德紧随其后来到妻子身边。他看上去要比玛吉老十岁。最近这一年他变得越来越安静,尽管从前他也不是一个健谈的人。当凯蒂的离去已经不可避免,而其他人仍无法接受的时候,他就已经开始了和女儿的告别。而今,女儿真的走了,他似乎再也无话可说了。和妻子一样,巴德也穿着平时常穿的衣服:一条牧马人牛仔裤,把他的双腿衬得又细又长,而肚子却又圆又大,一件棕色和白色相间的格子花纹西式衬衫[1],腰上系着一条粗大的配有银色带扣的皮带。好多年前他就已经掉光了头发,不过两道眉毛倒是格外浓密,或可算作一种补偿。

三人相顾无语,于是全都走进厨房。强尼为他们各倒了一杯咖啡。

"咖啡?感谢上帝。"巴德用他那因为劳作而无比粗糙的手端起杯子,憨声说道。

他们你看看我,我看看你。

"我们再过一个小时就要送肖恩去机场,不过送他走之后我们可以再回来帮忙。"最后是玛吉打破了沉默,"一直帮到你不再需要我们为止。"

岳母的体贴令强尼深为感动。他一直都很爱她,且感觉比亲生妈妈还要亲近,但问题是,现在他需要斩断这种依赖,靠自己应对一切。

机场?这就是答案。

这不仅仅是又一天的开始,就像他站在这里一样确定无疑的是,他无法假装这只是普普通通的又一天。给孩子们做饭,送他们上学,然后再到台里上班?他做不到。制作一些低俗的娱乐节目或虚伪的生活秀改变不了任何人的生活。

---

1 西式衬衫:此处指的是美国西部地区的风格样式。

"我要带孩子们离开这里。"他说。

"哦?"玛吉一惊,"去哪儿?"

"考艾岛[1]。"这是他首先想到的名字。那是凯蒂最喜欢的地方,他们一直都想找机会带孩子们一起过去玩玩。

玛吉透过新配的无框眼镜盯着他。

"逃避是没有用的。"巴德粗声说道。

"我知道,巴德,可再在这里我简直要窒息了。不管看见什么我都会……"

"是。"他的岳父深有同感。

玛吉轻轻碰了碰强尼的胳膊:"我们能帮上什么忙吗?"

不管怎么说,强尼现在有个计划了,虽然这计划只是一时兴起且并不完美,但他感觉已经好多了,"我这就先去订票。别告诉孩子们。让他们睡吧。"

"你打算什么时候出发?"

"但愿今天就能走。"

"你最好打电话告诉塔莉一声。11点的时候她可能会来这儿一趟。"

强尼点点头,不过此时他根本就不在乎塔莉。

"那好吧。"玛吉两手一拍说道,"我去把冰箱收拾一下,把能放的东西全都放进车库的冰柜里冻上。"

"我会通知送奶工暂停送奶,顺便告诉警察局,"巴德说,"好让他们留意着房子。"

这些事强尼一件也没有想到。每逢外出旅行,总是凯蒂打点一切的。

玛吉在他前臂上拍了拍,说道:"去订票吧。其他的事交给我们。"

再三感谢后,他钻进了自己的办公室。在电脑前坐了不到二十分钟,他便订好了该订的一切。6:50之前,他买到了机票,预约了汽车并租好了房子。现在只剩下把这个消息告诉孩子们了。

沿着走廊来到双胞胎兄弟的房间,他径直走到双层床前,发现两兄弟都睡在下铺,像两只小狗一样依偎在一起。

他在路卡毛糙的棕色头发上快速拨弄了几下,轻声叫道:"嘿,天行者,该醒醒了。"

"我也要做天行者。"威廉在半睡半醒间呓语道。

强尼不由微微一笑:"你是征服者啊,忘了吗?"

---

[1] 考艾岛:夏威夷群岛中的一座岛屿。

"没几个人知道征服者威廉[1]是谁。"威廉说着坐起来,他身上穿着一套印有蜘蛛侠的蓝红相间的睡衣,"应该给他设计一个电脑游戏。"

路卡也坐了起来,睡眼惺忪地四下看了看:"该上学了吗?"

"我们今天不去上学了。"强尼说。

威廉皱起了眉:"因为妈妈的去世?"

强尼退缩了:"可以这么说。我要带你们去夏威夷,在那儿我要教你们冲浪。"

"你又不会冲浪。"威廉依旧皱着眉头。他已经变成了一个怀疑论者。

"他会。你会的,爸爸,对吧?"路卡那双明亮的眼睛在长发的缝隙后面眨巴了几下。他总是很乐意相信别人的。

"要不了一个星期我就会了。"强尼说。孩子们一阵欢呼,兴奋地在床上跳起来,"快点刷牙穿衣服,十分钟后我来给你们收拾箱子。"

兄弟两个跳下床,争先恐后地冲向卫生间,一路上你推我一下,我撞你一下。强尼缓步走出房间,又沿着走廊走下去。

他敲了敲女儿的房门,里面传来一道疲倦的声音:"干什么?"

在走进女儿的房间之前,他深吸了一口气。要说服16岁的女儿跟他们一起去度假,这可不是一件容易的事。玛拉喜爱交友,在她眼里,没有什么比朋友更重要,尤其在这个时期。

玛拉站在凌乱的床边,正梳着一头黑油油的披肩长发。但女儿那身衣服强尼真是一百个看不顺眼。她穿了一条低腰低到离谱的喇叭腿儿牛仔裤,上身穿了件小得可怜的T恤衫。这哪里是学生的样子?不知道的人还以为她要跟着小甜甜布兰妮[2]去旅行呢。强尼强忍着火气,这时候他可不愿因为穿衣打扮的事和女儿吵上一架。

"嘿。"他打了个招呼,随手关上了门。

"嘿。"玛拉看都没看他一眼,只是随口应了一声。自从进了青春期,她的声音就变得冷冰冰、硬邦邦的。强尼暗暗叹了口气,悲痛并没有让女儿柔和起来。如果说有任何变化的话,那就是她比之前更易怒了。

玛拉放下梳子,转身面对爸爸。现在他总算知道为什么凯蒂经常会因为女儿的一个眼神而忐忑好几天了。她的目光有种能把你劈成两半的威力。

"昨天夜里的事我很抱歉。"他说。

"随便。今天放学后我要练足球,我能坐妈妈的车吗?"

---

1 征服者威廉:指的是英国国王威廉一世(1027—1087),他是英格兰的第一位诺曼人国王。

2 小甜甜布兰妮:美国女歌手,演员。着装性感火辣。

在说到"妈妈"两个字时，玛拉的声音明显有些沙哑。强尼坐在床沿，等着她一并坐过来。可女儿并没有要坐下的意思，他不由一阵沮丧。女儿的脆弱是显而易见的。实际上，此刻他们一个比一个脆弱，但玛拉更像塔莉，她们从来不愿让别人看出自己的软弱。现在玛拉只关心一件事，即爸爸妨碍了她。上帝最清楚，她每天准备上学花掉的时间比修道士晨祷的时间还要多。

"咱们要去夏威夷一个星期，我们可以——"

"什么？什么时候？"

"两个小时后动身。考艾岛……"

"不行。"女儿尖叫道。

她的反应太出人意料，强尼竟忘了自己要说的话："为什么？"

"我现在不能缺课。我得稳住成绩，要不然上大学都成问题。我答应过妈妈要好好学习的。"

"你能这样想我很欣慰，玛拉。但我们一家人不能分开，我们要一起离开家几天，然后好好想想今后的日子该怎么办。你要是愿意，可以把作业功课都带上。"

"我要是愿意？我要是愿意？"她气得直跺脚，"你对高中简直一无所知。你知道高中生的竞争有多大吗？如果这个学期我的成绩下滑了，还指望上什么好大学？"

"就一个星期而已，不至于那么严重吧？"

"哈！我要学《代数2》，还有《美国研究》，而且今年我还要参加大学生足球赛。"

强尼知道他有两种方式应对这种局面，一种对的，一种错的。可他不知道哪一种是对的，而且坦白地说，他此刻筋疲力尽，已经没心情在乎什么对与错了。

"我们10点出发，收拾一下吧。"他霍地站起来，撂下一句便要出去。

玛拉抓住他的胳膊："让我跟塔莉住几天吧。"

他低头看着女儿，愤怒已经使她苍白的皮肤涨得通红："塔莉？跟她做伴？呃，不行。"

"那还有外公外婆呢，他们可以陪我。"

"玛拉，你必须跟我们一起走。这次我们一家四口不能分开。"

玛拉急得又跺起了脚："你把我的生活都毁了。"

"我严重怀疑。"他知道此刻应该说些冠冕堂皇的漂亮话。可说什么呢？妻子离世之后，亲友们像递薄荷糖一样张口就来的那些安慰人的陈词滥调已经令他深恶痛绝。他才不信时间会让丧妻之痛消逝，让伤口愈合，不信凯蒂到了一个更加美好的地方，也不信他们要学着向前看之类的鬼话。他绝不会向玛拉说那些空洞虚伪的话语，因为此时此刻，他们父女二人的心绪是完全一致的。

玛拉懊恼不已，转身走进卫生间，并气呼呼地摔上了门。

强尼明白，他用不着费心等待女儿改变主意。回到卧室，他抓起手机，一边拨号一边到橱柜里找手提箱。

"喂？"塔莉在另一头说道，从声音判断，她的心情和强尼差不了多少。

强尼明知道自己该为前一天夜里的行为道歉，但每当想到这件事，他的心头总会突地燃起一团无名之火。他没办法克制自己闭口不提塔莉昨天夜里不合时宜的举动，可即便还没提出来，他心里也已经知道塔莉一定会为她自己辩护，结果确实是那样。是凯蒂的意思，这个借口让他怒不可遏。因此塔莉还在喋喋不休地解释时，他粗鲁地打断了对方："我们今天要去考艾岛。"

"什么？"

"我们需要在一起共渡难关。这也是你说的。我们的航班是夏威夷时间下午两点。"

"时间这么仓促，恐怕来不及准备吧？"

"是。"这一点他无法否认，而且已经开始担心起来，"我得挂了。"

塔莉还在那头询问天气之类的事，强尼便挂断了电话。

2006年10月的一个下午，这天并非周末，也并非一周之始，但西雅图-塔科马国际机场却出奇的拥挤。他们提前来到，放下了要回家的肖恩。

在自助服务终端前，强尼拿到登机牌后瞥了一眼孩子们。他们人手一件电子产品。玛拉正用她的新手机发短信。强尼不懂什么叫短信，也不在乎。强尼本来是反对让16岁的女儿玩手机的，但那是凯蒂的主意。

"我有点不放心玛拉。"玛吉走到近前说。

"显然，我带她到考艾岛是毁了她的生活。"

玛吉啧啧几声："她才16岁啊，你要是不把她的生活给毁了，就不是她爸爸了。可我担心的不是这个。我觉得她肯定为自己以前对妈妈的态度感到内疚。这种情绪在孩子们中间很常见，一般都会随着年龄的增长逐渐消失，因为我们总能找到弥补的机会，但遇到妈妈突然去世就要另当别论了。"

他们身后，机场的气动门呼的一声自动打开，身穿太阳裙、脚踩高跟凉鞋、头戴白色宽檐帽的塔莉跑了进来，身后的LV包在肩膀上忽上忽下。

她气喘吁吁地在众人面前停下:"怎么了?干吗这样看着我?是我来晚了吗?我已经尽最大努力了。"

强尼盯着塔莉。她来这里干什么?玛吉悄悄和她嘀咕了几句什么,还摇了摇头。

"塔莉!"玛拉大叫道,"谢天谢地你来了。"

强尼抓住塔莉的胳膊,把她拉到一边。

"塔莉,我没邀请你啊。这次旅行只有我们一家四口。你不会以为——"

"哦……"她恍然大悟似的说,不过她的声音很低,甚至不足以压过她粗重的呼吸声。强尼能看出她的难堪。"你说我们要去考艾岛,我以为这个我们包括我呢。"她说。

强尼很清楚,在塔莉的人生中,被人抛弃简直就是家常便饭,抛弃她的人中有她的妈妈,但现在他没工夫担心她。他自己的人生都已经濒临失控,他一心只想着孩子们,而且死死抓着这个念头不放。他对塔莉咕哝了一句什么,随即转过身。"走,孩子们。"他的语气异常严厉,不容违抗,而且他只给了他们几分钟的时间与塔莉道别。他抱了抱岳父岳母,低声说了句"再见"。

"让塔莉一起去吧。"玛拉充满哀怨地说,"求求你了……"

强尼只管向前走,除此之外,他也不知道该怎么办。

不管是在天上还是在火奴鲁鲁机场,总之刚刚过去的这六个小时,强尼完全被女儿无视了。在飞机上,她一个人坐在过道的另一侧,和他还有两个弟弟毫不搭界。她不吃东西,也不看书或者看电影,只是闭着眼睛,脑袋不时随着音乐左摇右摆,可惜强尼听不到她的音乐。

他需要让女儿知道,虽然她感到孤独,但实际上她并不孤单。他要确保女儿知道他会一直在她身边,保护她、支持她,即便目前来看他们的关系出了点小问题,但他们仍是最亲的一家人。

如何做到这一点,时机非常关键。对付青春期的女孩子,你务必要选对时间再开口,否则必定伤亡惨重。

夏威夷时间下午4点,飞机在考艾岛上徐徐降落,几个小时的飞行于他们却好似过了数天。强尼紧跟着双胞胎兄弟走下登机舷桥。如果搁在上周,此刻他们一定有说有笑,但今天两人格外安静。

他故意压着步子和玛拉平行。

"嘿。"

"干什么？"女儿没好气地问。

"当爸爸的跟自己女儿打个招呼总可以吧？"

玛拉翻了个白眼，继续向前走去。

他们经过取行李处时，看到一群穿着穆穆袍[1]的妇女正把紫色和白色相间的花环递给那些跟团前来旅行的游客。

大厅外面阳光明媚。停车场的栅栏上爬满了九重葛，簇簇粉色的小花开得正盛。强尼领着孩子们穿过大街，来到对面的租车处。十分钟不到，他们已经开着一辆银色的敞篷野马[2]跑车沿着岛上唯一的高速公路向北驶去。路上经过一家西夫韦[3]便利店，他们停车买了大包小包吃的喝的用的，把车里塞得满满当当。

车身右侧是连绵不断的海岸线，蓝色的海浪一波接一波冲上不时有黑色的火山石点缀的金色沙滩。车越往北开，窗外的风景越是秀丽无边，满眼皆绿。

"嗯，这里的景色真不错。"强尼对蜷缩在副驾驶座上只顾低头玩手机的玛拉说。她又在发短信。

"是。"玛拉头也不抬地说。

"玛拉。"他陡然严厉起来，语气中充满了警告的味道，仿佛暗示女儿说：留神点，你在挑战我的忍耐力。

玛拉扭头看了看他："我正问阿什莉要作业。早告诉过你我不能缺课的。"

"玛拉——"

她向右侧的窗外瞥了一眼，用极为不屑又充满讽刺的口吻说道："海浪，沙滩，穿着夏威夷衬衫的肥胖白人。看啊，穿凉鞋的男人们还穿着袜子呢。老爸，这样的度假实在太愉快了。我简直已经忘记妈妈去世的事了。谢谢您啦。"说完，她继续玩她的摩托罗拉刀锋手机。

强尼放弃了。公路沿着海岸线蜿蜒而下，直通到郁郁葱葱的哈纳雷山谷。

哈纳雷镇上以时髦的木房子为主，各种招牌标识颜色鲜亮，刨冰摊位更是处处可见——这是夏威夷的特色美食。根据导航指示他转上了另一条路，可刚一转弯就不得不降低车速，因为路上挤满了骑自行车的人，而冲浪爱好者们更是占据了大街的两侧。

他们租的是威客路上一栋旧式的夏威夷茅屋。强尼把车子开上用碎珊瑚岩铺就的车道，稳稳地停下了车。

1　穆穆袍：夏威夷妇女穿的一种宽大长袍。

2　野马：福特品牌下属的一款高性能跑车。

3　西夫韦：指美国西夫韦公司，是北美最大的食品和药品零售商之一。

双胞胎兄弟迫不及待地跳出车子，他们此刻的兴奋劲儿早已经爆表。强尼拎着两个行李箱走上门前台阶并开了门。屋里铺着木地板，摆放着50年代风格的竹制家具，上面铺着厚厚的花垫子。主卧左侧是用夏威夷相思木修成的厨房和一个小小的用餐角落，右侧是宽敞舒适的客厅。一台大屏幕电视机立刻吸引住了双胞胎的注意，他们像看到香蕉的小猴子，争先恐后地飞扑过去，嘴里嚷着："我先，我先。"

他走向面朝海湾的一扇玻璃推拉门。视线越过芳草萋萋的庭院，便能望见迷人的哈纳雷湾。他还记得最后一次和凯蒂来这里的事。**把我抱到床上去吧，强尼·雷恩，我不会亏待你的……**

威廉一头撞到他身上："爸爸，我们饿了。"

路卡也跑过来说．"都快饿死了。"

这一点都不夸张。按照家里的时间，现在应该是夜里9点了。他怎么会把孩子们吃饭的事儿都忘掉呢？"吃饭。我带你们去酒吧，那是我和你们的妈妈以前最喜欢去的地方。"

路卡咯咯直笑："爸爸，我们不能去酒吧啊。"

强尼揉了揉路卡的头发："也许在华盛顿不行，但在这里是可以的哦。"

"太棒了！"威廉高兴地叫道。

强尼听到玛拉在厨房里忙碌的声音，她正把买来的东西分类归整。这似乎是个好现象，因为强尼既没有求她这样做，也没有逼她。

他们用了不到半小时就把东西收拾停当，打扫了房间，还换上了短裤和T恤。随后他们沿着一条安静的街道来到镇中心一栋看起来又破又旧、摇摇欲坠的木制建筑前。这就是大溪地纽宜酒店。

这里的装修带有浓郁的波利尼西亚怀旧风格，凯蒂生前非常喜欢。据说酒店内部的样子已经四十多年没有改变过。

酒吧里挤满了来自世界各地的游客和本土居民，从他们的衣着可以轻而易举地区分开来。他们一家人在舞台附近找到了一张小巧的竹制桌子坐了下来。虽说是舞台，其实只是一个长四英尺宽三英尺的小台子，上面摆了两张凳子和两个立式麦克风。

"这里太棒了！"路卡兴奋地人叫道，然后一屁股坐到椅子上，引得强尼不由担心他会把椅子坐烂摔到地上去。通常强尼总会提前警告几句，让孩子们规规矩矩，但他们此次来的初衷就是为了这样的热情，所以他干脆闭紧嘴巴，任由他们想怎样就怎样好了。一脸倦容的女服务员刚把他们的披萨端上，乐队——两个拿着尤克里里的夏威夷人——便登台了。他们先用尤克里里[1]翻唱了IZ[2]的一首经典歌曲《彩虹之上》。

强尼仿佛感觉凯蒂就坐在他身边，靠在他的肩膀上，用略微跑调的声音轻轻地跟着哼唱，可当他扭过头时，却只看到一脸不悦的玛拉。

"又怎么了？我没发短信啊。"

他一时语塞，不知道该说什么。

"随便了。"玛拉虽然这样说，但看上去却非常失望。

又一支歌开始。当你看到月光下的哈纳雷湾……

一位美丽的女子款款走上舞台，和着歌声跳起了草裙舞。她脸上洋溢着灿烂的笑容，一头漂亮的金发因为日光的暴晒而略微褪了点颜色。乐声停止的时候，她来到这一家人的桌子前。"我记得你。"她对强尼说，"上次你妻子还说想学草裙舞呢。"

威廉瞪大眼睛看着这个女人，接口说道："她已经去世了。"

"哦。"女人惊讶地说，"真是抱歉。"

天啊，强尼已经厌倦了这种无关痛痒的客套话。"如果她知道你还记得她，一定会很高兴的。"他淡淡地说。

"她的笑容特别美丽。"女人说。

强尼点点头。

"节哀顺变。"她像老朋友一样拍了拍强尼的肩膀，"希望这座小岛能够帮你们减轻些哀痛。相信我，只要你们愿意打开心门，它会的。祝你们早日振作起来。"

随后，他们顶着夕阳的余晖往回走。双胞胎兄弟俩虽然已经很累，但一路上仍然放肆地打打闹闹，强尼懒得管他们。回到住处，他便安顿他们上床睡觉。他把兄弟俩塞进被窝，并在他们额头上分别吻了一下。

"爸爸？"威廉打着哈欠问，"明天我们可以下水游泳吗？"

"当然可以，征服者。我们来这儿就是为了玩的。"

"我要第一个下水，路卡是个胆小鬼。"

"我才不是呢。"被说的那一个立刻反驳。

强尼又吻了吻他们，便站起身。他用指尖在头发间梳了梳，叹口气，穿过房子去找他的女儿。玛拉正坐在阳台的一张沙滩椅上。月光似一袭轻纱，笼罩着广

---

[1] 尤克里里：指夏威夷的四弦琴。
[2] IZ：夏威夷音乐里赫赫有名的歌唱家，擅长演唱和弹奏夏威夷四弦琴，全名为 Israel Kamakawiwo'ole，由于名字太长，歌迷们通常就昵称他为 IZ。

阔的海湾。空气中弥漫着海盐和鸡蛋花[1]的味道。咸味儿中透着芬芳，令人陶醉，惹人向往。两英里长的弯曲海滩上处处点缀着篝火，无数朦胧的身影围着火堆，有的在跳舞，有的只是充当观众。人们个个热情如火，欢笑声惊天动地，相比之下，竟连轰鸣的浪涛声也黯然失色。

"妈妈还在的时候我们就该一起来这里。"玛拉说。她的声音听起来年轻、忧伤、遥远。

是啊，多么痛的感悟。他们不是没有想过。多少次他们计划好了旅行，最终却因为早已忘记的理由而放弃了？你以为自己还有大把的时间去做一些事，可最终要做的时候却发现已经来不及了。"也许她正看着我们呢。"强尼说。

"你就自我安慰吧。"

"很多人都相信这个的。"

"真希望我也是其中之一。"

强尼叹了口气："是啊，我也希望。"

玛拉忽然站起身，眼睛一眨不眨地盯着爸爸。强尼从她的眼神中看到了难以消解的忧伤。"你错了。"她冷冷地说。

"什么错了？"

"这里的风景改变不了任何东西。"

"我需要离开家，换个地方。这你能理解吗？"

"理解。可我需要的是留下。"

说完她扭头走回屋里。门砰的一声关上了，强尼愣在原地，女儿的话几乎令他浑身发抖。他从没有真正想过孩子们需要什么。他用自己的需要绑架了孩子们的需要，并自以为是地认为他们都会慢慢好起来。

凯蒂对他一定失望极了。是啊，又一次失望。而且更糟的是，他知道女儿说得没错，他的确错了。

他想看到的并不是天堂，而是妻子的微笑，然而这微笑永远地离开他了。

这里的风景改变不了任何东西。

---

1 鸡蛋花：夹竹桃科鸡蛋花属的一种肉质落叶灌木或小乔木，别名缅栀花。

第四章

即便在天堂——或许尤其在天堂——强尼也无法安眠。和过去一样，他不习惯孤单。可是每天早晨他照样会醒来，为了看那阳光和蓝天，听海浪嬉闹般冲上沙滩的声音。通常他都是第一个醒来的人。作为一天的开始，他首先会在阳台上喝杯咖啡。从那里，他目睹着黎明降临在这片蓝色的马蹄铁形状的海湾。他和凯蒂经常在这里谈天，说些早就该说却迟迟未说的话。最后，凯蒂已经气息奄奄的时候，家里的气氛比灰色的法兰绒还要阴沉忧郁。到处静悄悄的，光线永远那么柔和。他知道玛吉已经和凯蒂谈过她的后事——她最放心不下的就是孩子们，因为她知道孩子们会伤心难过，这是她临走之前最大的痛苦——可是强尼没有勇气听这些话，包括凯蒂最后的那一天。

*我已经准备好了，强尼。*她气若游丝地说。*我希望你也准备好了。*

但他竟然说：*我做不到。*他本该说我会永远爱着你的。他应该牵着她的手，告诉她什么都不要担心。

"对不起，凯蒂。"他喃喃地说，可是已经太晚了。他想如果凯蒂能够听到，一定会给他暗示的，他希望发丝间能突然吹过一阵微风，或者有一朵小花掉落在他的腿上，怎么都行。可是他没有发现任何迹象，只听见海潮卖弄风情般一波又一波冲上滩头。

他认为，小岛对双胞胎兄弟俩的确起到了作用。他们从早到晚没有一刻工夫闲得下来。他们在院子里赛跑，在泡沫翻滚的碎浪中学习人体冲浪，轮流把对方埋进沙里。路卡每天在闲谈中仍会不时提到凯蒂，不过他的语气是轻松自在的，仿佛妈妈并没有去世，而只是去了趟商店，说话间就能回来。刚开始，其余的人都会觉得紧张不安，可时间久了，就像无休无止翻滚着的温柔的海浪一样，人们渐渐习惯了它的存在。路卡把凯蒂重新带回到了他们这个圈子，使她的存在常态化，使大家提到她时不再黯然神伤。*妈妈一定很喜欢……*这句话成了他们最常用的说法，而每个人都从中感受到了温情与安慰。

然而，也许这还不够。在考艾岛度过了一个星期，强尼仍然在为玛拉的事头疼。到底用什么方法才能帮助女儿呢？他一筹莫展。女儿已经是个大姑娘了，她优雅美丽，注重仪表，只是眼神不够深邃，步态也稍显机械。当他和两个儿子在水中玩闹时，玛拉却坐在沙滩上听音乐、玩手机，仿佛那东西是个信号发射器，能搬来救兵带她脱离苦海。要求她做的一切她都会去做，没有要求的她也一样会做，可明眼人都看得出来她的心不在焉。不管什么时候，只要有人提到凯蒂，她总会撂下一句类似她已经不在了这样的话，然后转身走开。她总是转身走开。她原本就不想来这里度假，所以每天都要重申数次。假期过了数天，她还连一个脚指头都没有碰过海水。

像现在这样，强尼正站在及腰深的碧蓝的海水中，教两个儿子如何用他们的泡沫塑料滑板冲浪，而玛拉却坐在一张亮粉色的沙滩椅上，扭头盯着她左边的什么东西。

就在他看着女儿的当儿，一群年轻小伙子向玛拉走去。

"好好走你们的路，小子们。"他闷声咕哝说。

"爸爸，你说什么？"威廉喊道，"快推我啊。"

强尼把威廉推向一个浪头，嘴里提醒道："踩水。"可是他的目光却并不在儿子身上。

岸上，那群年轻人像一群蜜蜂围着一朵鲜花似的围在玛拉身边。

这些男生的年龄明显要大些，很可能是大学生。正当他想从水中出来，大步走过热腾腾的沙滩，抓住其中一个小子的头发好好给他上一课时，那群年轻人却自己走开了。

"小家伙们，我去去就来。"他说着蹚过一道两英尺高的海浪来到岸上，坐在了女儿身边，"那群后街男孩儿想干什么？"他尽量让自己的声音轻松随意。

玛拉没有回答。

"对你来说他们年龄太大了，玛拉。"

她终于朝他扭过头来，只是黑色的太阳镜遮挡了她的眼神："爸，我们只是随便聊了几句，又不是上床，有什么大不了的？"

"聊什么？"

"没什么。"说完她起身向住处走去，留下爸爸独自琢磨这短短二个字的意思。推拉门哐当一声在玛拉身后关闭。一周以来，他们父女之间的每一次交流都超不过三句话。她的愤怒就像一个特氟龙盾牌。他偶尔能瞥见女儿的痛苦、困惑与忧伤，但那样的时刻转瞬即逝。她就这样躲在自己的愤怒背后——一颗小女孩儿的心蜷缩在一个大人的身体里。强尼不知道该如何突破这层表面，因为那向来是凯蒂的工作。

那晚，强尼躺在床上，双手交叠枕在头下，望着空气发呆。头顶的天花板上，一台吊扇有气无力地旋转着，扇叶搅动空气呜呜作响，而每转一圈，机械装置里就会传来一个清脆的咔嚓声。微风吹来，门上的活动百叶窗发出轻微的哗啦哗啦的声响。

假期的最后一晚——如果这还能称之为假期的话——他仍然难以入睡。这丝毫没有让他感到意外，而且他估计这一夜他很可能将彻夜难眠。他扫了一眼桌上的电子钟：凌晨2：15。

他一把掀开被子，翻身下了床。拉开百叶门，他来到了阳台上。天上挂着一轮满月，亮得不可思议。黑色的棕榈树在带着鸡蛋花香味的空气中左摇右摆。海滩看起来就像一条弯曲的生了锈的银带子。

他在阳台上伫立许久，呼吸着芬芳的空气，聆听着海浪的声音。此刻他的心无比平静，倒使他对入睡有了一点点信心。

他摸黑穿过屋子。半夜查看孩子们睡觉的情况，这是度假一周来他养成的新习惯。他小心翼翼地打开了双胞胎兄弟卧室的房门。他们睡在两张并排放在一起的单人床上。路卡搂着他最喜爱的玩具——毛绒填充虎鲸。但他的哥哥从来不喜欢这种小孩子的玩意儿。

强尼轻轻关上门，来到玛拉的房间外，悄悄开了门。

然而他看到的房间内的情景却出乎他的意料，他微微愣了一下神才发现不对劲的地方。

玛拉的床上根本没人。

"怎么回事？"

他打开灯，走近一点查看。

她走了。金色的人字拖鞋不见了，手袋也不见了。他只知道这些东西，不过这足以令他相信女儿并没有被绑架。因为窗户是开着的，女儿睡觉前还是锁着的，而且窗户只有从里面才能打开。

她偷偷溜出去了。

"该死的！"他返回厨房，在橱柜里东翻西找，终于找到了一支手电筒，于是便拿着它出门寻找他的女儿。

相比白天的热闹，夜里的海滩格外冷落。大部分地方都空空荡荡的，只能偶尔看到一对对夫妻或情侣手牵手沿着海浪留下的银色的泡沫痕迹散步，或者互相依偎着缩在大浴巾里。强尼才不管别人是否介意，拿手电筒把那些人挨个儿照了一遍。

在伸向海湾的一段古老的水泥码头上，他驻足聆听。他能听到笑声，也能闻到烟味儿。因为前方不远处就有一堆篝火。

而与此同时，他也闻到了大麻的味道。

他走上草地，绕过旧码头的起点，向一片树林走去。那一带被本地人称为黑壶滩。

篝火恰好位于哈纳雷湾与哈纳雷河之间的一片空地上。虽然还隔着很远的距离，但强尼已经听到了音乐声——是亚瑟小子[1]的歌，这一点他很确定——从廉价的塑料扬声器中传出来。几辆小汽车开着头灯照明。

几个年轻人正围着篝火跳舞，但大部分都围着一排泡沫冷藏箱。

玛拉正和一个头发长长、光着膀子、下身穿沙滩短裤的年轻人跳舞。她仰脖喝掉瓶里的最后一口啤酒，屁股随着音乐扭来扭去。她穿着一条牛仔短裙，那裙子小得不能再小，和一片鸡尾酒餐巾纸差不了多少。上身穿一件剪短了的小背心，故意露出她那平坦的腹部。

强尼大步流星地闯进了这场派对，却几乎没有一个人注意到他。当他一把抓住玛拉的手腕时，玛拉先是很随意地笑了笑，而待她认出抓她的人是谁时，不由惊讶地嘘了一口气。

"喂，老家伙。"玛拉的舞伴儿喊道。他使劲皱着眉头，好像是为了双眼能够聚点光。

"她今年16岁。"强尼尽力克制着。他觉得自己应该得一枚勋章，因为他没有一拳把那小子打倒在地。

"真的？"年轻人挺直身子后腿了两步，双手举在空中，"伙计……"

"这是什么意思？是不知道还是装傻？难道是承认自己干了坏事？"

小伙子不解地眨着眼睛："哇哦，你说什么呢？"

强尼硬生生地把玛拉从派对上拽了出去。起初她还抱怨个不停，但后来吐了爸爸一鞋一脚，也就渐渐安静下来了。回沙滩的路上，玛拉又吐了两次，每次都是强尼替她撩起头发，看她东倒西歪的样子，强尼只好扶着她向前走。

回到他们的小屋，他把玛拉领到了阳台上。

"我快难受死了。"她轰然倒在座位里，呻吟着说。

---

[1] 亚瑟小子（Usher）：美国R&B流行歌手和演员，成名于20世纪90年代中后期，得过5项格莱美奖。

强尼在她身旁坐下:"你知不知道一个女孩子在那样的环境里有多危险?搞不好你就会惹上麻烦的!"

"尽管吼吧,我不在乎。"她转脸面对他。她的眼眸里有种令他心碎的哀伤,一种对悲痛与不公的全新理解。失去妈妈的伤痛正开始塑造她的人生。

强尼有种置身荒野的感觉。他知道女儿需要什么:安慰。她需要他向她撒谎,告诉她即使没有妈妈她也一样能够快乐地生活。可那是自欺欺人。他们两个心知肚明,这世上再也没有真正懂玛拉的人了。他只是个可怜的替代品。

"随便了。"玛拉说着站起身,"你可以放心了,老爸,这种事不会再有下次。"

"玛拉,我已经在努力了,只是请你给我一点——"

可是女儿已经大步走进屋里,并砰的一声关上了房门,他的话简直连耳旁风都不如。

强尼也回到自己的房间,可他的心情久久难以平复。他躺在床上,听着头顶吊扇有节奏的声响,试着想象从明天开始生活会变成怎样。

可他无法想象。

他无法想象回家之后,站在凯蒂的厨房里会是怎样的心境;无法想象夜里独自睡在床的一侧,早上等待凯蒂把他吻醒却再也等不到的情景。

不!

他需要一个新的开始。他们全家都需要。这是唯一的办法,而不是短短一个星期的度假就能解决的问题。

考艾岛时间早上7点,他打了一个电话。

"比尔,"朋友的电话接通后他说道,"你还在为《早安,洛杉矶》栏目找监制吗?"

2010年9月3日
早上6:21

"雷恩先生?"

强尼从回忆中走出来。当他睁开双眼,天已经大亮,空气中弥漫着消毒剂的味道。他仍坐在医院等候区的一张硬塑料椅上。

一名身穿手术服头戴手术帽的男医生站在他的面前:"我是神经外科的雷吉·贝文医生。您是塔莉·哈特的家人吗?"

"是的。"他回答,顿了一下之后,他又问道,"她怎么样?"

"还没有脱离危险。我们已经先把情况稳定下来了,马上就可以手术,但是——"

蓝色警报[1],9号外科病房有蓝色警报!走廊里响起急促的声音。

强尼猛然站起身:"是说她吗?"

"是,"医生说,"你在这儿等着,我一会儿回来。"

贝文医生并没有等待强尼的回应,扭头便向电梯跑去。

---

[1] 蓝色警报:在医院中蓝色警报通常指病人出现生命危险的紧急情况。

第五章

我在哪儿?

黑暗。

我睁不开眼睛。或许眼睛睁开了,只是周围太黑看不到东西。又或者,我的眼睛已经不中用了。也许我已经瞎了。

让开!准备除颤!

什么东西在我胸口重重击了一下,我的身体不受控制,先是向上弓起,后又轰然坠下。

没有反应,贝文医生。

我突然感觉一阵剧痛,一种难以想象的痛,痛得我连求生的意志都想要放弃。紧接着,又是一片虚无。

我陷入了奇怪的静止状态,像死死屏住的一口呼吸。包围我的黑暗浓厚而安静。

现在我可以很轻松地睁开眼睛了。四周仍然一片黑暗,但与之前却有所不同。液体,乌黑得如同海底的水。我试着移动,发现阻力异常强大。于是我不停地推啊推,直到坐起来。

黑暗在渐变性地消退,变成一片灰蒙蒙。远处出现了光,呈漫射状,像朦胧的日出。可是随后突然之间,一片光明。

原来我在一个房间里,而我的身体却高高在上,正俯瞰着房间里的一切。

下面有群人正紧张地忙碌着,他们嘴里不时冒出些我听不懂的话。房间里有各种仪器,白色的地板上有红色的东西在流动。这情景似曾相识,我以前肯定见过。

这些人里面有医生也有护士。哦,原来我在医院的病房里。他们正忙着拯救某个人的生命。只见这群人围在一台轮床的两侧,床上躺着一个人,一个女人。等等,有点不对劲。

躺在轮床上的人竟然是我?

那个一丝不挂、遍体鳞伤、浑身淌着血的女人正是我自己啊。地板上流动的血来自我的身体。我能看到自己满是血污的青肿的脸。

可奇怪的是我竟没有丝毫的感觉。那的确是我,塔莉·哈特。躺在轮床上奄奄一息的病人。可我也是我呀,我正浮在屋顶的角落里,像个旁观者一样看着下面的一切。

急救人员围在我的身旁。他们互相叫喊着——从他们张大的嘴巴、涨红的脸和深皱的眉头我能看出他们的焦灼和忧虑。他们把更多的仪器拖进房间,轮子在淌着血的地板上吱呀打滑,红色的版图上留下一道道白色的痕迹。

他们的声音对我来说似乎没有任何意义,就像《查理·布朗[1]》特别节目中的成人配音:哇——哇——哇。

她快不行了。

我似乎应该关心才对,可我不在乎。眼前的情景就像我曾经看过的肥皂剧。我翻转身体,墙壁忽然消失了。远处有一片沸腾的明亮的光,它召唤着我,温暖着我。

我心里想着:过去吧。而身体却已经在移动。我飘进了一个明亮得刺眼的世界。蓝,蓝的天;绿,绿的草;棉絮一样的云朵里落下雪一样洁白的花。还有光。美丽,耀眼,见所未见。我平生第一次感觉如此平静,如此安宁。当我穿过草丛,面前忽然出现了一棵树,起初还是棵幼小的树苗,枝干弯曲,浑身疙疙瘩瘩。可我站在那里的当儿,它却疯狂地生长起来,不断地开枝散叶,直至占据了我的全部视野。我心想要不要往回走,万一这棵树继续生长下去,把我吞进它那错节纠缠的根里呢?树生长的同时,黑夜降临在我的周围。

抬起头,我看到了许多星星,北斗七星、猎户腰带,都是我小时候在我们家庭院里就已经认识的星座,那时的世界似乎很小,小到装不下一个女孩儿所有的梦想。

从某个遥远的角落我依稀听到了歌声。《比利,别逞英雄》[2]……

在某种程度上,这首歌启发了我,使我难以呼吸。13岁那年这首歌曾经让我哭泣。那时我以为它讲了一个悲惨的爱情故事,但现在我认为它是一个悲惨的人生故事。

生命不能拿来开玩笑……

---

[1] 查理·布朗:美国著名漫画家查尔斯·舒尔茨笔下思维奇特的小学生,史努比是他最喜欢却又不安分的小狗。

[2] 《比利,别逞英雄》:这是20世纪70年代的一首老歌,描述美国内战时期一对夫妻之间的爱情故事。

我的面前出现了一辆自行车，一辆旧式的带香蕉形车座的女式自行车，前面还装有一个白色的车篮。它斜靠在一道玫瑰篱笆上。我走过去，骑上车子，踩下踏板……可是去哪儿呢？我不知道。车轮下忽然出现了一条路，一直通往我目力所及的地方。这是个星光灿烂的夜晚，我忽然又像个小孩子一样骑着车子飞也似的冲下山坡。我的头发随风飘动，不时地扫在我的脸上。

我知道这个地方。这是萨默山。它早已融入我的灵魂。显然我并不是真的在这里。真实的我还躺在医院的病床上奄奄一息呢。所以说，这一切都出自我的幻想，但我并不介意。

我张开双臂，任由自行车越跑越快。我想起第一次这么做时的情景。当时我和凯蒂都上初中。我们骑的也是这种自行车，走的也是这条山路。我们的友谊就是从那时开始的，并成了我人生中唯一一段真挚纯洁的感情。当然，凯蒂之所以能跑出来和我一起疯，完全是被我逼的。是我在三更半夜的时候用石头砸她卧室的窗户，把她叫醒并央求她和我溜出去的。

难道我早就知道那一次选择会改变我们两个的人生吗？不。但我确实知道我的人生需要改变。我怎么会不知道呢？妈妈虽然没有丢弃我，但却对我不闻不问，我的整个童年不得不假装现实的一切都是虚幻的。只有与凯蒂在一起时我才会真正坦诚相见。她是我永远的好朋友，是唯一一个无条件接受我并爱我的人。

我们成为朋友的那一天我终生难忘。现在我知道为什么会记得那么牢了。我们都是14岁的小女生，都没有什么朋友。我们两个就像盐和胡椒一样特立独行、与众不同。我们认识的那天晚上，我对酩酊大醉的妈妈说我要去参加一场中学生派对，她交代我说要尽情地玩。

在一片黑暗的树丛里，一个我刚刚认识的男孩子强暴了我，并把我一个人丢在野地里。独自走回家的途中，我看到凯蒂坐在她家的篱笆墙上。从她家门前走过时，她忽然开口和我说话了。

"我喜欢在晚上来这里，星星很亮。有时候如果一直看着天空，会觉得星星像萤火虫一样在四周飞落。"牙齿矫正器使她说起话时有些含混不清。"也许这条街的名字就是这么来的。跟你说这些，你八成觉得我是书呆子吧？……嘿，你脸色不太好。而且身上有呕吐的臭味。"

"我没事。"

"真的没事？"

真是见鬼，我竟然哭了起来。

那就是我们两个故事的开始。我把我最羞愧的秘密告诉了她，她伸出手，我紧紧握住。自那天起，我们就成了形影不离的好朋友。从高中到大学，以及毕业之后。我的任何经历只要还没有与凯蒂分享就不算是真的，一天之中倘若我们没有说过一句话，那么这一天就是不完整的。到18岁时，塔莉与凯蒂这两个名字已经紧紧连在了一起，什么都无法分割。我陪她经历了人生中一件又一件大事：结婚、生子、写书；2006年她咽下最后一口气时，我仍然陪在她身边。

我张开双臂，让风从我的发丝间流过，让记忆与我并肩同行。我心里想：*我就应该这样死去。*

死？谁说你要死了？

不管在哪里我都能认出这个声音。过去这四年里，没有一天我不在怀念着它。

凯蒂。

我扭过头，看到了令人难以相信的一幕：凯蒂骑着自行车就飞驰在我的旁边。她的形象无比巨大，而我也毫不奇怪地认为这是自然。这是我进入光明的时刻，而她一直都是我的光明。在这短暂而美丽的最后瞬间，塔莉与凯蒂再度重逢了。

"凯蒂。"我充满敬畏地叫道。

她冲我微微一笑，短短几年，这笑容似乎变得麻木起来。

然而紧接着我只知道，我们又像过去那样坐在了皮查克河绿草如茵的岸边，恍如回到了20世纪70年代。空气中飘荡着雨水、泥土、青草和绿树的气息。我们靠在一根行将腐朽、浑身苔藓的木头上休息。河水打着旋，发出汩汩之声，从我们前面流过。

嘿，塔莉。她说。

听到她的声音，一股莫名的幸福感油然而生，一只美丽的、浑身雪白的鸟儿张开了翅膀。到处都是光芒，笼罩着我们。在这光芒中，我又一次感受到了美丽的宁静，它令我安然、舒适。我已经痛苦了太久，而孤独的时间甚至更长。

我转向凯蒂，贪婪地望着她。她的身体几乎透明，且微微发光。当她移动时，哪怕是无比轻微的一个举动，我也能看到她身卜的小草的影子。当她看着我时，我能从她眼中同时看到忧伤与快乐。我很奇怪这两种截然相反的情感怎么能在她身上实现如此完美的平衡与共存。她叹了口气，我闻到一股薰衣草的芳香。

河水冒着泡泡，轻轻拍打着河岸，送来阵阵浓郁丰饶的同时包含着新生与腐朽的气息。这气息继而又变成了音乐，我们的音乐。水波形成音符，不断升高。我仿佛听到特里·杰克斯唱起了《阳光季节》：*我们拥有幸福快乐，也曾拥有阳光季节*。多少个夜晚，我们带着收音机来到这里席地而坐，一边谈大说地，一边聆听一首首老歌：《舞后》《你使我感觉像在跳舞》《加州旅馆》《心跳节拍》等。

出什么事了？凯蒂悄悄问道。

我知道她在问什么。"我为什么会在这儿"——还有"我为什么会在医院"。

跟我说说吧，塔莉。

上帝呀，我多么怀念她这句话。我想跟我的好朋友说说话，告诉她我有多么失败。她总能把一切安排得井井有条，做得妥妥当当。可是想说的话全都离我而去。我搜肠刮肚也找不出一个合适的字眼，每当我刚一靠近，它们就像精灵一样全都溜走了。

你不必说话。只需闭上眼睛回忆。

我还记得开始出问题的时间。那一天，比任何一天都阴暗；那一天，改变了一切。

2006年10月。葬礼。我闭上眼睛开始回想，我又站在了圣塞西莉亚教堂的停车场上……

我孤身一人，周围规规矩矩地停满了车子。我注意到，有好多越野车。

凯蒂临终前曾送给我一封信和一个iPod作为告别礼物。按照她的要求，我应该听着《舞后》，独自跳上一曲。我不想这么做，但我没有别的选择。而实际上，我听到第一句歌词：你可以尽情舞动。在那短暂而奇妙的一瞬间，音乐把我的灵魂带走了。

也就在这时，尴尬的一幕出现了。

我看到她的家人向我走来。强尼、凯蒂的父母巴德和玛吉、她的孩子们、她的弟弟肖恩。他们像一群刚刚经历过死亡行军的战俘——筋疲力尽、意志消沉，却又因为自己还活着而惊讶不已。我们碰了面，有人说了些话，谁说的，说了什么，我全不知道，反正我只管回答。我们都假装没事一般。但强尼一脸不悦——除了愤怒，他还能怎样呢？

"客人们都要到家里去。"他说。

"这是她的意思。"玛吉说。（她怎么还站得住？她那瘦小的身躯怎么可能承受如此沉重的悲痛？）

对凯蒂生命的庆祝？这想法让我觉得恶心。

我没有化悲痛为力量甚至化悲痛为欢乐的本事。我做不到。我一直要求她战斗到最后一口气。这是个错误。我应该多听一听她的恐惧，安慰她。可是相反，我向她保证说，一切都会好起来，她会痊愈的。

但我又向她做了另外一个保证。那是在她弥留之际。我答应她好好照顾她的家人，保护她的孩子，再也不让她失望。

我跟着玛吉和巴德上了他们的沃尔沃轿车。车里的味道使我不由想起了我在他们家——穆勒齐家度过的童年时光：薄荷香烟、露华浓香水，还有发胶。

我又开始想象凯蒂就坐在我的旁边，我们在后排，她的爸爸开着车，妈妈朝开着的车窗外吐着烟。我甚至听到约翰·丹佛[1]又唱起了他那首经典的《高高的落基山》。

从教堂到雷恩的家虽然只有短短的四英里，可走起来却仿佛没完没了。不管我朝哪个方向看，眼睛里都是凯蒂的生活。她经常光顾的汽车咖啡店，有她最喜欢吃的牛奶焦糖冰淇淋的冰淇淋店。圣诞节期间，她最先光顾的总会是书店。

后来我们就到了家。

院子里杂草丛生，毫无规矩。凯蒂早就说要学习园艺，可到头来也没有成行。

车刚一停稳我就钻了出来。凯蒂的弟弟肖恩走到我跟前站住。他比我和凯蒂小五岁，可他身体瘦长，一脸书呆子气，又有点弯腰驼背，因此看上去倒更老些。他的头发正日渐稀疏，眼镜也早已过时，可是镜片后面那双绿色的眼睛却像极了凯蒂，我禁不住抱了抱他。

紧接着我后退了一步，等着他开口说话。可他不言不语，我也一直保持沉默。我们平时就没有太多话说，显然谁也没打算把今天作为对话的开始。明天他就要回硅谷去，继续干他的高科技工作。我想他大概独身一人，夜里喜欢玩电脑游戏，每顿饭就只吃三明治应付了事。我不知道这与他真实的生活是否接近，但我就是这么想的。

他转身走开了，剩下我一个人站在车旁，凝视着这栋我一向将其视为自己家的房子。

我不能进去。

我做不到。

但我必须进去。

我深吸了一口气。如果这世界上还有一件事是我知道该怎么做的，那就是咬紧牙关继续向前。我已经升华了克制的艺术，不是吗？我总有办法忽视自己的痛苦，微笑着继续向前。这就是我现在要做的事。

为了凯蒂。

1　约翰·丹佛：美国乡村民谣歌手。

我走进屋子，并到厨房给玛吉帮忙。我们一起着手聚会的准备工作。我手脚不停，像勤快的蜂鸟一样飞来飞去。这是我忘掉痛苦的唯一方法。**不要想她，不要回忆。**我和玛吉成了配合默契的搭档，一言不发地准备着这场我们谁都不愿意参加的聚会。我在屋里支起一个个画架，摆上凯蒂精心挑选的能够反映她一生的照片。可我一张都不敢直视。

我不停地深呼吸好让自己保持镇定，这时门铃响了。身后很快就传来鞋踩在硬木地板上的声音。

是时候了。

我转过身，努力微笑，但我的笑容极其勉强，而且很难保持。我小心穿过人群，给客人倒酒，收走用过的碟子。每一分钟都像是意志的胜利。在人群中走来走去，我无意中也能听到人们聊天的只言片语。他们在谈论凯蒂，在分享回忆。我不想听——任何关于凯蒂的片段都能深深刺痛我，我已经快要承受不住——但这样的故事无处不在。我听到人们说起她在扶轮社[1]拍卖会上的事，忽然发觉这个屋子里的人们所谈论的是另一个凯蒂，一个我不熟悉的凯蒂。我的心一下子更疼了，而且我尝到了嫉妒的滋味。

一个穿着落伍且极不合身的黑裙子的女人走过来对我说："她经常把你挂在嘴边。"

我感激地报以微笑，说："我们是三十多年的好朋友。"

"化疗期间她真的好勇敢，你说呢？"

这个问题我无法回答。因为当时我并不在她身边。在我们三十多年的友谊中，曾有过一段为期两年的裂痕，那是我们争执最激烈的时候，严重到互不往来的地步。我知道凯蒂消沉了很久，我也曾试着帮助她，可一如既往，我在方法上出现了错误。最终，凯蒂被我伤透了心，而我也始终没有道歉。

我不在的那段时间，我的好朋友和癌症进行着殊死的搏斗并切除了两个乳房。当她的头发严重脱落时，我不在她身边；当她的病情出现恶化时，我不在她身边；当她决定终止治疗时，我仍然不在她身边。我注定要为此内疚一辈子。

"第二轮化疗实在太残酷了。"另外一个女人说。她下身穿了一条黑色紧身裤，脚上穿着芭蕾平底鞋，上身是一件大号的羊毛衫，看上去就像刚刚练完瑜伽过来。

"她剃头的时候我正好在场。"又一个女人说道，"当时她还笑呢，说自己成了女大兵。我从来没见她哭过。"

---

[1] 扶轮社：始建于1905年，是世界上历史最悠久的一个服务性社团组织。

我的喉头一阵哽咽。

"还记得吗,玛拉参加比赛时她还带去了柠檬条小吃,"另一个人说,"自己都没几天好活了,却还记得带小吃,这种事也只有凯蒂才做得出来。"说到这里,女人们都沉默了。

我实在听不下去了。凯蒂曾特别嘱咐我,要让人们微笑着参加聚会。没有人比你更能活跃气氛了,塔莉,答应我,一定要到场。

义不容辞,亲爱的。

我从那群女人的包围中逃离出去,走到CD播放器前。正在播放的是一首忧郁沧桑的爵士乐曲,这样的音乐只会让人们的情绪越来越低落。"凯蒂,这首曲子是送给你的。"我说着把一张CD塞进了碟仓。音乐声响起时,我把音量调到了最大。

我看到了屋子另一头的强尼。他是凯蒂的人生挚爱,可悲的是,他也是我人生中唯一的男人,或者说他是我见过的唯一可以称得上是男子汉的人。然而我看到的这个人憔悴不堪,几乎已经垮了。也许不认识他的人看不到这一点——他那佝偻的双肩,刮脸时漏掉的胡楂,眼角的皱纹,都说明他已经数日不曾睡过好觉。我知道他不可能给我安慰,因为悲痛已经榨干了他的身体。

我和这个男人相识已久,或者可以说我人生的大部分时间都与他有着交集。起初他是我的老板,后来他成了我最好朋友的丈夫。我们是彼此人生重大事件的亲历者,这对我来说已是最大的安慰。只要看见他,我的孤独就减少了一分。在失去最好朋友的日子里,孤独是最可怕的敌人,因此我需要他的存在。不过在我走向他之前,他却转身走开了。

音乐,我们的音乐,像灵丹妙药一般注入我的血管,充满我的身体。我不由自主地便随着节拍晃动起来。我知道我该保持微笑,可哀伤再度苏醒,转眼就肆虐成河。我看到人们注视我的目光,那是一种责备的眼神。就像我的行为极不得体,亵渎了死者。但这些人,他们并不了解凯蒂,我才是她最亲密的朋友。

音乐,我们的音乐,又把她重新带回到我的身边,这是任何语言都不具备的魔力。

"凯蒂。"我低声叫道,仿佛她就在我旁边。

我看见人们纷纷躲我而去。

我不在乎他们怎么想。只要一转身,凯蒂就在我面前。

凯蒂。

在一个摆着照片的画架前我停了下来。那是凯蒂与我的合影。照片中的我们多么年轻，笑容多么灿烂，我们臂挽着臂，没有一点距离。我想不起来这张照片是什么时候拍的了——不过从小背心、工装裤和典型的《老友记》[1]中瑞秋的发型来看，应该是20世纪90年代。

悲痛瓦解了我的小腿，我双膝一软跪在地上。压抑了一天的泪水决堤而下，我再也控制不住，呜咽起来。这时歌曲变成了Journey乐队[2]的《不要放弃信仰》，我哭得更厉害了。

我那样跪了多久？只有"永远"可以形容。

最后，我感觉有只手爬上了我的肩头，它温暖又温柔。我抬起头，泪光中看到了玛吉。她亲切而柔和的凝视让我的眼泪再度夺眶而出。

"快起来。"她说着扶我站起身。我像藤蔓一样攀附在她身上，任由她搀着我进了厨房。厨房里乱糟糟的，一帮女人正忙着清洗碟子。她转而带我去了洗衣间，那里倒格外安静。我们紧紧握着对方的手，却不说一句话。有什么好说的呢？我们都深爱的那个女人已经不在了。

永远离开了。

我突然感觉好累，累得难以支撑。我觉得自己就像一朵凋零的郁金香。睫毛膏蜇得我双眼发疼，视野仍被泪水浸染成水汪汪的一片。我摸了摸玛吉的肩膀，方才注意到她瘦得几乎只剩下骨头，仿佛一阵风就能把她吹倒。

我跟随她离开昏暗的洗衣间，重新回到客厅。但客厅里的气氛使我望而却步，我知道这里已经没有我的立足之地。真是惭愧，我无法完成凯蒂的遗愿了。我无法假装庆祝她的生命。我，一个一辈子都在强颜欢笑的人，此刻竟然装不下去了。我需要时间。

接下来我只记得到了早上。眼睛尚未睁开，心却开始痛了。她离开了。

我大声呻吟。像轮回一样不停感受失去挚爱的痛苦，难道这就是我今后的生活？

好不容易从床上爬起来，头又开始疼了。疼痛点聚集在眼窝里面，以及两侧的太阳穴上。这是自幼形成的习惯，它预示着悲痛又复活了，并以此提醒我，我很脆弱。

这种状态让我大为恼火，但我却无力反抗。

---

1 《老友记》：又译《六人行》（*Friends*），是美国NBC电视台于1994年开始推出的电视情景喜剧，共拍了10季。剧中瑞秋的扮演者是詹妮弗·安妮斯顿。

2 Journey乐队：美国史上最受欢迎的摇滚乐队之一，也是20世纪70年代晚期到80年代早期最成功的商业乐队之一。《不要放弃信仰》（*Don't Stop Believing*）是其经典歌曲之一。

我连自己的卧室都感觉陌生起来。过去五个月中我几乎没有在这里住过。6月得知凯蒂患上癌症之后，我立即改变了我的生活。我离开了我那正火得一塌糊涂的脱口秀节目，离开了我的公寓，一门心思去照顾我的好朋友。

手机响了，我跟跄着走过去，心中感激万分，这个时候任何打扰我都是欢迎的。来电显示的联系人为雷恩，我的第一反应是：这是凯蒂打过来的。于是心中一阵狂喜。可是马上我又意识到自己是异想天开。

我拿起手机，用略带紧张的声音说："喂？"

"你昨天晚上是怎么回事？"强尼连招呼都懒得打，一副兴师问罪的口吻。

"我做不到。"我说，身体不由自主地瘫在床边的地板上，"我已经尽力了。"

"是啊。谁敢不信。"

"你这话什么意思？"我坐直身体，"你是指音乐吗？那是凯蒂要求的。"

"你和你的教女说过一句话吗？"

"我试过了。"我觉得委屈极了，"她只想和她的朋友们在一起。另外两个小家伙睡觉之前我给他们读了个故事。可是……"我的声音嘶哑起来，"我控制不住，强尼，没有她我受不了……"

"你们闹矛盾那两年你还不是照样过得挺好？"

我不由猛吸一口气。他以前从没说过这种话。6月里凯蒂给我打过电话后我就直接跑到了医院，强尼当时一句话也没说，只是欢迎我重新回到这个大家庭。

"她原谅我了。而且实话告诉你，我过得一点都不好。"

"哼。"

"这么说你是不肯原谅我了？"

他叹了口气："这些都已经不重要了。"顿了顿，他又接着说道："她爱你。这才是最重要的。我们都很难过。天啊，我们该怎么熬过去呢？每次只要我看一眼床，或者看一眼她衣柜里的衣服……"他清了清已经哽咽的喉咙，"我们今天要去考艾岛。"

"什么？"

"我们需要在一起共渡难关。这也是你说的。我们的航班是夏威夷时间下午2点。"

"时间这么仓促，恐怕来不及准备吧。"我说。一幅美丽的画面在我眼前瞬间展开——我们五个人躺在迷人的沙滩上，一起治愈心灵的伤痛，"太好了，阳光还有——"

"是，我得挂了。"

他说得没错。我们可以稍后再聊。现在我需要抓紧时间。

挂了电话我便开始行动起来。因为兴奋，收拾东西并没有花多少时间。不到二十分钟，我就已经收拾完毕，还洗了个澡。我把潮湿的头发扎了一个马尾，并以最快的速度化了个淡妆。强尼讨厌我迟到。塔莉，时间，他总这样说，而且样子比数学老师还要严肃。

在我的步入式衣帽间，我挑了一件青白相间的莉莉普利兹牌连衣裙，配上银色高跟凉鞋，头上选了一顶白色宽檐帽。

套上裙子的时候，我开始联想这次度假的情景。这是我当时最需要的东西——和我唯一的家人在一起。我们会一起悲伤，一起分享回忆，让凯蒂的精神永远活在我们中间。

我们需要彼此。上帝最清楚，我需要他们。

11：20，我准备妥当，只比原计划晚了几分钟。我叫了辆林肯城市[1]。要说时间还不算太晚，到机场办理手续两个小时绰绰有余了。

我抓起手提包，离开公寓。大楼前面，已经有辆黑色的林肯城市在等着我。

我把行李往靠近车尾的马路边一放，吩咐司机说："去机场。"

意想不到的是，在这个温暖的秋日的上午，交通居然有些拥堵，我急得不停看手表。

"开快点。"我一边跺脚一边催促司机。汽车直接开到了西雅图-塔科马国际机场的候机楼，司机还没开门，我就已经迫不及待地下了车。"快点。"我一边看表一边催促司机搬出我的行李。已经11：47，我迟到了。

终于，我挎上手提包，一手按着头上的帽子，一手在身后托着行李箱向候机楼里跑去。包不停地从肩上滑落，勒着我胳膊上的皮肉。候机楼里人头攒动，我在人群中搜索着他们的身影，终于，我找到他们了，就在夏威夷航空公司的票务处前。

"我来了！"我大喊一声，并像渴望引起别人注意的游戏竞赛节目中的选手一样挥动着手臂，随后便激动地向他们奔去。强尼惊讶地盯着我，难道我做错了什么？

我气喘吁吁地停在众人面前："怎么了？干吗这样看着我？是我来晚了吗？我已经尽最大努力了。"

---

[1] 林肯城市：美国典型的大型豪华轿车，其加长版常作为礼宾车使用。

"你总是迟到的。"玛吉苦笑一下，悄悄说道，"不过不是因为这个。"

"是我穿得太正式了吗？我带的有短裤和人字拖。"

"塔莉！"玛拉高兴地叫道，"谢天谢地你来了。"

强尼凑近我，玛吉趁机躲到了一旁。他们的行为十分古怪，就像《天鹅湖》里设计好的舞台动作，这让我大为不解。强尼抓住我的胳膊，把我拉到了一边。

"塔莉，我没有邀请你啊。这次旅行只有我们一家四口。你不会以为——"

我感觉就像当众被人打了一个耳光，狠狠的耳光。我的大脑一片空白，只好吞吞吐吐地掩饰说："哦……你说我们要去考艾岛，我以为这个我们包括我呢。"

"你能理解的对吧。"这不是询问的语气，而是通知。

显然，我是个没眼色的大傻瓜。

10岁时的感觉又回来了，我孤零零地坐在肮脏的小门廊前，不知道妈妈去了哪里，心里想着为什么我这么容易被人遗忘。

双胞胎兄弟俩走到我们跟前，一边一个，脸上透着喜气洋洋的高兴劲儿，他们对即将开始的冒险之旅充满期待。两人都有一头棕色的头发，长长的，发梢打着卷儿，看上去很是桀骜不驯，蓝色的眼睛漂亮动人。从昨天开始，笑容已经重新爬上他们的脸颊。

"塔莉，你要和我们一起去考艾岛吗？"路卡问。

"我们要去冲浪呢。"威廉兴奋地说。我能想象他在水中生龙活虎的样子。

"我还得工作。"我说，尽管谁都知道我已经退出了我的节目。

"才怪。"玛拉直截了当地说，"因为你来了会给我们带来太多的乐趣，有人自然不乐意看到。"

我从两个小家伙面前抽身离开，走向正独自站在一旁玩手机的玛拉："放过你爸爸吧。你还太年轻，不懂得什么叫真爱；他们找到了，但你妈妈却离开了。"

"难道去海边玩沙子就能解决问题了？"

"坞拉——"

"我能留下来陪你吗？"

这是我求之不得的。尽管众所周知我是个以自我为中心的人——吵架的时候，凯蒂经常说我是个自恋狂——但这一次不同以往。我不是玛拉该陪的那个人，况且强尼也不可能答应。这我比谁都看得清楚。

"不，玛拉。这次不行。你得和家人在一起。"

"我一直都把你当成家人。"

"玩得开心点。"我只剩下这一句敷衍的话了。

"随便吧。"玛拉扭头走了。

看着他们离开,我倍感孤独。他们没有一个人回头看我一眼。

玛吉走到我跟前,轻轻抚摸着我的脸。她的手掌粗糙但很温柔。我闻到一股柑橘护手霜的味道,那是她的最爱,当然,还有一股淡淡的薄荷烟草香。

"他们需要这次旅行。"她轻轻地说。从她沙哑的嗓音我知道她已经疲惫到了极点。

"你还好吗?"她问我。

白发人送黑发人的哀痛正折磨着她,可她却反倒关心起我来了。我闭上眼睛,祈祷自己变得更坚强些。

这时我听到了她哭泣的声音,那声音极其微弱,像羽毛轻轻飘落,在嘈杂的候机大厅里几乎听不到。她一直强撑着,为了她的女儿和所有的人。我知道没有任何语言能够抚慰她心中的痛,所以便沉默不语,只是把她紧紧抱在怀里。最后,她的情绪终于稳定下来,自己从我怀里退了出去。

"你和我们一起回家吧?"

我不想一个人,我害怕孤独,可我不能回到萤火虫小巷的那栋房子里,现在我还没有做好准备。"不了。"我回答说。从她的眼神中我读出了理解。

随后,我们便互相道别,各走各的路了。

回到家,我在我的高层公寓里踱来踱去。这里从来都算不上是家。除了我,这里没有住过别的任何人,而且于我而言这里也仅仅是个落脚睡觉的地方。公寓里看不到多少私人纪念品或精致的小装饰。我的设计师显然格外钟情象牙白,并把白色的设计发挥到了极致:白色的大理石地板、白色的家具、白色的石头与玻璃混搭而成的桌子。

单一的白也有它独特的美丽,它仿佛在告诉人们,这里住着一个已经拥有一切的女人。可事实上,我今年46岁,仍然茕茕孑立、形影相吊。

工作。

无止境的工作,事业就是我的选择。从刚记事的时候起,我心里就有了许多宏伟的梦想。这一切都要源于萤火虫小巷里的那个家,还有14岁的我和凯蒂。那一天清晰地印在我的脑子里,就像昨天才发生过一样。这些年来,我在各种访谈节目中把这个故事讲了几十遍。那晚我和凯蒂在她的家里玩,玛吉和巴德津津有味地看着电视新闻,忽然玛吉扭头对我说:"吉恩·埃纳森正在改变世界。她是晚间新闻的第一代女主播。"

于是我说:"我以后也要当个记者。"

那是我不假思索的一句话。我想成为全世界都敬仰的女人。为此我摒弃了所有的梦想,唯独一个:我需要成功,就像鱼儿需要水。做不到成功,我能算什么呢?一个无家可归、毫不起眼、谁都可以抛弃的可怜虫罢了。

这就是我的人生所拥有的一切:名声、金钱和成功。

就这样吧,我知道。又该工作了。

这就是我摆脱悲痛的方法。我会像过去一样埋头工作。我会继续假装坚强,让陌生人的崇拜安慰我空虚寂寞的心灵。

我走进衣帽间,脱掉色彩清新的长裙子,换上一条黑色裤子和一件宽松的上衣。换衣服的时候我发现自己胖了。裤子紧紧裹着大腿,连拉链都拉不上去。

我皱起眉头。过去这几个月我怎么没有注意到自己发胖了呢?于是我又换上了一条针织裙,这时我才发现自己凸起的小腹和明显肥硕的臀部。

好极了。这下又有可操心的了:要知道在高清世界,一点点赘肉也难逃观众的眼睛。我抓起钱包就往外走,毫不理会大楼管理员放在我厨房柜台上的一大堆信件。

公寓离演播室只有几个街区,平时会有司机过来接我,但是今天,为了向我的大屁股表达敬意,我决定步行。西雅图正秋高气爽,而今天恰好阳光普照,使它成了全国最美的城市之一。游客稀少,人行道上恢复了往日的平静。本地人来来往往,行色匆匆,即使擦肩而过也未必会抬头看对方一眼。

我的制作公司位于一栋形如大仓库的建筑内,公司名为萤火虫。这个地段的房价贵得离谱,因为这里是先锋广场,离艾略特湾的蓝色海滨不到一个街区,不过开支对我来说算得了什么呢?我的节目就是一台印钞机。

我开门进去,大厅里昏暗空荡,仿佛在一个劲儿地提醒我,走吧,别回头。黑黑的影子聚集在角落里,或者藏在走廊里。走向演播厅时,我的心怦怦直跳,额头上渗出豆大的汗珠,痒痒地挂在脸上。我的手心也潮湿起来。

但我还是走上去了,站在一张能将我的世界与后台隔开的红色幕布前。我把幕布拉到了一边。

上一次在这个台上时,我对观众们提起了凯蒂的事。我告诉人们她被诊断出乳腺癌,并提醒人们应该注意哪些征兆,随后节目便停播了。现在我该告诉大家发生了什么,告诉他们我坐在好朋友的床侧,虽然明知道她时日无多却仍然握着她的手说一切都会好起来时是什么样的心情。或者告诉他们当我倒好水,并把凯蒂该吃的药准备好,然而转身却发现病床已空时是什么样的感受。

我扶住旁边的一根立柱，手心接触到的感觉是那样的冰冷无情，但它能让我稳稳站住，不至于摔倒。

我做不到。现在还不行。我还没有勇气谈论凯蒂，可如果我没有勇气谈论凯蒂，也就没有勇气回归我以往的生活，回归我的舞台，回归那个在镜头前神采飞扬的塔莉·哈特。

平生第一次，我连自己是谁都不知道了。我需要一点独处的时间，好重新找回自我。

再次来到街上时，天已经下起了雨。西雅图的天气就像娃娃的脸，说变就变。我抓着手提包，沿着湿滑的人行道蹒跚而行，奇怪的是，回到公寓大楼前时，我发现自己居然有些上气不接下气。

我只好停下来喘息片刻。

现在该干什么？

我回到我的顶层公寓，梦游般走进厨房，那里的信件已经堆积如山。有意思，离开的这几个月，我从来没想过人生中还有这么多鸡毛蒜皮的事情。我从来没有自己查看过留言或者拆开过账单，甚至连想都没有想过。我的人生有其固定的机制维持运行，他们包括我的各类代理人、经纪人和会计师。

我很清楚自己需要打起精神，重新掌控我的生活，但是坦白说，这一大堆信件的确让我望而却步。于是我给我的业务经理弗兰克打了个电话。我打算把这些乱七八糟的事情都交给他办，花钱雇他不就是干这个的嘛：替我付账单，替我投资，让我的生活简单无忧。简单无忧，这是我现在最需要的。

忙音响了许久，最终还是转到了语音信箱。我懒得留言。今天是周六吗？

也许打个盹儿会好些。穆勒齐太太过去常说，好好睡一觉，醒来啥事儿都没了。我希望如此。于是我来到卧室，拉上窗帘，爬上了床。接下来的连续五天，我几乎什么都不干，每天吃了睡、睡了吃，可我吃得很多，睡得却很少。每天早晨醒来时我都以为自己熬过去了，我终于可以走出悲痛的阴霾，重新做回从前的自己。可是每到夜里我仍然离不开杯中之物，非要喝得酩酊大醉，再也想不起好朋友的声音才能睡去。

终于，在凯蒂葬礼后的第六天，我仿佛突然醒悟了。一个宏大而美好的想法蹦进我的脑子里，我真怪自己为什么不早点想到这个主意。

我需要一个了断。唯有如此我才能放下这黑暗的悲伤继续向前，唯有如此我才有可能治愈伤痛。我需要从心灵深处正视这不幸并彻底和它说再见。我还要帮助强尼和孩子们一起走出阴影。

忽然之间,我知道该怎么做了。

把车停在雷恩家门前的车道上时,已是夜幕低垂。紫黑色的天空中散布着几颗明亮的星星,一阵微风带着浓浓秋意迎面吹来,屋旁的一排雪松像亭亭玉立的小姑娘一般晃动着绿色的裙摆。我费了好大劲才把压平的活动纸板箱从奔驰车里拖出来,然后拎着走过荒芜的前院。这里野草丛生,到处丢弃着孩子们的玩具。这一年来,已经没有人操持院子里的事了。

屋子里前所未有地昏暗、寂静。

我忽然停下来:不行,我做不到。我到底怎么想的啊?

了断。

不只如此,还有别的事。我还记得和凯蒂最后一晚的情景。她已经下定了决心,我们都知道。那个决定令我们颓丧万分,因而个个无精打采,说话如同耳语。我们有机会最后单独相处一个小时,就我们俩。我曾想爬上床和她躺在一起,搂住她骨瘦如柴的身体。可即便啜饮着痛苦的鸡尾酒,时间还是匆匆地过去了。每一次呼吸都给她带来难以想象的疼痛,而疼在她身,痛在我心。

照顾好他们。她拉着我的手,轻轻说道。我已经做了能做的一切。说到这里她竟咧嘴一笑,一缕空气颤抖着从口中呼出。没有我他们恐怕会无所适从。帮帮他们。

而当时我的原话是:谁又能帮我呢?

想到这里我一阵羞愧,脸上顿时火辣辣的。

我会永远和你在一起的。这是她对我说的最后一句话,一句谎话。之后便换作强尼和孩子们与她道别。

我已经知道。

我抓紧纸板箱,艰难地爬上楼梯,任凭纸板箱一路磕碰着早已磨损严重的楼梯边缘。在凯蒂和强尼的卧室,我停住了,忽然有种不忍心闯入的感觉。

帮帮他们。

强尼上次和我说什么来着?每次只要看一眼她衣柜里的衣服……

我嗓子里一阵难受,径直走进他们的衣帽间,打开灯。强尼的衣服全都整整齐齐地放在右边,凯蒂的衣服在左边。

看到她的遗物,我又差点失去勇气。我的膝盖松软无力,双脚站立不稳。我勉强撑开一个纸板箱,用胶布封住底部,放在我身旁。我抓起一堆用衣架撑着的衣服，一屁股坐在冷冰冰的硬木地板上。

全是她的毛衣，有羊毛的、高领的、V领的。我一件一件小心叠起来，仿佛对待极为神圣的东西，充满恭敬。我不忘闻一闻残留在衣服上的她的气味——薰衣草和柑橘。

我的心情并没有大起大落，直到那件已经洗过无数次乃至松垮变形的华盛顿大学运动衫映入眼帘。我终于忍不住了。

回忆如潮水般将我淹没。我们在凯蒂的卧室里收拾着准备上大学的东西。这一刻，两个18岁的少女已经梦想了许多年，她们整个暑假都在谈论这件事。我们不断修改梦想，直到它无比灿烂耀眼。我们打算加入同一个女生联谊会，将来都要成为著名的记者。

他们一定会要你的。凯蒂悄悄告诉我。我知道她有些害怕。这个在学校向来默默无闻的女孩儿还缺乏自信，以前她的同班同学甚至搞错她的名字，把她当成卡特叫了好几年。

你不参加我也不参加，懂吗？

这一点凯蒂始终不明白，或者说不大相信：在我们两人之间，我需要她胜过她需要我。

我把运动衫叠起来单独放到一边。这一件我要带回家去。

这一夜，我就坐在我最好朋友的衣帽间里，回想我们的友谊，把她的一生装进一个箱子。开始的时候我还努力保持坚强，可是后来这种努力让我头痛欲裂。

她的衣服就像一本记录着我们生活的剪贴簿。

最后，我找到了一件在20世纪80年代末就已不再流行的夹克衫。那是我用我挣来的第一笔收入给她买的生日礼物。至今垫肩上的金属片还闪闪发亮。

你怎么买得起啊。她把这件紫色的双排扣夹克从盒子里拿出来时惊讶地说。

要不了多久就买得起啦。

她笑了。嗯，你一定行的。我怀孕了，以后会越来越胖的。

生完孩子你一定要到纽约找我，到时候我给你买些最时髦、最漂亮的衣服……

我站起身，把夹克抱在胸口，随后下楼又给自己倒了一杯酒。客厅的音响中传来麦当娜的歌声。我驻足聆听，突然想到我把午餐的碟子落在柜台上了，晚餐时的外卖盒子似乎也该扔进垃圾桶。可当音乐贯穿我的身体，把我带回过去的美好时光时，我哪里还有工夫想那些鸡毛蒜皮的小事？

《风尚》[1]。我们曾经穿着正装跟着这首曲子跳舞。我走到播放器前，把音

---

[1] 《风尚》：麦当娜的经典舞曲。

量调大，好让我在楼上也能听到。抓住这短短的一刻，我闭上眼睛舞动起来，双手提起她的夹克，想象着她就在这里，臀部碰撞着我，笑得合不拢嘴。跳了一会儿，我又继续回去干我的活儿。

醒来时，我发现自己躺在凯蒂衣帽间的地板上，身上穿着她的黑色运动裤和那件旧运动衫。旁边的酒杯倒在地上，已经摔碎。酒瓶里空空如也。难怪我头晕目眩，还恶心得想吐。

我挣扎着坐起来，揉出垂进眼睛里的头发。这已经是我在凯蒂家的第二个晚上了。东西收拾得差不多了。她的半个衣帽间已经被清空，墙边已经摆了六个箱子。

在破碎的酒杯旁边，凯蒂的日记静静地躺在地板上。这是她生命最后几个月的全部记录。

总有一天，玛拉会回来找我的。凯蒂把这本日记塞到我手里时说。她看日记的时候你要在身边陪着。还有我的两个儿子……万一哪天他们不记得我了，就给他们看看这里面的话。

楼下的音乐还在继续。我醉得不省人事，整夜都忘了关。此时正播放着普林斯[1]的《紫雨》。

我爬起来，只觉得轻飘飘软绵绵的，但至少有些事已经办好了。这样强尼度假回来应该会轻松些。清点遗物是件折磨人的事，他没必要遭这份罪。

楼下，音乐声戛然而止。

我眉头一皱，转过身，但我还没有来得及走出衣帽间，强尼已经出现在门口了。

"这他妈是怎么回事？"他冲我吼道。

我大惊失色，愣在原地，只拿眼睛盯着他。他们这么快就从考艾岛回来了？

他的视线越过我，落在墙边的那一排箱子上。箱子已经封好，并贴了标签，比如：凯蒂的夏装、秋装、冬装、杂物等。

我看出了他的痛苦，以及他如何在随后跑上来的孩子们面前强装镇静。我走过去抱住他，同时也等待着他能抱住我。可他无动于衷，我只好悻悻地退开，泪水在眼眶里打着转："我知道你肯定受不了——"

"谁让你到这儿来的？谁给你权利把她的东西装箱打包了？它们是垃圾吗？"他的声音微微发抖，"你身上穿的是不是她的运动衣？"

"我只是想帮忙。"

1　普林斯：人称王子，20 世纪 80 年代美国最著名的歌手、流行音乐家。

"帮忙？地上的酒瓶子，柜台上的饭盒，这些也是帮忙？开那么大声的音乐也是帮忙？你倒是好心把她的衣服全都收起来，但你想过没有，我回来看见一个空空的衣橱难道会好受到哪儿去吗？"

"强尼——"我向他伸过手去，可他用力把我推到了一边，我手中的日记本也差点掉落。

"把它给我！"他干巴巴地说。

我把日记抱在胸前，向后退去："她把它托付给我了。玛拉看的时候我要在旁边陪着。这是我答应凯蒂的。"

"她在你身上犯过不少错误。"

我使劲摇摇头。事情发生得太突然，我一时半会儿还厘不清头绪："我替你收拾衣橱也错了吗？我以为你——"

"塔莉，你从来都只为自己考虑。"

"爸。"玛拉将两个弟弟拉到自己身边，"妈妈可不想看到你们——"

"她已经不在了。"他严厉地说。我看得出这几个字对他的伤害有多严重，看得出悲伤如何扭曲了他的脸。我不知道该说什么，只轻轻叫着他的名字。他误会了。我是真心想要帮忙的。

强尼不再继续逼近我，他一只手插进自己的头发，扭头看着一脸茫然又略带惊恐的孩子们。"我们搬家。"他说。

"什么？"玛拉震惊得目瞪口呆。

"我们搬家。"强尼重复说，这次他的口吻更加不容违抗，"搬到洛杉矶，我在那儿找到了新工作。我们需要一个新的开始，这里没她我住不下去。"他指了指卧室。他甚至不敢向床上看一眼，反而看着我。

"如果是因为我的话——"

他干笑几声："你当然什么事都喜欢往自己身上揽。我说得还不够清楚吗？她住过的地方我住不下去。"

我又朝他伸出手。

可他躲开了。

"你走吧，塔莉。"

"可是——"

"走吧。"他又说了一遍，而且以毋庸置疑的口气。

我拿着日记本，从他身旁缓缓走过。我蹲下来紧紧搂住两个小家伙，在他们胖嘟嘟的脸蛋儿上吻了吻，努力把他们的样子刻在我心里。

"你会来看我们的,对吗?"路卡怯怯地问道。多可怜的小家伙,他哀怨的语气令我心如刀割。

玛拉抓住我的胳膊说:"让我和你一起住吧。"

身后,强尼连连苦笑。

"你该和家人们在一起。"我轻声回答。

"这已经算不上家了。"玛拉眼中含满了泪水,"你答应过妈妈会照顾我的。"

我不能再听下去了。我不顾一切地把玛拉搂在怀中。她被搂得喘不过气,轻轻挣扎了几下。松开我的教女,我头也不回地离开了凯蒂的家。泪水模糊了双眼,我几乎看不清前面的路。

第六章

"你能不能别哼了？"我对凯蒂说，"你这样我哪里还能专心思考？况且对我来说那也不是什么美好的回忆。"

我没有哼啊。

"那好，别哔哔乱叫了。你以为你是哔哔鸟[1]吗？"那声音起初还算柔和，像蚊子一样在我耳边嗡嗡，但后来却越变越大，简直震耳欲聋。

"别吵了！"我的头开始疼起来。

真正的头痛。从眼窝深处向周围蔓延，直至变成难以忍受的偏头痛。

我像这里的坟墓一样安静。

"真幽默。等等，那不是你。听起来像呼啸的警笛。妈的，怎么回——"

她快不行了！有人喊道。谁快不行了？

旁边，凯蒂一声叹息。这是个哀伤的声音，听起来像是撕裂一片破旧的蕾丝花边。她低声叫着我的名字，说道：时间。我被吓住了，既因为她声音中透出的精疲力竭，也因为这两个字本身。难道我的大限已经到了？我为什么不多说些话呢？为什么不多问些问题？我到底出什么事了？我想她肯定知道，"凯蒂？"

没有回应。

突然，我翻着跟头坠落下去。

我能听到人的说话声，却听不懂说的什么。疼痛的感觉强烈而持久，逼得我快要发疯，我必须用尽所有的力气才能控制自己不叫出来。

全都让开！

我感觉灵魂正慢慢离开我的身体。我想睁开眼睛——或许已经睁开了——我不知道。我只知道周围的黑暗像煤层一样丑陋、冰冷、深厚。我大声求救，可声音并没有钻出我的脑袋。我根本张不开嘴。我想象出来的声音在脑海中回响着，渐渐消失了，我也一样……

---

[1] 哔哔鸟：美国卡通片《哔哔鸟与大野狼》中的角色，是一只只会发出哔哔声的鸟。

2010年9月3日
早上6：27

强尼站在9号外科病房外。他用了整整五秒钟才决定跟着贝文医生，但来到这里后他一秒钟都没有犹豫就推开了病房门。他毕竟是个记者，最擅长去他不受欢迎的地方。

刚打开门，他就被一个穿手术服的女医生撞了个正着，对方二话不说就把他推到了一边。

他连忙躲开，侧身溜进了稍显拥挤的病房，而且尽量不妨碍任何人。病房里明亮得耀眼，一群身穿手术服的男男女女挤在一张轮床周围。同一时间仿佛有好几张嘴在说话，一些人时前时后地变换位置，有条不紊得如同钢琴上的琴键。他们的身体把轮床围得格外严密，强尼看不到病人，只看到从蓝色的无纺布一头露出几个赤裸的脚趾。

警报声响起。有人喊道："她快不行了。充电。"

尖锐的蜂鸣声在人声之上嗡嗡作响。强尼感觉自己连骨头都跟着振动起来。

"全都让开！"

他听到呯的一声，病人的身体先是向上弓起，随后又重重落下。一只胳膊被震得垂下来，耷拉在床边。

"心跳恢复了。"有人报告说。

强尼在心跳监视仪上看到了跳动的波浪。众人似乎松了一口气。几个护士从病床前退开，他第一次看到了床上的病人。

塔莉。

空气仿佛突然倒灌进病房，强尼终于吸了一口气。地板上全是血。一名护士不留神踩了上去，差点滑倒。

强尼走近了一些。塔莉仍处于昏迷状态，她满脸是血，胳膊上的一根骨头从撕裂的皮肉中暴露出来。

他轻轻念着她的名字，或者他只是以为自己在念着那个名字。他来到两个护士之间的空隙，其中一个护士正盯着吊瓶，另一个则把蓝色的无纺布向上拉一拉，盖住塔莉赤裸的胸部。

贝文医生走到他身边，说道："您不该在这儿的。"

强尼摆了摆手，却说不出一句话。他有许多问题要问医生，可是站在这里，看着伤痕累累的塔莉，他心里剩下的只有羞愧和内疚。他认为对于塔莉的不幸，他负有不可推卸的责任。是他一味地指责塔莉，尽管很多事并不是塔莉的错，是他把塔莉硬生生赶出了自己的生活。

"雷恩先生，我们需要把她送进手术室。"

"她还有救吗？"

"从目前看还不容乐观。"贝文医生说，"请您让一让。"

"一定要救活她！"强尼说着，踉跄地退到一边，为轮床让开了路。

他木然地走出病房，沿着走廊来到四楼的手术等候区。一个女人手中拿着毛衣针，正坐在角落里哭泣。

到服务台登了记，并告诉值班的女护士说他在等塔莉·哈特的消息，之后他便在虽然开着却没有图像的电视机旁找了个位置坐下。头隐隐作痛，他只好靠在椅背上休息。

凯蒂不在的这几年，他经历了许多坎坷，也犯过许多错误，但此时他不愿回想这些，毕竟生活就是如此，虽然磕磕绊绊，却总有值得铭记的地方。他不由自主地开始祈祷。上帝，凯蒂去世的时候他曾一度对他失去了信仰，然而玛拉出走之后，无助的他又重新回到了宗教的怀抱。

连续几个小时，他静静地坐在等候区，看着数不清的陌生人来来往往。他还没有给任何人打电话通知塔莉发生意外的事。他要等待医生给他更确切的消息。噩耗，对这个经历过不幸的家庭来说实在太过残酷。如今巴德和玛吉都住在亚利桑那州，如果不到万不得已，强尼不想让玛吉又一次急匆匆地赶去机场。他很想给塔莉的母亲打个电话，虽然现在天色还早，可他没有她的联系方式。

当然，还有玛拉。只是他甚至不知道女儿会不会接自己的电话。

"雷恩先生？"

强尼猛地抬起头，看到医生正向他走来。

他想上前迎一迎，但浑身虚弱的他连站起来的力气都没有。

医生扶住他的肩膀，说："雷恩先生？"

强尼用尽全力站起身："她怎么样了，贝文医生？"

"性命暂时保住了。请随我来。"

强尼梦游般地跟着医生离开了等候区，来到附近一间没有窗户的、狭小的会议室。会议桌的中央没有常见的鲜花，只孤零零地放了一盒纸巾。

他茫然地坐了下来。

贝文医生坐在他对面："现在最棘手的问题是脑水肿，也就是大脑里的肿块。她遭受了极为严重的颅脑损伤。我们已经在她颅内植入了一个分流器，但具体效果还有待观察。我们给病人降低了体温，并用药物使她处于暂时昏迷状态以控制血压，不过她的情况非常危险，只能靠呼吸机维持生命。"

"我能看看她吗？"强尼问。

医生点点头："当然可以，跟我来吧。"

他领着强尼穿过几道白色的走廊，进电梯，出电梯，最后来到了重症监护病房区。贝文医生走到一个用玻璃墙围起来的病房前。这样的病房前后共有十二间，呈马蹄状围着一个忙碌的护士站。

塔莉躺在一张狭窄的病床上，被一堆仪器包围着。医生已经剃掉了她的头发，并在头盖骨上钻了个洞，从而插进导管减轻颅内压。她身上还插着许多别的导管——有呼吸管、饲管，还有另一根插进颅内。病床后面的黑色屏幕上显示着她的颅内压，另外一个监视器显示心率。她的左胳膊上打了石膏。苍白得有些发青的皮肤上反射着冰冷的光。

"脑损伤这种情况很难预料。"贝文医生说，"我们现在还不知道她受伤的程度和范围。这是接下来的二十四小时内我们希望能搞清楚的。我很想说得更明确些，可惜这个领域就是如此，有很多不确定的因素。"

强尼对脑损伤并不陌生。他自己在伊拉克做战地记者的时候就有过亲身经历。他在接受了好几个月的治疗之后才算恢复正常，可尽管那样，他记忆中关于自己在爆炸中受伤的经历仍是一片空白。

"她醒来之后还能记得以前的事吗？"

"能不能醒来现在还是个未知数。她的大脑功能还在，只是因为用了药，我们暂时还不知道有多少功能是完好无损的。她的瞳孔还有反应，这是个好兆头。但愿昏迷能使她的身体有机会自我调节和修复。但如果出血面扩大，或者脑肿持续……"

他不需要继续说下去，强尼知道结果是什么。

呼吸机扑哧扑哧的声音不断提醒着他，塔莉还不能自主呼吸。

监视仪的哔哔声、指示器的嗡嗡声、呼吸机的扑哧声，各种刺耳的杂音汇聚在一起，像一只无形的上帝之手，艰难维持着一个生命的延续。

"她究竟怎么受的伤？"强尼最后问道。

"只知道是车祸，具体情况我也不清楚。"贝文医生向他扭过头，"她是信徒吗？"

"据我所知，不是。"

"真遗憾。这种时候，信仰能起到意想不到的作用。"

"是啊。"强尼深有同感地说。

"我们认为多和昏迷的患者说说话能起到帮助作用。"贝文医生说。

随后他再次拍了拍强尼的肩膀,转身出了病房。

强尼在床边坐了下来。他就这样坐着,盯着塔莉,心里一遍又一遍重复说"坚强点,塔莉"。他坐了多久?久到足以让内疚和遗憾化作喉头上一阵又一阵的颤动。

为什么非要等到悲剧之后才能看清生活的原貌?

他不知道该对塔莉说些什么。他们之间说过的以及还未说出口的话都太多太多。但有一点他非常肯定:倘若凯蒂在这里,一定会好好教训他的,为他赶跑了她最好的朋友,以及他对塔莉所做的一切。

强尼只想到了一件事,尽管他觉得这样做非常愚蠢,但还是硬着头皮做了。漫长的沉默之后,他开始轻声唱起了一首歌,一首每当回荡在他脑子里时就会想起塔莉的歌:"只是一个小镇姑娘,生活在一个寂寞的世界上……"

我在哪儿?死了?活着?或者两者之间?

"凯蒂?"

我忽然感觉身旁有股暖流,心里不由松了一大口气。

"凯蒂。"我说着扭过头,"你去哪儿了?"

*走了。*她淡淡地说,*现在又回来了,睁开眼睛。*

我的眼睛闭着吗?难怪周围这么黑。我缓缓睁开眼,就像迎着太阳醒来。光和热如此强烈,我禁不住喘息起来。几秒钟之后我的双眼才适应明亮的光线,而适应之后我才发现自己又回到了医院的病房,我又看到了我的身体。它就在下面,手术正在进行当中。几个身穿手术服的人站在手术台旁。手术刀和其他器具在银色的托盘里闪闪发光。手术室里到处都是仪器设备,哔哔声、嗡嗡声、嘶嘶声响成一片。

看,塔莉。

我不想看。

快看。

我移动起来,尽管我的意志极力抗拒。一阵冰冷的恐惧攫住了我。它比疼痛更可怕。我知道我将在那张光滑的手术台上看到什么。

我,好像又不是我。

我躺在台上,身上盖着蓝色的手术单,单上单下全是血。护士和医生正在交谈，有人正剃我的头发。

没有了头发的我看上去像个孩子，弱小而苍白。一名手术人员在我光秃秃的脑袋上涂了一层褐色的液体。

我听到一阵嗡鸣，仿佛是发动电锯的声音，不由恶心起来。

"我不喜欢这里。"我对凯蒂说，"带我到别的地方去吧。"

我们哪儿也不会去的，不过你还是闭上眼睛吧。

"我很乐意。"

这一次，突如其来的黑暗让我备感恐惧。我不知道为什么，总之是种非常奇怪的感觉，因为虽然我的灵魂中储存了许多黑暗的情感，但恐惧并不在其列。可以说，我原本是天不怕地不怕的。

哈。你比我见过的任何一个人都惧怕爱，所以你才会不停地考察别人，而后又把别人推开。睁开眼睛吧。

我顺从地睁开眼，最初的一秒钟，眼前仍是一片黑暗。但是随后，色彩像《黑客帝国》中的电脑编码一样，一串一串地从头顶那令人费解的黑色中垂下。首先显现的是天空，完美的、没有一丝杂质的蓝。随后是正值花开的樱桃树——一簇簇粉色的小花爬满枝头，甜香的空气中飞落着花瓣雨。建筑像有条有理的素描画，一点点浮现出轮廓，粉色的哥特式结构，优雅的侧翼和塔楼。最后才是碧绿碧绿的草，嵌在四通八达的水泥人行道之间。原来我们回到了华盛顿大学的校园。那些生动活泼的色彩令人陶醉。校园中到处是男男女女，还有孩子们，背着背包，有些在玩沙包，有些躺在柔软的草地上，手里拿一本掀开的书。有人带了便携式音响，并把音量调高到极限，扬声器中传出刺耳的歌声，那歌曲是《未曾有过自我》[1]。天啊，我讨厌这首歌。

"这一切都不是真的，"我说，"对不对？"

真实是相对的。

离我们在草地上所坐的位置不远，并排趴着两个小姑娘。她们一个是金发，一个是深褐色头发。金发的那个穿着降落伞裤和T恤衫，面前放着一本摊开的活页日记本。另一个——好吧，我知道那是我。我仍然记得自己什么时候留过那样的发型——硕大的头箍把头发全部向后拉，在脑后扎起一个高高的马尾。我也记得那件松松垮垮的露肩式白毛衣，它曾经是我的最爱。她们　　我们——看起来好年轻，我情不自禁地微微一笑。

我重新躺下，感受着胳膊被小草刺痛的感觉，闻着熟悉的草叶的清香。凯

---

1 《未曾有过自我》（*I've Never Been To Me*）：是由素有"蓝调女王"之称的美国歌星夏琳·邓肯演唱的歌曲。

蒂也随我一起,我们盯着同一片蓝色的天空。在华盛顿大学的四年里,我们不知道这样做过多少次。周围的光充满奇幻感,清晰而闪亮,像阳光照耀下的香槟酒。这光辉让我感到平静。在这里,尤其在凯蒂的陪伴下,痛苦仿佛成了遥远的记忆。

今晚发生什么事了?她问。短暂的平静被撕开了一个缝。

"我不记得了!"奇怪,这竟然是真的。我真的不记得了。

你能想起来。只是你不愿意罢了。

"也许这是有原因的。"

也许。

"凯蒂,你为什么会在这里?"

是你让我来的,还记得吗?我来这里是因为你需要我,同时也是为了提醒你。

"提醒我什么?"

塔莉,回忆是我们最宝贵的东西。人到终了,只有回忆相随。相对于别的一切,爱和回忆才是永恒的。所以在临死之际我们总会走马观花般回望浮生——我们只挑选自己钟爱的回忆,就像打包一堆行李。

"爱和回忆?那我就惨了。我什么都不记得,至于爱——"

你听。

这时一个声音说道:"她醒来之后还能记得以前的事吗?"

"嘿,"我高兴地说,"那是——"

强尼。她说自己丈夫名字的时候,语气之中既有满满的爱也有深深的痛。

"能不能醒来现在还是个未知数……"一个男人回答说。

等等。他们在谈论我的生死。而且情形并不乐观,脑损伤?我心中突然闪出一幅画面——我,被禁锢在床上,浑身插着导管,不能思考,不能说话,不能移动。

我努力集中精神,发现自己又回到了医院的病房。

强尼站在我的病床边,低头看着我。他身旁站着一个身穿蓝色手术服的陌生人。

"她是信徒吗?"陌生人问。

"据我所知,不是。"强尼的声音格外沧桑,哀伤。我真想拉住他的手,尽管我们之间发生过那么多的不愉快。

他在我的病床边坐了下来。"对不起。"他对那个昏迷中的我说。

他口中的这三个字我已经期待了很久,可是为什么呢?显然他很爱我,从他湿润的眼眶、发抖的双手,以及祈祷时低下的头颅,我看得出来。他不是一个喜欢祈祷的人,至少我认识的那个他不是。他的下巴已经快要抵住胸口,这是绝望,是投降的表示。

他会怀念我的,即便经历了那么多事。

我也会怀念他。

"坚强点,塔莉。"

我想回答他,让他知道我已经感受到他的关怀与鼓励,让他知道我听见了他的话,可我无能为力。"睁开眼睛。"我命令我的身体说,"睁开眼睛,告诉他你也很愧疚。"

接着他开始用嘶哑的嗓音唱起了歌:"只是一个小镇姑娘……"

上帝呀,我爱死这个男人了。凯蒂说。

歌唱到一半时,有人推门走进了病房。那是个结实健壮的男人,上身穿棕色运动服,下身穿蓝色宽松长裤。"我是盖茨警探。"那人说道。

听见他们提到"车祸"两个字,我的脑海中立即闪出许多画面——下雨的夜晚,水泥柱,我的双手握着方向盘。回忆接近成形,我几乎快要想起什么了,可就在我准备将这些碎片整理在一起的时候,胸口突然一疼,我好像被什么东西猛烈地撞到了墙上。那是一种难以忍受的、撕心裂肺的疼痛。

蓝色警报,快叫贝文医生。

"凯蒂!"我大喊道,可她已经消失得无影无踪。

周围响起一片噪声,像打雷一样,伴随着回声、撞击声和蜂鸣声。我无法呼吸,胸口的剧痛让我后悔自己还活着。

全都让开。

我像小孩子的布娃娃一样被抛向空中,随即化作一团火焰。当这一切结束之后,我再次飘浮起来,并同那满天的星光一道向下坠落。

黑暗中,凯蒂抓住了我的手,坠落停止了,我们飞了起来。最后我们平稳落地,像蝴蝶一样轻盈地落在两把破旧的、面朝海滨的木椅子上。世界一团漆黑,但却仍有点点光明:洁白的月亮,数不清的星星,古老的枫树枝头,梅森罐中的祈愿烛发出摇曳的光。

她的后花园,凯蒂的后花园。

在这里,疼痛的感觉终于有所缓解。感谢上帝。

我听到凯蒂在我一旁呼吸的声音。她每呼出一口气,我都能闻到薰衣草的味道,还有别的,也许是雪。强尼已经垮了。她的话让我想起我们之前待过的地方——我静静躺着听别人谈论我的生死的地方。我没想到他会垮掉。

"我们都垮了。"这就是令人悲哀的真相,"你就像维系我们的强力胶,没有你……"

漫长的沉默。我不知道她是否在回想她的一生,她深沉的爱。得知别人离开了自己就无法生活是种什么感觉?得知自己被那么多人深爱着又是种什么感觉?

他搬到洛杉矶之后你是怎么过的?

我叹了口气:"难道我就不能直接走进那片光里,一了百了吗?"

是你呼唤我的,还记得吗?你说你需要我。喏,我来了。这就是原因:你需要回忆。仅此而已。现在,我们聊聊吧。

我靠在椅背上,望着梅森罐中燃烧的祈愿烛。罐子被细麻绳系着悬在枝上,偶尔微风吹来,罐子随风摇摆,将烛光投到昏暗的树枝后面,"你去世以后,强尼和孩子们搬去了洛杉矶。搬家的事非常突然,好像是强尼一时心血来潮做出的决定,总之我知道的时候他们已经要走了。我只记得在2006年11月的一天,我和你的父母站在门前为他们送别。随后我就回了家……"

一头栽到床上。我知道我需要开始工作,但我振作不起来。说实话,我连工作的念头都不敢动一动。刚刚失去最好的朋友,我还没有力量重新开始生活。

悲痛压得我直不起腰,我索性闭上眼睛。人偶尔消沉低迷也在情理之中,有何不可呢?谁都会遇到这样的时候。

总之我失去了两个星期的时间。严格地说并非失去,因为我知道时间去了哪里,也知道我自己身处何地。我就像一只受伤的小动物,躲在黑暗的巢穴,舔舐着扎在爪子上的刺,却苦于找不到任何人帮我拔出来。我每天晚上11点都会给玛拉打电话。因为我知道她也一样睡不着。我躺在床上,听她抱怨爸爸搬家的决定,然后安慰她说一切都会好起来的,但我们两个谁都不相信这种话。我答应她会尽快去看她。

最后,我终于受不了了。我一把掀掉被子,穿过公寓,打开电灯,拉开窗帘。屋里顿时充满了光明,在这光明中,我第一次看清了自己:我的头发又脏又乱,眼神黯淡呆滞,衣服皱皱巴巴。

我看起来简直和我的妈妈一个德行。我又羞又恼,恨自己这么快就堕落成这副鬼样。

该振作起来了。

于是,我有了自己的目标。失去了最好的朋友,但它不能成为我意志消沉、自甘堕落的借口，一味地悲伤下去是谁都不愿看到的。我必须放下包袱，奔向新的生活。

我知道该怎么做。我一辈子就是这么过来的啊。我立刻给我的经纪人打了电话，约定见面的时间。他也住在洛杉矶。我要去见我的经纪人，尽快复工，顺便去看看强尼和孩子们，给他们一个惊喜。

对，好极了。我有了一个计划啦。

约定时间后，我顿时感觉畅快了许多。于是我洗了个澡，好好给头发做了个造型。梳头的时候，我注意到我的发根已经开始变白。

这是什么时候的事？

我不由皱起眉头，把头发扎起来，好盖住白色的发根。我笨拙地给自己化了个妆，毕竟我要重回外面的世界，如今这年头，照相机可是无处不在的。穿衣打扮也要格外注意，既要舒服又要掩盖我日渐肥胖的臀部。我给自己选了一条黑色的针织铅笔裙、一双及膝长靴和一件带不对称衣领的丝质衬衣。

很好。我先给旅行代理人打电话办好预订事宜，然后就精心穿好衣服。做这些事的同时，我一边微笑一边提醒自己：我能做到的，一定能。一切妥当，然而当我打开公寓的门，竟忽然感到一阵慌乱。我喉咙发干，额头上渗出的汗珠蜇疼了我的皮肤，而我的心脏更是跳得厉害。

我害怕离开我的公寓，害怕到外面去。

我不知道自己是怎么回事，但我决不要临阵退缩。我深吸一口气，只管迈开步子向前走。进电梯，下楼，到停车场，坐上驾驶座。一颗心在胸口怦怦直跳。

发动引擎，我开着车子驶上西雅图熙熙攘攘的大街。天上下着大雨，雨点噼里啪啦砸到我的挡风玻璃上，扰乱了我的视线。每一秒钟我都想掉头回去，但我克制住了。我强迫自己继续向前，直到我登上飞机，在头等舱里坐下。

"马丁尼。"我对空姐说。对方用一脸惊愕的表情提醒我此时还不到中午。管他呢，现在我只想喝酒。

两杯马丁尼下肚，紧张的情绪稍稍缓解，我总算能靠在座位里合一会儿眼睛了。开工后一切都会好起来的。能拯救我的只有工作。

到了洛杉矶，我看见一个身穿黑衣服的司机举了个牌子在出站口等候。牌子上写着：哈特。我把我的小牛皮手提袋递给他，跟着他走到一辆林肯城市轿车前。从洛杉矶国际机场到世纪城[1]的交通非常拥堵，车子一路走走停停。高速路上的司机们疯狂按着喇叭，好像那么做能管什么用似的。骑摩托车的在各个车道间

1　世纪城：洛杉矶西部重要的商业中心和住宅区。

钻来钻去，让旁观者都为他们捏了一把汗。

我半躺在座位中，闭上眼睛，趁机理一理纷乱的思绪。现在的我已经镇静了许多，毕竟我选择了向前，选择了向生活宣战。当然，这也有可能是马丁尼带给我的错觉。无论如何，我已经做好了复出的准备。

车子在一栋宏伟壮观的白色大楼前停了下来。大楼上有块精心雕刻的牌子，上面写着：创新艺人经纪公司。

大楼内，满眼皆是白色的大理石和玻璃，让人感觉如同走进一座巨大的冰城，处处透着凉意。进出大楼的人个个衣冠楚楚，优雅大方。一众俊男美女依次通过一处看似时尚杂志拍照的地方。

前台那位姑娘没有认出我，即便在我自报家门之后，她仍旧一脸懵懂。

"哦。"她恍然大悟般说道，但眼神却丝毫没有语气那样的兴奋，"您和戴维森先生有预约吗？"

"有。"我回答，并努力保持微笑。

"那请您坐下稍等一会儿。"

说心里话，我很想提醒这小姑娘注意自己的身份，但在创新艺人经纪公司庄严的大厅里，我觉得有必要低调一点，所以我咬牙忍了忍，在装饰颇为现代的休息室里找了个位子坐下。

于是我便等着。

等啊等。

预约时间至少已经过去二十分钟后，一个身穿意大利名牌西服的年轻小伙子向我走来。无须言语，他领着我上了三楼，走进角落里的一个办公室。

我的经纪人乔治·戴维森坐在一张硕大的办公桌后面。看到我进来，他连忙起身并和我拥抱。我觉得有点尴尬，自动后退了一步。

"好呀，好呀。"他说着指了指一把椅子。

我坐下，开口说道："你看上去气色不错。"

他瞥了我一眼。我一下子就察觉出他注意到了我微微走样的身材，而且我扎起的马尾在他面前是唬不了人的，他看到了我开始变白的头发。我不自在地蠕动了身子。

"你能给我打电话让我很是意外。"他说。

"我们不联系好像也没那么久吧。"

"半年了。我给你留过十几条留言，你一条也没有回复过。"

"你知道是怎么回事，乔治。我的好朋友得了癌症，我想陪陪她。"

"现在呢？"

"她病逝了。"这是我第一次大声说出这几个字。

"我很抱歉。"

我擦了擦眼睛："嗯，不过我已经准备好复工了。我想星期一就开始录节目。"

"你开玩笑吧？"

"你觉得星期一太早了？"我不喜欢乔治注视我的眼神。

"得了，塔莉。你是聪明人。"

"乔治，我不明白你的意思。"

他挪动身体换了个姿势，昂贵的真皮座椅发出吱吱哇哇的声音。

"你的《塔莉·哈特的私房话时间》在去年同时段节目中是最火的。广告商们挤破脑袋都想在你的节目里投放广告，商家们争先恐后来赞助，为的只是给现场的观众发几个纪念品，而观众就更疯狂了，他们有的人驱车几百英里就为了看你一眼。"

"这些我都知道，乔治，所以我才会回来。"

"可你离开了，塔莉。你扔下了麦克风，和你的观众拜拜了。"

我身体前倾，辩解说："那是因为我的朋友——"

"谁在乎你的朋友？"

我靠回到椅子里，目瞪口呆。

"你说退出就退出，你有没有想过电视台的处境？还有你的团队，他们一下子全都失业了，你有没有想过他们的感受？"

"我……我……"

"瞧，你从来就没想过他们，对不对？电视台还想起诉你呢。"

"我没想到会——"

"你一个电话都不按，一条留言都不回。"他越说越激动，"我像个老妈子一样处处维护你。他们最终放弃了起诉的打算，因为毕竟你的朋友得了癌症，打官司会影响他们的形象。但他们撤掉了你的节目，永远不再复播，也撤换了你。"

这些事为什么我毫不知情？

"撤换我？换上谁了？"

"换上《端秋美食秀》了，收视率很不错，而且升得很快。艾伦[1]和《法官朱

---

1 艾伦：指《艾伦秀》的主持人。

迪》依然有庞大的拥趸。当然，还有奥普拉[1]。"

"等等。你到底在说什么？乔治，那是我的节目，是我一手创办的。"

"可惜电视台不是你的。他们现在有独家重播权。其实这些节目也不归他们所有，这才是他们恼火的地方。"

我脑子里一团乱麻，完全听不懂他在说什么。我一直以来都是战无不胜的啊："你的意思是说，《塔莉·哈特的私房话时间》完了？"

"不，塔莉。我的意思是你完了。谁敢请一个连招呼都不打说走就走的人啊？"

好吧，我认了："我会重新做一期节目。放手一搏。我们自己来卖。"

"你最近没和你的业务经理通过话？"

"没有。怎么了？"

"你还记不记得4个月前你曾经向对抗癌症基金会捐过一大笔钱？"

"那是我送给凯蒂的礼物，而且起到了很好的宣传效果，他们在《今晚娱乐》上报道过。"

"没错，非常漂亮的姿态。可前提是，塔莉，你并没有多少钱进账啊。尤其在你退出节目后基本等于零收入。节目停录之后，你还得给员工们支付违约金，这花了不少钱呢。咱们还是面对现实吧，你花钱原本就大手大脚，所以根本没有多少积蓄。"

"你是说我破产了？"

"破产？不，你比破产要舒服得多。但是我已经和弗兰克谈过。你根本没有足够的资金制作新节目，而且这个时候也没有人愿意为你投资。"

我忽然一阵恐慌，脚掌不自觉地拍打起地面，手指紧紧抠着座椅的扶手："这么说，我需要找份新工作了？"

乔治看我的眼神充满遗憾和哀伤。二十年前他就已经是我的经纪人，当时我还是电视台早间节目里一个不起眼的小人物。我们都野心勃勃，因此格外惺惺相惜。我职业生涯中的所有重大合同都是由他全权代理签订的，在他的帮助下我挣了好几百万，可惜这些钱大部分都被我奢侈的旅行和毫无节制地赠送礼品给花掉了。"那可不太容易，塔莉，你现在就像个烫手的山芋。"

"你是说我只能从地方做起？"

"能从地方做起已经算不错的了。"

"看来参与排名前十的节目是没戏了。"

---

[1] 奥普拉：美国著名电视节目主持人，主持《奥普拉脱口秀》。

"绝对没戏。"

我受不了他看我时流露出的同情和怜悯,"乔治,我从14岁就开始工作了。高中时我就在《女王安妮碧》报社找到了差事。22岁之前我就开始主持节目。我的事业是我自己一步一步打拼出来的,谁也没有给过我什么。"我的声音有些哽咽,"我把一切都放到工作上去,全身心,毫无保留。我没有孩子,没有丈夫,没有家庭,我只有工作。"

"我猜你以前应该想到过这些吧。"尽管他语气温和,但这样一针见血的话还是刺痛了我的心。

他说得没错。我了解新闻行业,更了解电视业。没有曝光率就意味着过气,意味着观众早把你抛到了九霄云外。干我们这一行,不可能想退出就退出,想回来就回来。

6月份的时候我干什么去了?为什么对此一无所知?

然而事实并非如此。

我一定早就知道这样的结果,只是我选择了凯蒂。"乔治,帮我找份工作吧,求你了。"我把头扭向一侧,我不想让他看到我说最后三个字时的表情。我向来不求人的。我从未因任何事求过任何人……除了妈妈的爱,可惜那只是白费工夫。

我低着头,默默走过气派的白色大厅,不敢与任何人有目光接触,只有高跟鞋踩在大理石地板上发出清脆的声响。外面阳光明媚,刺得我睁不开眼睛。额上的汗珠蜇得我头皮发麻。

我会渡过难关的。

我会的。

这只是我人生中的一个小挫折,而我会一如既往地战胜挫折。

我招手让司机把车开过来,钻进林肯城市的后排。车里的昏暗与宁静让我感到心安。可我的头又开始疼起来了。

"去比弗利山庄[1]吗,女士?"

强尼和他的孩子们。

我想去见他们。我想在强尼面前大吐一番苦水,再听听他的安慰。

但我不能这么做。今天的羞辱已经让我无地自容。残存的尊严阻止我去找他们。

---

[1] 比弗利山庄:洛杉矶最有名的城中城,这里有着全球最高档的商业街,也云集了好莱坞影星们的众多豪宅,同时还是世界影坛的圣地。

我戴上太阳镜:"去机场。"

"可是——"

"机场。"

"好的,女士。"

我一点一点地收拾心情。我紧闭双眼,在心里一遍又一遍告诉自己:你不会有事的。

可真是见了鬼了。我平生第一次居然不相信自己的话。惊慌、恐惧、愤怒和失败在我身体里左突右撞,仿佛急着寻找一个出口。在回家的飞机上我两次泪流满面,甚至不得不用手捂住嘴巴来阻挡那难以克制的呜咽声。

飞机降落,我像僵尸一样走出机舱,幸亏有太阳镜,可以遮挡我哭红的眼睛。

我一向对自己的专业素养深感自豪,而我的职业道德同样传奇般无可挑剔。我就是这样告诉自己的,无论多么脆弱,多么不堪一击,我都要表现出坚强的样子。

以前我在节目中经常对观众们说:"你们的人生也可以拥有一切。"我告诉他们,在需要的时候要大胆寻求帮助,要多给自己留些时间,要知道自己想要什么。该自私的时候自私,该无私的时候无私。

可事实上连我自己也不知道该怎样做才能拥有一切。除了事业,我几乎不曾拥有过任何东西。能和凯蒂以及雷恩一家在一起已经足够,但现在我发觉我的人生是多么空虚。

在公寓大楼前面停下车时,我浑身都在发抖。掌控一切的感觉似乎远远离开了我。

我推开门,走进大厅的休息室。

我的心跳乱了节奏,呼吸难以为继。人们盯着我,他们知道我是个怎样的失败者。

有人碰了碰我。我吓了一跳,差点倒下。

"哈特女士?"

那是大楼的看门人,斯坦利。

"您没事吧?"

我晃晃有些昏沉的脑袋,好让自己清醒过来。我需要请他帮我停好车子,可我觉得……脑袋嗡嗡直响,仿佛电流的声音。我的笑声,即便在我自己听来,也显得尖锐而紧张。

斯坦利蹙了下眉:"哈特女士,需要我扶您回家吗?"

家。

"您哭了,哈特女士。"看门人温和地说。

我抬头看了他一眼。我的心脏好似快要爆炸,我觉得恶心,无法呼吸。

我怎么了?

就好像一辆大卡车突然之间冲进我的胸口。我疼得张大了嘴。

救我。我嗓子咕哝了一声,伸手去抓斯坦利,可是脚下不知被什么绊了一下,于是我整个人都瘫倒在冰冷的水泥地板上。

"哈特女士?"

我睁开双眼,发现自己躺在医院的病床上。

旁边站着一个穿白大褂的男人。此人个子高高,但样貌却不敢恭维。头发乌黑,但长度在这个拘泥的世界会显得有些夸张。他的脸像刨过一样棱角分明,鹰钩鼻,皮肤呈奶油咖啡的颜色。他可能是夏威夷人,或者有部分亚洲人或非裔美国人的血统,总之很难说。我在他的两个手腕上看到了典型的部落文身。

"我是格兰特医生。"他说,"这里是急诊室,您还记得发生什么了吗?"

可惜我全都记得,老天为什么不让我得失忆症呢?但我什么都不想说,尤其面对这个男人,他看我的眼神仿佛我已经没救了似的。"记得。"我说。

"很好。"他低头扫了一眼我的病历单,"塔露拉。"

他根本不知道我是谁,这多少让我有些失望。"我什么时候能离开这里?我的心脏已经正常了。"我想回家,所以假装自己并没有心脏病发作。这倒警醒了我:我才46岁啊,怎么就患上心脏病了?

他戴上一副款式旧得像古董一样的老花镜:"这个嘛,塔露拉——"

"叫我塔莉就好。只有我那脑子有病的妈妈才叫我塔露拉。"

他从老花镜的边框之外看着我:"您妈妈脑子有病?"

"玩笑话而已。"

他显然并不欣赏我的幽默。他这样的人大概生活在另一个世界,那里的人们自给自足,睡前会读上一本哲学书。他于我而言如同外星人,可我于他而言又何尝不是呢?"明白了。不过实际上,您并不是心脏病发作。"他说。

"难道是中风?"

"恐慌症通常也会有这样的症状——"

我忽地坐起:"不,不会是恐慌症。"

"恐慌症发作之前您服用过什么药物吗?"

"我说了不是恐慌症,而且我也没服过任何药。你看我像瘾君子吗?"

他一时有些不知所措:"我自作主张联系了一位同事来做您的咨询师——"

他的话还没说完,有人拉开了布帘,哈莉特·布鲁姆医生向我的床边走来。她又高又瘦,一脸严肃,看上去冷若冰霜,但只要你看一眼她的眼睛,就会发现她实际上是个温柔体贴的人。我和哈莉特认识多年,她是位优秀的精神病医生,曾经多次到我的节目上做嘉宾。此时看到一张亲切熟悉的脸真让人觉得温暖。

"你来了,哈莉特,感谢上帝。"

"你好塔莉,幸亏我今天值班。"哈莉特冲我微微一笑,然后看了一眼那位男医生,"嘿,德斯蒙德,咱们的病人情况怎么样?"

"说她是恐慌症她还不乐意。很明显她更愿意接受心脏病。"

"给我叫辆车吧,哈莉特,"我说,"我得赶紧离开这儿。"

"她是一位通过职业验证的精神病医生。"德斯蒙德对我说,"给人叫车可不是她干的事。"

哈莉特不好意思地看了我一眼:"德斯不看电视。他恐怕连奥普拉都不认识。"

这年头有人不看电视我并不觉得奇怪。这位医生其貌不扬,却自视颇高。我敢打赌在某些方面他肯定有着过人之处,但在我的印象里,中年男人依旧文身的却并不多见。我猜他的车库里一定停着一辆哈雷摩托,还有一把电吉他。可不管怎么说,倘若连奥普拉都不认识,那得多与世隔绝啊,他生活在石器时代吗?

哈莉特从德斯蒙德手中接过我的病历单。

"我已经安排了核磁共振。去接她的医护人员说她摔倒时头在地上撞得很厉害。"他低头看着我,我看出他在琢磨我,揣测我的身份,心想一个衣着光鲜的女人是不会无缘无故摔倒的。"祝您早日康复,哈特女士。"他说完不自然地冲我笑了笑,便转身出去了。

"谢天谢地!"我松口气说。

"你那是恐慌症发作。"只剩下我们两人后,哈莉特说。

"是刚才那医生说的,他太大惊小怪了。"

"你确实是恐慌症发作。"哈莉特这次的语气更加柔和。她放下我的病历单走到床边。她瘦削的脸庞谈不上美丽,却有种庄重超然的冷静,而她那双眼睛里所蕴含的女性的温柔,更是冷峻的面容和老派的风度所无法掩盖的。

"我猜你最近情绪比较低落吧?"哈莉特问。

我想撒谎、想微笑、想哈哈大笑。可实际上正相反,我无奈地点了点头,甘愿被软弱羞辱。在某种程度上，我真心希望这是一次心脏病发作。

"我很累。"我轻轻说道，"而且经常失眠。"

"我会给你开些阿普唑仑来缓解你的焦虑情绪。"哈莉特说，"开始先一天三次，每次0.5毫克吧。我觉得心理辅导课应该会有帮助。你要是愿意，我们可以帮你重新找回生活的自信。"

"塔莉·哈特的人生之旅？谢谢，不过还是算啦。我的座右铭就是'何必在意痛苦'。"

"我对抑郁还是有所了解的。"她说。从她的声音中我听出了一种刻骨铭心的忧伤。我突然就认为，哈莉特·布鲁姆一定跟我一样，知道什么是悲痛，什么是绝望，什么是孤独，"抑郁没什么可羞愧的，塔莉，但也不能坐视不理。因为任其发展下去，后果会很严重。"

"比今天还严重？怎么可能呢？"

"不，这极有可能，相信我。"

我浑身酸软，已经无力质疑或者反驳她，而且说实话，我也不想知道她接下来要说什么。我脖子上的疼痛正越来越严重。

哈莉特写了两张处方单，撕下来递给我。我看了看，一共开了两种药：一种是治疗焦虑的阿普唑仑；一种是用来安眠的安必恩。

一直以来，我对麻醉类的药物都非常抵触。原因很简单，当你从小到大无数次看见自己的妈妈嗑药之后东倒西歪、随地乱吐的样子，你也会觉得恶心的。

我抬头看着哈莉特："我妈妈——"

"我知道。"哈莉特说。这是众所周知的事之一。作为名人，我几乎没有什么隐私可言。可怜的塔莉，被她那吸毒的母亲给抛弃了，多么悲情的故事。"你妈妈嗑药是她的事。你谨慎一点是好事，不过只要按照处方用药就不会有事的。"

"要是能好好睡一觉倒也不错。"

"我能问你件事吗？"

"当然。"

"你这样假装坚强多久了？"

这问题像颗子弹，正中我的胸口，"怎么这样问呢？"

"因为，塔莉，有时候井里装满了我们的泪水，满到一定程度就会往外溢了。"

"我最好的朋友去世了。"

"哦。"对此哈莉特就只有这一个字。随后她点点头，对我说道："改天来找我吧，塔莉。咱们约个时间，我能帮你。"

哈莉特出去后，我倒在枕头里，叹了口气。想到身体的真实状况，我不禁忧虑起来。

一位年纪稍大一点的和善的女人带我去做了核磁共振，随后，一位英俊帅气的年轻医生告诉我，在我这个年纪，像今天那样的摔法很容易造成颈部外伤，不过疼痛的症状会逐渐消失。

他给我开了些止痛药，并嘱咐我说，适当的物理治疗对恢复将大有帮助。

被用轮椅推回病房时，我已经累得快要虚脱了。一位护士絮絮叨叨地跟我聊了许多，她说我那期关于自闭症儿童的节目救了她表姐最好的朋友，我耐着性子听她讲到最后，结束时我甚至还努力笑了笑并向她表示感谢。护士照顾我吃了安必恩。我躺在床上，闭上了眼睛。

几个月来的第一次，我一觉睡到了大天亮。

第七章

阿普唑仑起到了作用。紧张和焦虑的感觉已经没那么明显。到格兰特医生准许我出院时,我已经想到了一个计划。不能再牢骚满腹,不能再坐以待毙了。

回到家,我立刻开始打电话。我在这个圈子里已经干了几十年,相信肯定会有人愿意要我这个曾经在黄金时段主持过节目的主持人。

我的第一个电话打给了我的一个老朋友,简·赖斯。"没问题,"她说,"你过来找我吧。"

我高兴得差点大笑起来,如释重负就是这种感觉。乔治错了。我可不是烫手的山芋,我是塔莉·哈特。

为这次面谈我做了精心准备。我知道第一印象的重要性,所以我去剪了头发,还顺便染了一下。

"天啊!"查尔斯——与我相识多年的发型师——看见我坐上他的椅子时惊讶地叫道,"您到乡下体验生活去了吗?"说完他把蓝绿色的披肩往我脖子里一围,便开始麻利地干起活儿来。

和简见面那天,我特意穿了一身稍显保守的衣服——黑色套装配淡紫色衬衣。虽然多年没有踏足过KING电视台[1]大楼,但一进来就有种回家的感觉。这是我的世界。在前台,我得到了英雄般的接待,甚至不需要自报家门,我紧张的双肩渐渐松弛下来。接待员身后摆着古恩·埃纳森和月尼斯·邦兹的巨幅照片,这两位都是当红的晚间新闻主播。

一位助手领着我走上楼梯,经过几个关着门的房间,来到了二楼的一间小办公室。简·赖斯站在窗前,显然是在等我。"塔莉。"她很从容地向我走来,并伸出了一只手。

我们握手寒暄。

"你好,简,谢谢你还愿意见我。"

---

[1] KING电视台:位于华盛顿州的西雅图,隶属于美国全国广播公司。

"瞧你说的，快请坐。"

我在她指的座位上坐下。

她坐在办公桌后面，向前趴着身体，注视着我。

我忽然明白了。对，就是这种姿势。"能不能用我你也做不了主。"我的心里已经没有任何疑问，所以也就懒得在后面加上"对吧"两个字。尽管过去这几年我一直都做脱口秀节目主持人，但我骨子里仍是一个记者。我能看穿人的心思，这是我的独门绝技之一。

她深深叹了一口气："我尽力了，我估计你是得罪到哪些人了。"

"什么机会都没有？"我平静地问，但愿我的声音没有暴露出我的绝望，"跑新闻怎么样？不需要上镜。我能吃苦的。"

"真对不起，塔莉。"

"既然结果是这样，那你为什么还答应见我呢？"

"你曾是我心目中的英雄，"她说，"以前我的梦想就是成为像你这样的人。"

昔日的英雄。

突然之间我觉得自己老了。我站起身。

"谢谢你，简。"说完，我离开了她的办公室。

阿普唑仑使我镇定了下来。我知道不该吃药，尤其不该吃第二片，可我需要它。

回到家，我不理会越来越强烈的恐慌感，又开始忙活起来。我坐在桌前，一个接一个给我认识的圈内人打电话，尤其我曾经帮助过的那些人。

到6点时，我已经筋疲力尽，且有点万念俱灰的感觉。我把排名前十的各大电视台、主要频道里认识的人全都联系了一遍，还有我的经纪人，可没有一个人能给我找个活儿干。我不明白，6个月以前我还屹立在世界之巅。可现在的地位，用一落千丈已经不足以形容我栽得有多厉害。

公寓突然变得比鞋盒子还要狭小，我又开始喘不上气了。我随手找几件衣服换上——牛仔裤太瘦，不过长毛衣正好盖住紧绷的裤腰。

离开公寓时已经过了6：30。大街上和人行道上挤满了下班回家的人。我混进一群穿着防水冲锋衣的人中间，不顾雨水淋在头上。我甚至不知道自己要去哪里，直到我看见弗吉尼亚酒店餐馆和前面的店外座位区。

我侧身从桌子间穿过，推门而入。店里昏暗的环境正合我意，我可以消失在任何一个角落。走到吧台前,我要了一杯马丁尼。

"塔露拉,对吧?"

我循声向一侧扭过头。原来旁边坐着的竟是格兰特医生。真是三生有幸,竟然遇到见过我最落魄样子的人。幽暗的光线下,他的脸看起来更加严肃,或许还有点愤怒。他长长的头发任性地垂在前面。前臂上的文身猛一看还以为是袖口。

"叫我塔莉。"我说,"你到这种地方来干什么?"

"给寡妇和孤儿们募捐。"

我认为这不是没有可能。

他笑起来:"我当然是来喝酒的,塔莉,和你一样。你还好吗?"

我知道他在问什么,而我不喜欢。我当然不愿跟任何人谈论我有多脆弱,"挺好的,谢谢。"

酒保把酒递给我,我强忍着没有一饮而尽。"回头见,医生。"说完,我端着酒来到酒吧后面一个偏僻的角落,找了张小桌子,一屁股坐在硬邦邦的椅子上。

"我能和你一起坐吗?"

我抬起头:"说不能会有用吗?"

"有用?当然啦。"他在我对面的椅子上坐下。"我想过给你打电话。"一段长到令人尴尬的沉默之后,他说。

"结果呢?"

"我拿不定主意。"

"唔,我的心是不是该怦怦直跳啊?"

不知藏在何处的扬声器中传来诺拉·琼斯[1]那沙哑又充满爵士魅力的歌声。

"你经常约会吗?"他忽然问。

我意外到忍不住笑了出来。显然,这是个心直口快的男人。"不经常,你呢?"我回答。

"我是个单身医生,给我介绍对象的人排成队。你想不想知道现在人们都是怎么相亲的?"

"先验血,后调查背景,接着就去酒店开房?"

他瞠目结舌地盯着我,好像我是信不信由你博物馆中的一件展品。

"好吧,"我说,"你说说看,现代人都是怎么相亲的?"

"像我们这个年龄,每个人都有自己的故事。这些故事的重要性超乎你的

---

1 诺拉·琼斯:美国著名女歌手。

想象。分享和倾听这些故事就是两人相识的开端。在我看来,讲故事的方式可以分为两种:一种是一口气讲完,剩下的就顺其自然、听天由命;另一种则像挤牙膏,把故事分成一段一段,每次见面讲一点。在第二种方式中,酒可以起到助兴的作用,尤其当故事又臭又长又有点自夸的时候。"

"我怎么觉得你会对我用第二种方法?"

"你觉得可行吗?"

我笑了笑,连我自己都觉得惊讶:"说不定。"

"那好,要不这样吧,你把你的故事讲给我听,我也把我的讲给你听。然后再看看咱们这算是约会,还是一次有缘无分的邂逅。"

"这肯定不是约会。我的酒是自己买的,而且我没有刮腿毛。"

他微微一笑,靠在椅背上。

我忽然觉得他身上有种东西吸引了我,那是一种难以形容的魅力,而这种魅力是我在第一次看到他时所未能发现的。再说了,反正我现在也没有别的事可做。于是我说:"男士优先吧。"

"我的故事很简单。我出生在缅因州乡下,我们家有块传了好几代的土地。珍妮·特雷纳和我们家是邻居,都住在同一条路上。小时候她经常用纸团砸我,大概初中的时候,她突然不砸我了,结果我们就恋爱了。我们朝夕相处了二十多年。一起上的纽约大学,毕业之后就在镇上的教堂里结婚,后来生了一个美丽可爱的女儿。"他脸上的笑容变得僵硬,但他努力维持着,并假装无谓地耸了耸肩。"有个司机喝多了,"他接着说,"越过马路中间线直接撞上了珍妮和埃米莉的车,两人当场就死了。我的故事也就是从这儿开始转折的。从那以后就剩我一个人。我搬到了西雅图,想着换个环境可能会好过些。如果你在偷偷猜我的年龄,我可以告诉你,我今年43岁。你看上去像个很注重细节的女人。"说完他向我这边探过身,"该你了。"

"我先从自报年龄开始吧,虽然我并不愿意。我今年46岁。很不幸,你从维基百科上都能搜到我的故事,所以我也没必要撒谎。我在华盛顿大学读的新闻学,毕业后进入电视台从事新闻工作,然后一步一个脚印地往上爬,直到后来混出了一些名声。我主持了一档很成功的脱口秀节目,叫《塔莉·哈特的私房话时间》。以前,我的生活里只有工作,但是几个月前,我得知我最好的朋友得了乳腺癌,就停下工作去陪她。显然在某些人眼里,这样做是犯了不可原谅的错误,所以我一下子从昔日的大明星变成了今天的路人甲,我最落魄的样子反正你也看过了。我没有结过婚,更没有孩子。我唯一的亲人就是我妈妈,她叫自己白云,其他的也没什么好说的了。"

"你没有提到和感情有关的事。"他平静地说。

"是没有。"

"从来没爱过？"

"有过一次。"我仿佛有些迫不及待。之后我又轻轻说道："应该算吧。感觉已经是上辈子的事了。"

"因为什么没成？"

"我选择了事业。"

"哦。"

"哦什么？"

"只是觉得新鲜而已。"

"新鲜？有什么新鲜的？"

"你的故事比我的更悲惨。"

我不喜欢他看我的眼神，好像我脆弱得不堪一击似的。我把喝剩下的马丁尼放回桌上，站起了身。不管他接下来要说什么我都不想听了。"谢谢你跟我讲相亲的事，"我说，"再见，格兰特医生。"

"叫我德斯蒙德。"我听见他说，但我已经离开桌子向门口走去了。

回到家，我吞了两片安必恩，然后便爬上床。

*够了，别再提阿普唑仑和安必恩了，我不想听这些。*凯蒂打断了我的故事。

这就是好朋友。她了解你，从里到外地了解。更进一步说，你能从她的眼睛里看清自己的人生。的确，凯蒂对我知根知底，总能想我之所想。她就是我的小蟋蟀吉米尼[1]。

"是，"我说，"我犯了些错误。但最坏的部分还不是药的问题。"

那会是什么？

我悄悄说出了她女儿的名字。

2010年9月3日
上午8：10

在医院，时间总是过得很慢。强尼坐的椅子让他浑身不舒服，他尽量弓着身

---

[1] 小蟋蟀吉米尼：童话故事《木偶奇遇记》中主人公匹诺曹的朋友。

子，靠近塔莉的病床。

他从口袋里掏出手机，低头盯了一会儿。终于，他还是拉出联系人列表，找到了玛吉和巴德的号码。他们如今住在亚利桑那，那儿离玛吉寡居的妹妹乔治雅家很近。

电话嘟到第三声的时候，听筒里传来玛吉的声音，而且她听起来有些上气不接下气。"强尼！"玛吉兴奋地叫道，"你能打电话来真是太好了。"强尼甚至能从她的声音中听出笑容。

"嘿，玛吉。"

电话里停顿了一会儿，随后玛吉问道："出什么事了？"

"是塔莉，她出车祸了。具体情况我也不知道，但目前她在圣心医院。"他顿了顿，接着又说，"很严重，玛吉。她一直昏迷——"

"我们搭下一班飞机过去。我让巴德直接去班布里奇照看孩子们。"

"谢谢你，玛吉。你知道怎么能联系上塔莉的妈妈吗？"

"放心，我会找到多萝西的。玛拉知道了吗？"

一想到给女儿打电话的事，强尼不由叹了口气："还没有。说实话，我都不知道能不能找到她，也不知道她会不会在乎这些事。"

"给她打个电话吧。"玛吉和蔼地说。

强尼道别之后挂断了电话。他闭上眼睛定定神。女儿现在的脾气非常暴躁，哪怕轻声慢语有时候也能激怒她。

旁边的机器发出有节奏的嘟嘟声，每一声都代表着它帮助塔莉完成的一次呼吸，代表着塔莉还有活下去的希望。

而这希望，据贝文医生所说，十分渺茫。

关于这一点，他不需要医生来告诉。他能亲眼看到塔莉的处境是多么险恶。

万般无奈，他不得不再次调出联系人列表，拨出了又一个电话。

玛拉。

第八章

2010年9月3日
上午10：17

  俄勒冈州波特兰市的黑魔法书店果然名不虚传。昏暗的灯光、缭绕的焚香、黑色的窗帘营造出一种神秘的魔界氛围。大量二手书堆在满是灰尘的书架上，且根据书的内容分门别类，比如心灵疗愈、巫士训练、异教仪式及打坐冥想等。即便最漫不经心的旁观者也看得出来，这家书店追求的格调就是阴森恐怖，既让人毛骨悚然，又给人一种另类魔幻的既视感。可是唯一让店家头疼的是扒手问题。在这种光线朦胧烟雾缭绕的环境中，想要看好每一件商品简直比登天还难。不知不觉间，许多书就被人顺手牵羊塞在口袋里或背包里给带走了。

  玛拉·雷恩已经就这个问题向老板说过多次，可那个女人根本不放在心上。

  所以玛拉也就懒得多管了。况且她本来就不在乎。这只是她高中毕业两年来做过的众多烂工作中的一个。在这里干最大的好处就是，再也没人对她的穿衣打扮说三道四，而且这里的工作时间也很自由。不过这个星期他们盘货，所以玛拉到得格外早一些，不过她并不介意，反正她只清点那些永远都卖不出去的东西。多数商店都选择在下班之后盘货，但黑魔法书店与众不同，他们盘货的时间在黎明前。为什么这么做？玛拉也说不出个所以然。

  这会儿，她正站在伏都教分区清点和记录黑骷髅蜡烛的数量，心里盘算着要不要辞掉这份没前途的工作，可一想到要重新找工作，她又犹豫了。

  继之而来的便是无边的烦恼。她不该考虑未来，而应该接受现实。这是几年前的那个精神科医生告诉她的，那个身穿格子套装、长着一对鲨鱼眼的女人把她骗得好苦。哈莉特·布鲁姆医生。

  时间能治愈一切创伤。

  会好起来的。

你要允许自己悲伤。

你的任何感受都是正常的。

全是屁话。回避心灵上的痛苦是毫无意义的，我们或许应该反其道而行之。

自省是最好的安慰。与其无视心痛，不如直接面对，像寒冷的冬日穿上一件温暖的衣服一样接受它。失败可以孕育和平，死亡可以孕育美好，遗憾也可以孕育自由。她付出了高昂的代价才学到这些东西。

清点完骷髅蜡烛后，她把理货单放在了书架上。她知道自己十有八九会忘了把它放在哪里，不过，那又怎样呢？她该休息了。虽然时间还早，但按时上下班那样的规章在这里是不管用的。

"我要去吃午饭了，斯黛拉。"她喊道。

不知在什么地方，有人回应："好的，替我跟女巫们打个招呼。"

玛拉无奈地翻了翻眼皮儿。她跟老板不知说过多少次了，她不是女巫，她的朋友们也不是女巫，可斯黛拉从来都不信。"随便啦。"她嘟囔了一句，随后穿过黑乎乎的书店来到收银机前，从一堆垃圾中扒拉出她的手机。书店管理虽然宽松，但至少有一条非常严格的规定，即上班时间不准随身带手机。用斯黛拉的话说，手机铃声是摧毁顾客买书欲望的一道魔咒。

玛拉拿起手机走出书店。开门时，头顶传来一声猫的尖叫，那是书店的迎客铃声。玛拉毫不理会，径直来到外面的光天化日之下。

手机提示灯不停闪烁，她低头查看，发现过去两个小时爸爸给她打过四次电话。

玛拉把手机往后兜里一塞，只管继续走她的路。

9月的波特兰，风和日丽。明媚的阳光照耀着市中心这片承载着历史的区域，使那些低矮的砖石结构的建筑看起来更加历久弥新。她低着头，很久以前她就学会在走路时尽量不和那些"正常人"目光接触。像她这样的小孩子，人们通常是不屑一顾的。但是话说回来，大街上来来往往的又有多少是"正常人"呢？大部分人骨子里都和她一样，就像从里面慢慢腐烂的水果。

从周围的风光便能判断离她的公寓还有多远。只不过才走了几个街区，却已经有一种仿佛来到另一座城市的感觉。与市中心相比，这里简直丑陋得不堪入目，而且也阴郁得令人压抑。排水沟里遍布垃圾，木柱子和肮脏的窗户上或钉或贴着各种寻找失踪儿童的启事。街对面的公园里，无家可归的少年睡在大树下，他们的睡袋早已褪色，忠诚的小狗不离不弃地守在旁边。在这个街区，每走出五步就会遇到一个伸手问你要钱的流浪儿童。

不过，玛拉来到这里却如入无人之境，没有一个人上前拦路。

"嘿，玛拉。"一个全身黑衣的孩子说道。他坐在不知道谁家的门口，一边抽烟一边喂一条骨瘦如柴的杜宾犬吃巧克力豆。

"嘿，亚当。"打过招呼她又继续向前走了几个街区才停下，然后左顾右盼了一番。

趁没人注意，她踏上水泥台阶，走进了"上帝使命之光"。这是教会的一个救助站。

与聚集的人数相比，这里实在安静得有点不正常。玛拉始终低着头，默默走过迷宫般的登记处，来到里面的大厅。

无家可归的人们挤坐在长凳上，人人怀里抱着一个黄色的塑料餐盘。胶木桌子前坐了一排排的人。尽管天气晴好，但他们很多人仍穿了数层衣服。有的戴着针织帽，但多半破破烂烂，大洞小窟窿里露出肮脏的头发。

今天这里的年轻人比平时更多些。一定是经济形势恶化的缘故。玛拉很同情他们。虽然才20岁，但她已经懂得很多同龄人闻所未闻的生存技能，比如夜里带上自己的全部家当到加油站的洗手间里睡觉，虽然地方又小又臭，但总比露宿街头挨冻好些。

她也加入缓缓移动的队列中，耳朵里尽是周围有气无力的脚步声。

今天供应的早餐是一碗像水一样稀的燕麦粥和一片干面包。虽然食之无味，却能填饱肚子，她已经非常满足。她的室友们很反对她到这里来。帕克斯顿说这是在占耶稣的便宜，可有什么办法呢，她总得填饱肚子。有时候你不得不在吃饭和租房子之间做出选择，尤其最近。她端着空碗和汤匙走到窗前，一个灰色的大橡胶桶里已经摆满了用过的碗、汤匙和杯子，不过这里不提供餐刀。

她几乎是逃着离开救助站的，因此三步两步之后她就来到了街上。随后她沿着一道山坡慢慢向上走，一直走到一栋破旧的砖石结构的建筑跟前。不明就里的人可能会怀疑这是一栋即将拆除的危房，只见它的窗户破破烂烂，门廊歪歪扭扭，唯一表明这里还有人居住的证据就是挂在几扇窗户里面做窗帘用的脏兮兮的床单。

这里就是她现在的家。

玛拉绕过一个撑破肚皮的垃圾箱，又经过一只杂色小猫才来到楼内。她用了好大一会儿才让眼睛适应里面的昏暗。走廊里的灯泡两个月前就坏掉了，只是一直没人更换，当然，主要是没有钱。不过这种地方谁会在乎有没有灯呢？

她爬了四段楼梯。公寓门上，一颗生锈的铁钉上挂着半张驱逐令，她随手扯下扔到地上，随后才打开门。所谓的公寓其实就是一个大标间，泡过水的地板已经扭曲变形，墙壁几乎一水儿的油灰色。推开门的瞬间，一大股烟味儿迎面扑来，其中还有大麻和丁香烟的味道。她的室友们有的坐在胡乱搭配在一起的椅子上，有的坐在地板上，不过大部分都舒舒服服地躺着。列夫正漫不经心地拨弄着他的吉他，扎着辫子的塞布丽娜正用水烟筒抽着大麻，那个自称"耗子"的年轻人倒在一堆睡袋上睡得呼呼作响。帕克斯顿坐在玛拉从上班地点附近的垃圾堆里捡回来的休闲椅上。

和平时一样，他仍是一身黑衣——紧身牛仔裤、没有鞋带的大头皮靴和一件破烂的九寸钉[1]T恤。他长发披肩，乌黑之中挑染了几缕蓝色，一双眼眸呈现出漂亮的威士忌的颜色，在这两样的衬托下，他原本白皙的皮肤显得更加苍白无比。

她从一大堆脏衣服、披萨盒以及列夫的破皮鞋上迈过去。帕克斯顿抬头看了看她，醉眼迷离地微微一笑，手里晃动着一张纸给她看。单从那像蚯蚓乱爬一样的字迹就可以知道他醉到了什么程度。

"我的最新作品。"他说。

那是一首小诗，玛拉轻声念了起来："是我们，你和我，在黑暗中孤独等待；我们知道，爱是拯救，也是死亡……没人看到，我们拯救了彼此。"

"懂了吗？"他懒洋洋地笑着问，"我用了双关呢。"

一边是美丽的浪漫主义，一边是受伤的灵魂。她从帕克斯顿手里接过那张纸，像中学时文学课上研究莎士比亚一样研究着那首诗。学校生活离她已经无比遥远，仿佛是上辈子的事了。他抬起手时，玛拉看到了他手腕上漂亮的白色伤疤。在所有遇见过的人当中，帕克斯顿是唯一能理解她痛苦的人。他教她如何转换这种痛苦，如何珍爱它，与它合二为一。这间屋里的每个人都知道，刀能在人身上留下多么精美的线条。

地板上的塞布丽娜慵懒地翻了个身，举起手中的水烟筒："嘿，玛拉，要不要来一口？"

"好啊。"玛拉欣然同意。她需要吸两口带劲的东西，好让身体焕发点活力，不过，她还没有走到塞布丽娜跟前，手机就响了。

她伸手到口袋里，掏出她那部几年前买的、小巧的紫色摩托罗拉刀锋手机。

"我爸爸的。"她说，"已经是第N次了。"

"养了这么个不听话的女儿，你爸爸肯定气疯了。他不得经常查查岗啊？"列夫说，"要不然他怎么会定期给你充话费嘛。"

帕克斯顿仰头望了她一眼，而后扭头对地上那位说："嘿，塞布丽娜，给我

---

[1] 九寸钉：美国的一支工业摇滚乐队，成立于1988年。

抽两口吧。咱们的公主要接电话呢。"

玛拉忽然为自己优越的成长环境感到羞愧。帕克斯[1]说得没错，以前的她确实像个公主般过着养尊处优的生活，但皇后的去世使这个美丽的童话故事瞬间崩塌了。手机铃声刚刚停下，短信就到了，内容是：有急事，给我回电。她眉头一皱。她已经多久没和爸爸说过话了？一年了吧？

不，不对。她清楚记得上次和爸爸说话的时间。她怎么可能忘记呢？

那是2009年12月。9个月前。

她知道爸爸想念她，而且肯定对于他们之间的最后一次谈话感到非常后悔。他一次次的电话留言和短信可以证明。多少次，他在留言中恳求她回家，而她无动于衷？

但他从来没有拿急事儿当借口骗她回电话。

她越过塞布丽娜，绕过吉他压在胸口、已经再度昏睡过去的列夫，走进厨房。这里有股木头腐烂和什么东西发霉的味道。她没心思在乎这些，拨出了爸爸的手机号。电话立刻就通了，她知道爸爸一直在等着。

"玛拉，我是爸爸。"他说。

"我知道。"厨房角落里的破炉子和生锈的水槽之间夹着一台冰箱，她走到冰箱前才停下。

"你过得还好吗，小丫头？"

"别那么叫我。"她靠在冰箱上，冷冷地说。然而话一出口她又觉得自己太过无情。

爸爸叹了口气："能告诉我你在哪里了吗？我甚至不知道你在哪个时区。布鲁姆医生说你目前所处的阶段——"

"阶段？爸爸，你说的可是我的人生。"她的身体离开了冰箱。身后的公寓里，她能听到水烟筒里咕嘟咕嘟冒泡的声音，以及帕克斯和塞布丽娜毫无顾忌的大笑声。杳喷喷的烟雾勾得她心里直痒痒，"我已经长大了，爸爸。你刚才说有急事儿，什么急事儿？"

"塔莉出车祸了。"他说，"很严重。我们不知道她能不能挺过来。"

玛拉大吃一惊，绝望地吸了口气。难道连塔莉也要……

"天啊！"

"你在哪儿？我可以过去接——"

"波特兰。"她有气无力地说。

---

[1] 帕克斯：帕克斯顿的昵称。

"你在俄勒冈州？那我先给你买张机票。"短暂的停顿后，强尼叹了口气，"每个小时都有航班。我买张不定期机票在阿拉斯加机场柜台等你。"

"买两张。"玛拉说。

他又是一顿："好，两张。哪次航班——"

她连再见也没有说就挂断了电话。

帕克斯顿走进厨房："出什么事了？你看起来不大对劲啊。"

"我的教母可能快不行了。"她说。

"我们都快不行了，玛拉。"

"我得去看看她。"

"她那么对你，你还去看她？"

"和我一起去行吗？我一个人做不到。"她说，"求你了。"

帕克斯顿把眼睛眯成一条缝，死死盯着她。在他锐利的目光下，玛拉感觉自己被削成了一片一片，毫无遮拦地晾在他面前。

他把头发向一侧捋了捋，露出一只挂着银珠子的耳朵："这主意可不怎么靠谱。"

"我们不会去太久的。求你了，帕克斯。我会问我爸爸要些钱的。"

"好吧。"看在钱的分儿上，虽然不情愿，但他最终还是说道，"我去。"

穿过小小的波特兰机场时，玛拉总感觉人们在盯着她和帕克斯。

她想，大概是人们被帕克斯那哥特人的样貌、耳朵上的安全别针以及他脖子上和锁骨上的文身给吓到了。他们看不出文身字样周围旋涡形花纹的美妙之处，也看不懂他反讽式的幽默。

玛拉登上飞机，径直来到后舱她的座位，并扣上了安全带。

她盯着小小的飞机窗户，自己苍白的脸在上面映出一个朦胧的影子：涂着浓厚睫毛膏的棕色眼睛、紫色的嘴唇和爆炸式的粉红色的头发。

猛然一阵轰鸣，飞机开始沿着跑道疾驰，转眼便冲上了万里无云的天空。

她紧闭双眼。回忆，像帕克斯最喜爱的诗歌中的乌鸦，用嘴啄着她的心。嗒，嗒，嗒。

她不愿回想过去的事，永远都不。这几年她已将记忆全部埋藏——诊断、癌症、告别、葬礼，以及随之而来的连续数月的阴郁时光——但如今，它们又张牙舞爪地冒出来了。

闭上眼睛，她又看到了过去的自己，在一切轰然改变之前的自己：一个15岁的小姑娘走在上学的路上。

"你不会穿成这样去上学吧？"妈妈走进厨房说。

餐桌对面的双胞胎兄弟突然沉默，像对摇头娃娃一样不约而同地看着玛拉。

"噢。"威廉说。

路卡像捣蒜一样使劲点着头，头发乱蓬蓬的如同群魔乱舞。

"我的衣服没什么不合适啊。"玛拉从桌前站起身，"妈妈，这叫时尚。"说完她朝妈妈身上扫了一眼——便宜的法兰绒睡衣、无精打采的头发、几乎可以进博物馆的旧拖鞋——之后还不忘撇撇嘴，皱一下眉头，"您应该相信我的品位。"

"你要是半夜三更跟你那帮狐朋狗友到外面胡闹，这身衣服倒是再合适不过。可现在是星期二上午，而你是个高中生，不是脱口秀节目里的特邀嘉宾。我说得再明确点好了：你那条牛仔短裙实在太短了，我都能看到你的内裤，粉色的，上面有小碎花；还有你的T恤衫，是从童装部买的吗？在学校怎么能穿露脐装呢？"

玛拉气得直跺脚。这身衣服她是特意穿给泰勒看的。那样他就不会再把她当成一个小丫头，而会觉得她很酷。

妈妈伸手去扶她前面的一张椅子，她那样子看起来就像一个连站都站不稳的老太太。她无奈地叹着气，坐了下来。随后她端起那个印有"世界上最好的妈妈"字样的咖啡杯，双手捧着，仿佛她需要取点暖，"玛拉，今天我不太舒服，不想和你争吵。"

"那就别跟我吵。"

"好，我不跟你吵。但不管怎样，你今天绝对不能穿得像小甜甜布兰妮一样去上学。你不能给人一种轻浮的印象。话我就说到这里。别忘了我是你的妈妈，在这个家里我说了算。马上给我换衣服去，要不然，后果自负。我顺带补充一句，后果就是：你上学会迟到，你看中的那款新手机想都别想，而且以后你的日子也不会好过。"说完，妈妈放下手中的咖啡。

"你想把我的生活全毁了吗？"

"唉，这都被你看出来了。"妈妈伸手摸了摸威廉的头发，"你们两个现在还小，所以不用担心我会毁了你们的生活。"

"我们知道，妈妈。"威廉很认真地说。

"玛拉脸都红了。"眼尖的路卡说，可随后他又继续摆他的麦圈玩。

"'雷恩号'校车十分钟后出发。"妈妈双手往桌子上一拍，缓缓站起身。

"今天我不太舒服，不想和你争吵。"

这是玛拉发现的第一个证据。她并不是有意搜集，或者说她根本就毫不在意。她继续由着自己的性子，我行我素。在学校里，她希望自己引人注目，希望每个人都想和她交朋友。直到他们家召开第一次家庭会议。

"我今天约了医生。"妈妈说，"只是病了而已，不用担心。"

玛拉听见两个弟弟叽叽喳喳地议论着，还问了些可笑的问题，他们不懂妈妈的意思。尤其是路卡，他是妈妈的贴心乖宝宝，跑过去搂住妈妈不放。

爸爸将两个小家伙领出房间。从玛拉身边经过时，他低头看了女儿一眼。他的眼睛里含着泪水，玛拉不由双膝发软。只有一件事能让爸爸落泪。

她仔细端详起妈妈来——皮肤煞白，眼圈乌黑，嘴唇干裂，且毫无血色。就好像妈妈在漂白剂中浸泡过一样。只是病了而已，"是癌症对不对？"

"对。"

犹如被晴天霹雳击中，玛拉紧握双手仍无法阻止它们颤抖。为什么她早没想到这种可能——一个人的整个人生在电光石火的一瞬间就可能偏离了方向？"你不会有事的，对不对？"

"医生们说我年轻，体质也不错，所以应该会没事的。"

应该？

"为我治病的医生都非常出色。"妈妈说，"我会闯过这一关的。"

玛拉稍稍呼出一口气。"那好。"她最后说道，压在胸口的那块大石头仿佛被移开了。她知道妈妈是从来不撒谎的。

但这一次妈妈让她失望了。她不仅撒了谎，还撇下他们去了另一个世界。没有了妈妈，玛拉的生活顿时失去了方向。在随后的几年中，她曾试着深入了解那个已经不在了的女人，但她唯一能记起来的就是妈妈身患癌症后的憔悴模样——苍白、虚弱、没有头发、没有眉毛，两条胳膊又瘦又白。

"庆祝妈妈的生命"，这说法让她难以接受。玛拉事先就知道那天晚上会是什么样子。每个人都跟她说过，包括爸爸。他说：我知道这听起来很怪，但这是你妈妈生前要求的。外婆说我可以到厨房里帮忙，用她的话说，有事做会让自己好受些。只有塔莉对她坦诚相见。她说：老天爷，我宁可把我的眼睛戳瞎也不愿意这么干。玛拉，麻烦递给我一个叉子。

2006年10月。玛拉闭上眼睛开始回忆。那是她的人生轨迹发生改变的时候。葬礼那天晚上，她坐在自家楼梯最上面一级，注视着挤满了整个大厅的人们……

他们一个个穿着庄重的黑衣服。每隔几分钟门铃就会响一次，于是就有另一个端着某种食物的女人走进屋里（仿佛只要谁家死了人，家属就会变得特别饿一般）。音乐同样死气沉沉，听到爵士乐，玛拉会不由自主地想到打着窄领带的老头儿和后面扎着发髻的老太太。

她知道自己应该到楼下去，和众人打打招呼，给他们端酒、撤盘子，可她不敢看到满屋妈妈的照片。况且，每当她不经意间瞥见某个人——足球妈妈、舞蹈妈妈或是杂货店里的巴基太太——得到的总是同样怜悯的目光，仿佛在说：可怜的玛拉。那种感觉犹如在她心上刺了一刀，一次次提醒她，失去的永远也不会再回来了。仅仅过了两天——两天——照片中那个充满生气的、开朗爱笑的女人已经开始逐渐淡出记忆。玛拉无论如何也想不起妈妈以前的样子，深深留在心中的只有她临死之前那副苍白可怜的模样。

门铃又响了。

她的朋友们肩并着肩鱼贯而入，就像准备去拯救公主的勇士们。她们的妆容已被眼泪冲花，眼睛里全是说不尽的哀伤。

玛拉从未像现在这样需要她们。她站起来，尽管有些摇摇晃晃。阿什莉、卡洛儿和林赛穿过人群直奔楼梯，三个人一齐扑向了玛拉。她们把她紧紧搂在中间，玛拉感觉自己的双脚已经离开了地面，而她一直强忍着的泪水，此时如决堤的洪水倾泻而下。

"我们不知道该说什么。"几个人终于松开后，卡洛儿说。

"你妈妈是我们见过的最酷的女人。"阿什莉诚挚地说，林赛点头附和。

玛拉抹了抹眼泪："真希望她在的时候我对她说过这样的话。"

"她肯定什么都知道。"阿什莉说，"我妈妈让我告诉你。"

"还记得她带纸杯蛋糕到罗宾斯老师的班上吗？她把蛋糕装饰得就像我们当时读的一本书。叫什么来着？"林赛皱起眉头使劲回想。

"《弗里斯比太太和尼姆的老鼠们》。她在蛋糕上粘了胡须。"卡洛儿说，"看起来特别传神有趣。"

玛拉也想起来了：你居然到我们班上去了。天啊！你穿的那是什么衣服啊？这就是她当时的反应。

"电影院今天午夜场要放《圣诞夜惊魂》，我觉得咱们应该去看看。"林赛说，"我们可以先到杰森家玩一会儿。"

妈妈肯定不会同意的。玛拉几乎脱口就要说出这句话。然而当她意识到今后再也不需要这么说时，眼睛不觉又湿润了起来。她此刻的情绪根本不受控制，她感觉自己就像一栋摇摇欲坠的大楼，随时都可能崩溃倒塌。谢天谢地她有朋友们的陪伴。"走吧。"她说着便带领朋友们走下楼梯，穿过客厅。快到前门口时，她好像忽然听到了妈妈的声音：给我回来，小姐们。我不同意你们四个去看午夜场。咱们这个岛夜里过了11点就不会有好事发生。

玛拉停住脚。她的朋友们围在她身旁。

"难道你不用跟你爸爸说一声我们出去了？"林赛问。

玛拉转过身，望着客厅里黑压压的宾客。那画面似曾相识，真是像极了她爸妈以前举办的万圣节派对。

"不用。"她轻声说道。她爸爸今天晚上还没有看过她一次，而塔莉每看到她一次就哭一次，"不会有人知道我出去了。"

照看孩子向来是妈妈的职责，而今妈妈已经不在。

第二天上午，爸爸突然做出了度假的决定。他凭什么认为沙滩和海浪能改善孩子们悲痛的心情呢？玛拉也莫名其妙。她曾想说服老爸改变主意，但在一些重大的决策中，她的话是没有什么分量的。于是，她有了妈妈去世之后的第一次度假（如今他们的生活有了一个清晰的界限，凡事都分成妈妈去世之前和妈妈去世之后两大类）。当然，她并没有把那当成一次真正的度假，只是因为拗不过老爸而已。

她想让爸爸知道她有多生气。妈妈离开了，她能依靠的就只有朋友。可在她最需要她们的时候，自己却被拖到了几千英里之外。

她讨厌那所谓的人间天堂。阳光让她愤怒，炉子里汉堡的味道让她愤怒，而看到爸爸忧伤的脸则让她有种想哭的冲动。整整一个星期，他们不说一句话。他不时会没话找话地和她聊天，但他眼中的痛苦令她恐惧，结果害她连看都不敢看他一眼。

在那期间，她每天至少给朋友打十次电话，一直到地狱般的度假结束为止。

当他们重新回到西雅图时，玛拉第一次有了浑身轻松的感觉，她终于又可以畅快自由地呼吸了。她以为，最坏的部分已经结束了。

她简直大错特错。

回到家，他们首先听到的是震耳欲聋的音乐声；随后又发现厨房的柜台上丢满了快餐盒；最后，他们在妈妈的衣帽间里找到了塔莉，而妈妈所有的衣服也已经装箱打包。爸爸暴跳如雷，说了一大堆气头上的话，塔莉难受地哭起来。可不管他说了什么，都不及最后那句话更让人发疯。

他说："我们搬家。"

第九章

2006年11月，即凯蒂葬礼之后还不到一个月，他们举家搬到了加利福尼亚州。对玛拉来说，搬家之前那两周尤其不堪回首，与地狱相比恐怕也有过之而无不及。每天只要醒着，她要么在生爸爸的气，要么在一个人生闷气。她不吃不喝，也不睡觉。唯一能让她提起精神的事情就是和她的朋友们聊天。当这四个好朋友聚在一起，欢乐的重逢总会逐渐演变成没完没了的告别，仿佛一个个都心碎得不成样子，每一句话都被冠以"还记得……"这样的开头。

玛拉的愤怒简直难以抑制。她的胸口犹如藏着一团火，不断膨胀，压迫着她的肋骨，使她的血液都开始沸腾，似乎随时随地都可能喷薄而出。就连她的悲痛也被怒火烧得片甲不留。她故意跺着脚走路，用力关门，每一件需要打包的纪念品都能让她泪如泉涌。她不能忍受把这栋房子——他们的家——封锁起来，然后跑到别的地方去。唯一让他们感到安慰的，是爸爸并不打算卖掉这房子。他说了，有朝一日他们还会搬回来的。屋里的大件东西，像家具、工艺品、地毯之类，就都留了下来。他们新租的是一套带家具的房子，仿佛不同的家具会让他们忘掉失去妈妈的悲痛一样。

动身的日子最终还是来了。玛拉依依不舍地搂着她的朋友们，呜呜咽咽地哭个不停。她还当面对爸爸说她恨他。

这一切都无关紧要。她恨不恨也无关紧要。这就是最让人无奈的现实。过去妈妈就是玛拉可以依靠的一棵大树，很多时候，她会弯腰迁就玛拉。但爸爸是冰冷的铜墙铁壁，任什么东西都无法让他变形。她知道这一点是因为她亲身领教过，结果自然是撞得鼻青脸肿。

他们驱车整整两天才到达洛杉矶，途中玛拉一言不发。她戴上耳机，用音乐隔绝世界；手里拿着手机，一条接一条地给朋友们发短信。

他们离开青山绿水的华盛顿州，一路向南。来到加州中部时，周围已然呈现出一片棕色。秋意盎然，艳阳高照，视野之内是低矮光秃的棕色的群山。连续数英里看不到一棵像样的树。洛杉矶更为夸张,平坦广阔,一望无垠。高速公路一条挨着一条,每个车道上都堵得水泄不通。当他们终于来到爸爸在比弗利山庄租的房子前时,玛拉的头已经疼得快要裂开了。

"哇。"路卡张大了嘴巴赞叹道。

"你觉得怎么样,玛拉?"爸爸在座位里侧身看着她。

"哼。"她冷笑一声,"你什么时候开始在乎我的感受了?"说完她推开车门下了车。和两个弟弟不同,她没有兴奋地东张西望,而是低着头一直走到前门口,这其间她给阿什莉发了一条短信:所谓的家,到了。

很明显,这栋房子不久前才重新改造装修过,就像一个七十多岁的老头子戴上了拳击手套,看着既现代,又有点正儿八经。前院干净整洁,所有东西都收拾得井井有条。该栽花的地方栽着花,该种草的地方种着草。而洛杉矶阳光充足,院子里又有洒水器按时洒水,因此这里的花开得格外大,格外漂亮。

这不是家。反正对雷恩家的人来说,这算不上家。屋里陈设井然有序,巨大的落地玻璃窗,不锈钢厨房,灰色石地板,却给人一种处处寒光的感觉。家具十分现代,边角分明,镀铬的气味儿还没有散尽。

玛拉看着爸爸:"妈妈肯定不会喜欢这里。"她看出这句话对爸爸造成了多大的伤害,便心满意足地上楼选自己的房间了。

在比弗利山庄中学的第一天,玛拉就发现自己和这里格格不入,而且这种状况恐怕永远都无法改变。她的同学仿佛来自另外一个星球。学生停车场上停满了奔驰、宝马、保时捷。拼车专用车道上,一堆豪华轿车和路虎揽胜中间还停了几辆礼宾车。当然,不是每个学生都有专职司机负责接送,但关键是这样的学生的确大有人在。玛拉有些不敢相信。女生们个个像名媛一样美艳动人,头发染成各种瑰丽的颜色,手里拿的包顶得上几辆汽车的价钱。他们衣着时尚,往往自发形成一个个小群体,不给任何外人插足的余地。玛拉在学校的这一天,甚至没人同她打过一次招呼。

上课对她倒没什么压力,该去哪个教室便去哪个教室。没有一个老师点过她的名或问过她问题。中午吃饭时她仍是独自一人,周围乱糟糟的,但她充耳不闻。她就像只孤魂野鬼,没人在乎她,她也不在乎任何人、任何事。

上第五节课时,其他同学都在考试,只有她远远地坐在后排,低垂着头。孤独的感觉势不可当。她怀念朋友,怀念妈妈。她压抑得太久了,只想找人说说话。而在这里她无依无靠,她忽然发现自己害怕得瑟瑟发抖起来。

"玛拉？"

她往上翻了翻眼睛，透过垂在额前的头发循声望去。

他们的老师阿普比女士不知何时站在了她的桌子旁。"如果你担心自己跟不上课程想找人帮忙，尽管找我，我随时都有空。"她往桌子上放了一份教学大纲，"我们能理解，毕竟你妈妈……"

"刚刚去世。"玛拉很平静地接过老师的话。反正大人们只要跟她说话，总免不了会用上这个词。她痛恨人们有意为之的停顿和表示同情的唉声叹气。

阿普比女士也不知道该说什么，只好转身走开了。

玛拉勉强笑了笑。她故意说出的那几个字其实算不得什么防守，但论效果却屡试不爽。

下课铃响了。

教室里立刻沸腾起来，其他同学几乎不约而同地站起身，提起书包，开始有说有笑地往外走。玛拉不看任何人，当然，也没有谁看她。她那身衣服简直土得掉渣。踏上校车的那一刻她就发觉了，从梅西百货里买来的牛仔裤和衬衣，在这个学校是根本穿不出去的。

她把东西装回背包，并确保每本书都按照正确的顺序和方向排列整齐。这是她新近才有的强迫症，而且怎么都改不掉。因为她非常强烈地希望自己的东西有条有理。

她孤身一人来到走廊。外面还滞留着一些学生，吵吵闹闹，不可开交。头顶上挂着一条巨大的黄色横幅，固定的一端绳子被人拉得有些松脱，有气无力地半垂着。横幅上写着：诺曼人加油。只是"诺曼人"三个字被人划了去，改成了"特洛伊"，字下面还画了一根男性生殖器。

像这样的见闻她回到家里一定会和妈妈分享。大笑之余，妈妈会给她上一堂关于性以及女孩子如何洁身自爱的教育课。

"你应该知道自己正站在走廊中央对着一根鸡巴流泪吧？"

玛拉扭过头，看到一个女生站在她身旁。这女生化的妆去拍艺术照也绰绰有余，而她丰满的胸部，就像衣服里藏了两个足球。

"要你管。"玛拉没好气地说，随后爱理不理地从女生身边挤了过去。

她觉得自己应该说几句令人眼前一亮的俏皮评语，而且要大声地说，让所有人都听到。因为只有那样她才能更快地出名，可现在她不在乎了。她不想交新朋友。

她逃了最后一节课，提前溜出学校。也许逃课能引起爸爸的注意。她一路走回家去，可是回家又有什么用呢？待在连走路都有回声的空荡荡的房子里，照样是百无聊赖。两个弟弟都和伊莲娜在一起，那是他们新请的兼职保姆，一位上了年纪的女人。他们的爸爸还没有下班。走进宽敞却没有半点人情味儿的房子，玛拉姑且还能忍受，可一旦回到她自己的房间，便立刻看哪儿都不顺眼了。

这哪里是她的房间？

她的房间里有白色的带条纹的壁纸，有木地板。她平时照明用的是光线柔和的台灯，而不是现在这种亮得刺眼的吊灯。她走向奢华的黑色梳妆台，想象着原本应该放在这里的那一个——她自己的梳妆台，上面的装饰是妈妈多年前亲手绘上去的（多点颜色，妈妈，多点星星）。当然，把那张梳妆台摆在如此简朴的房间里一定极不相称，就像玛拉在比弗利山庄中学一样。

她伸手去拿小巧玲珑的史莱克[1]首饰盒，那是12岁时塔莉送给她的生日礼物，她特意小心包好带了过来。

和印象中相比，眼前的首饰盒似乎小了些，颜色也更绿。她扭动钥匙转了几圈，打开了铰链盖。一个塑料的菲奥娜忽地站起来，随着音乐慢慢旋转：嘿，你是华丽的大明星。

首饰盒内装着各种各样她心爱的东西：卡拉洛赫海滩的玛瑙、老家后院里找到的箭头、一只破旧的塑料恐龙、一个佛罗多[2]活动人偶、13岁生日时塔莉送给她的石榴石耳环，还有放在盒子最底下的，她在西雅图中心买的一把粉色的太空针塔[3]形小折刀。

她打开折刀，盯着短小的刀刃，又一次陷入回忆。

强尼，她还太小呢。
已经够大了，凯蒂。我相信咱们的女儿不会笨到割伤自己。你说是不是，玛拉？
当心点，小丫头，别伤到自己。

她用亮闪闪的刀刃抵住自己左手的手掌。

仿佛一股电流通过全身。她突然有种莫名其妙的兴奋感觉。她只轻轻划了一下，手便破了。

血从伤口涌了出来，那颜色令她着迷。没想到它如此鲜艳，如此美丽。她好像从未见过如此完美的色彩，就像白雪公主的烈焰红唇。

---

[1] 史莱克：美国经典动画影片《怪物史莱克》中的动画角色，下文中的菲奥娜出自同一部影片。

[2] 佛罗多：《指环王》中的主人公。

[3] 太空针塔：位于西雅图的一栋观景塔，该市的地标性建筑之一。

她的视线像被定住了一样。当然,伤口很疼,但感觉却要复杂得多,痛苦之中带着一丝亲切和快慰。不过,至少这种感觉清晰强烈,比那种痛失我爱、无所适从而又仿佛被全世界抛弃的朦胧感觉要强得多。

她很欢迎这种痛,因为它坦白可靠,一目了然。她看着血从手掌一侧流下,吧嗒吧嗒滴在她的黑鞋子上,仿佛忽然消失了,但又若隐若现。

几个月以来,她头一次有种轻松舒服的感觉。

随后的几个星期,玛拉体重暴降,她所有的悲痛都化作上臂内侧和大腿根部一道道红色的刀痕。每当她濒临崩溃、空虚迷茫或对上帝感到恼火时,就用刀划自己。她很清楚这样做不对,而且相当变态,可她像着了魔一般,根本控制不住。只要打开那把如今刀刃上残留着红黑色血迹的小折刀,她就有种难以遏制的冲动,原本矛盾的心情会瞬间变得理直气壮。

听起来似乎不可思议,在她最沮丧无助的时候,唯一能够帮她走出阴霾的竟然是伤害自己。她不明白这是为什么,但她不在乎。流血总好过流泪或尖叫。切肤之痛给了她走下去的动力。

圣诞节那天,玛拉早早醒来。她的第一个朦胧的念头是:妈妈,今天是圣诞节。可随后她又忽然想起妈妈已经不在。她再度闭上眼睛,盼望自己能重新睡去,同时还盼望着许许多多其他的事。

家人们相继起床,耳朵里有了各种动静,下楼梯的声音,关门的声音。两个弟弟大声喊她。他们说不定已经开始满屋疯跑,拉着外婆的手,从圣诞树下拖出礼物,在手里晃得呼啦呼啦响。如果在以前,妈妈该命令他们安静下来了。可是今天,他们该如何熬过今天呢?

还是用老方法吧。你知道那很管用,只疼那么一会儿,没人会知道的。

她下床来到梳妆台前,又把手伸向漂亮的史莱克首饰盒。打开盒盖时,她的手微微发抖。

喏,小刀静静地躺在盒子里,她轻轻把它打开。

刀尖锋利无比,发出诱人的寒光。

她拿刀尖抵住指肚用力一刺,皮肤被刺破的感觉十分清晰。血冒了出来,形成一个漂亮的红色的小球,她激动得浑身一颤。郁积在胸口的压力一扫而光,就像阀门打开泄出蒸汽。小球越来越大,直到从指肚上滚下去,落在硬木地板上,一滴,两滴。

她充满敬畏地看着这一幕。

背后传来手机铃声。她东张西望了一番,从床上找到了手机,"喂?"

"嘿，玛拉，是我，塔莉。趁你们还没有开始拆礼物之前，我想着先给你打个电话。要不然一会儿恐怕就没时间了。"

玛拉从橱柜最上面的抽屉里找了一只袜子，包住手指。

"你怎么了？"塔莉问。

玛拉紧紧挤压着流血的手指。伤口一阵一阵地疼，这应该能让她平静些。可一想到塔莉能够听见她的每一次呼吸，她又一阵羞愧，好像正在做见不得人的事情时被人逮了个正着。"没什么啊。你应该能想到……这是妈妈去世后的第一个圣诞节。"

"嗯。"

玛拉在床沿上坐下。她突发奇想，如果她把自残的事告诉别人会怎样呢？她想罢手了，她真的想。

"交到新朋友了吗？"塔莉问。

玛拉对这个问题恨之入骨："多得数不过来。"

"那些女生很不好相处吧？"塔莉说，"比弗利山庄里的人都是那副德行。"

玛拉不知道该如何回答。她在比弗利山庄中学还没有交到一个朋友呢，不过话说回来，她也没有真心去交。

"玛拉，朋友在精而不在多，知己一个就足够了。"

"就像你和我妈妈。"她干巴巴地说。传奇般的友情故事。

"我永远都支持你，知道吗？"

"那你就教教我，怎么才能快乐起来。"

塔莉叹了口气："要是你妈妈还在就好了。她相信幸福结局和生活越来越好那一套。至于我，我相信世事无常、生死有命。"

"这我也相信，世事确实无常，生死真的有命。"

"和我说说吧，玛拉。"

"我不喜欢这里。"她轻轻说道，"我每天都想她。"

"我也是。"

继之而来的是一段长长的沉默。也许无声胜有声，因为她们都已经学到了这一课：失去的终归失去了。

"我爱你，玛拉。"

"你圣诞节干什么？"

塔莉顿了顿。玛拉似乎听到教母深深叹了口气："你知道的，还是老样子。"

"怎么可能是老样子呢？一切都变了。"玛拉说。

"是啊。"塔莉不得不赞同说,"都变了。我讨厌这种改变。尤其在今天这种日子里。"

这就是玛拉最爱她教母的地方。塔莉是唯一一个不会对她撒谎并安慰她说一切都会好起来的人。

在比弗利山庄中学最初的几个月简直就是噩梦。玛拉各门功课都亮起红灯,成绩直线下滑。这里的课程难度高,竞争激烈,但这些都不是问题所在。原因在于她上课无法集中精神,而且她对此毫不在意。2007年年初,她和爸爸见了学校的校长和一位辅导老师。大人们全都阴沉着脸,他们说了很多话,但在玛拉耳中,却犹如鸭子在嘎嘎乱叫。她只模糊记得他们多次提到"悲痛"和"治疗"这两个词。会面结束时,玛拉终于明白在这个没有母亲的世界里,别人对她抱着什么样的期望。她差一点就告诉他们她不在乎。

直到她看见爸爸的眼睛,才知道自己是多么令他失望。*我该怎么帮你呢?*他曾小声问她。之前,她曾以为这是她一直期待的——来自爸爸的关爱——可当他真的说出这句话时,她的心情反而更糟了。原本迷惑的东西一下子豁然开朗起来:她不需要别人的帮助。她想消失,想做个谁也看不到的隐身人。而现在她已经知道该怎么做。

一个字:装。

从此,玛拉变乖了。她把一切消极的、叛逆的情绪都藏在心里。至少在爸爸面前她要假装一切都在朝着好的方向发展,而要达到爸爸的标准一点都不难。成绩稍微提高一点,吃饭的时候努力挤出一丝微笑,爸爸立刻就会投来欣慰的目光。他的精力大部分都在工作上,居然被女儿的小把戏蒙骗了过去。她很聪明,她知道自己需要表现得正常一点。弟弟们的保姆,那个眼神忧郁的老太太,从来不会错失任何一个机会向别人唠叨她那长大成人的孩子们常年出门在外,把她一个人丢在家里茕茕孑立、形影相吊的凄惨现状,但她很少和玛拉打交道。她只需假装自己参加了某个体育队,要经常外出,而从来不用担心有谁会多问一句,或者有谁心血来潮想去看她的比赛。

快毕业时,她已经把这套把戏练到了炉火纯青的地步。她每天早上按时醒来,双眼还没从噩梦中完全睁开便摇摇晃晃地钻进洗手间。她很少洗澡,也懒得洗头,即便要去上学。因为她实在没有那么多气力。况且似乎也没人在乎她是不是整洁干净。

她已经彻底放弃了在比弗利山庄中学交朋友的念头,这样做也有一个好处,使她免遭那帮浅薄庸俗拜金女的毒害，那些女孩儿向来是以车取人的。

终于，2008年6月，她从比弗利山庄中学顺利毕业。家人都在楼下等着她。外公、外婆还有塔莉全都飞来见证这件大事。他们个个兴高采烈，张口闭口都离不开"激动""成就"和"骄傲"这些词。

玛拉丝毫也兴奋不起来。摸到毕业礼服时，她只感到冰冷恐怖的堕落。廉价的聚酯面料在她手中沙沙作响。她穿上礼服，拉好拉链，来到镜子前。

她看上去苍白、瘦弱，眼睛底下是吓人的和薰衣草一样颜色的眼袋。为什么这些爱着她的人没有一个注意到她枯槁的模样呢？

只要她按照人们的意思去做——按时完成家庭作业、及时提交大学申请、假装自己有一大帮朋友——就不会有人再去过多地关注她。这不正是她一直以来都想要的结果吗？这是她自己的选择，然而却痛彻心扉。如果妈妈在，她一定能看出女儿的内心其实并不快乐。知女莫若母，这是玛拉最痛的领悟之一。过去她最恨听妈妈说"别强颜欢笑了，我的大小姐，你心里可不是那么想的"，她认为那是妈妈的自以为是。可如今，若能有机会再次听到这句话，她愿意付出一切。

爸爸在楼下喊她："该走了，玛拉。"

她走到梳妆台前，久久注视着史莱克首饰盒。热切的渴望激荡着她，令她的心怦怦直跳。

她打开盒盖，看到了那把折刀，和几十片沾着血迹的碎纱布。那是她的纪念品，一直舍不得扔掉。她慢慢打开折刀，捋起衣袖，在前臂内侧不易被人看到的地方利索地划了一下。

她立刻感觉到，这一刀划得太深了。

血顺着胳膊直淌下来，溅到了地板上。她需要帮助，不仅仅是止血。她自己也已经失去了控制。

她飞奔下楼，来到客厅里，脚下的石地板上立刻也殷红一片。

"我需要帮助。"玛拉轻轻说道。

塔莉是第一个反应过来的。

"天啊，玛拉。"她的教母大喊一声，把手中的照相机往沙发上一扔，三步两步冲到她跟前，一把抓住她的另一个手腕，拉着她进了最近的一个洗手间，然后放下马桶盖，让她坐在上面。

爸爸紧跟着她们冲进来，此时塔莉正在抽屉里疯狂翻找着，几块碍手的香皂、几把毛刷和几管护手霜已经被她扔了出去。

"怎么回事？"爸爸大声问。

"快拿绷带!"塔莉跪在玛拉身旁,尖声命令道,"快点!"

爸爸闪身跑开了,转眼便拿着纱布和胶带回来。塔莉首先按压伤口止血,随后用纱布包扎。爸爸站在一旁,既迷惑不解又怒气冲冲。

"好了。"塔莉包扎完毕之后说,"不过我觉得她需要缝几针。"她退开一点,好让爸爸凑近玛拉。

"天啊。"他蹲下身子,盯着玛拉的胳膊直摇头。

他拼命想要挤出一丝笑容,可试了几次都没有成功。玛拉看着眼前的这个男人,心潮起伏:这是我的爸爸吗?不。爸爸的肩膀没这么佝偻,脸也没有这般严肃。然而当这个男人望着自己的女儿,他的心情也是一样的。他的头发已经花白,这是什么时候的事?

"玛拉,"他说,"这是怎么回事?"

她羞愧得无地自容,连嘴巴都难以张开。她已经让他失望得够厉害了。

"别害怕。"塔莉柔声说,"你说你需要帮助,你说的是治疗,对吗?"

玛拉盯着教母慈祥温暖的双眼,小声说道:"对。"

"怎么回事啊?我还是不明白。"爸爸一头雾水,他看看塔莉,又看看玛拉。

"她是故意划伤的。"塔莉说。

玛拉看得出爸爸的疑惑。是啊,他无论如何都想不到她会做出这种事,"我怎么一直都不知道你在伤害自己?"

"我认识一个人或许能帮上忙。"塔莉说。

"在洛杉矶吗?"爸爸转脸问塔莉。

"在西雅图。就是哈莉特·布鲁姆医生,还记得吗?上过我的节目的。我有把握星期一就让她见玛拉。"

"西雅图。"玛拉轻声念叨着这个名字。它就像抛向她的一条救生索,她不知梦想过多少次回到那里和她的朋友们久别重逢。然而现在机会来了,她却又觉得无所谓了。这再次让明她确实病了,心理失常了,抑郁了。

爸爸摇摇头:"我不知道这样行不行。"

"她是到这儿——洛杉矶——之后才出现这种行为的。"塔莉说,"而且偏偏在今天。也许我不是弗洛伊德[1],但我可以告诉你,她在主动寻求帮助。让我帮她吧。"

"你?"爸爸尖声说。

"你还在生我的气是吗?至于吗?算啦,不用说了,我不在乎。这次我是不

---

[1] 弗洛伊德(1856—1939):奥地利著名心理学家、精神分析学家。

会让步的，强尼·雷恩。我不会再给你空间，或者帮你说话。如果现在我不和你争，凯蒂一定会怪我的。我答应过她要好好照顾玛拉。很明显你这个爸爸一点都不称职。"

"塔莉。"爸爸语气中的警告是不言而喻的。

"让我带她回去，我星期一就能让她见到哈莉特，最迟星期二。然后我们再决定下一步该怎么办。"

爸爸扭头看着玛拉："你愿意到西雅图去看布鲁姆医生吗？"

实际上，玛拉并不关心看不看布鲁姆医生。她只想一个人待着，其他的什么都无所谓。但是，她比谁都想离开洛杉矶。"愿意。"她有气无力地回答。

爸爸又转向塔莉："我会尽快去找你们。"

塔莉点了点头。

爸爸似乎仍然心存疑虑。他站起身，面对塔莉："那这几天我就把玛拉托付给你吧？"

"放心吧，我会像凯蒂那样照顾她。"

"你得及时把情况通报给我。"

"没问题。"塔莉点头答应。

第十章

玛拉终究没能参加她的中学毕业典礼,当然,她并不觉得遗憾,反倒暗自庆幸。典礼的同一时间,她和塔莉登上了去西雅图的飞机。塔莉果然说到做到,她成功为玛拉约到了哈莉特·布鲁姆医生,时间为星期一,下午2点整。

也就是今天。

玛拉不想起床。昨天夜里她没有睡好,现在大脑仍旧昏昏沉沉,浑身没有一点力气。不过该做的事还是要做。她冲了个澡,洗了洗头,甚至还用吹风机吹了吹。虽然地板上放着她昨晚丢在那里的一堆衣服,但她还是从手提箱里挑了套新的,尽管这费了她不少工夫。

穿上她曾经最喜爱的那条赛文·弗奥曼德[1]牛仔裤时,她吃惊地发现自己竟然瘦了那么多。牛仔裤松松垮垮地悬在腰间,露出两侧突出的髋骨。于是她又专门挑了一件宽松的阿贝克隆比牌[2]运动衫,如此既能掩饰她骨瘦如柴的身躯,又能遮挡胳膊上的刀疤,一举两得。

她把拉链一直拉到脖子上,方才准备离开卧室。剩下的事很简单,只需走出卧室,关上门,与塔莉会合。

然而当经过敞开的手提箱时,她的目光落在了箱子一侧的口袋上,那是她藏折刀的地方。那一刻,世界仿佛暗淡了下来,连时间也放慢了脚步。她听到心脏剧烈的跳动声,感觉到血液在血管中飞速地流动起来。她想象着那奇妙的场景:鲜艳的红,美不胜收。自残的念头陡然升起,她需要折刀释放心中的压力,这欲望如此强烈,竟驱使着她向前跨出了一步,并伸出手去。

"玛拉!"

她像触电般猛地缩回手,慌慌张张地左右顾盼。

身边没别的人。

---

1 赛文·弗奥曼德(7 For All Mankind):美国知名服装品牌,时尚牛仔服装的引领者。

2 阿贝克隆比牌:美国著名休闲服装品牌。

"玛拉！"

是塔莉，她已经喊了两次。这意味着她很可能正向这里走来。

玛拉攥手成拳，指甲几乎钻进手掌心的皮肉里。"就来。"她答应道。她的声音干瘪微弱，甚至连她自己都听不到。

她走出卧室，轻轻关上了门。

须臾之后，塔莉挽着玛拉的胳膊，与她并肩而行，引着她走出了公寓大楼，那样子就像玛拉是个瞎子似的。

走在路上，塔莉想方设法和她聊天。

玛拉努力集中精神去听，但心脏的跳动如此剧烈，隔绝了身体之外的所有声音。她的手心开始冒汗。她不想坐在一个素不相识的人面前谈论自残的事。

"到了。"塔莉终于说，玛拉从一团云里雾里走出来，发现自己已经站在了一栋高大的玻璃建筑前。她们是什么时候穿过公园的？那些曾经聚在图腾柱下的流浪汉们还在吗？她居然一点印象都没有。这让她有些害怕。

她跟着塔莉走进电梯，来到医生的办公室。一个满脸雀斑不苟言笑的年轻女人让她们先在等候室稍稍休息。

玛拉在玻璃鱼缸旁的一张蓝色椅子上坐了下来，椅子垫得又高又厚，坐着极不舒服。

"我猜鱼生来就是很安静的。"塔莉说。她坐在玛拉旁边，并拉住玛拉的手，"玛拉？"

"什么？"

"你看着我。"

玛拉不想那么做，但有一点她很清楚：试图无视塔莉绝对是白费工夫。所以，她慢慢地转过头："嗯？"

"你有那样的感受并没什么不对。"她温和地说，"有时候，我也会想她想得受不了。"

现在已经很少有人这样安慰她了。唉，18个月以前，他们还张口闭口都是妈妈呢，看来悲伤也是有保质期的。就像一扇缓缓关闭的门，当最后一道门缝消失不见，你便陷入彻底的黑暗，也就理所应当忘记自己有多怀念光明。"受不了的时候你会怎么做？"玛拉问。

"我要是说了，你妈妈一定会从天上飞下来揍我一顿的。我现在要做个负责任的大人。"

"行。"玛拉冷冷地说，"那你就别说了。反正从来没人跟我说过。"她拿眼瞄了一下接待生，看她是不是在偷听，不过那个女人的注意力根本没在她们身上。

塔莉沉默了一分钟左右，或许更久。终于，她点头说道："你妈妈去世后我得了恐慌症，所以我开始服用阿普唑仑，那是一种抗焦虑的药。我失眠严重，有时候还酗酒。你呢？你都怎么办？"

"我拿刀划自己。"玛拉淡淡地说。意想不到的是，大胆承认的感觉居然妙不可言。

"我们还真是天生一对儿。"塔莉苦笑着说。

身后的门打开了，一个身材苗条的女人从办公室里走出来。她长得很漂亮，却紧咬着牙关，似乎很生气的样子，玛拉认为那是痛苦所致。女人上半身围了一条宽大的格子围巾，并用一只戴着手套的手攥着围巾两端在前胸交叉的位置，那样子仿佛她要面对的是猛烈的暴风雪，而非西雅图6月的晴空。

"下周见，裘德。"接待生说。

女人微微点头算是回应，随即戴上了墨镜。至于在一旁等候的塔莉和玛拉，她自始至终也没有看上一眼。

"你一定就是玛拉·雷恩吧？"

玛拉没留意另一个女人不知什么时候也走进了等候室。

"我是哈莉特·布鲁姆医生。"这个女人说着，友好地伸出了一只手。

玛拉不情愿地站起来。此刻她唯一想做的事就是立马闪人。"嗨。"出于礼貌，她回应道。

塔莉也随着起身："嗨，哈莉特。谢谢你这么匆忙还能抽出时间见我们。我知道这肯定会打乱你的工作安排，真是不好意思。对了，你还不知道她的具体情况，我进去给你介绍……"

"不。"医生说。

塔莉一脸困惑："可是——"

"把她交给我吧，塔莉。这是我和玛拉之间的事了，别忘了我还是有点手段的，相信我。"

可玛拉并不这么认为。手段？实际上她觉得这个人只不过有双手而已，一双瘦骨嶙峋的手，干瘪皱缩的皮肤上布满了老年斑。不过玛拉还是假装顺从，跟着医生走进她那整洁干净的办公室。

透过一大面玻璃墙可以俯瞰派克市场和波光粼粼的蓝色海湾。一张光可鉴人的木桌子将办公室一分为二，桌子后面是一张大大的黑色真皮座椅，前面正对着桌子的是两张看上去还算舒服的椅子。后面墙边摆着一张黑色沙发，沙发上面的墙上挂着一幅画，画的是夏日海滩的和谐景象，说不定是夏威夷，也可能是佛罗里达，画里还有棕榈树呢，总之看着都叫人舒服。

"我是不是应该躺下？"玛拉双臂抱肩，问道。尽管有那幅画在，但这间办公室仍令她浑身发冷。也许这就是刚才那位女士裹那么严实的原因吧。可更奇怪的是，办公室的一面墙上还有个燃气壁炉，明亮的橙色和蓝色火焰把一波波热浪送到她身上。她能感觉到热度，却感觉不到温暖。

布鲁姆医生在桌子后面坐下，摘下笔帽，"你想坐哪里都可以。"

玛拉在一张椅子上扑通坐下，眼睛盯着墙角的一棵室内植物，心里默数着叶片的数量。1……2……3……这地方让她浑身不自在。4……5……

她听到钟表嘀嗒嘀嗒走个不停，听到医生均匀的呼吸声，听到自己跷腿或放下腿时黑色的尼龙布摩擦的窸窣声。

"你想不想谈点什么呢？"过了至少有十分钟，医生才开口问道。

玛拉耸耸肩："没有。"52……53……54。房间里越来越热了。那壁炉虽然毫不起眼，但发起热来简直就像个小太阳。她感觉到汗珠在额头上滚动，沿着脸颊一侧滑下去。她开始不安地用脚掌拍打起地板来。

66……67。

"你和塔莉是怎么认识的？"

"她是我……的朋友。"

"你妈妈的朋友？"

她的语气冷静客观，不带丝毫情感，仿佛她们在谈论一辆车子，或一台吸尘器。不，不该是这样的，玛拉心里一阵难受。她不想和陌生人谈论她的妈妈。于是她耸了耸肩，继续数她的叶子。

"她去世了，对吗？"

玛拉一怔："没有，她在我爸爸的壁橱里呢。"

"什么？"

玛拉微微一笑。第一局小胜，主队得分，"葬礼上我们租了一副棺材，顺便说一句，那棺材的样子十分古怪。后来我们把妈妈火化，把骨灰装进了一个紫檀盒子里。原本塔莉是想把骨灰撒掉，但爸爸不同意，他说他还没有那个心理准备。后来爸爸想通了，可塔莉又不同意了。所以妈妈的骨灰盒就一直放在爸爸的壁橱里。"

"那你呢，你什么时候想通的？"

玛拉不解地眨了眨眼："你指什么？"

"你觉得什么时候把你妈妈的骨灰撒掉比较合适？"

"没人问过我这个。"

"你觉得为什么会没人问你呢？"

玛拉耸耸肩，重新移开视线。她对这场谈话的走向已经心生抵触。

"玛拉，你知道自己为什么会来这儿吗？"医生问。

"你肯定知道。"

"我知道你对自己干了什么。我是说自残的事。"

玛拉又把目光移向了那棵植物。那些叶子油光发亮，像蜡做的一样。75……76……77。

"我知道自残能给你带来暂时的安慰。"医生接着说。

玛拉瞥了布鲁姆医生一眼，她坐在那里一动不动，尖尖的鹰钩鼻悬在薄薄的嘴唇上面，"可自残之后呢，看着刀上残留的血迹，我敢保证你的痛苦会变本加厉。你会感到羞耻，或者害怕。"

78……79。

"我能帮你化解痛苦，但前提是你要敞开心扉和我交谈。你的那些感受，其实并非你一个人独有。"

玛拉翻了个白眼。这是大人哄小孩子时惯用的伎俩。

"那好。"布鲁姆医生合上笔记本说道。玛拉很好奇她都在本子上写了些什么。很可能是：*神经有问题，喜欢植物？* "咱们今天就到这儿吧。"

玛拉就差没有欢呼出来了，她噌地站起来，转身就向门口走去。手快要碰到门把手时，布鲁姆医生又说："玛拉，我有个青少年悲伤化解小组，对你可能会有帮助。你愿意加入我们吗？聚会时间是星期三晚上。"

"随便。"玛拉打开了办公室的门。

门外候着的塔莉立刻站起身："怎么样？"

玛拉不知道该如何回答，只好避开塔莉的目光。这时她发现等候室里多了个人：一个和她年纪相仿的年轻小伙子，身穿黑色紧身破牛仔裤，裤腿塞在一双磨得厉害的黑皮靴里，鞋带儿没有系，松松垮垮地垂在上面。他瘦得厉害，看上去像女人一样娇弱，上身穿暗灰色夹克，里面套了件印着"咬我"两个字的黑色T恤，脖子里挂了一根链子，链子上穿着几个锡制的骷髅，像钥匙一样垂在胸前。他长发及肩，黑得不可思议，而且这里染了一绺红那里染了一绺绿。当他抬起头时，玛拉发现他的眼睛非常与众不同，几乎是金色的，浓黑的眼线使那颜色更加突出。他皮肤煞白,一副病恹恹的样子。

布鲁姆医生走到玛拉跟前:"帕克斯顿,不如你来告诉玛拉咱们的治疗小组有没有用。"

那个名叫帕克斯顿的年轻人站起来,步履优雅地走向玛拉,那感觉就像他要登台表演一样。

"塔莉。"布鲁姆医生说,"我能跟你说几句话吗?"

两个大人走到一旁说起了悄悄话。玛拉觉得她应该留心听一听她们说话的内容,但她无法集中精神,因为她满脑子都是那个向她走来的年轻人。

"你很怕我。"年轻人走近之后说。玛拉能闻到他口气中薄荷口香糖的味道,"大多数人都怕我。"

"你以为你穿一身黑衣服就能把我吓住了?"

他抬起一只苍白的手,把一侧头发拨到耳后:"像你这样的漂亮女孩儿应该待在郊区,那里比较安全。治疗小组不适合你。"

"你又不了解我。我倒是想劝你别乱抹你妈妈的化妆品。"

令玛拉意外的是,年轻人居然哈哈大笑:"辣椒脾气,我喜欢。"

"嘿,玛拉,"塔莉说,"该走了。"她大步走过等候室,挽住玛拉的胳膊,领着她离开了办公室。

回家的路上,塔莉滔滔不绝地说个没完。她一遍又一遍问玛拉想不想回班布里奇岛看她的老朋友们,玛拉很想去,但她始终没有点头,因为在她看来她已经不再属于那里。在离开的这一年半中,以前的友谊像飞蛾的翅膀一样褪色枯萎,只剩下斑斑驳驳的白色,已经不大可能飞得起来。现在的她和过去的那些老朋友已经没有任何共同语言了。

塔莉带玛拉来到她明亮高雅的公寓,并打开了客厅里的壁炉。火焰像花朵一样在假木头上瞬间绽放,"说说吧,到底感觉如何?"

玛拉漫不经心地耸耸肩。

塔莉坐在沙发上:"玛拉,你不要这么排斥我,我想帮你。"

天啊,她已经厌倦了让任何人失望。要是这世上有种专为失去亲人的孩子们写的书该多好啊,就像《阴间大法师》[1]中的《新亡者手册》,那样她就知道该怎么做、怎么说,也就不会有这么多人来烦她了。"我知道。"她说。

她坐在壁炉边,面对塔莉。炉火烤着她的背,让她猛地一阵哆嗦。她甚至没

---

[1] 《阴间大法师》:蒂姆·波顿于20世纪80年代拍摄的一部B级恐怖片。

有意识到自己的冷。

"凯蒂去世后我应该让你爸爸带你去做心理咨询的。可我和你爸爸闹僵了。但我经常向他问起你，而且每个星期也会和你通电话。我从来没听你说起过这种事，也没有听见你哭过。你外婆说你一直处理得很好。"

"我为什么要告诉你呢？"

"因为我尝过被抛弃的滋味，尝过悲痛的滋味。我知道崩溃是什么感觉。外公外婆去世的时候，我几乎没有难过。妈妈离开我时，每一次我都告诉自己，不难受，继续向前。"

"那我妈妈去世的时候呢？"

"这对我来说更难接受。我没有及时振作起来。"

"嗯，我也是。"

"布鲁姆医生说，星期三晚上你应该去参加他们的悲伤化解治疗小组会。"

"不见得有用。"

她看出自己的回答让塔莉失望，甚至难过了。玛拉叹口气，她自己的痛苦已经够多了，不想再承受塔莉那一份。

"好吧，"她说，"我去。"

塔莉起身一把将她抱在怀里。

玛拉一面尴尬地微笑，一面尽快抽身出来。如果教母知道了她有多孤独和绝望，整个心都会碎掉的，现在她们谁都经不起再一次心碎了。她只需按照近几个月的老办法去做，假装顺从，把眼前的这一关先应付过去。只要能让大家别再烦她，几次治疗小组会算得了什么。9月一到，她就是华盛顿大学的新生了，到时候她想怎么活就怎么活，再也不会经常伤某些人的心了。

"谢谢，"她说，"我有点累了，想去躺一会儿。"

"行，我会给你爸爸打电话告诉他这里的情况。星期四他就能来了，你和布鲁姆医生下次见面之后，他也会见见医生。"

真是好极了。

玛拉点点头，向客房走去，那个房间看起来就像高档酒店里的套房。

她还是不相信自己居然答应了去参加青少年悲伤化解治疗小组。面对一帮陌生人她能说什么？他们会要她谈她的妈妈吗？

焦虑开始由内而外渗透开来，直达表面，像无数只小虫在皮肤上爬。

皮肤。

她没想到壁橱那儿去，也不想去，可这种白爪挠心的感觉让她发疯。血液在血管中嗡嗡作响，就像同时听到几十条信号不清的外国通话线路，几十种语言交织在一起，尽管你努力去听，却仍然什么都听不明白。

打开手提箱，把手伸进箱盖上的口袋时，她的手抖个不停。

她在口袋里找到了她的太空针塔形小折刀，和几片沾着血迹的纱布。

拉起衣袖，直到露出她的二头肌。多么瘦小的一块肌肉，在黑暗中显得格外苍白。几十条刀疤像蜘蛛网一样纵横交错。

她把刀刃按在皮肤上，用力一划。血涌了出来，美丽、丰富、鲜艳。她伸手在下面接着，目不转睛地盯着血从胳膊上滴下，像眼泪一样汇积在她的掌心。坏心情就藏在这些血滴中，离开了她的身体。

"我没事。"她悄悄对自己说。

能伤害我的人只有我。只有我。

那天夜里，玛拉失眠了。躺在不属于自己的床上，置身于这个曾经视为家的城市，聆听着栖息于首饰盒中的虚无弥漫整座城市上空。她把今天晚上与爸爸的对话原原本本回想了一遍。

挺好的。当爸爸问及她和布鲁姆医生见面的情况时，她如此回答。但尽管嘴上这么说，心里想的却是另外一回事：一直以来当我说一切都好时，为什么从没有一个人质疑过？

"你可以跟我谈谈。"他说。

"是吗？"她突然声色俱厉地说。现在你想谈了？可当她听到爸爸深沉的一声叹息，她又后悔自己太过无情。

"玛拉，我们父女之间的关系怎么就到了这一步呢？"

她痛恨爸爸极度失望的语气，那让她觉得既内疚又羞愧。

"星期三晚上我要去参加一个青少年悲伤互助小组会。听起来是不是很有意思？"

"我星期四就到，我保证。"

"怎么都行。"

"我为你感到骄傲，玛拉。直面痛苦是需要勇气的。"

她拼命保持镇静，任泪水蜇得眼眶发疼也不让它流下。回忆将她重重围困，脑海中是她一次次跌倒或受伤之后扑向爸爸怀抱的画面。他的双臂多么强壮，那是她曾经最安全的港湾。

爸爸最后一次抱她是什么时候？她想不起来了。刚刚过去的这一年，她疏远了所有爱她的人，而没有了亲人的保护，她变得越来越脆弱，可她不知道该如何改变这一切。她一向很排斥哭泣，更惧怕暴露自己的痛苦。

　　第二天早上醒来时，她头昏脑涨，浑身乏力。也许该来杯咖啡提提神，于是她穿上塔莉的睡袍，晃晃悠悠地走出了房间。

　　出了房门，她看到塔莉还在沙发上睡着，一条胳膊搭在咖啡桌上。桌上放着一个空空的红酒杯，旁边是一堆文件，还有一个橙色的小小的处方药瓶。

　　"塔莉？"

　　塔莉缓缓坐起身，她看上去有些憔悴。"哦，玛拉。"她揉揉眼睛，左右晃了晃脑袋，好像那样能让自己清醒起来。"几点了？"她说话慢悠悠的。

　　"快10点了。"

　　"10点？该死。快换衣服。"

　　玛拉蹙眉问："我们要出门吗？"

　　"我给你准备了一个惊喜。"

　　"我不想要惊喜。"

　　"你会喜欢的。快，先去冲个澡。"塔莉不由分说把她赶进了走廊，"给你二十分钟。"

　　玛拉乖乖冲了澡，换上一条宽大的牛仔裤和一件宽松的T恤。她懒得吹干头发，随便梳了梳，直接扎了个马尾，便走进厨房。

　　塔莉已经在等着。她穿了一套至少要小一号的蓝色套装。玛拉进来时她刚把一枚药片送到嘴里，并用咖啡冲服下去。

　　塔莉被玛拉的手碰到时叫了一声，好像吓了一跳。随即她又笑着说："不好意思，我没听见你进来。"

　　"你有点怪怪的。"玛拉说。

　　"我只是兴奋而已。因为给你准备的那个惊喜。"

　　"我说过了，不要什么惊喜。"玛拉注视着她，"你吃的什么？"

　　"刚才那个？是维生素。到了我这个年纪，不补点维生素可不行。"她上下打量了一番玛拉，皱起了眉头，"你就穿这一身？"

　　"是啊，怎么了？"

　　"连妆都不化？"

　　玛拉翻了个白眼："干吗？我又不是去参加超模大赛。"这时门铃响了。玛拉一惊，狐疑地问："谁来了？"

　　"走。"塔莉面带笑容，推着她向门口走去，"由你开门。"

玛拉小心翼翼地打开了门。

门口赫然站着三个人，定睛看时，却是阿什莉、林赛和卡洛儿。她们看到玛拉的第一眼就不约而同地尖叫起来，而且尖叫声几乎能穿透耳膜，随后一齐扑向玛拉，四个女孩儿抱成了一团。

玛拉有种如在梦里的感觉，尽管这一切发生在眼前，她却仿佛置身在遥远的地方旁观。她能听到她们的声音，却听不懂她们在说什么。还没明白是怎么回事，她就被三个好朋友潮水般的热情裹挟着离开了公寓。三张嘴几乎总是同时说话，玛拉没有开口的机会，只能随着她们钻进了卡洛儿的本田轿车，而后车子径直驶去了渡轮码头，那里有艘渡轮正在等着。她们把车直接开上船才停住。

"你回来真是太棒了！"林赛在后座前倾着身体，兴奋地说。

"是啊，塔莉打电话的时候我们还不信呢。你是想给我们一个惊喜吗？"阿什莉问。

"先从泰勒·布里特开始。"林赛说。

"绝对的。"卡洛儿侧身对着玛拉，开始兴高采烈地讲起泰勒·布里特的种种糗事。比如他和一个从北基察普来的很招人烦的女生约会，结果穿着内裤被警察抓到；他还因为涉嫌未成年人饮酒被法院开了传票，最后被禁止参加校友足球赛。

玛拉脸上始终保持着微笑，可她心里一直琢磨的却是：**我几乎都忘记自己还曾经喜欢过泰勒·布里特呢**。往事如夜色中远远的一盏孤灯，只在记忆的最深处时隐时现。她强迫自己该点头的时候点头，该微笑的时候微笑。朋友们说起毕业晚会上的趣事时，她还不忘提醒自己哈哈大笑几声。

随后，她们来到莱特尔海滩，几个人惬意地躺在色泽鲜艳的沙滩毛巾上，喝着可乐，吃着多力多滋，可是玛拉却不知道该说些什么。

她感觉自己孤零零的，尽管她们几乎肩并着肩。卡洛儿畅想着大学生活，她和阿什莉在西华盛顿大学将会成为室友，这令她开心无比。而林赛则发着牢骚，说她不愿一个人去远在加州的圣克拉拉。

"你要去哪儿？"卡洛儿问玛拉。

老实说，玛拉已经走了神，她根本没有听朋友们叽叽喳喳的议论，也没有听见卡洛儿的问题。

"玛拉？"

"你准备去哪儿上大学？"

"华盛顿大学。"玛拉说着，努力集中起精神。她仿佛被一团温暖的灰白色的浓雾笼罩着,而且只有她一人身处雾中。

朋友们欢声笑语不断,她们梦想着和某个帅哥坠入爱河,梦想着自由自在的大学生活,抱怨着她们的妈妈是多么严厉,显然,玛拉已经不再属于这个群体。

她已经变得和她们不同了。重聚这一天结束之时,她们开车把她送回西雅图,路上尴尬的沉默证明了她们对现实理解上的分歧。她们陪玛拉一直走到公寓门口,但现在她们全都知道已经没什么可说的了。玛拉以前不懂,友情其实也有死亡的一天,只不过它以一种缓慢的姿态枯萎、凋谢。她没有力量假装成她们过去认识的那个玛拉。

"我们都很想你。"卡洛儿轻声说,这一次,她的话听起来更像道别。

"我也想你们。"玛拉说。这是真的,她愿意放弃一切回到从前。

朋友们走后,玛拉开门走进公寓,看见塔莉正在厨房收拾碗碟。

"玩得怎么样?"

玛拉从塔莉的嗓音中似乎听到了什么,几个模糊不清又毫无意义的发音。如果不是因为她了解塔莉,一定会怀疑她喝了酒,不过现在喝酒还太早了些。

但实际上玛拉已经毫不在意。她只想爬到床上蒙头大睡一觉。"挺好的。"她淡淡地说,"开心得不得了。我有点累了,先去睡一会儿。"

"别睡太久哦,"塔莉说,"我租了《新科学怪人》[1]。"

那是妈妈最爱的电影之一。以前她经常模仿马蒂·费德曼[2],摆出弯腰驼背的样子,嘴里学人家说着"请走这边"。而对她那老套的玩笑,玛拉每一次都以不耐烦地翻翻白眼作为回应。

"哦,好极了。"说完,她向自己的房间走去。

---

[1] 《新科学怪人》:20世纪70年代美国拍摄的一部科幻喜剧恐怖片。
[2] 马蒂·费德曼(1933—1982):英国演员,在《新科学怪人》中扮演驼背人伊格尔。

第十一章

"你不会穿成这样就过去吧？"

星期三晚上，玛拉刚走进客厅，塔莉就这样问道。

她穿了一条破旧的低腰喇叭牛仔裤，一件大号的灰色运动衫。

"啊？不就是悲伤治疗嘛。"玛拉说，"老实说，能进这种小组的人，穿什么衣服有谁会在乎？"

"你自从回到这里一直穿的跟个捡破烂的一样。难道你就不想给别人留个好印象？"

"一群问题少年，有什么好印象可留的？"

塔莉起身走到玛拉面前。她缓缓抬起胳膊，手掌轻轻摸了摸玛拉的脸颊，"我身上有不少非常好的人格特质。我承认我也有一些不足之处，就像衣服上的破洞一样，但大体上我这个人还算不错。我看人从来不会只看表面，哪怕这个人在做坏事，我看重的是一个人长期的行为。我知道做人有多难。问题是我爱你，而我不是你的爸爸或妈妈。望子成龙望女成凤那一套不适合我。我的任务是在你允许的时候把你妈妈的故事讲给你听，并无条件地爱你。我本该履行你妈妈的职责细心规劝你、开导你，不过那要等我领悟这一切之后，因为现在连我也不知道你妈妈会怎么说、怎么做。平时我总是琢磨不透，但今天我好像顿悟了。"她慈祥地笑了笑，"孩子，你这是在掩饰。你想把自己藏在肮脏的头发和宽松的衣服后面。但我看出来了，孩子，是时候回到我们中间了。"

塔莉没给玛拉回答的时间，而是拉起玛拉的手穿过走廊和主卧，径直来到她宽敞的衣帽间里（这里原先也是一个卧房，所以才会那么宽敞）。她挑了一件白色的V领修身衬衣，领子上还绣着好看的花边。

"你穿这个。"

"谁会管我穿什么啊？"

塔莉没有理会她的托词，把衬衣从衣架上取了下来，"可怜，当初我以为穿这件衣服有点显胖，结果现在连扣子都扣不上了。给，就在这儿换上吧。"

玛拉气呼呼地一把接过衬衣进了洗手间。她不想让塔莉看到她的伤疤。知道她有自残的行为是一回事，倘若看到那一条条白色的疤痕就是另一回事了。衬衣白色的面料很是唬人，看上去仿佛是透明的，但实际上里面还有一层肉色的衬里。换上衣服，玛拉走到镜子前照了照。她几乎认不出自己了。衣服特别合身，使她的身材显得更加苗条，看上去甚至有些弱不禁风，而牛仔裤则包裹着她微微翘起的臀部。走回卧室时，她有种很奇怪的紧张感。塔莉说得没错：玛拉一直在掩饰，尽管连她自己都不知道。但现在，她觉得自己完全暴露在了塔莉面前。

塔莉扯掉玛拉头发上的皮筋，让一头乌黑的长发自然垂下，"真漂亮。小组里的男孩子们会为你发疯的。相信我。"

"谢谢。"

"当然，我只是打个比方而已，我们才不在乎那些问题男孩儿怎么想呢。"

"我也是个问题女孩儿啊，"玛拉轻声说，"是个神经病。"

"你只是伤心过度，不是神经病。好啦，该出发了。"

玛拉随塔莉走出公寓，来到楼下大厅。随后她们一起沿着第一大街走向这座城市最古老的地带，先锋广场。在一栋低矮的砖石结构的建筑前，塔莉停下了脚步。这栋楼房从表面看并没有特别之处，但它的历史却可以追溯到1889年西雅图大火之前。

"要我陪你一块儿进去吗？"塔莉问。

"天啊，当然不要。那个涂眼线的家伙已经把我看成是郊区来的[1]了，说我干什么都得人陪着。"

"等候室里的那个小伙子？长得跟剪刀手爱德华似的，我干吗要在乎他怎么看？"

"我只是说那样很尴尬，我都已经18岁了。"

"哦，我懂了。说不定他还真是化了妆的约翰尼·德普[2]呢。"塔莉转身面对玛拉，"你知道回去的路吧？沿第一人街往回走八个街区。咱们的门房名叫斯坦利。"

玛拉点头表示全都记住了。她的妈妈是绝对不会同意她在黄昏之后独自一人到这里来的。

整了整肩上的真皮皮包带子，玛拉大步走开。她面前的这栋楼房和先锋广场

---

1 郊区来的：生活在大城市郊区的通常为家境相对富裕的中产阶层。

2 约翰尼·德普：美国著名电影明星，上文中的剪刀手爱德华是他扮演过的一个经典角色。

早期许多砖石结构的建筑十分相似。建筑内部光线暗淡，走廊狭窄且没有窗户。头顶上只有孤零零的一个灯泡，投下冷清的光。门厅里竖着一大块木板，上面乱七八糟地贴满了各种广告和启事，有通知酗酒者聚会的、有寻狗的、有卖车的，如此种种，不一而足。

玛拉顺着楼梯往下走，来到一个散发着阵阵霉臭味的地下室。

地下室的门关着，门上用大头针钉了一张提示通告，上面写着：青少年悲伤化解互助小组。玛拉停在门前，心中纠结万千，差一点就转身回去了。这样的小组，鬼才愿意参加呢。

但她还是强迫自己推开门，走了进去。

地下室格外宽敞，日光灯照得这里如同白昼。房间一头是张长长的桌子，上面放着咖啡壶和杯子，还有几个装着各色点心的托盘，看上去就像中学里的糕点售卖会。房间中央，好几把铁架椅子围成一个大圆圈，每把椅子旁边都准备了一盒纸巾。

好极了。

已经有四把椅子上坐了人。玛拉透过头发的缝隙，看着别的……病人？参与者？疯子？有一个块头很大的女孩子，皮肤上疙疙瘩瘩，头发油乎乎的，正津津有味地啃着拇指指甲，她那样子就像一只试图打开牡蛎壳的水獭。坐在她旁边的是一个极瘦、极单薄的女孩儿，或许只要一侧身就能从门缝里挤过去。她脑袋的一侧有块斑秃。接下来紧挨着的是一个全身黑衣、红头发、脸上挂满穿环的女孩儿。她一副无精打采的样子，而且似乎故意要和旁边那个戴着角质框眼镜一心玩手机的胖乎乎的男孩子拉开距离。

布鲁姆医生也坐在圈子里，她穿着得体的深蓝色裤子，灰色高领毛衣，像瑞士一样严守中立。布鲁姆医生锐利的眼神告诉她，塔莉让她换衣服是对的。

"我们都很高兴你能来，玛拉，大家说是不是啊？"布鲁姆医生说。

有的人耸耸肩，不过大部分人连头都懒得抬起。

玛拉选了胖女孩儿旁边的位置。她屁股还没有落座，门吱呀一声开了，帕克斯顿走了进来。同上次一样，他仍是一身哥特风格，黑牛仔裤，松绑的皮靴，还有一件很不合身的黑色T恤。字样文身像蛇一样沿着他的锁骨一直爬到脖子里。玛拉迅速将目光移到了一边。

他坐在玛拉对面，挨着那个红头发的女生。

玛拉数了五十个数才抬头看他一眼。

他的双眼注视着她，脸上带着男人欣赏美女时那种复杂暧昧的微笑。玛拉翻了个白眼，又看向别处。

"好了，已经7点了，我们可以开始啦。"布鲁姆医生说，"大家都看到了，我们今天多了一个新成员：玛拉。谁愿意起来介绍一下我们这个小组的成员？"

只见其他那几个人有左顾右盼的、有啃手指甲的、有耸肩膀的。最后，红头发女孩儿说道："唉，没人吭声那就我来吧。我叫瑞奇，来这儿是因为老妈死了。那胖妞儿叫德妮丝，她的奶奶得了帕金森病。托德四个月没说过一句话，所以我们也不知道他是因为什么来的。埃莉莎自打他爸爸自杀之后就得了厌食症。帕克斯来这儿纯粹是因为法庭命令，她妹妹死了。"说完她看着玛拉问，"你是怎么回事？"

玛拉感觉每个人都在盯着自己。

"我……我……"她吞吞吐吐，不知道该说什么。

"是因为足球先生没邀请她参加毕业舞会吧。"胖妞儿自作聪明地揶揄道，说完还咯咯笑了几声。

其他几位也偷偷跟着笑。

"我们来这儿不是为了嘲笑和消遣彼此的，"布鲁姆医生说，"你们都很清楚那样做会给别人带去多么大的痛苦。"

这句话使众人脸上的笑容瞬间凝固，消失了。

"自残。"帕克斯低声说。他懒洋洋地坐在椅子上，跷着二郎腿，一条胳膊搭在红发女孩儿的椅背上，"不过，为什么呢？"

玛拉一惊，猛地抬起头。

"帕克斯顿，"布鲁姆医生大声说，"这是一个互助小组。人生艰难，你们都已经早早领悟到了这一点。你们每个人都经历过失去亲人挚爱的痛苦，当你最爱的人离你而去，或者负责照顾你的人最终辜负了那份嘱托，你们知道继续生活下去有多不容易。"

"我妈妈去世了。"玛拉平静地说。

"你愿意谈谈她吗？"布鲁姆医生温和地问。

玛拉目不转睛地盯着帕克斯顿，她无法将视线移开。帕克斯顿那金色的眼眸迷住了她。"不愿意。"她说。

"谁会愿意？"帕克斯顿轻声嘀咕道。

"你呢，帕克斯顿？"布鲁姆医生问，"你有什么想和大家分享的吗？"

"没有苦就没有甜。"他漫不经心地耸了耸肩。

"帕克斯顿，"布鲁姆医生说，"我们已经谈过拾人牙慧的事。你已经快

22岁，该有自己的见解了。"

22岁。

"我的故事你们是不会想听的。"帕克斯顿说。尽管他吊儿郎当地坐在那里，仿佛对谁都不感兴趣，但他的目光却锐利得令人不安，甚至有些吓人。

法庭命令。

法庭为什么会命令一个人进行悲伤化解治疗呢？

"正好相反，帕克斯顿。"布鲁姆医生温和地说，"你来这里已经有好几个月了，但你从来没有说起过你的妹妹。"

"我是不会说的。"他低头盯着自己黑色的手指甲。

"法庭——"

"法庭能命令我来这儿，但不能命令我说话。"

布鲁姆医生不赞成地撇了撇嘴。她盯着帕克斯顿看了许久，然后微微一笑，把头扭向火柴棒一样干瘦的那个女孩儿，"埃莉莎，不如你跟大家说说这个星期你的饮食状况？"

一小时后，其他人突然不约而同地起身跑掉了，就像某个地方装了一个秘密的闹铃，而玛拉却听不到铃声。她毫无准备，弯腰从地板上拿起手提包并站起身时，周围已经只剩下布鲁姆医生一个人。

"但愿这不会让你太痛苦。"布鲁姆医生走近她说，"万事开头难。"

玛拉的视线已经越过布鲁姆医生，落在她身后开着的房门上，"不会，我挺好的。谢谢。"

玛拉已经迫不及待要离开这间弥漫着不新鲜的饼干和煮煳了的咖啡味儿的地下室了。她跑出去，又突然停住。大街上人流如织。时值6月，星期三的夜晚，先锋广场上到处是东张西望的游客和无所事事的本地人。周围的酒吧和夜店里飘出阵阵音乐。

帕克斯顿突然从她身边的暗地里走出来，尚未见到人时玛拉已经听到了他的呼吸声。"你在等我。"他说。

玛拉哂笑道："是啊，因为我最喜欢化妆的男孩子了。"她转身面对他，"是你在等我。"

"就算我在等你又怎样？"

"等我干什么？"

"那你得跟我走一趟才知道。"他说着伸出了一只手。

在昏黄的街灯灯光下，玛拉看到他那苍白的手掌和纤长的手指……他的手腕上有两道好似等号一样的伤疤。

那也是刀疤。

"害怕了是吧?"他低声说。

玛拉不以为然地摇摇头。

"不过你是从郊区来的乖乖女。"

"以前是。"她这么说着,胸口却一阵紧张。也许她真的能够改变,成为一个不同于往日的自己。果真能如此,照镜子的时候,看到妈妈微笑的照片时,她就不会再那么痛苦万分了。

"玛拉?帕克斯顿?"布鲁姆医生沿着人行道从后面赶了上来。玛拉心里感到一阵奇怪的忧伤,仿佛她刚刚与一个美丽的机遇失之交臂。

玛拉对布鲁姆医生微微一笑。转过身时,她发现帕克斯顿已经没了人影。

"要当心哦。"布鲁姆医生随着玛拉的视线,望向正站在远处两栋大楼之间的暗地里抽烟的帕克斯顿。

"他很危险吗?"

布鲁姆医生沉默了一会儿方才回答:"这个问题我可回答不了,玛拉。别人这样问你的时候我也同样无可奉告。但我反过来想问你一个问题:你是因为他很危险才关注他的吗?这种行为对于脆弱时期的女孩子可是很危险的。"

"我没有关注他。"玛拉说。

"哦,"布鲁姆医生说,"那是当然。"

随后,玛拉挎好手提包,便开始沿着昏暗的大街向家走去。一路上,她总感觉有人跟着她,可每次转过身时却发现身后的人行道上连个人影都看不见。

乘电梯上顶层公寓时,玛拉盯着电梯镜壁中的自己。从小到大,人们总是夸赞她长得漂亮,到了十几岁以后,这成了她最想听到的溢美之词。妈妈得癌症之前,她经常每天花几个小时对着自己的脸,化妆、梳头,好吸引泰勒·布里特那类男孩子们的注意。但妈妈得癌症之后,一切都变了。现在她只看到妈妈的微笑和爸爸失望的眼睛,这使得每一次照镜子都异常痛苦。

如今,看着镜子里的自己,发现妈妈去世才20个月,她就变得如此纤瘦、苍白。她看到自己黯淡的目光也不由一阵沮丧,而紧跟着就像连锁反应一般,周围的一切都开始令她沮丧起来。

来到顶楼,走出电梯,打开塔莉的公寓门,走进宽敞明亮的客厅。

塔莉正在可以俯瞰城市夜景的落地玻璃墙前踱着步。她一只手端着酒杯,另一只手拿着手机,嘴里嚷嚷着,不,是说着:"《名人学徒》[1]?开什么玩笑?我不能跑那么远。"转身时她看到了玛拉,于是眨了眨眼睛。"哦,玛拉。"随后笑着说,"我得挂了,乔治。"说完便挂断电话,将手机丢在沙发上。她张开双臂迎过去,把玛拉紧紧抱在怀中。

"哈,感觉怎么样?"最后终于松开玛拉时,她才问道。

玛拉知道塔莉想听到什么。她应该说:很好,太棒了,妙不可言。我现在感觉已经好多了。但她做不到。她张了张嘴,却没有发出一个声音。

塔莉不由蹙起眉,像个敏感又专业的记者一样审视着玛拉。"喝点热可可吧。"她领着玛拉走进厨房。

塔莉用鲜奶油做了两杯热可可,端着它们进了客卧,也就是玛拉的房间。像小时候一样,玛拉先爬到床上去,塔莉也跟着上来。两人肩并肩靠着灰色的簇绒丝质床头板。外面灯火辉煌,巨大的窗户框住了西雅图的天际线,繁星点点的夜空下,处处闪烁着的瑰丽的霓虹为这座城市增添了无穷的活力。

"来吧,跟我说说什么情况。"塔莉说。

玛拉耸耸肩:"小组里果然是一堆问题少年。"

"你觉得会对你有帮助吗?"

"不会。而且我也不想再见到布鲁姆医生。我们能取消明天的预约吗?我就是觉得这样做没什么意义。"

塔莉抿了一口热可可,随后倾身把杯子放到了床头柜上。"我不想对你撒谎,玛拉。"塔莉说,"关于现实世界中的人际关系,我提不出什么有建设性的意见,但如果在你这个年龄我学会了如何处理这类事情,我相信现在的我应该不会这么失败。"

"你真觉得和一个陌生人聊聊天,和一帮疯子坐在臭烘烘的地下室里倾吐心声就能帮到我了?"提到疯子,她直接就想到了那个名叫帕克斯顿的家伙,还有他看她的眼神。

"说不定。"

玛拉看着塔莉:"可那是治疗啊,塔莉,治疗。我不能在那些人面前谈论妈妈。"

"嗯。"塔莉柔声说,"不过有件事你得清楚,你妈妈托我照顾你,所以我是不会辜负你妈妈的托付的。从大卫·卡西迪[2]时代到小布什,这些年来我们一直

---

1 《名人学徒》:美国NBC公司制作的一档真人秀节目。
2 大卫·卡西迪:美国演员、歌手和吉他手,是美国20世纪70年代青少年的偶像。

都是好朋友，我们两个心心相印，我知道现在这种情况她会说什么。"

"说什么？"

"别放弃，小丫头。"

从这简单的几个字中，玛拉确实听出了妈妈的语气。她知道塔莉没有骗她——那的确是妈妈此刻会说的话。可她没有勇气尝试。倘若她尝试了，但治疗却以失败告终，那么接下去她该怎么办呢？

第二天，她的爸爸将如期而至。玛拉紧张地不停踱步，她拼命咬着手指甲，直到指甲缝里渗出血迹。终于，他来了。他走进塔莉美丽的公寓，冲玛拉难以琢磨地笑了笑。

"嘿，爸爸。"她应该高兴才对，可看到爸爸又让她想起了妈妈以及她失去的一切。难怪她一直开心不起来。

"你还好吗？"他小心翼翼地走上前，很不自然地抱了抱她。

她该怎么回答？爸爸需要听的是好话，谎话。比如"我很好"。她瞥了塔莉一眼，而此时的塔莉竟一反常态地格外安静。"已经好多了。"她最后说。

"我在洛杉矶找到一位很不错的医生，是专攻青少年心理问题的。"爸爸说，"他星期一就可以和你见面。"

"可我今天已经和布鲁姆医生约好了。"玛拉说。

"我知道，而且我很感激她的努力，但你需要定期见医生，"他说，"而且要在家里。"

玛拉艰难地挤出一丝微笑。如果让爸爸知道现在的她是多么不堪一击，一定会伤透心的。但现在至少有一件事是她认定了的：她不能跟爸爸回洛杉矶。

"我喜欢布鲁姆医生，"她说，"虽然小组里的其他人都很无聊，但我不介意。"

爸爸皱起了眉头："可她在西雅图啊。洛杉矶的这个医生——"

"爸爸，我想在这儿过夏天，和塔莉住在一起。我喜欢布鲁姆医生。"她转身面对一脸惊愕的塔莉，"我整个夏天都能住在这里吗？我每周要见两次布鲁姆医生。也许会有效果的。"

"开玩笑吧？"爸爸说，"塔莉又不是你的监护人。"

玛拉不肯让步。她忽然变得格外坚决：这就是她想要的。"我已经不再是11岁的小孩子了，爸爸，我已经18岁，今年9月我就要去华盛顿大学读书了。只有这样我才能既交到新朋友，又能经常看望老朋友。"她走到爸爸跟前恳求道，"求求你了，答应我好吗？"

塔莉这时插话说："我觉得——"

"我知道你是怎么想的。"爸爸厉声说道，"14岁时，是你支持她去听九寸钉的音乐会；初中时，也是你怂恿她到纽约做模特。"

玛拉抬头看着他的脸说："爸爸，我需要点距离。"

她一眼就能看出他的矛盾心情，他还没有做好放手的准备，但他也看得出来，他已经不可能动摇女儿的决心。也许这真的是她所需要的。

"我不放心。"他对塔莉说，"你连棵盆栽都养不活，对孩子更是一无所知。"

"她已经长大了。"塔莉说。

"求你了，爸爸，不要再反对了好吗？"

他无奈地叹口气："真是活见鬼！"

玛拉知道结局已定，她赢了。爸爸低头看着她说："洛杉矶那边我已经打好了招呼。9月份我们搬回班布里奇老家。原本我是打算给你一个惊喜的，现在无所谓了。你在华盛顿大学读书时，我们想住在这儿，可以离你近些。"

"那太好了。"她故作开心地说，而实际上，她根本就不在乎。

强尼转而盯着塔莉说："塔莉，你最好照顾好我的女儿。"

"放心吧，我会把她当成我自己的女儿。"塔莉郑重其事地说。

玛拉赢了。

一小时后，玛拉无精打采地坐在布鲁姆医生的办公室。她已经盯着角落里的那棵植物看了不下十分钟，而这期间布鲁姆医生一直在纸上写着什么。

"你写什么呢？购物单吗？"玛拉终于忍不住好奇，盯着医生不停移动的手问。

"不是购物单。你觉得我在写什么呢？"

"我不知道。不过，要是你一句话也不说，我来这儿还有什么意义呢？"

"玛拉，在这里我说多少话是不顶用的，该说话的人是你啊。况且你应该知道，你随时都可以离开。"

"我爸爸和塔莉还在门外呢。"

"你不想让他们知道你没有积极配合治疗的事。为什么呢？"

"你只会问问题吗？"

"我的确会问很多问题，这能引导你思考。玛拉，你应该也知道自己意志消沉，可你却选择了自残。我要是你的话，就会思考一下自己为什么要那么做。"

玛拉抬起头。

布鲁姆医生正目不转睛地凝视着她。"我真的很想帮你，只要你同意。"顿了顿，她又接着说，"你想重新快乐起来吗？"

玛拉做梦都想重新快乐起来。她想像过去那样，做个无忧无虑的阳光女孩儿。

"让我帮你吧。"

玛拉想着胳膊和大腿上像蜘蛛网一样密密麻麻的刀疤，但同时她也想到了疼痛令她着迷的地方，以及血液娇艳美丽的红色。

别放弃，小丫头。

"好。"话刚出口，她就感到一阵莫名的焦虑自腹部升腾而起。

"这就算个好的开始。"布鲁姆医生说，"我们今天的时间到了。"

玛拉站起来，随着布鲁姆医生走出办公室。在等候室，她首先看到了爸爸。他挨着塔莉坐在沙发上，心不在焉地翻着一本杂志。看到她们出来，他立刻站起了身。

爸爸还没有来得及开口，布鲁姆医生便说道："雷恩先生，我们能谈谈吗？去我的办公室？"

塔莉说了句"我也去"，一眨眼工夫，三人已经消失在门内，剩下玛拉一人留在等候室。她盯着紧闭的房门，心里猜测着医生会对他们说些什么。布鲁姆医生向玛拉保证过，她们的谈话都是私人之间的，不会告诉任何人。你已经18岁，她当时说，是个成年人了。我们的谈话仅限于你我之间。

"哎呀呀，瞧瞧这是谁。"

玛拉循声慢慢转过身。

帕克斯顿双臂交叉，身体靠在墙上。他又是一身黑色，破背心松松垮垮地耷拉在苍白的胸前，锁骨和脖子上的文身格外醒目，文字的内容是：何不陪我一起放荡游戏人间？帕克斯顿走向她时，她一直盯着那行黑字。

"我一直在想你。"帕克斯顿似碰非碰地摸着玛拉的手背，像轻轻地爱抚，"你知道怎么找乐子吗，郊区来的？"

"什么乐子？动物祭祀[1]吗？"

他的笑容缓慢而充满诱惑。从来没有人如此心无旁骛地凝视过她，好像她是一盘美味可口的佳肴似的，"明天半夜来找我。"

"半夜？"

---

1 动物祭祀：这里是在暗讽帕克斯顿的哥特风。哥特风以恐怖、超自然、死亡、颓废、巫术、古堡、深渊、黑夜、诅咒、吸血鬼等为标志性元素。

"最神秘的时刻。我猜你肯定只和好孩子看过电影或打过桌球。"

"不要装出很了解我的样子，实际上你什么都不知道。"

他不介意地微笑着，眼睛直勾勾地盯着她。她甚至能感受到一股强大的自信。"来找我。"他说。

"不。"

"夜里大人不让你出门，对不对？可怜的富家女。那好吧。不过我会在先锋广场的凉棚下面等你。"

先锋广场上的凉棚？那不是流浪汉们夜里睡觉和向游客们讨要香烟的地方吗？

她听到身后传来开门的声音。随即又听到爸爸说："谢谢你了，布鲁姆医生。"

玛拉立刻向一旁退去，意在和帕克斯顿拉开距离。后者不以为意，甚至有些鄙视地看着她慌忙的举动，脸上挂着淡淡的笑，玛拉似乎也觉得自己不够沉稳，便站住不动了。

"玛拉。"爸爸厉声喊道。她知道爸爸看见了什么：他那曾经美丽纯真的女儿竟然在和一个化着浓妆、挂着链子、十足混混模样的年轻人说话。帕克斯顿挑染的几缕头发在办公室里强光灯的照耀下几乎要像霓虹灯一样闪闪发光了。

"这是帕克斯顿，"玛拉对爸爸说，"他和我在同一个治疗小组。"

爸爸几乎看都没看帕克斯顿一眼，直接拉起她的手说："我们走。"随后便领着她出了等候室。

第十二章

当天晚上，爸爸想方设法劝玛拉改变心意，随他回洛杉矶，但玛拉毫不让步。夜里，她躺在床上，望着天花板。尽管她最终说服爸爸同意整个夏天都让她和塔莉住在这里，但他还是制定了一大堆严苛的规矩。这些规矩，想一想都让玛拉头疼。因此当爸爸刚一离开，她就情不自禁地松了一口气。

第二天，她和塔莉像两个游客一样，在海滨尽情欣赏着夏日午后美丽的风光。可是当夜幕降临，玛拉一个人爬上床后，她发现自己居然在想帕克斯顿。

半夜，来找我。

旁边的电子闹钟嘀嗒嘀嗒响个不停，时间分分秒秒地过去。她不时斜眼瞄一下钟面。

11：39。

11：40。

11：41。

我会在先锋个场的凉棚下面等你。

帕克斯顿的声音在她耳边不停回响。

她被这个家伙迷住了。为什么不承认呢？他与她认识的男孩子完全不同。有他在的时候，她有种受到挑战的刺激感，她能感觉到自己被人关注着，感觉自己还活着。

这太疯狂了。

他是个疯子，说不定还很危险。玛拉的人生已经够狼狈不堪了，实在没必要再和疯子扯上关系。像帕克斯顿那样的人，妈妈也一定会讨厌的。

11：42。

谁让你半夜三更去见他们的？哥特人，瘾君子，或许还有摇滚明星。他可不是摇滚明星，虽然他看起来倒有那个潜质。

11：43。

玛拉坐了起来。

她要去见他。做出这个决定时她才发现，她心里其实早就有了主意，也许在他邀请她的那一刻就已经答应了的。她蹑手蹑脚地下床，换上衣服。刷完牙，她还精心化了个妆，这可是破天荒的。随后她偷偷溜出房间，熄掉灯，小心翼翼地关上门。

阴影静静藏在家具的背后。窗外是五彩霓虹和黑色的天空，深夜的西雅图就像一个异彩纷呈的万花筒。塔莉卧室的房门紧闭着，但底下的门缝却透出亮光。

11：49。

拿起手提包，把手机塞进后兜，她准备出发了。不过，到最后一分钟时，她忽然停下来，匆匆写了一张便条——**去先锋广场见帕克斯顿了**——塞到枕头下面。她这样做是为了以防万一出了什么事，好给警方留下点线索。

她踮着脚尖出了公寓，迅速溜进电梯。到了大厅，她使劲低着头，大步走过坚硬的大理石地板。转眼间她已经来到了外面，站在熙来攘往的人行道上。深吸一口气，她开始头也不回地向前走去。

虽然临近子夜，先锋广场上依旧热闹非凡。酒吧和夜店像巨大的城市的肺，把一批批人吸进去又吐出来。清凉舒爽的空气中不时飘来阵阵音乐。这一带原本是贫民区，当年人们把巨大的原木沿着耶斯勒大街滑向水边。如今，这里既吸引着无家可归的流浪汉，也吸引着那些流连于夜店和酒吧的习惯夜生活的人们。

凉棚是先锋广场的一处地标建筑。它位于第一大街和詹姆斯街的交会处，其实只是一个装饰华丽的黑色铁架。无家可归的人们习惯到这里落脚，夜里通常以长凳为床，以报纸为被，不睡觉的时候就三五成群地聚在一起抽烟聊天。

玛拉先看到了帕克斯顿。他靠在一根柱子上，手里拿着一沓纸，正低头写着什么。

"嘿。"玛拉首先打了个招呼。

帕克斯顿闻声抬起头。"你来了。"他说。他的声音，或许他的眼神中有种东西告诉玛拉，他一直在紧张期盼着她的到来。显然，帕克斯顿对玛拉能否赴约并非如玛拉想象的那般十拿九稳。

"我又不怕你。"她坚定地说。

"我怕你。"他实事求是地回答。

玛拉完全搞不懂他的意思，但她记得妈妈曾经说过她第一次和爸爸接吻的事。他说他很怕我。妈妈当时说。他自己不知道，但其实他已经爱上我了。

帕克斯顿伸出一只手："你准备好了吗，郊区来的？"

玛拉毫不畏惧地拉住他的手："准备好了，画眼线的家伙。"

他领着玛拉走回大街，上了一辆脏兮兮的、跑起来会呼哧呼哧乱叫的公交车。有件事她恐怕死也不会告诉身边这个家伙——这还是她第一次坐公交车呢。在拥挤但明亮的车内，他们不得不紧挨在一起，彼此注视着对方。他把她彻底迷住了，给了她一种前所未有的触电般的感觉。她想随便说点什么有趣的事情以打破尴尬的沉默，可是绞尽脑汁却一无所获，她的脑子已经不大灵光了。下车后，他继续领着她深入这个百老汇般的夜的世界。玛拉生在西雅图，她从小长大的那座岛在市区之内就能看到，可以说她也是个土生土长的西雅图人，然而帕克斯顿带她来的这个世界她却一无所知。这里就像一个霓虹闪烁的娱乐房，藏在西雅图的旮旮旯旯，只有入夜之后才会露出真实的面目。在帕克斯顿的宇宙中，到处有黑色的走廊和没有窗户的俱乐部，端在手里的饮料总是冒着蒸汽，而孩子们永远生活在大街上。

他们在这里又跳上另一路公交车，再下车时，西雅图已被远远甩在了身后，变成夜幕下一个闪闪发亮的王冠，横穿过一片黑色的水域。现在，他们周围仅剩下几盏昏惨惨的路灯照亮了。

前面是段下坡路，坡路尽头，一头锈迹斑斑的巨兽潜伏在黑色的海岸边。她认出来了，那是油库公园。这座海滨公园的中心在世纪之交曾是一座破败的气化厂。小学野外考察时他们来过这里。帕克斯顿拉着她的手，走过一片绿草如茵的草坪，来到一处洞穴似的秘密所在。

"我们在做违法的事吗？"玛拉问。

"对你来说有所谓吗？"帕克斯顿反问。

"无所谓。"她感到一阵莫名的兴奋，就像平静的湖面泛起涟漪。她可从来没有做过坏事。也许，现在要改变一下了。

他带她去的地方十分隐蔽，周围遍布生锈的金属架。终于，帕克斯顿从一个非常适合藏身的角落里拉出一个纸板箱，摊平之后就成了他们的座位。

"纸箱一直在这儿放着吗？"玛拉问。

"不。是我特意为咱们准备的。"

"你怎么知道我会——"

"我就是知道。"他目不转睛地盯着她，那眼神令她的血都要沸腾起来。"你喝过苦艾酒吗？"他拉出一堆瓶瓶罐罐，把这里搞得像个化学实验室。

她浑身一抖。恐惧围着她翩翩起舞，时不时戳她几下。此人很危险。她心里想，应该趁早离开。可她控制不住自己，"没有，是什么东西啊？"

"装在瓶子里的魔法。"

他摆出杯子和几个瓶子,而后像举行某种仪式一样拿出勺子、糖块和水。当糖块溶化在液体中,苦艾酒瞬间起了反应,变成冒着泡的奶绿色。

他端起一杯递给玛拉。

玛拉将信将疑地盯着他。

"相信我。"

她很清楚自己不该轻易相信任何人。可她还是缓缓举起酒杯,送到嘴边轻抿了一口。"唔。"她惊讶地说,"味道像黑甘草糖,甜甜的。"

奇妙的液体下肚,黑夜似乎苏醒过来。微风吹动发丝掠过眼角,波浪轻拍着海岸,遍布废弃工厂的金属结构发出低吟。

喝到第二杯时,帕克斯顿抓住她的手,使掌心向上,而后用指尖循着掌纹轻轻划过敏感的手掌,一直来到第一道银色的伤疤。

"血,如此美丽,且能净化一切。而疼痛却只有一瞬,短暂的美丽的一瞬,之后便烟消云散。"

玛拉深吸了一口气。苦艾酒令她浑身放松,头微微有些眩晕,一时间她分不清什么是真实的,什么是虚幻的,直到抬头看见帕克斯顿,看见他金色的眼眸。哦,他懂。她终于找到了一个能理解自己的人。"你是什么时候开始的?"她问。

"我妹妹死后。"

"怎么死的?"她又轻声问道。

"怎么死的已经不重要了。"他的回答引起了玛拉的共鸣,这共鸣深沉而清晰。人们总喜欢问她的妈妈是怎么死的,就好像死于癌症或死于车祸又或死于心脏病有什么区别一样,"重要的是她死在我怀里,我看着人们把她埋葬。"

玛拉握住他的手。

他惊讶地看着她,仿佛刚刚忘记了她的存在。"她说的最后一句话是:'救救我,帕克斯。'可我无能为力。"他深吸一口气,又重重地呼出来,然后举起酒杯一饮而尽,"她是被毒品害死的,我的毒品。所以法庭才命令我接受治疗。要么治疗,要么坐牢。"

"你的父母呢?"

"他们因为这件事离婚了。他们谁都不肯原谅我,凭什么原谅我呢?"

"你想他们吗?"

他耸耸肩:"想与不想,有什么两样吗?"

"所以你以前不是这个样子。"她冲他的那身打扮点了点头。提出这样的问题让她有些不好意思，可她又禁不住好奇心的诱惑。她只是从来没有想过眼前这个男孩子曾经也是个和别人一样普通的中学生。

"我需要改变。"他说。

"对你有帮助吗？"

"除了布鲁姆医生，没人问我过得好不好，而实际上她也并非真的在乎。"

"你比我幸运。每个人都问我过得怎么样，可没有一个人真的想知道答案。"

"有时候你只想一个人静静地待着，不受任何人打扰。"

"一点没错。"她感觉到了两颗心的碰撞，这令她无比兴奋。他理解她，懂她。

"这样的话我从来没和别人说过。"他凝视着玛拉，眼神中流露出惹人爱怜的孤独与无助。难道她是唯一能看到他脆弱一面的人吗？"你来这儿是故意跟你爸爸过不去吗？因为　　　"

"不是。"她想为自己辩解。*我也想要改变。*可那听起来似乎有点愚蠢，而且天真。

他摸着她的脸。这是她感受过的最温柔的抚摸，"你相信一见钟情吗？"

"现在我相信了。"她回答。

这一刻忽然变得庄严起来。他慢慢向前倾过身体，有那么一瞬他似乎静止不动了。玛拉知道，他在等着她把他推开，但她不会。此时此刻，除了他看她的眼神，一切都不重要了。她的心曾经死去，冷得像冰一样，可是现在又复活了。她不在乎这个人是不是危险，是不是瘾君子，或者值不值得相信。这种复活的感觉值得冒一切风险。

他的吻满足了她对一切甜蜜之吻的想象。

"想不想嗨一次？"他低声呢喃，但嘴巴并没有离开玛拉的双唇，"那东西能让你飘飘欲仙，忘掉所有烦恼。"

她想。她需要用麻醉埋葬空虚。而这一切只要一个轻轻的点头就能实现。

2010年9月3日
下午1：16

叮！"空乘人员，请坐回各自的位置。"

回忆暂时断了线，玛拉睁开双眼。带着复仇，现实扑面而来：现在是2010年。她20岁，正坐在飞往西雅图的飞机上，去看望遭遇严重车祸已经奄奄一息的塔莉。

"你没事吧？"

是帕克斯。

"他们不爱你，玛拉。至少不像我这么爱你。如果他们爱你，就会尊重你的选择了。"

飞机在颠簸中安全落地，玛拉望着小小的窗户外面，看见飞机滑行到了航站楼附近。一个身穿橙色安全背心的工作人员正引导飞机驶入停机位。她盯着那个人出了神，视线渐渐变得模糊，直到窗户上只剩下幽灵般的她自己的脸。皮肤苍白憔悴，粉红色的头发上还留着刮胡刀片切割过的痕迹，并用发胶整整齐齐固定在耳朵旁边，大大的黑眼圈，一侧眉毛上穿了眉钉。

"谢天谢地。"安全带提示灯灭了之后，帕克斯顿如释重负地说。他解开安全带，从前面的座位下面拿出他的棕色纸袋。玛拉依葫芦画瓢般完成了同样的动作。

穿过航站楼，玛拉紧紧抓着她那皱巴巴的纸袋子，那里面装着她全部的东西。人们不时瞄他们一眼，但很快又把视线移开，就好像使这两个年轻人变成哥特风的东西能够传染一样。

刚出航站楼，一大堆烟民就迫不及待地站在遮雨棚下吞云吐雾起来，尽管广播中反复提醒这里是无烟区。

玛拉后悔当初没有告诉爸爸他们搭乘了哪次航班。

"搭出租车去，"帕克斯顿说，"你不是刚发过工资吗？"

玛拉有些犹豫。帕克斯顿似乎从不关心他们的经济状况。她那份只能拿最低工资的工作根本负担不起他们的各种奢侈行为，比如从西雅图机场搭出租车到市区。该死的，再挣不到钱他们就要被赶出来露宿街头了，而在室友当中，就只有她还好歹有份工作。列夫靠卖大麻混饭吃，而"耗子"则靠乞讨。没人费心问过塞布丽娜是干什么的，不过除了玛拉也似乎只有这个塞布丽娜能偶尔挣点钱。帕克斯顿每一份工作都干不了多久，因为干活儿会打断他写诗的激情和灵感，而在他看来，诗歌才是他们的未来。

等他的诗能卖出去时，他们就要发财了。

她不想破费，可最近帕克斯顿心情不佳，这样做也许会让他不高兴。事实证明，他的诗没那么好卖，无情的现实令他沮丧万分。玛拉又不得不时常从旁鼓励，以免他自暴自弃。

"对。"她说。

"况且你爸爸也会给你钱的。"他的口气中并没有任何不高兴的成分。这让玛拉很搞不懂。他一心让她和家人断绝关系，可为什么又赞成她从家人手里拿钱呢？

他们钻进一辆出租车的后排。

玛拉报了医院的名字，便向后一仰，依偎在帕克斯的怀里。帕克斯一只胳膊搂着玛拉，另一只手翻开他那本已经被翻得破破烂烂的洛夫克拉夫特[1]的《疯狂山脉》，开始读了起来。

二十五分钟后，出租车一个急刹，停在了医院前面。

此时天上已经下起了雨，西雅图9月里常见的短时阵雨。玛拉抬头看了看，医院是一栋不规则的建筑，像一头庞大的怪兽蹲伏在蓝灰色的天空下。

他们走进灯火通明的医院大厅，玛拉忽然停下了脚步。就是这间大厅，她已经记不清自己来过多少次。

太多次了，而每一次都是忧伤。

化疗期间过来陪陪我吧，小丫头。跟我说说泰勒……

"你没必要这么做。"帕克斯说，他似乎有些恼怒，"这是你的人生，不是他们的。"

她去拉他的手，但他躲开了。她很理解：帕克斯这么说只是想让她知道，他不想来这儿。凡和她的家人有关的事，即便有他陪在身边，她也仍然倍感孤单。

他们在四楼走出电梯，穿过米黄色的大厅走向重症监护病房。玛拉对这里再熟悉不过了。

她看到了休息室中的爸爸和外婆。爸爸抬起头，也看到了她。她放慢脚步，在爸爸目光的注视下，她感觉自己脆弱不堪，却又十分渴望摆出一副目中无人的傲慢姿态。

爸爸缓缓站起身。或许他的动作惊动了旁边的玛吉外婆，因为她也跟着站了起来。外婆的眉头很快就皱到了一起，显然，她对玛拉浓妆艳抹的打扮和那头引人注目的红毛非常不满意。

玛拉的双腿像灌了铅一样沉重，她不得不强迫自己迈步向前。她已经很长时间没有见过爸爸，因而当她发现爸爸明显衰老了许多时，不由地吃了一惊。

玛吉外婆抢前一步，一把将玛拉抱在怀里。"我知道这对你来说并不容易，能回来就好。"外婆抽身退后，泪眼婆娑地看着玛拉。自从上次分别，外婆瘦了许多，身体单薄得仿佛一阵风就能吹跑一样，"你外公在家等你的两个弟弟呢。他托我向你问好。"

---

[1] 洛夫克拉夫特（1890—1937）：美国恐怖、科幻与奇幻小说作家。《疯狂山脉》是其长篇小说作品之一。

她的两个弟弟。想到他们，玛拉喉头一紧。直到这一刻她才意识到自己有多想念他们。

爸爸的头发比她记忆中白了许多。下巴上是长长的胡楂。他穿着已经褪色的范海伦T恤和一条破旧的李维斯牛仔裤，看起来像个潦倒的老摇滚明星。

他有些不自然地走上前，抱住玛拉。松开后，他又连忙退开。玛拉知道他们两个心里都在想着上次见面的事——她、爸爸、塔莉和帕克斯顿。

"我不能待太久。"玛拉说。

"你还有比这更要紧的事？"

"看看，我说什么来着？他对我们还是有偏见。"帕克斯在一旁慢条斯理地说。

爸爸似乎铁了心不看帕克斯一眼，好像只要无视他就能改变他在这里的事实，"我不想再起争执。你是来看你的教母的。你想见她吗？"

"想。"玛拉说。

帕克斯在她身后哼了一下，那是她再熟悉不过的声音了，一个"哼"字中间不知包含了多少嘲讽。他曾一次又一次提醒玛拉，除非她改头换面，重新做回以前的乖乖女，对大人的话言听计从，否则她的家人是永远都不可能接纳她的。而且他还经常不无讽刺地搬出去年12月份爸爸的表现为佐证。

那不是爱。帕克斯说。他们并不爱真实的你，说其他的还有什么用？我才是真心爱你的人。

"来吧，"爸爸说，"我带你去见她。"

玛拉转身对帕克斯说："你能不能——"

话未说完他已经开始连连摇头。他当然不愿陪她一起去。任何形式的虚伪都令他痛恨，所以他无法假装关心塔莉的安危。真遗憾，这个时候她多想有人能拉着她的手，陪在她身边。

她和爸爸沿着走廊走向重症监护病房。走廊里人来人往，医生、护士、看护人、访客，全都压低了声调说话。这使得她与爸爸之间的沉默更为突出。

在一间重症监护病房的玻璃墙外，爸爸停下来转身对她说："她的伤势很重，你要有个心理准备。"

"有什么好准备的，就算生活扔一坨狗屎给你也得接住。"

"我猜这肯定是帕克斯顿的至理名言。"

"爸爸——"

强尼摆摆手："对不起。不过你心里还是要有个准备，她的样子可能会吓到你。为了缓解脑肿，医生给她降低了体温，用药物使她暂时处于昏迷状态。为了在她颅内植入一个分流器，医生剃掉了她的头发。另外就是她全身缠满了绷带。所以，你可以事先想象一下。医生说她有可能会听到我们说话。今天你外婆在病房里坐了两个多小时，不停地说塔莉和你妈妈小时候的事。"

玛拉点点头，伸手去推门。

"丫头？"

她一愣，扭过头。

"去年12月的事我很抱歉。"

她抬头看着爸爸的脸。他的眼中充满了懊悔，还有爱。玛拉的心被深深地触动了，她不知道该说什么，只是咕哝了一句："没什么。"此时此刻，她无暇考虑爸爸和她之间的事。她转过身，走进重症监护病房，并随手关上了门。

随着关门时一声轻轻的吧嗒，时光仿佛忽然倒流了，她又回到了16岁，正走进妈妈的病房。过来，宝贝儿，我没那么脆弱。你可以拉我的手……

玛拉摇头驱散历历往事，走近病床。病房四四方方，各种仪器设备井然有序，哔哔声、嘟嘟声、呼呼声此起彼伏。可是玛拉眼中只有躺在床上的塔莉。

她的教母看起来简直惨不忍睹——她浑身几乎插满了针头，无数导管连着各种各样的仪器。她的脸上遍布瘀紫、伤痕，绷带缠了一圈又一圈，鼻梁骨似乎也断了。没有了头发，她看上去瘦小得可怜，尤其伸进她脑袋中的导管格外骇人。

我的任务是无条件地爱你。

玛拉抽咽着深吸了一口气。她知道，塔莉的意外她要负很大的责任。是她的背叛才导致塔莉躺在这里，与死神搏斗。

"我到底是怎么了？"

她以前从未发出过这样的疑问——她开始吸大麻的时候没有，和帕克斯上床的时候没有，用刮胡刀片割头发或在眼眉上穿眉钉、挂安全别针的时候没有，在手腕背面文凯尔特十字架的时候没有，和帕克斯到处流浪、靠拾垃圾箱里的食物充饥的时候没有，甚至在她把塔莉的隐私出卖给《明星》杂志的时候也没有。

但是现在她禁不住这样问自己。她背叛了她的教母，疏远了家人，毁掉了一切，伤了所有关爱她的人的心。她一定是出了什么问题。

可问题究竟出在哪里呢？为什么她会如此决绝地背离所有爱她的人？而更恶劣的是，她为什么要对塔莉做出那件可怕的、不可原谅的事？

"我知道，你永远都不可能原谅我。"她自言自语。然而这一刻她更渴望知道的，是她该如何原谅她自己。

醒来时，四周一片黑暗，我不禁怀疑自己是不是被活埋了。或者，我已经死了？

我想知道是否有许多人参加了我的葬礼。

哦，看在上帝的分儿上。

"凯蒂？"这一次，我想我终于发出了声音，尽管只是她的名字，但已经足够了。

闭上眼睛。

"已经闭上了。这里一片漆黑。我在哪儿？你能不能——"

嘘，放松。我要你仔细听着。

"我在听。你能带我离开这儿吗？"

集中精神。听，你能听见她的声音。

说到"她"时，她的声音明显有些颤抖。

"……来。对不起……求你……"

"玛拉。"当我说出她的名字时，灯全亮了。我发现自己仍然在医院的病房里。我一直都在这儿吗？难道这里是我唯一的归宿？周围是透明的玻璃墙，隔壁是一个和我这间相似的病房。仔细看看这里，病房的中间是一张被众多仪器包围着的床，数不清的管线和电极连接着我那伤痕累累裹满绷带的身体。

玛拉就坐在病床上的那个我旁边。

我的教女处在一片柔光中，她的脸有些模糊。她的头发像粉粉的棉花糖的颜色，用刮胡刀修过，如同狗啃一般难看得要命，又拿发胶狠狠粘到脑袋两侧，唯独中间高高竖起，活似一顶鸡冠。还有她化的妆，简直可以和极红之时的艾利斯·库柏[1]媲美。她身上穿着一件宽大的黑色外套，像小孩子准备过万圣节的打扮。

她嘴里念叨着我的名字，努力忍着不哭出来。我喜欢这孩子，她的悲伤炙烤着我的灵魂。她需要我马上醒过来。我要睁开眼睛，微笑着告诉她：没事的。

我拼命集中精神，说道："玛拉，别哭。"

毫无动静。

我仍一动不动地躺在那里，呼吸机把氧气输入我的身体，我的眼睛肿得像桃子一样，紧紧闭着。

"我该怎么帮她？"我问凯蒂。

你必须醒过来。

---

[1] 艾利斯·库柏：美国老牌摇滚歌星，最显著的特征是浓艳的妆容和诡异的风格。

"我试过了。"

"……塔莉……对不起……我不该那么对你。"

病房中的灯光闪烁了几下。凯蒂从我身边飘下去,站在了她女儿的身旁。

玛拉在妈妈光辉的形象下显得格外渺小暗淡。凯蒂悄悄说着:感受我吧,亲爱的女儿。

玛拉惊讶地嘘了一口气,抬起头:"妈……妈妈?"

病房里的空气仿佛一下子被抽干了。有那么奇妙的一瞬,我看见玛拉似乎相信了。

随后她沮丧地低下头:"我什么时候才能真正明白,你已经不在了?"

"还能挽回吗?"我轻轻问凯蒂。我一直很害怕问这个问题。而在我的提问与凯蒂的回答之间这段沉默的时间,漫长得如同永恒。终于,凯蒂的目光从她的女儿身上移向了我。

什么能不能挽回?

我指了指病床上的那个女人——另一个我:"我还有希望醒来吗?"

你说呢?究竟出什么事了?

"我想尽力帮助玛拉,可是……说真的,你也知道我这个人,是不值得信赖的。"

不,塔莉,我永远都信赖你。只不过你是唯一不知道的人而已。她又低头看着玛拉,轻轻地、悲哀地叹了口气。

昨天夜里我想过玛拉吗?我记不起来了。我也记不起来到底发生了什么事。每当我试着回想,黑暗的真相就会浮现在眼前,而我又把它们推开,"我害怕想起发生的事。"

我知道,但现在是时候面对这一切了。告诉我吧,好好回忆。

我深吸一口气,开始在记忆中苦苦搜索。从哪里开始呢?我想到她去世后的那几个月,以及随之而来的所有变故。雷恩一家搬去洛杉矶,而我们也因为距离和悲伤的缘故中断了联系。到了2007年年初,一切都变了。哦,对了,我仍然能见到玛吉。我们每个月会在一起吃顿午饭。她总说她多么期待城市里的生活,可我看到了她眼睛里的忧伤,也看到了她开始哆嗦的手,因此当她告诉我说她和巴德搬去亚利桑那时,我一点都不觉得意外。他们走后,我努力让生活回到正轨。我到处求职,从实力雄厚的大公司逐渐降低标准。可每一次努力最后都无果而终。要么是我资历太低,要么就是资历太高,有些电视台因为不愿得罪我原来的东家,也委婉拒绝了我的申请,还有些则听说了我的所谓丑闻。不管是什么理由，结果都是一样的。我继续处于失业状态。所以我才要重新开始。

我闭上眼睛，开始回想种种细节。2008年6月，玛拉高中毕业前一周，凯蒂的葬礼之后20个月，我……

坐在KCPO的等候室里，这是西雅图本地的一家小型电视台，也是我最初为强尼工作的地方。想想那已经是许多年前的事了。

因为电视台规模扩大，原来的办公室已经搬走，不过那里仍然显得局促寒酸。如果放在两年前，这种地方台我根本不会看在眼里。

可如今我已不同往日。现在的我就好比深秋里的一片树叶，卷曲，发黄，开始变得透明、干枯，经不起任何一阵狂风。

我真正回到了起点。我恳求弗雷德·罗尔巴克给了我一个面试的机会，我们相识多年，如今他是这里的台长。

"哈特女士？罗尔巴克先生让您进去。"

我站起身，虽然心中忐忑，但仍尽量挤出自信的微笑。

今天我要重新开始。这是我在走进弗雷德的办公室时对自己说的话。

办公室狭小丑陋，到处镶着仿真木板，一张炮铜色的办公桌上摆着两台电脑。弗雷德比我印象中瘦小些，似乎也年轻些。高三之前的那个夏天，他就是我第一次来这里面试时的面试官，当时我感觉他几乎要老成渣了。现在看来，他很可能只比我大二十来岁。如今的他已经谢顶，虽然对我笑脸相迎，但那表情中却有种让我反感的神气。他站起来同我打招呼时，眼睛里带着明显的怜悯。

"嗨，弗雷德。"我握着他的手说，"谢谢你答应见我。"

"别客气。"他说着又重新坐下。随后他指着办公桌上的一叠东西问我："你知道这些都是什么吗？"

"不知道。"

"1977年你写给我的信，总共112封。一个17岁的小姑娘能如此执着，为的只是得到ABC[1]一个下属电视台的工作。当时我就知道你将来必成大器。"

"如果不是你在1985年给了我那个机会，恐怕我想成功也没那么容易。"

"你根本不需要我。你是注定要成功的，这谁都看得出来。每当我在电视上看到你时，就觉得特别骄傲。"

我忽然感到一阵奇怪的悲哀。去纽约发展之后，我几乎从来没有想起过弗雷德。人总是一味地向前看，偶尔回一次头究竟能有多难呢？

---

[1] ABC：指美国广播公司。

"你节目的事儿我很遗憾。"他说。

寒暄结束，我们终于要进入正题了。"显然是我搞砸了。"我低声说。

他注视着我，等待着。

"我需要一份工作，弗雷德。"我说，"干什么都行。"

"塔莉，我这里现在没有职位空缺，即便有，你也不会乐意干——"

"我干什么都行。"我攥紧了拳头再次强调说。此时我的脸上像火在烧。

"可我们的薪资水平——"

"钱不是最重要的。我需要一个机会，弗雷德，我需要向人们证明我是个可以合作的人。"

弗雷德苦笑了一下："塔莉，你从来都不适合团队合作。正因为此你才能成为大明星。你还记得在你得到纽约的工作后跟我说过几次话吗？答案是一次都没有。你来到我的办公室，感谢我给了你那次机会，然后就拜拜了。自从你离开之后，今天我还是第一次见到你。"

我绝望了，但我不会让他看出他的话对我造成了什么样的影响。尊严是我现在唯一剩下的东西了。

他向前倾着身体，两肘支在桌子上，十指相抵搭起一座小小的尖塔，目光越过塔尖盯着我，不动声色地说："我有个节目。"

我立刻坐直了身体。

"节目名字叫作《知心姐姐肯德拉》，只有三十分钟。不过肯德拉像你以前一样也是个潜力股，她现在在布兰切特高中读高三，她爸爸是电视台的老板，所以特意给她开了这么一个针对青少年的节目。由于她在学校还有课程，所以录制节目一般都在凌晨。"他顿了顿，继续说道，"肯德拉需要一个搭档主持，类似于专门负责搞笑的那种谐星搭档，这样她就不需要放下身段逗观众乐了。你愿意在一个不入流的节目上给一个名不见经传的小主持人打下手吗？"

我愿意吗？

按道理我该对弗雷德表示感激，事实上我的确心存感激，可同时我又觉得伤心，感觉受到了冒犯。我应该拒绝。在我东山再起的宏图伟业中，这种不起眼的小角色实在无足轻重。

我应该拒绝，然后继续等待更值得我去做的工作。

可我已经等了好久。没有工作，默默无闻的生活令我窒息。我不能再等下去了。再说了，给电视台老板的女儿打下手，这种活儿总归会有点好处的。

也许我可以像多年前埃德娜·丘伯尔栽培我一样栽培这个肯德拉。

"我愿意。"答应之后我有种如释重负的感觉。脸上不由露出轻松的笑容,"谢谢你,弗雷德。"

"塔莉,你完全可以找到更好的工作。"

我叹了口气:"以前我也这么想,弗雷德,现在我觉得问题可能就出在这里。谢谢你,我会东山再起的,等着瞧吧。"

第十三章

那天夜里,为了查找肯德拉·莱德——我的新搭档——的资料,我在电脑前熬到很晚。可惜网上关于她的信息少之又少。她是个18岁的小姑娘,在学校是个成绩优异的运动员,已经获得华盛顿大学的全额奖学金,秋季就将入学。显然,她之所以萌生做电视节目的念头,一是因为想出点风头,二是因为处在当前这个年龄段,她实在无事可做。她的目标是"把年轻人团结在一起"。至少她在去年的海洋博览会小姐竞选中是这么说的,那次竞选她得了亚军。对她来说那是一个令人失望的结果,但那并没有影响她实现目标的计划。

看到这里,我翻了个白眼,心里想道:你瞧,凯蒂,我都惨到这份儿上了。几个小时后我才上床,虽然困倦不堪,却死活都睡不着。盗汗搞得我浑身不舒服,两点时我起来吃了片安眠药,这下总算睡着了。再后来,就是早晨的闹钟把我吵醒。

刚醒来时,我浑身湿漉漉的,头脑也因为安眠药昏昏沉沉,所以半天都没有明白闹钟响是什么意思。

最后我终于反应过来,于是掀开被子跳下床,使劲睁着蒙眬的睡眼。已经凌晨5点,我看上去就像渔夫刚从海里捞上来的一条鱼。我猜像《知心姐姐肯德拉》这样不起眼的节目是不会有专门的化妆师的,所以就自己动手化了一个精致的妆。我穿上一身黑色套装,露出里面的白衬衣,然后就离开了公寓。没用多久,我就到了电视台。

又一个美丽的西雅图的黎明。我先在前台登记("9·11事件"改变了我们整个行业,现在是安全问题高于一切,即便这么一个小小的节目录制也不例外),然后直接去演播室。一个小到可以做我儿子的年轻制作人同我打了招呼,又咕咕哝哝地说了些什么,便领着我来到布景前。

"肯德拉没什么经验。"站在摄像机后面时,他对我说,"但她很喜欢挑战,也许你可以帮到她。"他的语气中透出一丝怀疑。

看到布景的一刹那我就觉得不妙。它看起来就像一个桀骜不驯的少女的卧室，比比皆是的运动奖杯足以压沉一艘小艇。

随后便看到了肯德拉。她身材高挑，瘦得像根牙签，下身穿牛仔短裤，上身穿格子花呢衬衫，衣领上带了一圈褶边。头戴一顶软呢帽，帽檐上有条金色的饰带，脚上穿了一双浅口鞋。她一头长发，微微卷曲，虽然略施粉黛，但仍挡不住那股天然去雕饰的自然美。

此刻她正靠在梳妆台上，面对摄像机侃侃而谈，仿佛那是她最亲密的知己。"……现在该聊聊发短信的注意事项了。我认识的一些朋友就在这方面吃过大亏。以前，有各种书籍教我们怎么说怎么做，但是如今呢，那种老方法对于我们新时代的年轻人来说已经过时了。现在的青少年已经习惯了快节奏的生活。所以肯德拉在这里就要为广大青少年朋友支支招。"她微笑着离开梳妆台，很随意地向床边走去。地板上有个蓝色的X，那是她的走位，可是她却错过去了。"我在这里提醒大家，有五种东西是不能通过短信随便发送的。"她穿过房间，再次错过了走位标志，摄像师已经开始不干不净地低声漫骂。"我们先说色色的短信。女孩子们要注意了，不管男朋友如何苦苦哀求，都不要把自己胸部的照片发给他……"

"停！"导演喊道，摄像师终于松了一口气。

"肯德拉，"导演说，"你能不能按照脚本来？"

肯德拉翻了个白眼，掏出手机玩了起来。

"继续。"制作人说着在我肩膀上拍了一下。于他可能只是安抚的意思，可在我感觉却像是被他猛推了一把。

我挺起胸膛，面带微笑地走到布景前。

肯德拉一看见我就皱起眉头，瞪着眼问："你是谁？"而后她又对着身上的麦克风说，"这儿有个走错地方的。"

"我可没有走错地方。"我强忍着不让自己露出半点鄙视的神色。

她把口香糖吹出一个泡泡，砰！泡泡破了。"你穿得像个服务员。"说完她又蹙起眉，"不对，等等。你看着好像某个人啊。"

"像塔莉·哈特。"我说。

"对！就是她，只不过你比她胖一些。"

我紧绷着下巴。可惜我的身体太不争气，偏偏在这个时候发起热来。我浑身感觉像针扎一样，脸变得通红，而且我明显感觉自己身上已经开始出汗。

"你怎么了？"

"我没事。"我气呼呼地说,"我就是塔莉·哈特,你的新搭档。今天的脚本上没我什么事儿,但我们明天可以谈。顺便提醒你一句,录制的时候你要注意自己的走位,那是专业的表现。"

肯德拉眼睛一眨不眨地盯着我,好像我是个突然长出胡子的怪胎,而后她声嘶力竭地嚷道:"我没有什么搭档。卡尔!"

年轻的制作人十万火急般冲到我跟前,一把将我拉到布景之外。

"谁是卡尔?"我问。

"导演。"制作人叹气说,"不过她虽然喊的是卡尔,实际上却是在呼叫她的老子。他们有没有告诉你她已经赶跑四个搭档了?"

"没有。"我低声说。

"我们背地里都叫她暴女维露卡·索尔特。"

我一脸茫然地望着他。

"就是《查理和巧克力工厂》里那个被宠坏的蛮横富家女啊。"

"你被开除了!"肯德拉冲我吼道。

身旁的摄像师这时回到了工作岗位,红灯亮起,录制开始,肯德拉立刻又笑容灿烂起来:"刚刚我们聊到色色的短信,如果你不知道那是什么,那自然就不用担心了,但倘若你知道……"

我退出演播室。浑身的热劲儿稍微缓和了些。额头上的汗珠在慢慢变干,脸上感觉凉丝丝的,但我的羞辱感却没那么容易消解,更不用说我极力压制的愤怒。走出电视台,来到西雅图的人行道上时,我被一种难以言说的失败感压得透不过气。难道我已经沦落到这个地步?被人说胖还不够,又被一个黄毛丫头给开除了?

这个时候我多想给最知心的朋友打个电话,听听她的安慰啊。

我无法呼吸。

我真的要无法呼吸了。

冷静。我告诉自己。可我浑身燥热不安,腹部不时一阵抽搐,呼吸越来越困难,胸口像被什么紧勒着一样疼痛难忍。

紧接着,我双腿一软,轰然一声重重倒在人行道上。

我不顾一切地爬起来,跌跌撞撞地冲到路上拦住一辆出租车,钻了进去。"圣心医院。"我喘着气说,然后慌忙从包里找出阿司匹林,嚼碎一片咽掉,以防万一。

来到医院,我扔给司机20美元就踉跄着向急诊室跑去。"心脏病发作!"我冲前台那位女士大叫一声。

很好,我引起她的注意了。

格兰特医生低头看着我。他戴着一副老花镜,身后是一道蓝白相间的幕布,在偌大的急诊室中为我们隔开了一个小小的私人空间。"我说塔莉,你用不着跑这么远来看我啊。我给过你我的电话号码,打个电话不就行了?"

这个时候我可没心情玩幽默。我扑通一声倒在身后的枕头上:"这家医院就你一个医生吗?"

他走近病床:"好啦,先把玩笑放一边。塔莉,恐慌症在更年期是很常见的,它是由内分泌失调引起的。"

原来如此,看来现在更严重了。我刚找到一份工作就立马失业,而且很显然我已经很难找到用我的单位。我身体发胖,没有家庭,最好的朋友不幸离世,而这个格兰特医生只是瞧了我一眼就看穿了问题的所在——缺少爱的滋养,我的身体由内而外都在枯萎。

"我想检查一下你的甲状腺。"

"我还想做《今日秀》[1]的主持人呢。"

"什么?"

我一把掀开薄薄的被单翻身下床,丝毫也没有意识到我的病号服已经将我人到中年的屁股暴露在医生眼前。我立刻转身,但已经晚了。他看见了。"谁说我到更年期了?"我不服气地问。

"这个可以检查出来啊。"

"没错,我就是不想检查。"我冷笑着说,"同样是半杯水,有些人盯着杯子里空着的那一半,有些人盯着有水的那一半,但我会把杯子放进柜子里,然后忘掉它。你懂我的意思吗?"

他放下手中的单子。"懂了,眼不见心不烦。"他稍稍靠近我,"这样做真的有用吗?"

天啊,我最讨厌发现自己很愚蠢或很可悲的感觉,可眼前这个家伙,以及他看我的眼神,让我同时拥有了这两种感觉。"我需要阿普唑仑,还有安必恩。它们以前挺管用的。"我抬头看着他,"那些处方药我早就吃完了。"我撒了谎。我知道我应该告诉他,在过去的一年,我从好几个医生那里搞到了同样的处方,我非但没有断药,反而加大了药量,甚至可以说我对那些药已经产生了依赖,但

---

[1] 《今日秀》:美国收视率很高的一档脱口秀节目。

我什么也没有说。

"我觉得这恐怕不妥。鉴于你的个性——"

"咱们把话说开了吧，你并不了解我。"

"对，"他说，"我确实不了解你。"他又靠得更近了些。我极力克制着后退的冲动，"但我知道抑郁的人说话什么腔调，也知道伤心的人都是什么模样。"

这时我才想起他已经失去了妻子和女儿。我想他也一定非常思念她们吧。我忽然从他身上看到了深深的忧伤。

他写了一张处方单并撕下来给我："这不是长久之计，塔莉。早点下决心治疗吧。不管是你的更年期综合征还是抑郁症。"

"如果我没记错的话，你说的这两种病都还没有确诊。"

"我知道。"

"那好，我的衣服呢？"

作为一场对话的结束语，这话实在没有水准，可我想不到别的了。我站在病床边，盯着他，直到他离开。随后我换好衣服，走出急诊室。我在楼下的取药处抓了药，先吞了两片阿普唑仑，而后溜达着走回家去。

药效很快就显现出来：我平静多了，感觉很安全，心跳也渐渐恢复正常。于是我从包里掏出手机给弗雷德·罗尔巴克打了个电话。

"塔莉。"从他的声音我就猜得出来，我被开除的消息已经传到了他那里，"我应该事先提醒你的。"

"对不起，弗雷德。"我说。

"别说对不起。"

"谢谢你。"我说。我本想再努一把力，或者多说几句好话，但这时我经过了一家巴诺书店[1]。橱窗里的一本书吸引了我的目光。

我突然停住不动了。当然，我早该想到这一点的。"我得挂了，弗雷德。再次谢谢你。"说完我不等弗雷德回答就挂断了电话。阿普唑仑让我有些晕晕乎乎，乃至我试了好几次才拨出我经纪人的电话。

"乔治。"电话刚一接通我就兴奋地喊道，"你猜猜我在哪儿。"

"嗯，反正肯定不是在某个地方台的破节目里给人当副主持。"

"你已经听说了？"

他叹了口气："听说了。塔莉，这种事你应该事先跟我商量一下的。"

"别管那个什么肯德拉了，她是个白痴。猜猜我现在在哪儿。"

---

[1] 巴诺书店：也叫作邦诺书店，是美国最大的零售连锁书店。

"在哪儿？"

"我在一家书店外面。"

"然后呢？"

"芭芭拉·沃尔特斯[1]的最新回忆录《试镜人生芭芭拉》就摆在我眼前呢，已经上市了。如果我记得没错，这本书让她挣了500万呢。艾伦·德杰尼勒斯[2]不也达成出书协议了吗？光她的文集就挣了上百万是不是？"这也许是我能想到的最好的主意了，"我也想出书。"

"你写回忆录了吗？"

"没有。但那能有多难呢？我今晚就开始动笔。你觉得怎么样？"

乔治许久都沉默不语，我只好提醒一下："乔治，你觉得呢？"

他叹了口气："我先放点口风出去，看有没有人感兴趣。不过我得问清楚了，塔莉，你真的要写回忆录吗？那样你可能要面对过去一些负面的东西。"

"我决定了，乔治。给我联系出版商吧。"

写书有什么难的？我是记者啊。我要写我自己的人生，它一定会成为畅销书——振聋发聩，鼓舞人心。

回到家时，我仍然沉浸在前所未有的兴奋之中。我脱去一身黑衣，换上休闲的运动服，拿出笔记本电脑。然后我倒上一杯茶，蜷缩在沙发里，开始工作。我首先在电脑上打了几个字：第二幕。

然后换行，空出行首格，准备开始一个段落。

我盯着空白的屏幕发了一会儿呆。

也许标题有问题。

我又盯着空白的屏幕发了会儿呆。这一次时间更长，长到我终于怀疑是茶的问题。也许换成酒会好些吧。

我倒了杯酒，又回到沙发上。

依旧是那片空白的屏幕。

我把笔记本电脑放在一边，看了看表。我已经"写"了几个小时，却连一个字都没有写出来。我不禁有些气馁，但我没有被这低落的情绪左右。

调查。

---

[1] 芭芭拉·沃尔特斯：美国电视新闻历史上第一位女性联合主持人、尼克松首次访华团中唯一的女主播，采访过自尼克松以来每一位美国总统和第一夫人，5次获得艾美奖，当选过"历史上最伟大的流行文化偶像""20世纪最有影响力的女性"。她的回忆录《试镜人生芭芭拉》披露了这位传奇女性的一生。

[2] 艾伦·德杰尼勒斯：美国脱口秀喜剧表演者、电视节目主持人、演员以及作家和制片人，《艾伦秀》主持人。

每一个作家都是先从调查开始的。这是我从事新闻工作后才发现的事。我做过见习记者,知道如何挖掘故事。

我的人生故事自然也不例外。我接受过数家杂志社和电视台的采访,但那些事都没有把我难倒。我一点一点地向人们讲述我的过去。借助电视的魔力,我成功地把一个不幸的童年故事塑造成了一个灰姑娘般的美丽童话。可怜的塔莉,虽然遭到邪恶母亲的抛弃,最终却依然成功的励志故事。

观众喜欢童话,我就给他们童话,而且相较于格林童话的苦难深重和阴暗格调,这个时代的人显然更乐意接受迪士尼童话的阳光向上,轻松有趣。邪恶的反派变成活泼的狮子和会唱歌的章鱼,立刻便能萌翻大批观众。

这些新的童话故事非常适合我。我不知说过多少次,遭受抛弃也是一种幸事。缺少母爱使我更加发愤图强,这就是我包装之后兜售给观众的东西。我说,拯救我的,是抱负。

但在回忆录中,我必须要道出实情。这也正是乔治担心的。我不假思索地做出了保证,但是我真的能做到吗?

我必须做到。我甚至可以理解为:我需要做到。

一本畅销的回忆录就能帮我讨回我以前的生活。

早些年的生活似乎已经没有多少印象,但楼下停车场的私人仓储间里我倒的确保存了一些资料。我已经多年没进过仓储间,更不用说去看那些盒子里的东西。并非我把它们遗忘了,而是我为自己定下了规矩,不去触碰那些早已尘封的记忆。

现在是打开封印的时候了。

可这个决心并不坚定,就像所有在绝望之中做出的决定一样,我无法让自己行动起来。相反,我来到窗前,久久伫立,一杯接一杯地喝酒,直到阴云密布,天色暗淡。

"去吧。"我对着玻璃窗上自己的映像说。我强迫自己转身离开窗户。走出公寓时,我顺手拿了纸和钢笔,当然,还有一杯酒。

来到停车场,我比预想中多费了点时间才找到我的仓储间。

打开铁门上的锁,咔嗒一声按下电灯开关,我走了进去。

仓储间大约12英尺见方。我从未见过其他房客的仓储间,但我可以肯定大多数必定满满当当,写着圣诞节、假期、冬天、夏天、婴儿服装等各种字样的塑料桶和纸板箱从地板堆到天花板。那些盒子里装着人生的印记,能让一个人追溯到自己生命的开始。

我的仓储间倒格外空荡。里面放着我的滑雪板、网球拍和高尔夫球杆——都是我曾经尝试过但又放弃了的运动的装备,但我心想或许有朝一日能重新用上——我的一些其他行李,以及一面我从法国买回来但又完全遗忘掉的古镜。

除此之外还有两个箱子。两个。我人生的印记并没有占多少地方。

我来到第一个箱子前,它上面写着几个字:萤火虫小巷。第二个箱子上写着:安妮女王丘。

我一阵战栗。这两个箱子代表着我前半辈子的两段人生:一段和我的外婆有关,一段和我的妈妈有关。不管里面藏着什么,我都已经数十年不曾见过。17岁时,我成了外婆的遗嘱执行人。她把全部财产都留给了我——安妮女王丘上的房子和萤火虫小巷里的出租屋。再度被妈妈抛弃并重新开始寄养生涯后,我独自一人去收拾安妮女王丘上的房子,我把所有的物品都打包放好,只拿走了一些能够放进这个箱子的东西。萤火虫小巷那个箱子里装的东西则来自我和妈妈在一起度过的短暂时光。在我的整个一生中,我和妈妈只在一起生活过一次,那是1974年,就住在萤火虫小巷的房子里,但我们的相处很快就因为她的不辞而别宣告结束。我总是对别人说,和妈妈一起生活的那段时间虽然短暂,但却是我的人生之幸,因为我就是在那段时间认识了我这辈子最好的朋友。所以说凡事都有两面性,妈妈给了我结识人生挚友的幸,也给了我被两度抛弃的痛。

我找来一张旧床单,跪在上面,然后把写着"安妮女王丘"的箱子拉到身边。

掀开箱盖的时候,我的手抖个不停。我的脉搏像疯了一样,心跳更是快得几乎要连成一片。我的呼吸,哦,天啊,我又喘不过气了。上一次打开这个箱子时我还在外婆的房子里,跪在我的卧室。社会福利部门的那位女士提前告诉过我,让我在她来接我之前做好准备。我已经仔细收拾完毕,但即便和妈妈在一起的那几年经历了许多痛苦,我仍然渴望她来拯救我。那时我已经17岁了。孤独等待着一个不可能出现的妈妈。更可悲的是,那并不是我的第一次。

我把手伸进黑黢黢的箱子里,首先摸到的是我的旧剪贴簿。

唉,我都已经把它忘掉了。

剪贴簿开本很大,却很薄,白色的封面上印着霍莉·霍比[1]的像,她的侧脸被一顶大软帽给遮住了。我用手指轻轻抚摸着图案。这是外婆在我11岁时送我的生日礼物。也就是在那之后不久,我的妈妈突然出现,一副醉醺醺的样子,二话不说就把我带去了西雅图。

---

1 霍莉·霍比:美国著名女画家,绘了受到高度赞誉和欢迎的《托托和帕德》系列绘本。

那天妈妈到底想干什么，我至今也想不明白。我只知道她在一次反战抗议示威中把我遗弃在先锋广场的一处台阶上。

你妈妈有麻烦。后来外婆告诉我，当时我正坐在地上哭。

所以她才不爱我了吗？

"够了！"我喝止自己。别再翻那些陈年往事了。

我翻开剪贴簿，首先在内封上看到一张我11岁时的照片。照片中的我正趴在蛋糕前，摆好了吹蜡烛的姿势等着照相。

第一页上粘着一封信，那是我给妈妈写的成百上千封信中的第一封，当然，那些信我从来没有寄出过。亲爱的妈妈，今天是我的11岁生日——

我合上剪贴簿。箱子里还有其他的什么，我不忍细看，甚至连瞥一眼的勇气都没有。这才刚刚开始，但痛苦的回忆已经掀起了滔天巨浪。信上的话仿佛把当年的那个我带到了我面前，那是我此生都在逃离的我，一个心碎的小女孩儿。

如果凯蒂在这儿，我一定会把箱子里的东西全都拿出来，把我的痛苦连根拔起，好好审视。她会在一旁对我说：你妈妈真没出息；瞧这张照片上的你多漂亮啊，还有其他能给我带来安慰的窃窃私语。没有她，我就没有勇气再翻下去。

我缓缓站起身，这时我才意识到自己酒喝得太多了。

很好。

我懒得合上箱子，直接走出仓储间，甚至忘记了锁门。要是我运气好的话，也许会有小偷把这两箱东西偷走。那样也就一了百了了。走向电梯的半路上，手机响了，是玛吉。

"嘿，玛吉。"我迅速接通电话，心里万分感激她这个时候给我来电，我太需要换个心情了。

"嘿，塔莉。我准备把星期六晚上在洛杉矶吃饭的地方订下来，你最喜欢去的那个餐厅叫什么名字？"

我笑了。我怎么能忘记呢？这个周末玛拉就要高中毕业了。我要去和穆勒齐家还有雷恩一家团聚两天，共同庆祝。我当然不会说这就是我的天赋。不过到时候也许我会让强尼帮忙给我找份工作，"放心吧，玛吉。我已经全订好了。晚上7点，美迪欧餐厅。"

第十四章

这个周末，我要做回从前的我。我会假装我的生活一切正常，什么都不曾改变。我会和强尼说说笑笑，我会拉着教女的手，和两个小家伙一起玩电子游戏。

我会走进他们的新家，但我不会关注空着的椅子和逝去的人。留下的才是我最该珍视的。就像华兹华斯[1]的诗歌所言，我要从中汲取留存的力量。

然而当我乘坐的林肯城市停在风景优美的比弗利山庄一栋现代小楼前时，恐慌又动摇了我的决心。

凯蒂一定不会喜欢这栋房子。

一片阿普唑仑暂时稳住了我近乎失控的神经。

我钻出车子，拉着我的手提箱沿石头小道走到门口，按响了门铃。没有人答应，也没有人来开门，我干脆自己开门走了进去，并喊了一声。

双胞胎兄弟俩像两只调皮的斑点狗，你追我赶、嘻嘻哈哈地从宽宽的石质楼梯上跑下来。两个小家伙今年9岁半，头发都很长，但都不爱梳头，很任性地顶在脑袋上，两人都喜欢咧着嘴大笑，把两排洁白的牙齿全露出来。看到我后他们同时尖叫起来。我连站稳脚跟的时间都没有，就被他们如狼似虎的拥抱扑倒在地。

"我就知道她会来。"路卡说。

"你撒谎。"威廉笑着反驳，继而又面向我说，"是我说的。你给玛拉带什么了？"

"说不定带了一辆法拉利。"强尼说着话走了进来。

只一眼，那代表我们之间所有往事的无数画面就像河流一样从眼前奔腾而过。我知道，我们都在想着同一个人，都在想着我们之间愈来愈远的距离。他向我款款走来。

我不知道该说什么，索性一扭腰，用胯部撞了撞他。他还未及反应，我便

---

[1] 华兹华斯：英国著名的浪漫主义诗人，此处所指诗歌为《繁花似锦》（Glory In The Flowers），原诗为："也曾灿烂辉煌，而今生死两茫茫。尽管无法找回当时，草之光鲜，花之芬芳。亦不要悲伤，要从中汲取留存的力量。"

听到玛吉喊我的声音。片刻之后,我已经被他们围在了中间——两个小家伙、强尼、巴德和玛吉。五张嘴巴几乎同时开合,同时大笑。最后,兄弟俩拉着他们的外公外婆上楼打什么游戏去了。楼下只剩下我和强尼。

"玛拉还好吗?"我问。

"挺好的。我想她干得还不错吧。"他虽然这么说,但从他的叹息中我听出了更多真实的情况,"你怎么样?我一直在等着《塔莉·哈特的私房话时间》复播呢。"

机会来了。我大可以如实相告,甚至可以趁机求他帮忙。或者我可以说我的事业跌入了谷底,请他提些建议。

可我就是做不到。也许因为他的悲伤,也许因为我的孤傲,或者两种因素兼而有之。我只知道强尼刚刚经历过一场人生不幸,这个时候我不能拿我自己失败的人生给他添乱。我不想要他的怜悯。"我也挺好的,"我说,"我在写一本回忆录。乔治说肯定会畅销的。"

"这么说你真的没事。"他说。

"当然没事。"

他点点头,将目光转到了别处。稍后,即便我沉浸在与他们一家人团聚的喜悦中时,我仍禁不住想到自己对强尼撒的谎。不知道我的"好"和玛拉的"好"是不是同一种性质。

玛拉真的过得很好吗?不。只是真相的发觉是以血为代价的。星期六,也就是玛拉毕业典礼举行的日子,我们一行人都在客厅里等着。玛拉从楼梯上下来,她当时的样子恐怖极了,简直像鬼一样。她的肩膀佝偻着,乌黑的头发像瀑布一样垂在脸前。

"我需要帮助。"从最后一级楼梯上下来之后她说道,并抬起胳膊让我们看。

她的胳膊在流血。我立刻冲过去,强尼也紧紧跟着。我们之间又一次发生了争执,彼此都说了些不该说的话。但我心里只想着一件事:玛拉需要帮助,我必须陪在她身边,这是我的承诺。因此我向强尼保证一定会好好照顾玛拉,并让我带她去西雅图见布鲁姆医生。

强尼不愿让我带走玛拉,可他有什么办法呢?在如何帮助玛拉这件事上,他一筹莫展,而我成了有办法的那一个。最终,他不得不答应让玛拉和我住一个夏天。他不喜欢这样的安排,一点也不。而且他非常明确地把这个意思传达给了我。

2008年6月，美丽的初夏既为西雅图带来了明媚的阳光，也带来了袭人的热浪。人们着急忙慌地换上去年的短裤，走出昏暗的寓所，一个个像刚从洞穴里钻出来的鼹鼠，在太阳下眨巴着眼睛。他们又好像忽然想起了什么，纷纷回到屋里，翻箱倒柜地寻找已经数月不用的太阳镜。

我感到骄傲，我从未如此彻底地履行对凯蒂的承诺。尽管那段时间我的状态并不理想。恐慌症对我虎视眈眈，往往在我最猝不及防的时候发作。我喝酒比以前多了，服用的阿普唑仑也比以前多。夜里没有安眠药我根本睡不着觉。

但这一切都会随着一份责任的到来而逐渐消逝。我帮她把小提箱里的东西取出来放好。在我们相处的第一个夜晚，我们坐在客厅里聊起了她的妈妈，我们都摆出一副轻松超然的姿态，就像凯蒂只是去了趟杂货店，随时都会回来一样。我知道这种自欺欺人的安慰并没有意义，但我们需要它，我和玛拉。

"星期一的事做好准备了吗？"我后来问。

"和布鲁姆医生见面的事？"她说，"还没有。"

"我会一直陪着你的。"我说，除了保证我也不知道该说什么。

第二天，玛拉和布鲁姆医生单独谈话的时候，我在等候室中不安地踱来踱去。

"地毯都快被你踩烂了。吃片阿普唑仑吧。"

我陡然停住，转过身。

门口站着一个年轻人，他全黑打扮，涂了指甲油，浑身上下挂满了吓人的金属饰品，让人不由怀疑他是不是把波旁街上的五金店给搬了过来。然而，这一身哥特风格的装束仍然无法掩饰他英俊的外表。他迈着《美国舞男》中理察·基尔的步子走到一张椅子前，然后一屁股坐了下去。他手里拿着一本诗集。

找人聊聊天或许能让我平静下来。于是我走过去，坐在了他旁边的椅子上。这么近的距离，我马上就闻到了他身上的大麻和熏香味儿。"你来找布鲁姆医生有多久了？"我问。

他耸了耸肩："有一阵子了。"

"她对你有帮助吗？"

他狡黠地冲我一笑："谁说我需要帮助了？'我们所见所感的一切，只不过是梦中之梦。'"

"爱伦·坡[1]。"我说，"不够新鲜。你要是引用罗德·麦昆[2]的诗，那才叫出人意料呢。"

---

[1] 爱伦·坡（1809—1849）：19世纪美国诗人、小说家和文学评论家。书中这句诗出自他的《梦中梦》。
[2] 罗德·麦昆（1933—2015）：20世纪60年代后期美国最受欢迎的诗人之一。他在写歌、录歌和唱歌方面也取得过不俗的成绩。

"谁?"

我忍不住笑了。我也已经好多年没提过这个名字了。年轻的时候,我和凯蒂没少读像罗德·麦昆和卡里·纪伯伦[1]这类诗人那些缠绵悱恻的爱情诗。我们以前还背过《迫切需要》。"罗德·麦昆,你可以查一下他。"

恰好这时门开了,我立刻站起来。玛拉从办公室里走出来,脸色苍白,走路摇摇晃晃。难道强尼从来没有注意过他的女儿瘦成什么样了?我迎上前去问:"怎么样?"

玛拉未及开口,布鲁姆医生从一旁闪身出来,要我随她到一旁说几句悄悄话。

"我马上回来。"我对玛拉说了一句便去找医生。

"她一星期需要来两次。"布鲁姆医生耳语般告诉我,"而且至少要持续到她秋季开学。我有个青少年悲伤互助小组,对她可能会有帮助。小组集会时间是每个星期三的晚上7点。"

"你的建议她一定会听的。"我打包票说。

"会吗?"

"当然了。你们谈得怎么样?"我问,"她有没有——"

"塔莉,玛拉已经是成年人了,我们的谈话是要保密的。"

"我知道,我只是想问问她有没有说——"

"保密。"

"哦,那好吧。我该怎么告诉她的爸爸呢?他还等着我汇报呢。"

布鲁姆医生沉思了片刻,然后对我说:"玛拉很脆弱,塔莉。我给你和她爸爸的建议是,把她当成一个大人看待。"

"你这话什么意思啊,玛拉很脆弱?"

"脆弱在《韦氏词典》里的解释是柔弱、容易破碎,容易受到伤害。我会留心她的,非常留心。多陪陪她,现阶段她很容易干出些傻事。"

"比自残更傻的事?"

"你想啊,拿刀划自己的时候,有时下手会重一些。我说了,多留心她,多陪陪她。她很脆弱。"

回家的路上,我问玛拉她和布鲁姆医生谈话的情况。

她只随口说了句"挺好的"。

那天晚上我给强尼打电话,把这里的情况一五一十全告诉了他。他很担心,从声音中我就听得出来,但我向他保证会好好照顾玛拉。我会紧紧盯着她

---

1 卡里·纪伯伦(1883—1931):美籍黎巴嫩阿拉伯作家,被誉为"艺术天才""黎巴嫩文坛骄子"。

不放的。

玛拉去参加她的第一次悲伤治疗小组会时,我决定继续写我的书。至少我要试一试。然而一直空白的屏幕让我气恼不已,我索性起身离开一会儿。我倒了杯酒,来到窗前,望着夜晚灯火辉煌的都市风光发呆。

手机响了,我不顾一切地扑过去。是我的经纪人乔治。他说他对我写书的事很感兴趣,只是目前还没有出版商有合作意向,但他认为会有希望的。另外,《名人学徒》希望我上他们的节目。

开玩笑。

我告诉乔治那行不通,正当我冲着手机嚷嚷的时候,玛拉参加完治疗会回来了。挂掉电话,我冲了两杯热可可,和她一起坐在床上边喝边聊,她小时候我们经常如此。当然,我们聊了许久她才道出实情。她说她仍然无法和陌生人谈论她的妈妈。

我不知该如何安慰,也不愿以谎话骗她。我这辈子曾经好几次被人催促着去接受治疗,所以我非常清楚,我近期的恐慌症绝对不只是因为内分泌失调那么简单。我的心里有条悲伤的河,它从我很小的时候就已经存在,只是如今它水位上涨,漫过了堤岸。我知道,倘若我继续不以为意,迟早有一天会淹死在这条河里。但我不相信与人谈心能让河水消退,也不相信在回忆中徜徉能够把我拯救。我相信奋起,相信工作。

可现在我成了什么样子呢?

我伸手搂住玛拉,把她拉近一些。我悄悄问她都有哪些事情让她害怕,并告诉她凯蒂一定会希望她留在治疗组中。最后我暗自祈祷,希望这一次我真的帮上了忙,可我又怎么知道身边的这个年轻人想听什么呢?

我们在床上坐了很久,我想我们心里都在想着同一个人,那个把我们联系在一起又离我们而去的女人。

第二天,强尼到了,他试图说服玛拉离开西雅图跟他回洛杉矶,但玛拉留下来的态度十分坚决,最后只能不了了之。

"对大学生活期待吗?"星期五下午,玛拉第二次到布鲁姆医生那里就诊之后我问她。我们坐在沙发上,互相靠着,裹着一条奶油色的羊绒毛巾被。强尼已经回洛杉矶了,这里又只剩下我们两个。

"说实话,有点害怕。"

"嗯,你妈妈当年也一样。不过我们都很喜欢大学生活,你也会的。"

"我很期待我的创意写作课。"

"有其母必有其女啊。"

"什么意思?"

"你妈妈很有写作天赋,不知道你有没有读过她的日记——"

"没有。"玛拉干干脆脆地说。每次当我提到这个敏感的话题她都这样回答。那是她妈妈人生最后一段旅程的记录,现在她还没有做好读那些文字的心理准备。我不能怪她。那些文字对她来说就像一把把尖刀,刀刀戳向她的心口。不过令人欣慰的是,总有一天她能够坦然面对。

放在一边的手机响了,我斜着身子查看来电显示。

"嗨,乔治,"我说,"但愿这次不是什么垃圾真人秀。"

"你好,塔莉,我打电话是关于书的事,我找到合作方了。"

我不由长松了一口气。这件事我几乎已经不再指望了。我连忙坐直身体:"谢天谢地。"

"我们只找到这一家愿意签协议的。条件还不错。"

我从沙发上下来,不安地来回踱起了步。当你的经纪人开始推销你时,麻烦就来了,"多少钱,乔治?"

"记住,塔莉——"

"多少钱?"

"5万美元。"

我愣住了:"你说5万?"

"对,预付版税。"

我像瘫痪了一般轰然坐了下去。所幸我的身后正好有一把椅子。"哦。"我知道,在常人眼中这5万美元已经是个不小的数目,而且我也不是含着金钥匙出生的有钱人家。但我毕竟在一个非同寻常的世界里摸爬滚打了几十年,这个价钱还是沉重地打击到了我。它残酷地证明我的名望已经大不如前。你像狗一样辛辛苦苦干了三十年,以为自己创造的一切都将永垂不朽,看来那只是痴心妄想罢了。

"面对现实吧,塔莉。不过这本书能让你重新回到大众视野。你的故事本身就是灰姑娘式的,你一定能东山再起的。"

我忐忑极了。肺里的空气仿佛已经全部排出。我想尖叫,想哭,想发火,想把所有的不公平化作雷霆般的怒吼。可我比谁都清楚,我只有一个选择。于是我告诉乔治:"我接受。"

那天夜里，我兴奋得难以入睡。11点，我失去了耐心，索性翻身下床。我在不开灯的公寓里徘徊了至少十分钟。甚至有一次我差点跑到玛拉的房间把她叫醒，不过我觉得那样做未免太过自私，所以就忍着没有去碰她的门。到11：20时，我决定开始工作。也许写东西能挑起我的睡意。

我又爬回床上，把笔记本电脑放在膝头，打开了我最近的文档。标题依旧是"第二幕"，下面依旧是一片空白。我盯着标题，集中精神苦苦思索。我过于专注，乃至出现了幻觉。我好像听到走廊里有脚步声，接着又传来开门和关门的声音，随后一切又归于宁静。

调查。这是我迫切需要的。我必须仔细翻一翻仓储间里的那两个箱子。

不能再拖了。我倒了杯酒，端着下楼。来到仓储间，跪在箱子前，我不断告诫自己务必坚强。我提醒自己，兰登书屋已经买下我这本书，并预付了版税。我需要做的就是写下我的人生故事。我能做到的。

打开"安妮女王丘"那个箱子，我拿出剪贴簿，放在旁边的地板上。我现在还没有勇气翻看。那里面是我曾经所有的梦想与心痛，我无法承受扑面而来的残酷，只能一步一步慢慢靠近。

我趴在箱口往里看，虽然光线昏暗，但我还是一眼看到了那个像老鼠一样肥嘟嘟的玩具兔。

我的玛蒂尔达。

她丢了一只闪亮的黑眼睛，胡须也似乎长短不一。这是外婆送我的礼物，是陪我一起长大的好朋友。

我把玛蒂尔达放在一边，再次把手伸进箱子。这一次，我摸到一个软绵绵的东西，拿出之后才发现是一件小小的灰色马吉拉大猩猩[1]T恤。

我的手微微一抖。

我为什么要把这件T恤保存下来呢？

这个问题只在我脑海中闪了不到一秒钟，因为我立刻就知道了答案。这是妈妈买给我的，也是记忆中她送给我的唯一一件东西。

回忆赶跑了别的一切。

那时我还年幼，大概四五岁。当时我正坐在厨房的餐桌前，不好好吃早餐，却玩起了手中的勺子。这时她走了进来。一个陌生的女人。

*我的小塔露拉。*她说着摇摇晃晃地向我走来。她身上有股奇怪的味道，像甜甜的烟味儿。*想妈妈了吗？*

---

[1] 马吉拉大猩猩：20世纪60年代美国同名动画片中的角色。

楼上的铃铛响了。爷爷叫呢。我说。

接下来的情景就有些戏剧化了。她一把抱起我就往外跑。

外婆在后面边追边喊："站住，多萝西——"

这个女人嘴里说了许多我听不懂的话。随后她不知被什么绊了一下，我从她的手上摔下来，一头撞到了地上。外婆吓得连声尖叫，我哇哇大哭，女人重新把我抱在怀里。后面的记忆就愈发暗淡，变得朦朦胧胧起来。

我记得她让我叫她妈妈，我记得她车子里的座位特别硬，以及半路上我不得不在马路边上撒尿。还有她车里的烟味儿和她的朋友们。他们真把我吓得够呛。

我记得巧克力小蛋糕。她让我吃了好多，直到后来我的肚子实在装不下而吐了起来，她倒是看得津津有味。

我还记得在医院的病床上醒来，胸口的名牌上写着：塔露拉·露丝。

"那女人是谁？"后来外婆把我接回去时，我问。

"你妈妈。"外婆说。我一直记着这三个字，就像昨天才听到一样。

"外婆，我不喜欢住在车里。"

"那就对了，谁都不喜欢住在车里。"

我叹了口气，把T恤放回箱子。也许写回忆录的事原本就欠考虑。我扶着箱子站起来，离开了仓储间。这一次，我没有忘记把它锁上。

第十五章

"你没必要每次都陪着我去就诊。"玛拉对我说。这是6月底一个阳光明媚的星期一。我们一起沿着第一大街向公共市场走去。

"我知道。但我想陪着你。"我挽着她的胳膊说。

玛拉来西雅图和我同住的这两个星期,我感触最深的一件事就是:照顾孩子实在费神费力,甚至有些可怕。每次当她走进洗手间时,我都提心吊胆,生怕她又偷偷干出自残的事情。我会检查垃圾桶,并留心每盒创可贴的数量。我不敢让她离开我的视线。我想尽一切办法监督她、保护她,但我们还是面对现实吧,像我这样从来没有当过妈妈的人,能做到哪个份儿上呢?

此刻,我坐在布鲁姆医生的等候室中,对着笔记本电脑,盯着空白的屏幕。这件事我必须要有所作为了,时不我待,迟迟没有进展无论如何都说不过去。我已经没有退路。

我知道回忆录是怎么一回事。这些年我读过不下百部回忆录作品。它们的开头几乎千篇一律:首先交代背景。看来我有必要借鉴一下,在我真正开始叙述,开始描绘我的人生图景之前,先给自己设定一个背景,就像歌剧开始之前要设置舞台,然后才会介绍演员和场景一样。

于是,问题来了。与每次使我文思枯竭、执笔难书的原因一样:我写不出我的故事,只因我对自己的过去知之甚少,还有我的妈妈。

我对妈妈几乎一无所知,而对爸爸的了解则更加少得可怜。我的过去简直就是一片空白,难怪我迟迟写不出东西。

我需要和妈妈谈谈。

想到这里,我打开手提包,找到那个小小的橙色瓶子。阿普唑仑已经只剩最后一片,我不用水直接吞了下去。而后慢慢地,我拿起手机,打给了我的业务经理。

"弗兰克。"电话接通后我说道,"我是塔莉。给我妈妈的支票她每月还在兑现吗?"

"你能给我打电话真是太好了。我给你留了言的。我们得谈谈你的财务问题——"

"行,没问题。不过现在我需要知道我妈妈的情况。她每月都有兑换支票吗?"

他让我先等一等,过了一会儿才又回到电话前:"有,每月都在兑。"

"她最近住在什么地方?"

又是一阵停顿,"她住在斯诺霍米什你的房子里,已经住了好几年了,我们给你发过告知函。我记得她好像是在你的朋友生病时搬进去的。"

"我妈妈住在萤火虫小巷的那栋房子里?"我真的知道吗?

"没错。现在我们能谈谈——"

我挂了电话。还没等我从这令人震惊的消息中醒过神,玛拉就从布鲁姆医生的办公室里走了出来。

这时我才注意到那个哥特小子不知什么时候也进了等候室。他黑色的头发挑染了几缕红和绿的颜色,耳垂上穿着安全别针。我瞥了一眼他脖子里的文字文身,意思应该不会太正经,不过大部分文字我都看不到。

玛拉从办公室出来时,他站起身,脸上带着一种让人难以捉摸的笑。我不喜欢他看着我的教女的那种眼神。

我绕过咖啡桌,宣示主权般地来到玛拉身旁,挽住她的胳膊,拉着她离开等候室。出门时我回头瞄了一眼,那个哥特小子正注视着我们。

"布鲁姆医生说我应该找份工作。"身后的门慢慢关上时,玛拉说。

"好啊。"我心不在焉地说。此时我满脑子都在想我妈妈的事,"这主意不错。"

整个下午,我在公寓里踱来踱去,试着厘清头绪。

我从外婆那里继承了两栋房子,而今我的妈妈就住在其中的一栋中。这栋房子我之所以没有卖掉,是因为房子对面就是穆勒齐家。这就意味着倘若我要去找我的妈妈,就不得不回到我和凯蒂最初相识的地方。就是在那里,14岁那年一个星光灿烂的夜晚,我的整个人生都发生了改变。

不过新的问题又来了,玛拉怎么办?是带她一起去,还是把她单独留在这里?两种选择都让我觉得不安。虽然我像只老鹰一样把她看得死死的,可我并不想让她看到我和我妈妈的碰面。因为以往的见面没有一次是愉快的,要么丢脸,要么伤心。

"塔莉？"

听到有人叫我的名字，我本能地转过身，心里琢磨着玛拉是不是已经叫过我一次。"什么事，亲爱的？"不知道我是不是一副魂不守舍的样子。

"阿什莉刚刚告诉我说，我的一帮高中同学今天要到伯班克海滩公园野餐、滑水。我能去吗？"

我的心里顿时暖融融的，是欣慰，也是激动。这是她第一次主动提出和老朋友们一起玩。这是我一直苦苦等待的信号。她终于要变回过去那个温和的自己了。我开心地笑着走向她。也许我已经用不着那么谨小慎微地担心她了，"我觉得这主意太棒了。那你什么时候回来？"

她怔了一怔："呃，稍后我们还要去看场电影，晚上9点的，《机器人总动员》。"

"那，回家的时间应该是……"

"11点？"

听起来似乎合情合理，而且也给了我充足的时间去办我的事。可我为什么总有种不踏实的感觉呢？"会有人送你回来吗？"

玛拉笑着说："当然有啦。"

也许是我反应过度，根本没什么好担心的，"那好吧，我正好也有事要办，今天大部分时间都不在家。你要注意安全哦。"

玛拉意外地紧紧抱了我一下。这是我多年以来得到的最好的感谢，它给了我力量，使我更加义无反顾地做我该做的事。

我要去找我的妈妈。这么多年来，不，几十年来我一直深藏在心中的疑问，今天我要统统提出来，而且得不到答案我是不会离开的。

斯诺霍米什是华盛顿州西部众多与时俱进的小型城镇之一。它坐落于卡斯克德山脉犬牙交错的山峰与奔腾咆哮的皮查克河之间一处草木葱茏的峡谷之中。以前这里是一个专注于乳制品行业的小镇，而今已经发展成为西雅图又一个风景宜人的近郊居民区。古老舒适的农舍已经拆除，取而代之的是可以饱览壮丽山景的由巨石和木材建造的大房子。农场被分割成无数小小的地块儿，规规矩矩地排列在一条条新修的公路两旁，而那些公路则通向新建的学校。我猜现在人们已经很少能在夏日里看到骑马的女孩儿了。年轻的姑娘穿着毛边短裤，骑马沿公路两侧徐徐而行，光脚丫在马肚子上摇摇摆摆，头发在阳光下闪着迷人的光。现在处处可见崭新的汽车、崭新的房子和新栽的树苗，有些树苗就栽在老树被连根拔起的地方。整洁的、没有一根杂草的草坪一直延伸到刷了油漆的门廊前，工工整整的树篱彰显着和谐友爱的邻里关系。

但即便旧貌换了新颜，我们仍能在一些不起眼的地方找到从前的影子。比如在一些小区之间我们偶尔仍能看到傲然屹立的旧农舍，栅栏围起来的土地上长满茂盛的青草，放牧的牲口优哉游哉地徜徉其中。

当然，这里最令我难忘的还是萤火虫小巷。它位于城外的一条沥青小路上，离皮查克河的河岸不远。改变的步伐在这里似乎迈得格外缓慢，甚至可以说停下了脚步。

重新回到这个对我而言一直意味着家的地方，我下意识地松开了油门。车子仿佛理解主人的心情，立刻便降下速度。

这是一个美丽的夏日，调皮的太阳在飘浮的白云中间和人们玩着捉迷藏。公路一侧的草地懒洋洋地向河边绵延。参天大树像站岗的卫兵，伸出枝干为聚在下面的牲畜们遮荫蔽日。

我离开这里多久了？四年？五年？故地重游总是令人惆怅，它让我们悲哀地发现，有时候，时间走得实在太快，给我们留下了一路的遗憾。

我不假思索地把车开上了穆勒齐家的车道，信箱旁边一块写有"待售"的牌子立刻映入眼帘。在当前的经济形势下，他们的房子至今仍没有卖掉我一点都不觉得意外。玛吉和巴德如今在亚利桑那租房子住，等这里的房子一卖，他们就能买新房子了。

他们家的房子还是老样子——一栋漂亮的、精心照料的白色农舍，弧形的门廊俯瞰着两片绿色的、用爬满青苔的雪松栅栏围起来的坡地。

轮胎轧在碎石上嘎吱嘎吱作响，我一直把车开到院子里才停下。

我看见了凯蒂二楼卧室的窗户，眨眼间，我仿佛又回到了14岁，推着我的自行车站在这里，向她的窗户上扔石子儿。

记忆在我脸上晕开花朵。一个桀骜叛逆，一个循规蹈矩。最初的我们就是如此。那时我走到哪里凯蒂就跟到哪里——至少在少女时代的我的眼中，凯蒂是离不开我的。

那天夜里我们骑着自行车摸黑冲下萨默山。我们兴奋地张开双臂，像两艘驰骋在大海上的帆船，像两只飞翔在蓝天下的鸟儿。

而事实上我用了太久才意识到，一直以来都是我在追随着凯蒂。是我离不开她。

沿车道从凯蒂儿时的家到我的家连一分钟都不用，可如今这段路程对我来说，却像是从一个世界到另一个世界。

外公外婆这栋陈旧的出租屋与我记忆中的样子似乎有点不同了。侧院不复存在，昔日的风景已化作光秃秃的土场，其间分布着座座土堆。以前那里有一片巨大的杜松树丛，能够阻挡攀缘蔷薇的蔓延。而今树丛被拔光了，却没有种上新的东西，只留下一堆堆土、一堆堆根。

屋里的情况我只能靠想象来填补。长大之后这三十多年来，我和妈妈见面的次数屈指可数，每一次都是我去找她。20世纪80年代末，强尼、凯蒂和我在电视台已经形成了一个小小的铁三角。我偶然得知妈妈住在耶姆市的一个野营地里，成了杰西奈的追随者。这个杰西奈本是一个家庭主妇，却自称能以通灵方式传达有着三万多年历史的人类第一开悟者蓝慕沙的神旨。2003年，我带了一个摄影团队又去找她，并天真地以为过了那么长时间之后，我们可能有望重新开始。找到她时，她住在一辆破旧的拖车里，样子看起来要多惨有多惨。由于对希望抱有幻想，我把她带回了家。

结果她偷了我的首饰连夜逃走了。

我最后一次见她是在几年前，当时她被人殴打之后送进了医院。那一次，她趁我在病床旁的椅子上睡着时偷偷溜走了。

时光荏苒，往事如烟。现在我终于又要见到她了。

我把车停好。下车之后，我像拿个盾牌一样把笔记本电脑拿在手中，小心翼翼地穿过一片狼藉的庭院，跨过随意丢在地上的泥铲、铁锹和空空的种子袋。前门是木制的，上面长了一层浅浅的苔藓。我深吸一口气，又慢慢呼出，抬手敲了敲门。

没有人回应。

她大概又醉倒在某个地方不省人事了吧。记忆中不知道有多少次，我放学回到家中，看到她歪躺在沙发上，半截身子都掉到地板上，水烟筒丢在离手不远的地方，鼾声如雷，能把死人从坟墓中惊醒。

我拧了下把手，发现门没有锁。

早该想到的。

我轻轻推开门走了进去，嘴里喊道："有人吗？"

屋里晦暗不清，电灯开关大多已经坏掉。我摸索着走进客厅，找到一盏台灯，于是把它打开。长绒地毯被撕破了一个大洞，露出下面肮脏的黑色地板。20世纪70年代的家具已经不知去向。靠墙的桌子一看就是二手货，旁边放了一张鼓鼓囊囊的软垫椅子。角落里摆着一张轻便牌桌，桌两旁是两张折叠椅。

我几乎要转身离开了。内心深处我十分清楚，这次见面多半仍是徒劳，除了心痛和拒绝，我什么也得不到。但事实上，我永远都无法斩断和她的这种关系。和她共度的那些年我做不到，即便在她抛弃了我伤了我的心之后我仍然做不到。在我人生的几十年里，缺少母爱一直是我难以言说的痛，这种痛无时无刻不在伴我左右。好在今天我已经学会了不去期待，这样心里还能好受些。

我在摇摇晃晃的折叠椅上坐下，开始等待。这把椅子显然不如那张软垫椅子坐着舒服，但我对那张椅子的干净程度不太放心，也只好暂时委屈一会儿了。

这一等便是数个钟头。

晚上10点，外面终于传来车轮轧在碎石路上的声音。

我挺直了腰板。

门开了，三年来我第一次看到我的妈妈。常年贫困加上严重酗酒使她的皮肤看起来皱缩灰暗。她的指甲缝里塞满了泥土。穷困潦倒之人多半如此。

"塔莉？"她的语调，连同她喊我的小名都让我感到意外。长这么大她从来都是喊我塔露拉的，我讨厌那个名字。

"嗨，白云。"我说着站起来。

"我现在叫多萝西。"

又改了名字。我还没有来得及说第二句话，就看见一个男人走进屋里，站在她的旁边。他个子很高，干瘦干瘦的，古铜色的脸颊上有车辙一样的道道皱纹。他的一切故事都反映在眼睛里，让人一目了然，当然，他的故事并不怎么精彩。

我妈妈肯定又喝多了。不过鉴于我从来没有见过她清醒时候的样子，现在的她是醉是醒，我还真难说。

"见到你很高兴。"她说，并不自然地冲我笑了笑。

我相信她的话，我一直都相信她。相信她是我唯一致命的弱点。我的信念和她的绝情一样，都是永恒不变的。不管我多么成功、多么出名，只要往她跟前一站，不出十秒钟我就会变成那个可怜的小塔莉。心里永远怀着希望。

但今天不行。我没有时间，也没有精力重蹈覆辙。

"这位是埃德加。"妈妈说。

"嗨。"叫埃德加的男人打了个招呼，旋即对妈妈皱了下眉头。此人大概是给她供货的毒品贩子。

"你有以前的家庭照片吗？"我有点不耐烦地问。此时我已经有种幽闭恐惧症的感觉。

"什么？"

"家庭照。我小时候的照片之类的。"

"没有。"

真希望我不难过，但这样的答案让我痛心不已，我被激怒了："我小时候你连张照片都没有拍过？"

她摇了摇头，沉默不语。她知道，此刻没有任何借口能让我满意。

"你能跟我说些我小时候的事吗？比如我爸爸是谁，我在哪儿出生的。"

我的每一个字都让她畏惧。她的脸愈发苍白。

"我说小姐——"那毒品贩子突然开口，并向我走来。

"少管闲事！"我大喝一声。随后我又转向妈妈，问道："你到底是个什么人啊？"

"你还是不知道为好。"她说，语调中透出恐惧，"相信我。"

我这是在浪费时间。不管我写书需要什么材料，都别指望从这里得到一星半点。这个女人不是我的妈妈。或许她生下了我，但也仅此而已。

"是啊。"我叹口气说，"知道你是什么人又有什么用？我算什么呢？"我抓起地板上的提包，从她身旁挤过去，离开了这里。

走过一道道小沟和一座座土堆，我回到自己的车上。没有什么值得留恋了，我开着车径直回家去。路上，我一遍又一遍回想着刚刚的场景，试图从中找到任何具有弦外之音的话语或小动作，可是我一无所获。

我把车停在公寓楼下。我知道我应该上楼继续构思我的书。也许今天这件事可以作为开篇的背景。至少它不是毫无意义。

可我的身体不听使唤。我不想回到空荡荡的公寓。嗯，我需要喝点酒。

我打电话给玛拉，从声音判断她似乎已经昏昏欲睡。我对她说今晚可能会回家晚一些。她说她已经睡下，等我回家时不必再叫醒她。

出了电梯，我直奔酒吧。我只允许自己喝了两杯马丁尼，在酒精的作用下，我的心情渐渐平复下来。总之最后我回到公寓时，已经接近凌晨1点。

屋里的灯全开着，而且我还听到电视的声音。

我不由皱起眉头。吧嗒一声关上了门。

沿着走廊，我一路关掉所有的灯。明天我得和玛拉谈一谈。她需要知道，不按开关电灯是不会自己灭的。

经过她的卧室门口时，我停住了。

她房间的灯也开着。门缝底下透着一丝微光。

我轻轻敲了敲，她一定是看着电视就睡着了。

没有回应，我悄悄拧开了门。

眼前的景象大大出乎我的意料。

卧室里空无一人。两侧的床头柜上丢着可乐罐，电视机开着，床还是早上的模样，被子凌乱地堆在床中央。

"等等。"

玛拉不在家？都凌晨1点了。可她居然骗我说她在家睡觉。

"我该怎么办？"我开始自言自语了，或许我在对凯蒂说话。我疯了似的从一个房间冲进另一个房间，房门被我推得哐哐乱响。

我给她打电话，可是无人接听。我又发短信：你在哪儿？？？

我该给强尼打电话吗？或者报警？

已经1：10了。捡起手机时我浑身发抖。我在手机上刚摁下9和1两个数字，忽然听到钥匙在锁孔中转动的声音。

玛拉进来了，她像个蹩脚的小偷，尽量踮起脚尖，但即便隔着很远我也看得出来她连站都站不稳。也许她觉得自己的行为非常好玩，所以一直傻笑着，还提醒自己不要发出声音。

"玛拉！"我的声音尖厉极了，有生以来我第一次感觉自己像个妈妈。

她吃惊地转过身，一个趔趄，倒撞在门上，接着又哈哈大笑起来。不过她很快就用手捂住嘴，含含糊糊地说："不……好意思，没啥……好笑的。"

我挽住她的胳膊，把她扶进卧室。一路上她跌跌撞撞，似乎还强忍着笑。

"行啊。"她倒在床上后，我说，"都学会喝酒了。"

"我只喝了两瓶……啤酒。"她说。

"哼。"我替她脱掉衣服，领着她走进洗手间。看到马桶，她立刻呻吟着说："我要吐了——"话没说完，嘴里的秽物已经喷涌而出，我甚至来不及帮她撩起头发。

终于吐干净后，我往她的牙刷上挤了点牙膏，递给她。她现在脸色煞白，瘫软无力，像个被掏空了肚子的布娃娃。扶她上床时，她的身体一直哆嗦个不停。

我也爬上床，躺在她身边，并伸出一条胳膊搂住她。她靠在我怀里，嘴里喃喃说道："我难受死了。"

"你就把这看成一堂人生课吧。哦，对了，你这绝对不是两瓶啤酒的事儿。说说吧，到底喝了什么？"

"苦艾酒。"

"苦艾酒？"这又一次出乎我的预料，"那东西合法吗？"

她咪咪笑了笑。

"在我们那个年代,像阿什莉、林赛和卡洛儿这样的女孩儿只喝朗姆酒和可乐。"我皱着眉头说。现在的女孩子都喝什么我倒真不知道。难道我已经老到和这个时代脱节的地步了吗?"我这就打电话给阿什莉还有——"

"不要打。"她喊道。

"为什么?"

"我,呃……没和她们在一起。"她吞吞吐吐地说。

又把我骗了:"那你和谁在一起?"

她看着我,缓缓说道:"和治疗组的那帮人。"

我的眉头皱得更紧了:"哦。"

"他们比我原来想得要酷得多。"她忽然激动起来,"真的,塔莉,我们只是喝酒而已。每个人都喝了。"

这倒是实话。她绝对是喝多了,从她的呼吸中我闻得出来。如果是吸毒味道会不一样。18岁的孩子,谁还没有喝醉过呀?

"我还记得我第一次喝醉时的事儿。当然,那次是和你的妈妈。我们被逮到了,想想一点都不光彩。"想起往事,我的脸上浮起一丝微笑。那是1977年,正好是我该被送出去寄养的那一天。可我逃走了,直接跑到凯蒂的家里,并说服她和我一起去参加一个派对。结果我们被警察给抓住,还被关进不同的审讯室。

半夜时玛吉来领我们。

女孩子和我们一起生活首先要守规矩。这是她对我说的话。从那以后,我才真正懂得什么是家,尽管我是站在一个旁观者的角度。

"帕克斯顿实在太酷了。"玛拉靠在我身上,轻轻地说。

我不由担心起来:"那个哥特小子?"

"怎么这么难听啊?我以为你不是那种以貌取人的人。"玛拉神情恍惚间叹了口气,"有时候,当他说起他的妹妹,说起他多么思念她时,我会情不自禁地哭起来。他完全理解我思念妈妈的心情。在他面前我半点都用不着假装。在我心情低落的时候,他就给我读他写的诗,抱住我,一直等我好受些了才放手。"

诗歌、悲伤、黑暗。难怪玛拉会为之着迷。我明白了。我读过《夜访吸血鬼》[1]。我也曾一度认为蒂姆·克里[2]在《洛基恐怖秀》中穿着紧身衣踩着高跟鞋

---

[1] 《夜访吸血鬼》:美国作家安妮·赖斯于1976年出版的一部小说。该作品为"吸血鬼编年史"的第一部,是一部描写鬼魂世界的魔幻小说。

[2] 蒂姆·克里:英国知名的演员和歌手,参演过《惊声尖笑》《金赛性学教授》等影片,不过他最广为人知的作品还是《洛基恐怖秀》。

的造型性感无比。

可玛拉毕竟年轻，而且布鲁姆医生说了，她现阶段非常脆弱，"只要是和一群人在一起——"

"当然了。"玛拉很认真地说，"况且我们只是朋友，塔莉，我是说我和帕克斯。"

我暗暗松了一口气。

"你不会告诉我爸爸吧？他可不像你这么开通，我和帕克斯这样的人交朋友对他来说肯定是无法理解的。"

"只是朋友就好，我希望你们一直只做朋友，可以吗？你现在还小，有些事不要太早尝试。哦，对了，他多大了？"

"和我同岁。"

"哦，那就好。我猜每个女孩子一生当中都会迷上一个诗人。我还记得在都柏林的那个周末，那是……哦，等等。这事儿我还不能告诉你呢。"

"你什么事儿都可以告诉我，塔莉，你是我最好的朋友。"

这句话几乎令我神魂颠倒起来。此时此刻，我爱这孩子已经爱得心都疼了起来。可我不能被她的话冲昏头脑。我还要照顾她呢。

"帕克斯的事我不会告诉你爸爸，因为你说得没错，他会疯掉的。但我不会对他撒谎。所以你一定要好自为之。同意吗？"

"同意。"

"还有，玛拉，下一次如果我发现你该在家的时候不在家，我首先会给你爸爸打电话，然后再报警。"

她的笑容沉了下去："好。"

那天夜里与玛拉的一席话，似乎触动了我的某根神经。

你是我最好的朋友。

我知道这句话的真实性可能会打些折扣，实际上，我们两个人都只是另外第三人的替代品而已，我们都代表着凯蒂。但在西雅图夏日美丽的阳光下，真相已经无足轻重。玛拉对我的爱，以及我对玛拉的爱，是我目前最需要的生命线。这是我平生的第一次，而我的反应连我自己都感到吃惊。我希望能够陪伴玛拉走过人生的每一个重要路口，这种强烈的渴望史无前例，即使在凯蒂身上也不曾有过。因为关键在于凯蒂并不需要我，她拥有一个爱着她的家庭，一个宠她的丈夫，一对疼她的父母。她把我带进她的家庭圈子，真诚地爱我，但归根结底我才是那个对爱有着最迫切需要的人。

而今我破天荒有了这样一个机会，在一段关系中，我成了更坚强和稳重的那一个，成了被需要的一方，或者说我有这样的憧憬。为了玛拉，我找到了改变自我的力量。我收起阿普唑仑和安眠药，把酒戒掉。我每天早早起床为她做早餐，中午又主动打电话叫外卖。

之后我又重新扑到我的回忆录上。和妈妈那次凄凉的重逢之后，我决定不再纠结于我不知道的那段人生，并非说我不在乎了——内心深处我依然不会放弃。我渴望查清我自己的人生故事，还有妈妈的故事，但我必须接受现实。我的回忆录只能基于我所知道的事情。因此，在7月一个美丽的日子里，我安安静静地坐下来，开始了我的工作。

平心而论，如果你有与我相似的成长经历可能会更理解我此刻的心情。作为一个过去一片空白的人，你自然而然会对那些关爱你的人格外亲近。至少我是这样的。很久很久以前我就是一个特别没有安全感的女孩儿，我渴望爱，需要爱——无条件的，甚至不劳而获的爱。我需要别人告诉我。不是装可怜，但我的妈妈从来没有说过这个字，我的外婆也没有。当然，我最初的人生中除了她们两个，再无别人。

直到1974年，我搬进了外公外婆买的一栋投资房产。它位于一个不起眼的小地方上的一条小街上。在我和我那吸毒成瘾的妈妈搬到这里之初，我是否知道我的生活就要发生翻天覆地的变化呢？回答当然是否定的。但自从我认识凯瑟琳·斯嘉丽·穆勒齐的那一刻起，我开始相信自己了，因为她相信我。

或许你会感到疑惑，为什么我的回忆录要以我的好朋友开篇呢？或许你会认为我是个同性恋，要么就是我不通文理，要么就是我根本不懂什么叫回忆录。

我的故事之所以要从这里——看似结尾的地方——开始，是因为我的故事将围绕我们的友谊展开。我曾经——不久以前——拥有自己的电视节目，名字叫作《塔莉·哈特的私房话时间》。凯蒂与癌症做殊死搏斗时，我中断了节目的录制。

显然，作为主持人不告而别，这是电视节目的大忌。如今的我只能失业在家。

但话说回来，我有更好的办法吗？

我从凯蒂那里得到了许多许多，付出的却少之又少。在她临终之际，我就算放弃一切也要陪她。

在失去凯蒂最初的日子里，我悲观消沉，失去了生活下去的动力。我心里想着，或许突然某一刻我的心脏就会停止跳动，我的肺将不再吸入新鲜的氧气。

相信我，旁人能起的作用微乎其微。当然，在你失去配偶、孩子或父母的时候，他们会用温言软语抚慰你，帮你渡过难关。但失去好朋友是另一回事。没有人会理解你，在旁人眼中，你需要自己克服一切。

"塔莉？"

我从电脑上抬起头。我已经这样写了多久了？"什么事？"我心不在焉地问了一句，又低下头开始检查今天的成绩。

"我要去上班了。"玛拉说。她穿着一身黑衣，脸上的妆似乎也浓了些。如今她在先锋广场做咖啡师，她说这是她的工作装。

我瞥了一眼手表："都7：30了。"

"我上夜班啊，你忘了吗？"

是吗？她之前告诉过我吗？这份工作她是一个星期之前才开始干的。我是不是应该列一个表格什么的？好像当妈妈的都会那么做。最近她出门频繁起来了，总是和她的那些高中同学混在一起。

"搭出租车回来吧，需要钱吗？"

她笑了笑："不用，谢啦。书进展得怎么样了？"

"挺好的，谢谢。"

她俯身过来亲了我一口。我目送她离开，门关上的那一刹那，我的视线已经回到了电脑上。

第十六章

这个夏天剩下的时间里，我一心扑在我的书上。和大多数回忆录不同，我的回忆录跳过了童年时光，是直接从我的职业生涯开始的，即最初我和强尼还有凯蒂在KCPO电视台的往事。随后便是我前往纽约发展，后来进了广播网。

想想曾经风生水起的岁月令我再度热血沸腾。我发现，不管什么事，只要我下定决心去做，就一定能做成。不写书的时候，我和玛拉像一对密友，看看电影，逛逛街，买些大学里需要的东西。玛拉的表现一直都无可挑剔，我对她的监管也逐渐放松了下来。

然而直到2008年8月底的一天，一切又都改变了。

那天天气晴朗，下午，我在金恩郡图书馆搜集杂志和报纸上关于我的文章。我本来打算一天都泡在这里的，可当我抬头看见射进大玻璃窗那明媚的阳光时，突然改变了主意。今天就忙到这儿吧。我收起笔记和电脑，沿着西雅图忙碌的人行道向先锋广场走去。

威基德咖啡店面积不大，但非常时髦，只是这里的老板似乎格外吝惜电费，不忍多开一盏灯。店内弥漫着一股咖啡、焚香和丁香烟的味道。一群群年轻人挤在摇摇晃晃的桌子前，一边喝咖啡，一边窃窃私语。西雅图的禁烟条例在这里如同一纸空文。四周的墙壁上贴满了某些乐队的音乐会传单，都是些我闻所未闻的名字。来到店内才发现，我几乎是唯一一个没有穿黑衣服的人。

收银台前的小伙子穿着黑色紧身牛仔裤，黑T恤外面罩了一件老式天鹅绒夹克。他的耳垂简直和25美分的硬币一样大，上面穿了几个黑色的大耳环。"有什么可以效劳的吗？"他问我。

"我找玛拉。"

"啊？"

"玛拉·雷恩。她在这儿上班。"

"朋友，这里没有叫这个名字的。"

"什么？"

"什么？"他把我的话原封不动地丢了回来。

我一字一顿地说："我找玛拉·雷恩。个子高高的女孩子，黑头发，很漂亮。"

"我们这儿没有美女。"

"你是新来的？"

"新来的？我可是这儿的元老。我在这儿都干了半年啦。这里没有叫玛拉的。要不要来杯拿铁？"

玛拉骗了我整个夏天。

我转身离开了这个连人都看不清楚的鬼地方。回到公寓时，我已经怒不可遏。我猛然推开门，大喊着玛拉的名字。

没声音。我抬手看了看表：下午2：12。

我径直来到她的卧室门前，扭动门把手，走了进去。

玛拉正和那个名叫帕克斯顿的小子躺在床上。两人全都一丝不挂。

我顿时火冒三丈，大吼着让那个浑蛋从我的教女身边滚开。

玛拉仓皇地爬起来，拉过一个枕头挡住裸露的胸部，"塔莉——"

可那小子居然躺着一动不动，还恬不知耻地冲我微笑，好像我欠了他什么似的。

"到客厅来！"我说，"先把衣服穿上。"

我来到客厅等他们。他们出来之前我先吞了一片阿普唑仑，好让我快要崩溃的神经冷静下来。我不停地踱着步，我担心我的恐慌症又要发作了。天啊，我该怎么向强尼交代？

放心吧，我会像凯蒂那样照顾她。

玛拉慌里慌张地走进客厅。她两手紧紧扣在一起，眉头紧锁，噘着嘴巴，棕色的眼眸中闪着担惊受怕的神色。这时我才看清她的妆有多重——浓浓的黑色眼线，紫黑色的唇膏，雪白的粉底——现在我突然明白，她也在隐藏着什么。根本就没有工作装这回事。她每次出门都是一身哥特风。她穿着黑色紧身牛仔裤，黑色的背心上面套了一件带网格的黑上衣。帕克斯顿慢悠悠地走出来站在她身边。他也穿着紧身牛仔裤，脚上是一双黑色的匡威网球鞋。他胸口裸露着，看上去瘦骨嶙峋，皮肤白得发蓝。黑色的文字文身从锁骨一直延伸到咽喉。

"你——你还记得帕克斯吧？"玛拉说。

"给我坐下！"我吼道。

玛拉立刻照做了。

帕克斯顿向我走近一步。近距离看，他的确是个英俊潇洒的小伙子。他桀骜不驯，目空一切，但眼神中透着哀伤，忧郁的气质给他增添了额外的魅力。玛拉和他是不会有结果的。我怎么就没看出来呢？诗人和仰慕者，为什么我要把他们的关系想得那么浪漫？我的职责是保护玛拉，可是我失败了。

"她已经18岁了。"帕克斯顿在玛拉身旁坐下来说。

哦，原来他要拿年龄说事儿。

"而且我爱她。"他又轻轻地说。

玛拉看了他一眼，这时我才意识到这件事多么棘手。爱。我缓缓坐下，看着他们。

爱。

我该说什么呢？但有一件事我确定无疑，"我得告诉你爸爸。"

玛拉倒吸了一口气，眼眶中顿时溢满泪水，"他会把我带回洛杉矶的。"

"尽管告诉他吧。"帕克斯顿拉住玛拉的手，不以为然地说，"他能怎样？玛拉已经是成年人了。"

"一个没钱没工作的成年人。"我不客气地指出。

玛拉挣开帕克斯顿的手，扑到我面前，跪在地上说道："你说过我妈妈和爸爸也是一见钟情的。"

"我是说过，可是——"

"你也曾爱上你的教授。当时你和我现在差不多大，每个人都说你错了，但你还是爱他。"

我真不该把这些事告诉她。如果我没有沉湎于我的回忆录，如果我没有被她那句"你是我最好的朋友"所迷惑，我想我是什么都不会说的，"没错，可是——"

"我爱他，塔莉。你是我最好的朋友。你必须得理解我。"

我想劝她悬崖勒马，我想对她说她错了，她不能爱上一个涂着眼线膏的家伙，更不能因为这个家伙说了几句看似善解人意的话就以身相许。可我自己懂得什么是爱吗？我能做的只有尽量挽回，尽量保护她。可我该怎么做呢？

"不要告诉我爸爸，求求你了。"她恳求道，"这不算撒谎。只要他不问，你什么都别说就行。"

这是一个糟糕而又危险的交易。我很清楚倘若强尼将来发现了这个秘密会是什么结果，于我而言肯定凶多吉少。但如果我告诉他实情，就势必会失去玛拉，就这么简单。强尼会对我大失所望，并带走玛拉，而玛拉也永远都不会原谅我们两个。

"好吧。"我最后说道。我知道接下来该怎么做：剩下的三个星期我会死死盯住她，不给她任何机会和帕克斯顿见面。等到大学开学之后，也许她就能忘掉他了，"但你得答应我，以后不准骗我。"

玛拉立刻眉开眼笑起来，但这笑容却让我有种芒刺在背的感觉。我知道这是为什么。她一直都在对我撒谎。

她的承诺有什么意义？

进入9月，我成了玛拉的影子。回忆录暂时放在一边，我一门心思只做一件事——看住玛拉，让她远离帕克斯顿。我投入所有的时间和精力，挖空心思想着如何拆散他们。每天只有在睡觉的时候我们才会暂时分开，每天夜里我至少会到她的房里查看一次，而且每次我都会故意让她知道。强尼带着两个儿子搬回了他们在班布里奇岛的房子。他每周会给我打三次电话，时间都在晚上，问的也都是玛拉的近况。每次我都会告诉他说一切安好。玛拉从来没有去看过他，这令他伤心不已，尽管他一次也没有抱怨过，但从他的声音中我能听出遗憾和渴望，只是我假装什么都不知道罢了。

我的看管越来越严，玛拉对我也日渐冷淡。我们的关系每况愈下。她经常烦躁不安，表现出急欲挣脱束缚的样子。在她眼中，我的开明形象一落千丈。她不再信任我，并以拒绝和我说话作为对我的惩罚。

我努力克服这些障碍，让她知道我仍然爱她。在这种持续冷战的氛围中，我的焦虑情绪开始暗暗滋生。我去找另外一个医生开了些处方药。我撒谎说自己以前从来没有服用过阿普唑仑。到9月21日时，内疚和忧虑已经逼得我快要发疯，但我仍苦苦支撑着。我在尽我最大的努力履行我对凯蒂的承诺。

当强尼过来准备接玛拉去上大学时，我们面面相觑，沉默了许久。我感到压抑和愧疚，为辜负他对我的信任，为我的失职。

"我准备好了。"玛拉走向强尼时说道，痛苦的宁静终于打破。她穿了一条遍布破洞的黑色牛仔裤，一件黑色长袖T恤，胳膊上戴了不下20个银镯子。乌黑的眼线膏和睫毛膏使她的脸色更显苍白，看上去疲惫不堪且惊悚吓人。我可以肯定她在脸上扑了粉，好让脸更白，看起来更哥特。她这是在明目张胆地示威。

我眼见强尼要说错话了——近些日子，凡是和玛拉的打扮有关的话必定是错的。别问我是怎么知道的。

我提高嗓门儿抢在强尼前头，问道："东西都带齐了吗？"

"应该带齐了吧。"玛拉回答。她一副垂头丧气的样子,刹那间,她仿佛又变成了一个迷迷糊糊、犹豫不决的小孩子。我不由一阵心疼。在凯蒂去世之前,玛拉是个勇敢放肆的女孩子,但拿她今天的脆弱和胆怯与曾经相比,已然判若两人。

"我应该选个小一点的学校。"她望着窗外灿烂的世界,咬着黑色的指甲喃喃说道。

"你行的。"强尼在房间另一头说道,"你妈妈说从你生下来那一刻起,你就为今天做好了准备。"

玛拉猛然抬起头。

这一刻,空气仿佛凝固了。我感觉到了凯蒂的存在,在我们呼吸的空气中,在透过窗户射进来的阳光里。

我知道这种感觉并非唯我独有。三人彼此相顾无语,沉默中离开我的公寓,钻进车子,一路向北。在车载广播的音乐声中,我仿佛听到了凯蒂那跑调的哼唱。

"我和你妈妈当年在这里可快活了。"当华盛顿大学哥特式的粉色尖顶映入眼帘时,我对玛拉说道。我仍记得我们的古罗马长袍派对、大学生联谊会,以及晚餐时女生们如何传递蜡烛并宣布她们与那些身穿马球衫、卡其裤以及光脚穿着帆船鞋的男生订婚的消息。凯蒂那时是女生联谊会的积极分子,她经常和兄弟会的男生约会,计划各种正式社交活动,有时通宵达旦地开研讨会。

至于我,可谓是两耳不闻窗外事。除了未来的工作问题,我似乎什么都没有关心过。

"塔莉?"强尼凑过来说,"你没事吧?"

"我没事。"我勉强挤出一丝微笑,"只是这里勾起太多回忆了。"

我下车帮玛拉拿行李。我们三人穿过校园向宿舍走去。麦克马洪学生公寓屹立在万里无云的天空下,灰色的墙体上伸出一个个小小的阳台,活似断掉的半截牙齿。

"现在正是学校社团招新的时候。"我说。

玛拉翻了个白眼:"社团?真无聊。"

"以前你不是很向往我和你妈妈的社团吗?"

"以前我还最喜欢吃小熊糖呢。"

"你的意思是说社团太幼稚,而你太成熟吗?"

玛拉一天来头一次露出笑颜:"不,我只是太酷了。"

"得了吧，哥特妞。要是你见过我们穿着降落伞裤，戴着垫肩的样子，你会妒忌得大声尖叫的。"

这次就连强尼也笑了起来。

我们把玛拉的行李拖进电梯，来到她宿舍所在的那一层。走廊里阴暗潮湿，挤满了前来报到的新生、送孩子的家长和大大小小的行李箱。

玛拉的宿舍由多个大小和一间牢房差不多的小房间组成——那就是她们的卧室——且呈扇形围着一个小小的洗手间。卧室里，两张单人床占去了大部分空间，另外还有两张木桌子。

"哎哟，"我说，"还挺舒服的嘛。"这显然是句言不由衷的话。

玛拉就近坐在一张床的床垫上。她看上去又小又害怕，像只初到一个陌生地方的小鸟，看得我心都要碎了。

强尼在她旁边坐下。他们父女二人看上去是如此相似。他说："我们为你感到骄傲。"

"真想知道妈妈此刻会对我说什么。"玛拉说。

她的声音有些哽咽，我也在她一旁坐下，"她会说，人生充满意想不到的快乐，好好享受你的大学生活吧。"

身后的门忽然开了，我们全都扭过头，期待着见到玛拉的新室友。

但万万没想到的是，赫然站在门口的人竟是一身黑衣的帕克斯顿，手里还捧着一束深紫色的玫瑰花。他头发上的条纹已经换成了深红色，身上挂的金属饰品抵得上一个五金店。看到强尼时，他愣住了。

"你是谁？"强尼说着站起身。

"他是我的朋友。"玛拉说。

仿佛电影中意味深长的慢镜头，三人的反应同一时间尽收我的眼底：强尼关切之中略带的愤怒，玛拉的绝望，帕克斯顿露骨的傲慢与不屑。玛拉拽住爸爸的胳膊，试图拉住他。

我上前一步站在强尼和帕克斯顿中间。

"强尼，"我声色俱厉地说，"今天对玛拉很重要。她永远都会记住这一天的。"

强尼停了下来，皱起眉头。他在强压心头的怒火。沉默了许久，他才缓缓转过身，背对着帕克斯顿。诚然，这便是他的态度，不过帕克斯顿对此不仅没有异议，反倒非常感激，但玛拉心中怕是另有一番滋味。不难看出，强尼已经用尽全力假装他不介意帕克斯顿的存在。

玛拉走到帕克斯顿跟前站住。所谓近墨者黑，近哥特者更黑。两人都是又高又瘦，活像一对黑玛瑙做成的烛台。

"好了。"我打着圆场，"咱们去吃午饭吧。帕克斯，你也去吃你的饭吧。我想带玛拉感怀一下往事，这是我和她妈妈的母校，我要跟她讲讲我和她妈妈一起借书的苏塞罗图书馆，我们最喜欢的中庭，还有传播系大楼——"

"不。"玛拉说。

我眉头一皱："不什么？"

"我不想参加你的萤火虫小巷怀旧之旅。"

这种公然的蔑视和挑衅是我始料未及的，"我……我不明白。我们整个夏天不都在谈这些吗？"

玛拉看着帕克斯顿，后者鼓励似的点点头，我顿时觉得胃部发紧。明白了，这全是那个哥特小子的主意。"我妈妈已经死了。"玛拉说。她语调中的冷淡令我不寒而栗，"整天把她挂在嘴边也于事无补。"

我不由瞠目结舌，僵在了原地。

强尼上前一步喝道："玛拉——"

"我很感谢你们送我来这儿，但我实在压抑得太久了。我们能不能到此为止？"

我不知道她的这句话对强尼造成的伤害是否和我一样严重。或许做父母的心早已被伤得结了痂，而我，却毫无防备。

"好，我如你所愿。"强尼粗声粗气地说。他完全无视帕克斯顿的存在，硬生生地把他挤开，抱住了女儿。帕克斯顿无可奈何，只好退到一边。他那波本威士忌颜色的双眼中闪烁着愤怒的光，但他很快就掩饰了过去。我想他一定知道我正盯着他。

出现这样的局面，我难辞其咎。如果我没有带玛拉去看布鲁姆医生，她也就不会遇到这个不安分的年轻人。当初她和我说起这个人时，我模棱两可的态度于她而言显然是种默许。倘若我能适当提醒——像她这样一个脆弱、忧伤甚至不惜自残的女孩儿是很容易让人乘虚而入的——或许就是另外一种结果。我本该保护她，当我发现他们两人发生关系时，我应该第一时间告诉强尼。如果凯蒂在世，我是一定不会隐瞒的。

轮到我告别时，仿佛有千言万语堵在喉咙里。我不由恨起了我那没用的妈妈——如果我和其他人一样有个正常的妈妈，也许我就能学会如何做一个妈妈了。

玛拉也在小心克制着怒火。她希望我们尽早离开，好让她和帕克斯顿独处。我们该怎么办呢？我们如何放心把一个有过自残经历的18岁女孩儿单独留在偌大的一个校园里，更何况她身旁还有个化着浓妆、戴了一身骷髅饰品的家伙？

"不如这个季度你还跟我一起住吧？"我说。

帕克斯顿轻蔑地冷笑了一声，此刻我真想抽他一个大嘴巴。

玛拉勉强笑笑说："我已经可以独立生活了。"

我把她拉进怀里，久久不忍放手。

"保持联系。"强尼生硬地说。随后他拉住我的胳膊便往外走。我跟跟跄跄地跟着他，眼泪模糊了我的视线。遗憾、恐惧和忧虑交织在一起，左右了我的大脑，控制了我的身体。

不知不觉间，我和强尼已经来到了街上的一间酒吧，被一群喝果冻酒的年轻人包围着。

"真是可恶。"我们坐下时他说道。

"比可恶更严重。"

我点了一杯龙舌兰。

"她什么时候认识那个笨蛋的？"

我一阵难受："小组治疗的时候。"

"好极了，这钱花得真是地方。"

我端起龙舌兰酒一饮而尽，随即把头扭到一边。

强尼叹了口气："天啊，要是凯蒂还在就好了。她知道该怎么处理这种事。"

"要是凯蒂在的话，就不会有这种事了。"

强尼点点头，又给我们各点了一杯酒，"说点轻松的吧。你那本巨著进行得怎么样了？"

回到家，我先给自己倒了一大杯红酒，而后像梦游一样从这个房间走到另一个房间。过了好大一会儿我才意识到我在找她。

我焦虑、急躁，即便喝了两杯酒也无济于事。我需要做些什么，或者，说些什么。

我的书。

我立刻抓住这个念头不放。现在我很清楚自己该写什么。我拿过笔记本电脑，开机，找到了我的书稿。

告别一直是我的软肋，它伴随着我的整个人生。而鉴于人生中需要告别的时刻很多，这个问题就显得尤为突出。我想这应该缘于我的童年——似乎一切一切的根源都在童年，不是吗？小时候，我一直在等待妈妈的归来。这一点我在回忆录中说过多少次了？看来我有必要回过头去删除一些。然而删除这里的文字并不能将真相一并删除。当我特别在乎某个人时，我会变得像疯子一样不顾一切。所以我才没有把玛拉和帕克斯顿的事告诉强尼。我怕让他失望，怕失去他，但我们还是面对现实吧，我已经失去了他，难道不是吗？从凯蒂去世的那一刻起我便失去了他。我知道他看着我时眼睛里呈现的是什么：仅存的一小半友情。

不管怎样，我都应该告诉他实情的。倘若我那么做了，现在和玛拉的告别就不会如此痛彻心扉、不可挽回了……

2008年的圣诞节给了我一个惊喜。

玛拉搬到学校宿舍去住已经三个月了，在这段时间里，我们每个人的生活都在发生着变化。我开始了有规律的写作，尽管在页数上没有突飞猛进，但总算找到了属于我自己的讲述方式。这令我大受鼓舞，而且这种新的追求填补了我白天黑夜漫长的空闲时间。我就像一个隐士，一个过着与世隔绝生活的中年妇女。我很少离开公寓，因为毫无必要。吃的喝的一个电话就能送到，而且坦白地说，我不知道到外面的世界能干什么，所以干脆闭门写作好了。

直到12月底的一个下雨天，玛吉给我打了一个电话。难道我一直在期待她的来电吗？我不知道。我只知道当手机铃声响起，屏幕上出现她的名字时，我激动得差点哭起来。

"嘿，塔莉。"她用沙哑的烟熏嗓说，"你周五什么时间来这里啊？"

"来这里？"我不解地问。

"来班布里奇岛啊。强尼和两个小家伙都回家了，我们当然要在这里过圣诞节呀。你要是不来我们还怎么热闹得起来？"

于是乎，我得以避免了一个孤独悲哀的圣诞假期。

也许，我的惨况连上帝都看不下去了吧。

在班布里奇岛度过的那个圣诞节可以算作一个新的开始，至少表面上是。我们经历长时间的分离，终于再次团聚在一起——巴德和玛吉从亚利桑那赶了过来，强尼带着两个小儿子也搬回了他们原本的家。就连玛拉也回家待了一个星期。我们全都假装没有看到她瘦骨嶙峋的样子和闷闷不乐的神情。

分别时，我们相约要经常联系，时常聚一聚。强尼紧紧拥抱了我，他的怀抱使我想起曾经我们是多么亲密的朋友。

接下来的几个月，我基本上又恢复了常态，只是更加苍白，也更加安静。我几乎每天都写作，进度有所推进，也许幅度不算太大，但聊胜于无，况且写作能让我沉静，它给了我未来。我每个星期一的晚上都会给玛拉打一次电话，但她经常不接，即便偶尔屈尊愿意和我说上几句，也会事先定下不可逾越的规矩：只要我开始唠叨，她立刻挂电话。不过几次三番之后，我也渐渐接受了这一点。最起码我能和她说上几句话。我相信只要假以时日，我们的谈话终归会从肤浅和毫无意义变得真挚而浓烈。她会在大学里找到自己的位置，交上新的朋友，逐渐成熟。我想她很快就会看清帕克斯顿的真面目。然而当大一快结束的时候，这个家伙却依然还在玛拉的身边，于是我开始有些担心了。

2009年5月，路卡打电话邀请我去看他在本季度的最后一场棒球赛。我在棒球场见到了强尼，还和他一起坐在看台上欣赏比赛。刚开始，我们两人对肩并肩坐在一起都感到不自在，因为我们都不确定该如何面对对方，不过到第三局快结束的时候，我们找到了相处的方式。只要不提凯蒂，我们就可以像从前一样有说有笑。这一年从夏末到秋初，我来他们家的次数明显多了起来。

到2009年冬天时，我感觉从前的我已经彻底回来了。我甚至还提出了一个计划，提前把玛拉接回家，为节日装饰房子。

"你准备好了吗？"打开公寓的门时，强尼问我。他很不耐烦，也很激动。我们都很担心玛拉，而提前接玛拉回家的主意让我们欢欣鼓舞。

"开玩笑，我随时都做好了准备。"我把羊绒围巾往脖子里一绕，跟着他上了他的车子。

这是12月中旬一个漆黑寒冷的夜晚，浓重的乌云笼罩在城市上空。我们还未及驶上高速公路，天上已经飘起了雪花。雪花很小，刚落在挡风玻璃上便化成亮晶晶的小水珠，继而被雨刮器扫得干干净净。尽管如此，雪仍然带来了节日的气氛。我们一路上的话题几乎全是关于玛拉，她的成绩正在下滑，我们希望她在大二能够用功一些。

华盛顿大学宽广的哥特式校园在这个季节显得小了许多，石灰色的天空下，带拱壁的优雅建筑闪着魔幻般的光芒。地上开始有了积雪，草坪和水泥长凳上已经覆盖了薄薄的一层。学生们迈着轻快的脚步从一栋楼进入另一栋楼，他们的兜帽和背包渐渐变成了白色。四周静悄悄的，偌大的校园竟如此冷清，倒也难得一见。这个学期已经只剩最后几天，周一学校就要放假，直到1月份才开学。大部分学生已经回家。金色的窗户里，教授们正紧锣密鼓地批改试卷，那是节日之前他们最后的工作。

麦克马洪学生公寓格外安静。来到玛拉的宿舍门口时，我们停下来互相看了看彼此。"要喊惊喜吗？"我问。

"她一开门就应该明白的。"

强尼敲了敲门。

屋里传来脚步声，门开了。帕克斯顿站在门口。他穿着平角短裤和中筒军靴，手里拿着一个吸大麻用的水烟筒。他比平时看起来更加苍白，眼睛空洞无神，目光呆滞。

"哟……"他说。

强尼猛地把帕克斯顿推开，那孩子一个趔趄倒在地上。宿舍里乌烟瘴气，充斥着大麻和其他什么东西的味道。床头柜上丢着一张被熏黑了的皱巴巴的箔纸，旁边放着一根脏兮兮的烟斗。天啊，他们在搞什么？

强尼气得一脚踢开地上的披萨盒和空可乐罐。

玛拉躺在床上，只穿了胸罩和短裤。看到我们，她慌慌张张地爬起来，把一张毯子拉到胸前。"你们来这儿干什么？"她质问道。她说话口齿不清，眼神和帕克斯顿一样呆滞无光。显然她也吸了大麻。这时已经从地上爬起来的帕克斯顿向她走去。

强尼一把抓住帕克斯顿，像扔飞盘似的把他甩出去，然后摁在墙上。"你强暴了她。"强尼恶狠狠地说。

玛拉急忙从床上爬起来，结果一下子摔倒在地板上，嘴里喊道："爸爸，不要……"

"你问问她我有没有强暴你的女儿。"帕克斯顿说着朝我晃晃脑袋。

强尼扭头看着我，我张了张嘴，却一个字也没有说出口。

"怎么回事？"强尼冲我吼道，"你早就知道？"

"她知道我们上床的事。"帕克斯顿嗤笑道。这浑蛋在挑拨离间，他心知肚明，而且乐在其中。

"帕克斯……"玛拉一边制止一边跌跌撞撞地扑上来。

强尼的目光变得冷酷无情。"你知道？"他问我。

我抓住她的胳膊，把他拉向我。"强尼，请听我说。"我低声说，"玛拉说她爱他。"

"你怎么不告诉我？"

我害怕极了，连话都快要说不出来了，"她向我做过保证。"

"她还是个孩子。"

我摇了摇头："我是想尽量——"

"这件事就算凯蒂也不会原谅你。"他比谁都清楚什么话能让我痛不欲生。他甩开我的手，转身面对他的女儿。

玛拉已经站起来，扶着帕克斯顿，好像离了他就会再度摔倒一样。现在我才注意到她的眉毛上穿了环，头发也染了几缕紫色。她蹬上一条牛仔裤，从地板上捡起了一件脏外衣。"我已经厌倦了假装成你们喜欢的样子。"玛拉说。泪水在她的眼眶中打着转，她气呼呼地用手擦了擦，"我要退学，我要离开这儿。我需要自己的生活。"穿上鞋子的时候她浑身都在发抖，即便隔着几步，我仍看得清清楚楚。

帕克斯顿鼓励似的点着头。

"你这样做对得起你的妈妈吗？"强尼说。我从来没有见他发这么大的火。

但玛拉面不改色地盯着他说："她已经死了。"

"走吧，玛拉。"帕克斯顿在一旁催促道，"咱们离开这鬼地方。"

"别走。"我轻声说，"求你了，他会毁了你的。"

玛拉转过身。她摇摇晃晃，只能斜靠在墙上，"你说每个女孩子一生当中都会迷上一个诗人，我以为你会理解，原来所谓无条件地爱我全是扯淡！"

"她说过什么？"强尼吼道，"每个女孩子都会迷上一个诗人？老天爷——"

"他会毁了你的。"我再次说道，"这才是我早该说的话。"

"是吗？"玛拉板起了脸，语带嘲讽地说，"塔莉，那你倒是跟我讲一讲爱情呀。这方面你知道得不是很多吗？"

"她知道得不多，但我知道。"强尼对玛拉说，"你也一样。你妈妈是不会让你和这小子混在一起的。"

玛拉的眼睛变得空洞虚无，"不要扯上她。"

"你现在就跟我回家。"强尼命令道，"不然——"

"不然怎样？不然就永远别回家？"玛拉咄咄逼人地问。

强尼似乎泄了气，但他的怒火远远无法平息，"玛拉——"

玛拉转身面对帕克斯顿，说："带我离开这儿。"

"好，给我走吧！"强尼气急败坏地吼道。

我站在当地，几乎喘不过气来。事情怎么这么快就发展到了这一步？门砰的一声关上后，我朝强尼转过身："强尼，求你了——"

"别。你早就知道她和那个浑蛋……上床……"他的声音嘶哑起来,"我不知道凯蒂和你都是怎么过来的,但我和你,咱们结束了。这是你的错。以后你离我家人远一点!"

说完,强尼转身背对我,头也不回地走了。

第十七章

哦，塔莉。

伴随着呼吸机轻微的嗡嗡声和心脏监护器有节奏的嘟嘟声，我从凯蒂的话语中听到了失望。我忘记了身体的所在——或者试图忘记——而任凭自己在回忆中流连忘返。华盛顿大学的中庭。多么美好的时光。

我躺在草地上，几乎可以感受到身下的小草，尖尖的草叶戳着我的皮肤。我能听到絮絮低语，有些清晰有些模糊，像波涛冲上遍布卵石的海岸。那片纯粹的美丽的光笼罩了一切，给我带来一种舒适的宁静感，与我刚刚和凯蒂分享的回忆迥然不同。

你就那样让他们走了？

我翻了个身，盯着凯蒂——我最好的朋友——美丽光辉的形象。在她的光芒中，我看到了以前的我们——两个14岁的小女生坐在我的床上，中间摊开了一排《虎派》[1]杂志，两人学大人化了很浓的妆，眉毛也明显拔得太过。又或者在20世纪80年代，我们戴着和盘子差不多大的垫肩，随着欢快的音乐翩翩起舞。"我毁了一切。"我说。

她轻轻叹口气，呼吸像耳语般喷在我的脸上。我闻到了她以前很喜欢吃的泡泡糖，以及她几十年不曾用过的爱之宝贝古龙香水的味道。

"我好怀念可以和你谈心的日子。"

我在这儿了，塔莉，跟我说说吧。

"不如你跟我说说，你去的那个地方是什么样子。"

或者说说每天夜里把你惊醒的椎心的思念，说说怎样一点点忘记儿子洗完澡之后头发的味道，或者如何关心他是否掉了颗牙齿，没有妈妈的教导他会成长为一个什么样的男人。

她再次轻轻叹了口气。

---

1 《虎派》(*Tiger Beat*)：欧美知名的时尚娱乐杂志。

下次再谈这些吧。现在快告诉我，玛拉和帕克斯顿离开以及强尼赌气和你断交之后都发生了什么，你还记得吗？

我记得。2009年的12月，也就是去年，是一切走向终结的开始。现在想想，它就像发生在昨天一样。

强尼气急败坏地离开之后，我……

冲出玛拉的宿舍，一个人站在空旷的校园里。外面冷飕飕的，街上遍地雪水。我来到第45大街，拦下了一辆出租车。

回到家时，我全身都在发抖，关门时还不小心夹到了手指。我径直走进洗手间，吃了两片阿普唑仑，然而这一次吃药也没用了，什么都无法阻止我内心的崩溃。这是我咎由自取。我当初是怎么想的？我为什么要对玛拉说那样的话，为什么要对强尼隐瞒实情？他说得没错，这全是我的错。为什么我总是伤害我爱的人呢？

我爬上宽大的床，在柔软的银丝被单上缩成一团。泪水流在被单上，瞬间消失于无形，好像从没流过一样。

我以各种古怪的方式感知着时间的流逝——越来越黑的天空，四周高楼上反射的光线，服用的阿普唑仑的数量。子夜时，我吃光了冰箱里的东西，而且还准备把食品储藏室里的食物扫荡一空，不过吃到一半时我猛然意识到自己吃得太多了，因为喉管中仿佛有千军万马在奔腾。我跌跌撞撞地冲进洗手间，对着马桶大吐起来。我吃进去的东西，连同未消化的阿普唑仑全都翻了出来。吐完之后，我浑身软得已经像只小猫了。

我是被手机铃声吵醒的，刚醒来时，我只觉得全身瘫软无力，昏昏欲睡，不知道自己在哪儿，也不知道自己为什么会有种被卡车碾过一样痛苦的感觉。愣了一会儿我才想起来。

我伸手拿过手机。

"喂？"一个字便足以暴露我口干舌燥的程度。

"嘿。"

"玛吉。"我轻轻念着她的名字，生怕被她听见似的。我祈祷她此刻还没有回亚利桑那，我需要见她。

"你好，塔莉。"

她的语气中透着失望，我一下子就知道她为什么给我打电话了。

"你听说了？"我问。

"听说了。"

我羞愧得无地自容："是我搞砸了。"

"你本该好好照看她的。"

而真正悲哀的地方也就在于此，我以为我很尽责，"我该如何补救呢？"

"我也不知道。也许等玛拉回家之后——"

"万一她不回家呢？"

玛吉吃了一惊。我难过地想：一个家庭到底能承受多少伤痛？

"她会回来的。"我说，可这话连我自己都不相信，玛吉显然也心照不宣。这通电话不仅没有让我好受起来，反倒让我的心更加纷乱不堪。我随便找了个理由挂掉了电话。

孤独，无助。我吞了一片安必恩，沉沉睡去。

接下来的两个星期，天气和我的心情一样糟糕。灰暗膨胀的天空与我一同哭泣。

我知道自己情绪低落，意志消沉。我感觉得出来，但奇怪的是这种感觉让我觉得舒适。我一辈子都在逃避自己的个人情绪。现在，我待在我的公寓里，切断了与所有人的联系，独自一人纵情痛苦，在它温暖的水中畅游。我甚至不需要假装写作。夜里服用的安眠药第二天早晨仍令我头昏脑涨，反应迟钝；而即便服用了安眠药，我夜里仍然辗转反侧，久久难以入睡。盗汗、潮热轮番折磨，让我忽冷忽热。

这种情况一直延续到圣诞节的前一天，即在玛拉宿舍那次噩梦般的经历之后十三天。

那天早上醒来后，我突然想到一个计划。

我从床上爬起来，走进洗手间。镜子里面映出一个双眼布满血丝、头发花白的中年妇女。

我笨拙地倒出两片阿普唑仑服下。我需要两片是因为今天我决定出门，而单单这个念头就引起我不小的一阵恐慌。

我应该洗个澡，可我浑身软绵绵的，连洗澡的力气都没有。

我把几周前就已经买好的礼物收拾好，装进一个灰色的诺德斯特龙百货的购物袋，向门口走去。

刚走了几步我就不得不停下，我突然喘不过气来。胸口也一阵剧痛。

真是可悲。我已经将近两个星期没有踏出公寓一步了。这点时间不算什么。

可从何时起我居然连门都打不开了？

我不理会愈来愈严重的恐慌，伸手去抓门把手。然而当我汗津津的手心接触到把手时，却有种滚烫的感觉，仿佛那是一团余火未熄的煤块，我忍不住叫了一声，松开了手。随后我又伸手去试，这一次更加缓慢小心。我打开门，来到走廊。锁上门时，我差点就打了退堂鼓。

这太荒谬了。我也知道这很荒谬，可我控制不住自己，况且我已经有了计划。今天是圣诞前夜，是家庭团圆和彼此原谅的日子。

我呼出一口气——这口气我憋多久了？而后毅然决然地走向电梯。短短15英尺的距离，我的心在胸膛里时跳时停。

外面，西雅图银装素裹。临街的商店橱窗上贴满了节日的装饰。下午4点，再过不久便是平安夜。街上行人稀少，只有为数不多想抓住最后一刻的购物者，他们多半是穿着厚大衣的男人，半张脸都藏在竖起的大衣领内。

我在哥伦比亚街右转。两侧高楼林立，头顶是古老的水泥高架桥，走在雪地上如同行驶在峡谷之中。这里行人更加稀少，下雪天人们都窝在温暖的家里。我开着车子仿佛驶入了一幅广阔的黑白水墨画，视野中唯一的彩色是我车灯射出的黄光。

我把车直接开上渡船停好，人索性留在车里等待靠岸。渡船缓缓移动，引擎嘎吱嘎吱直响，偶尔传来雾角[1]的轰鸣，这一切使我昏昏欲睡。我盯着开阔的船尾方向，看雪花片片飘落，消失在广阔的、灰蒙蒙的海峡之中。

我要去道歉。如果需要的话我愿意跪下来恳求强尼的原谅。

"对不起，强尼。"我大声说，我的声音有些发抖。我迫切地需要这么做。不能再等下去了，我再也无法忍受孤独的折磨，还有那令人窒息的内疚。

就算凯蒂也不会原谅你。

到了班布里奇岛，我把车缓缓开下渡船。维斯洛商业区已经披上节日的盛装，许多店面前闪着白色的灯光，与街灯交相辉映。主街上悬挂着一颗红色的星状霓虹灯。这里看上去就像诺曼·洛克威尔[2]笔下的一幅画，尤其在雪花的衬托下，更加传神。

我开上一条熟悉得不能再熟悉的路，然而在雪天里，它看起来又多了一丝异国情调。离他们家越近，我心里越是慌张。在最后一个转弯处，我的心跳又乱了节奏。我颤抖的手紧握住方向盘，迅速开上他们家的车道，停了下来。

---

1 **雾角**：设在海边用于**雾天**警示靠岸位置和水中船只的号角。
2 诺曼·洛克威尔（1894—1978）：美国20世纪早期重要的画家及插画家。

我又吞了一片阿普唑仑。我什么时候吃的上一片？不记得了。

车道上已经停了一辆白色的福特轿车，那应该是巴德和玛吉租的车子。

我又把车往前挪了一点。透过纷纷扬扬的雪花，我看到屋檐上和窗户周围一闪一闪的圣诞彩灯。屋里，圣诞树已经亮了起来，映出一圈黑色的人影。

停住车，我关掉大灯，开始想象。我会径直来到门口，敲门，开门的人将是强尼。

对不起，强尼。我会说，请你原谅我。

不。

我犹如挨了一巴掌，一下子从想象中醒过神来。他是不会原谅我的，这是明摆着的事。他的女儿不见了，走了，和一个不靠谱的年轻人私奔了，消失了。而这一切全都因为我。

他会把我关在门外不闻不问，连同我的礼物。

不，我做不到。我已经无法承受又一次的打击，现在的我已经在勉强支撑了。

我把车倒了出去，重新返回渡口。不到一小时，我已经回到了西雅图市中心。此时的街道冷冷清清，光滑的人行道上看不到一个人影，商店也全都关了门。路面结了冰，我只好降低车速，以策安全。

可紧接着我却莫名其妙地哭了起来。我没有丝毫防备，忧伤的情绪没有像往常那样仪态万千款款走来，而是突如其来地从天而降，前一秒我还在稳稳开着车，后一秒却浑身一颤一颤地啜泣起来。我的心不停地狂跳，一阵潮热袭来，我起了一身鸡皮疙瘩，难受得如坐针毡。我想擦掉眼泪，让自己平静下来。可我的身体沉重无比，好像睡着了。

我到底吃了多少阿普唑仑？

警灯在车后面闪烁时我就琢磨着这件事。

"见鬼！"

我打开转向灯，将车停在了路边。

警车紧跟在我后面停下。红色的警灯晃得人眼花缭乱，不过几秒钟后警灯便熄灭了。

警官走到我跟前，敲了敲车窗玻璃。我愣了一会儿才意识到应该降下窗户。

我把最灿烂的笑容挂在脸上，或许灿烂得有些过了头。然后按下按钮，窗玻璃徐徐降下。"你好，警官。"我说，并期待着他能认出我。哦，原来是哈特女士。我妻子/姐姐/女儿/妈妈都爱看你的节目。

"请出示您的驾照和行驶证。"他说。

死了这条心吧。那些风光的好日子早结束了。我强撑着一脸的笑容:"警官先生,真需要看我的证件吗?我是塔莉·哈特啊。"

"请出示您的驾照和行驶证。"

我侧身拿来我的手包,从钱夹里取出驾照,又从遮阳板后面拿下行驶证。把这些东西递给警察时,我的手在瑟瑟发抖。

他用手电筒照着查看了我的驾照,然后又照着我看了看。在这么刺眼的灯光下,我不敢想象我的面容能好看到哪里,心中不由忐忑万分。他特别看了看我的眼睛。

"您喝酒了吗,哈特女士?"

"没有,滴酒未沾。"我说,我想这应该是实话吧?今晚我喝酒了吗?

"请您下车。"

他朝我的车尾方向后退了几步。

现在我的手真的哆嗦起来了,我的心脏仿佛在胸膛里跳起了桑巴舞,嘴巴也突然越来越干。**镇定!**我暗暗提醒自己。

我下车站在路边,双手紧紧握在一起。

"哈特女士,请您沿着这条线走40步,前脚跟要碰着后脚尖。"

我很想照他说的又快又好地走完这40步,可惜我很难保持平衡。我的步子总是迈得过大,同时还紧张得直笑。"我的身体协调性很差。"我说。是这个词吗?我已经紧张得难以正常思考。真希望自己没吃最后那两片阿普唑仑。此刻我的身体和大脑都变得极为迟钝。

"好了,您可以停下了。来站到这里。仰起头,伸开双臂,用一根手指摸你的鼻子。"

我刚伸出双臂,身体就失去了平衡,一个趔趄向一侧倒去。幸亏警察眼疾手快及时拉住我,我才没有摔倒在人行道上。我集中精力又试了一次。

结果我戳到了自己的眼睛。

他把一个酒精测量仪伸到我面前,说:"对着吹一下。"

我很确定今晚我没有喝酒,可坦白地说,我并不相信自己。我的意识有些模糊,但我心里还清楚,倘若我没有喝酒,就不必对着酒精测量仪吹气。"不。"我抬起头,盯着他轻轻说道,"我没有喝酒。我有恐慌症,我的药是有医生处方的——"

他二话不说抓住我的双手,给我戴上了手铐。

手铐?!

"等等。"我喊道，心里盘算着该如何解释，但他哪里肯听我的，拉着我便来到了警车旁。

"我有处方。"我恐惧地小声辩解，"是治疗恐慌症的。"

他向我宣读了权利，告诉我我被捕了，并拿出我的驾驶证在上面打了一个孔，然后硬生生把我塞进了警车的后排。

"拜托。"警官坐上驾驶座时我恳求道，"别这样。求你了，今天是平安夜啊。"

他一句话也不说，径直把车开走了。

到了警察局，他扶我下车，并搀着我的胳膊走进大楼。

在下着雪的节日的夜晚，警局里的人寥寥无几，这是我唯一的安慰。我早已羞愧难当，心里不停责骂自己。我怎么能蠢到这种地步？一个身材健硕的女人把我带进一个小房间，从头到脚又摸又拍地搜查了一遍，就像对待恐怖分子。

他们拿走了我的首饰和全部物品，而后是登记并按手印，最后还给我拍了照。

眼泪涌上来了，我知道怎么哭都无济于事——犹如雨滴落进沙漠——所以在它们流下来之前，我忍了回去。

平安夜在监牢里度过，这也算惨到家了。

我孤零零地坐在监区刷了油漆的水泥长凳上，在一盏耀眼的电灯下面瑟缩成一团，两眼盯着乌黑冰冷的铁栅发呆。牢房另一头的办公室里，几个面容疲倦的男女警官坐在各自的办公桌前，桌上放着塑料咖啡杯、家人的相片和各种各样的圣诞饰品，他们有的忙于处理文件，有的则轻松地聊着天。

夜里快11点——这真是我人生中最漫长的几个小时——那个粗壮的女警官来到牢房门前，打开锁："我们暂时扣下你的车，找个人来接你吧。"

"我能搭出租车走吗？"

"抱歉，不行。我们还没拿到你的检验结果，不能贸然释放你。必须要有人来保释才行。"

脚下的地板仿佛突然消失了，我坠入无底的深渊。该死的，这件事已经朝着不可收拾的方向发展了。

看来我只能安心在牢里待着了，平安夜我怎么忍心让玛吉过来保释我呢？

我抬头注视着这个女警官疲倦的、遍布皱纹的脸。看得出来，她是个慈善的女人，今天是平安夜，而她却还要守在警局加班。"你有家庭吗？"我问。

她被我问得一愣。"有啊。"她清了清嗓子才回答。

"今天夜里还要加班,挺不容易的啊。"

"有工作我已经很知足了。"

"是啊。"我叹口气说。

此时如果非要我给一个人打电话的话,我能想到的只有一个名字,我甚至不知道他的名字是怎么突然蹦出来的。"德斯蒙德·格兰特。"我说,"他是圣心医院的急诊医生。说不定他能来,我的手提包里有他的电话号码。"

女警官点点头:"那就打给他吧。"

我慢慢站起,感觉自己就像半截旧粉笔,了无生气。我们沿着一条绿色的走廊来到一个摆满空桌子的房间。

女警官把我的手提包递给我。我顾不上颤抖的双手,在里面翻找起来(这会儿要是能吃一片阿普唑仑就好了)。很快我就找到了他的号码,还有我的手机。

在女警官的注视下,我拨出了那个号码,然后屏住呼吸,等待着。

"喂?"

"德斯蒙德?"我的声音细若蚊蝇。电话接通的一刹那我已经后悔了。他是不会帮我的,他凭什么要帮我?

"塔莉?"

我什么都不想说了。

"塔莉?"他又叫了一声,且多了几分关切,"你怎么了?"

泪水开始在眼眶里打转,刺得两眼发疼。"我在金恩郡警察局的牢房里。"我轻声说,"罪名是酒后驾车,但我实际上没有喝酒,这是一场误会。他们不让我走,除非有人来保释。我知道现在是平安夜,可我实在是——"

"你等着,我马上就到。"他说。滚烫的泪水像断了线的珠子,沿着脸颊滚滚而下。

"谢谢你。"

我清了清喉咙,挂掉了电话。

"跟我来。"女警官说。她用手指轻轻戳了我一下,提醒我动起来。我跟她进了另一个房间,这个房间更大,也更忙碌,尽管今天过节。

我坐在墙边的一张椅子里,虽然每隔几分钟就会有一些醉汉、妓女和街头小混混被带进来,但我连头都懒得抬一下。

终于,门开了,德斯蒙德走了进来,身后是随风盘旋的雪花。他的长发湿漉漉、亮晶晶的,肩膀上还残留着几片没来得及化掉的雪花,他的鼻尖冻得通红。

我晃晃悠悠地站起身,羞愧得甚至不敢抬头。

他大步向我走来，长长的黑大衣像翅膀一样在身后张开，"你没事吧？"

我抬起头："已经好多了。真对不起，这么晚了还麻烦你，而且今天还是平安夜，来的又是警察局。"我说不下去了，此刻我真希望有个地缝可以钻进去。

"反正再过十分钟我就下班了。"

"你在值班？"

"替那些有家室的人值的。"他说，"我应该把你送到哪儿？"

"我家。"我说。我什么奢求都没有，只想在我自己的床上舒舒服服地睡上一觉，也许醒来时就能忘掉这个倒霉的夜晚了。

他挽着我的胳膊，领我来到他的车前——他居然在警局门前违法停车。我告诉他地址，我们就那样在沉默中走了几个街区，一直到我的公寓楼下。

车了刚在楼下停好，一个身穿制服的门童便立刻站在了车门旁。

德斯蒙德扭头看着我。

我知道他想问什么。事实上，我并不想邀请他上楼，我不想强颜欢笑，不想假装没事一样和他闲聊，可是今天这种情况我怎么好意思拒绝他呢？他刚刚才为我跑了一趟警察局呀。

"一起上去喝一杯吧？"

他的眼神中充满了不安和怀疑，但最终还是说道："好吧。"

我打开车门，下车时由于动作猛了一点还险些摔倒，幸亏门童及时伸手扶住了我。"谢谢。"我咕哝了一句，推开他就向前走。我仿佛忘了身后还有一个德斯蒙德，头也不回地穿过大厅，高跟鞋在大理石地板上嗒嗒有声。来到电梯前，我按下了按钮。进电梯之后我们仍然没有说话，镜子里的我们和镜子外面的我们，仿佛处在同一个世界。

来到公寓，我打开门并请德斯蒙德进屋。他跟着我穿过门厅来到客厅，在这里，西雅图美丽的夜景一览无余。雪花从黑色的天幕上洋洋洒洒而来，在柔和的霓虹灯光中焕发出绚丽的色彩。"喝酒？"我问。

"还是喝咖啡吧。"

他的话让我不禁想起这个狼狈的夜晚。我甚至有些恨他。

我到厨房里煮咖啡，这其间我找了个借口，钻进了洗手间。结果我被镜子里的自己吓了一跳——头发被雪压得贴在头皮上，还微微打着卷，脸色苍白，满面倦容，而且我今天没有化妆。

天啊。

我打开药柜，找到我的阿普唑仑，吃了一片之后才返回客厅。他找到了我的

CD播放器，放起了圣诞节的曲子。

"我很意外你居然给我打了电话。"他说。

我没说什么，因为答案实在太可悲。我在沙发上坐下，准确地说是瘫倒在沙发里。我今天遭受的打击已经太多，再也站不住了。阿普唑仑没有起到效果，恐慌感正向我袭来。"德斯蒙德·格兰特。"我说。我只想随便说点什么，好打破这令人尴尬的沉默，"我曾经和一个叫格兰特的男人睡过几年。"

"哇。"他走过来坐下，离我很近，我能闻到雪花在他的大衣上融化后散发的气味和他呼吸中带出来的咖啡的味道。

"哇什么？"我问，他审视我的样子让我很不自在。

"我没想到你会这样说，睡过几年，大部分人都会采用其他的说法，比如谈过几年恋爱、做过几年朋友之类的。"

"我是记者，在选词上我力求准确。我只是和他睡觉，没有谈过恋爱。"

"你好像说过你曾经爱上过一个人。"

我不喜欢这场谈话的走向。酒后驾车还不够可悲吗？我耸了耸肩："我那时才19岁，还是个孩子。"

"后来怎么了？"

"我直到快40岁时才意识到我爱他。"我试着微笑，"陈年往事了。6年前他和一个名叫迪安娜的女人结了婚。"

"那一定很遗憾。那个叫格兰特的呢，他是个什么样的人？"

"花花公子吧。他送过我很多花和首饰，可是……"

"可是什么？"

"可是那些礼物代表的意思并非要和你厮守终生。"

"那什么礼物才代表想和你厮守终生呢？"

我耸耸肩。我怎么知道？"拖鞋？或者法兰绒睡衣？"我无力地叹了口气，"德斯蒙德，我真的很累。"这一天已经把我折腾得快要散架，"我很感谢你去接我。"

他把咖啡杯小心地放在桌子上，向我这边缓缓转过身。他抓住我的一只手，拉着我站起来。他看我的眼神让我喘不过气。难以置信，他居然看出了我的脆弱和恐惧。"塔莉，你就像丁尼生[1]笔下的夏洛特女郎，从安全的高塔上俯视着世界。你功成名就，实现了大多数人连做梦都不敢想的目标。可为什么在平安夜你却连个可以打电话来接你的人，或者说连个可去的地方都没有呢？"

---

[1] 丁尼生（1809—1892）：英国维多利亚时代最受欢迎、最具特色的诗人。

"你回去吧。"我疲倦地说。我讨厌他的问题，因为他毫不留情地揭穿了我的孤独和恐惧，而且还间接指责了我的不作为。"求你了。"我的声音出现了嘶哑的痕迹。现在我什么心情都没有，只想上床睡觉。

　　明天也许会好些吧。

第十八章

2010年6月,我意识到了问题的严重性,但我并不知道该如何应对。抑郁的感觉像口大钟罩在我的头上。我远离了所有的事和所有的人。甚至连每周三晚上与玛吉通电话的事都不能让我提起精神。

我懒洋洋地爬下床,迷迷瞪瞪地走向洗手间。昨天夜里我吃了多少安眠药?我想不起来了。这着实吓了我一跳。

我吃了一片阿普唑仑,走进淋浴间。说实话,阿普唑仑的效果已经越来越弱了。我需要多吃好几片才能起到我想要的镇定效果。我知道这是一种危险的苗头,应该引起警惕。而事实上它的危险已经逐渐显露出来,在我的精神上。

冲过澡,我把湿漉漉的头发扎成个马尾,穿上一套卫衣。这时只觉得头一阵阵地痛。

吃点东西也许会好些,可我的胃像被一双无形的手攥着一样,我担心吃什么都会吐出来。

上午的时光一点点溜走,我试着读了一会儿书,看了会儿电视,甚至搬出吸尘器打扫卫生。可不管做什么,糟糕的心情始终得不到缓解。

或许该喝点酒?只喝一杯。

已经过了中午了。酒的确起到了一点作用,尤其第二杯。

手机响时我再次萌生戒酒的念头。看到来电显示,我一下子扑过去,好像给我打电话的人是上帝。

"玛吉!"

"你好,塔莉。"

我蜷缩在沙发里,意识到此刻我多么需要听到一个朋友的声音,"能听到你的声音真是太好了。"

"我到城里来了,想着应该顺便看看你。再过十分钟我就到你家,等着给我开门。"

我霍地站起身,激动得差点哭出来。谁都想不到玛吉的到访对我有多重要。

我已经堕落得人不人鬼不鬼了。我需要一个倾诉的对象，而玛吉——待我像妈妈一样的人——是最合适的人选。也许她能帮我走出困境，"好的，我等着。"

挂掉电话我便冲进洗手间，迅速吹干头发，又涂了大量的发胶，给自己梳了一个精神的发型。然后草草化了个妆，换上牛仔裤和短袖上衣。我渴望见到亲人，渴望被接纳和被需要的感觉。最后我又特意穿了一双平底鞋（真不该喝那两大杯红酒，否则就可以穿高跟鞋了）。

门铃响了，我急切地冲过去打开门。

站在门外的人却是我的妈妈。天啊，她已经瘦成什么样了。她穿着宽松肥胖的长裤，勃肯凉鞋，还有一件我已经多年不见的带绣花的墨西哥束腰上衣，看上去就像20世纪70年代难民营里的难民。她灰白的头发抗拒着把它们扎成一团的皮绳，其中几缕散漫地垂在她瘦小而又布满皱纹的脸前。她的突然出现使我入感意外，一时之间竟不知道该说什么。

"是玛吉让我来的。"她说，"不过是我的主意，我想见你。"

"她人呢？"

"她没有来。想见你的人是我。但我知道你是不会为我开门的。"

"你来干什么？"

她从我身边挤过去，来到屋里，一副理直气壮的样子，仿佛这世上没有任何理由能够阻止她这么做。

走进客厅，她转身面对我，犹豫片刻之后，终于用沙哑的声音对我说："你有酗酒和药物上瘾的问题。"

我听了一愣，有那么一两秒钟，我的大脑一片空白。我想：糟了，被发现了。这是很恐怖也很丢人的事，我感觉自己像被人剥光了衣服丢在她面前，无地自容，不知所措。我不自觉地后退了一步，摇着头说道："不，不，我的药是有处方的。你说得倒好像我嗑药似的。"我甚至觉得好笑起来。她是不足以为我从后街那些毒品贩子手里搞到毒品，然后用针管注射到自己的身体里？天啊，我会堕落到那个地步吗？我有医生的处方，药物都是从沃尔玛买的。这时我不禁开始怀疑，她应该不会平白无故地指责我，她听到了什么？

妈妈上前一步。在我精心设计的房子里，她显得有些格格不入。在我眼中，她额头上的皱纹、脸颊上的雀斑，无不诉说着对我的失望。记忆中她从来没有抱过我、亲过我，或者对我说过她爱我。可现在她却跑过来无端地指责我滥用药物，还想拯救我？

"我接受了戒毒治疗。"她怯怯地说，"我想——"

"你没资格对我说三道四。"我冲她吼道,"没资格,你明白吗?你凭什么跑过来指责我?"

"塔莉。"妈妈说,"玛吉说前几次和你通电话,你连话都说不清楚。我在电视上看到你被捕后的照片了,我知道你正经历着什么。"

"你走。"我嘶哑地喊道。

"你到斯诺霍米什找我是为了什么呢?"

"我正在写回忆录,反正跟你也没多大关系。"

"你心里有疑问。"

我一阵苦笑,忽然间我感觉到了呼之欲出的眼泪,这又让我懊恼不已,"哼,是啊。那次还真是没有白去。"

"塔莉,也许——"

"没有也许。尤其是你。我不想重蹈覆辙,我受不了。"我拉住她的胳膊就往外拖——天啊,她可真轻。她还没有来得及开口,我就已经把她推到了走廊里,并摔上了门。然后我回到卧室,爬上床,用被子蒙住脑袋。黑暗中,我听到自己沉重的呼吸和怦怦的心跳。

她错了。我才没有问题。就算我需要阿普唑仑安定情绪,需要安必恩睡觉,那又怎样?就算我夜里喜欢喝酒又怎样?我能控制这一切,只要我想,随时都能停下。

可是,该死的,我的头又开始疼起来。我的痛苦全是她造成的,我的妈妈。她和玛吉合伙背叛了我,这才是最残酷的。我对妈妈本来就没什么指望,可是玛吉呢?她曾是我最安全的港湾。她的背叛对我来说无异于一场灾难。想到这里,我的愤怒已经转化为深深的绝望。

我翻了个身,拉开床头柜的抽屉,找出阿普唑仑。

你以为这就是背叛?凯蒂在我旁边说道,她的声音把我从回忆深处拖了出来。

我忽然意识到自己身在何处。我正躺在医院的病床上,连着呼吸机,头顶上钻了洞,看着我的人生一幕幕从我眼前闪过。

"我当时遇到了麻烦。"我轻声说。而他们只是想帮我。

如此明显的事为什么当初我没有想明白呢?

你现在想明白了,对不对?

"停停停。我不要再想这些事。"我翻了个身,闭上眼睛。

你需要记住。

"不，我需要忘掉。"

2010年9月3日
下午2：10

医院会议室里，警探两腿大大叉开，站得稳稳的，就算发生地震恐怕也不会晃上一晃。他手里拿着一个翻开的小笔记本，正低头查看刚刚记录的内容。

强尼环顾会议室，大部分座椅都藏在桌面以下，仅仅露出一点椅背。桌子中间放着两盒纸巾。旁边，玛吉尽力坐直身体，却发现这样做费神费力，只好一次次无奈地放弃。强尼今天早上给她打的电话，上午9：15她和巴德已经在亚利桑那登上了飞机。此时巴德正在强尼的家里等待两个小家伙放学。玛拉在病房里陪着塔莉。

眼前的情景他和玛吉恐怕都会有种似曾相识的感觉。是啊，同一个会议室。几年前他们也曾在这里等待，结果等来的却是医生告诉他们凯蒂的手术失败了，癌细胞已经扩散至淋巴结，他们到了做最后决定的时候。

他抓住玛吉冰凉的、关节粗大的手。

警探清了清嗓子。

强尼抬起头。

"毒理学报告一时半会儿还拿不到，不过我们在搜查哈特女士的住所时找到了好几种处方药，主要有止痛药维柯丁、镇定药阿普唑仑和安眠药安必恩。目前我们还没有找到事故的目击者，不过从事发现场的情形分析，当时她正沿哥伦比亚街朝海边方向行驶，我们估计她的时速超过了50英里，而且天下着雨。她以高速撞上了水泥柱。"

"有刹车痕迹吗？"强尼问。他听到玛吉倒吸了一口气，明白她还没有考虑过这个问题。撞击之前如果有刹车痕迹，说明司机曾试图停车。倘若没有刹车痕迹，则意味着有其他的原因。

警探看了看强尼："我不清楚。"

强尼点点头："谢谢你，警探先生。"

警探离开后，玛吉转身面对强尼。他看见她的双眼中噙满泪花，顿时后悔自己问了那个问题。他的岳母已经承受了太多不幸与痛苦，"对不起，玛吉。"

"你是说……你怀疑她是故意撞上去的？"

这是强尼最怕面对的问题。

"强尼？"

"最近你见她的次数比我多，你觉得呢？"

玛吉叹了口气："我觉得这一年来她特别孤独。"

强尼站起身，借口要去洗手间。暂时离开了会议室。

在走廊里，他低头靠在墙上。终于抬起头时，看到大厅对面的一扇门上镶了块牌子，写着：教堂。

他上次去教堂是什么时候？

凯蒂的葬礼。

他穿过大厅，推开那扇门。这个房间极为狭小，看起来顶多像个多功能室，里面摆了几张长凳，和一个仅作权宜之用的圣坛。开门之后他首先感受到的是这里的安静，其次是坐在前排右侧的一个女孩儿。她低低地缩在凳子上，只露出一个头顶，强尼盯着那粉红色的头发，愣住了。

他慢慢走上前去，脚步在铺了地毯的地板上没有发出一丝声响，"我能陪你坐会儿吗？"

玛拉猛然抬起头。强尼看到了她哭红的双眼。"我又拦不住你。"她说。

"你想拦住我吗？"他轻声问。在女儿身上他已经犯过太多错误，所以不想在这个时候这个场合再惹她不高兴。

她盯着爸爸看了许久，最后慢慢摇了摇头。她看上去是那么楚楚可怜，像万圣节里故意穿着奇装异服吸引大人注意的小孩子。

他小心坐下，等了一会儿才开口说："祷告能让你好受些吗？"

"暂时还没有。"她的眼眶再度溢满了泪水，"你知道我上周对塔莉做了什么吗？"

"不知道。"

"她这次意外完全是我造成的。"

"宝贝儿，这跟你没关系。她出的是车祸，不管怎样你都阻止不了。"

"你也有责任。"玛拉痛苦地说。

强尼无言以对。他知道女儿的意思，因为他有同样的感觉。他们全都辜负了塔莉，把她赶出了他们的生活，因此造成她孤独抑郁，最终酿成了悲剧。

"我受不了。"玛拉哭着站起身向门口走去。

"玛拉。"他喊道。

走到门前她停住了，扭头看着爸爸。

"别伤害自己。"他关切地说。

"太晚了。"她小声说，随后便走了出去。门应声关上。

强尼吃力地站起来，仿佛55年的岁月全都压到了两条腿上。他回到等候室，看到玛吉坐在角落里，摆弄着她的毛衣针。

他在玛吉身边坐了下来。

"我又给多萝西打电话了。"她过了一会儿才说，"还是没人接。"

"她会不会看到你让巴德在她门上留的纸条？"

玛吉似乎突然泄了气。"迟早会看到的吧。"她轻声说，随后又哀伤地加了一句，"但愿能早一点。"

2010年9月3日
下午2：59

9月的午后，天气格外凉爽。斯诺霍米什呈现出一派迷人的秋色。树叶飘零，落在马路上、停车场上、河岸上。多萝西·哈特站在农贸市场中自己的摊位前，望着那司空见惯、早已成为她生活一部分的景象，不过，她的眼中倒的确看到了一点点美。那是路对面红桶里装着的最后几朵野玫瑰。卖花的是一个年轻女人，名叫艾瑞卡。她背上背着一个胖乎乎的鬈发婴儿，婴儿手里拿了一块儿熏鲑鱼，正啃得不亦乐乎。旁边有个小男孩儿，用纸杯喝着他们家自制的苹果汁。农贸市场人来人往，喧闹异常，视野之内是各种东西、各种颜色、各种动作，耳朵里充斥着各种声音。市场距镇中心只有几个街区，坐落在一段人行道上，每周五中午到下午5点开市。每逢开市，路两旁一水儿的白色帐篷，看上去活像冰淇淋的尖顶。帐篷下面是令人眼花缭乱的一堆堆水果、坚果、浆果、香草、蔬菜、蜂蜜和各种手工艺品。在日渐萧索的秋天，这里倒是五彩缤纷，艳丽非凡。

多萝西的摊位并不大，也就是一张稍微长一点点的矮桌，桌上铺了一层报纸——周日版的彩色连环漫画——上面摆着这个星期的货：盒子里装着鲜红的苹果、圆溜溜的覆盆子，篮子里装着香草、叶菜、青豆、番茄、花椰菜和西葫芦。不过此时已经全都卖得差不多了，只剩下几个苹果和一把青豆。

天空蔚蓝，万里无云。今天的生意不错，她把篮子盒子全都收起来，沿着一条过道来到卡斯卡德农产品卖场的摊位前。

这家摊主是个披头散发、挺着啤酒肚的大个子男人，他扬了扬醒目的鹰钩鼻，冲多萝西笑着说："看来今天生意不错啊。"

"是不错，欧文。谢谢你让我借用你的摊位。那些覆盆子尤其好卖，刚摆出来就被抢购一空了。"

她把那些木盒子交给这个叫欧文的男子。他接过去，放在一辆锈迹斑斑的破皮卡车后面。稍后他会用车把这些东西拉到多萝西的家，"你确定不搭我们的车吗？"

"不了，谢谢啦。替我和艾瑞卡打声招呼，咱们回头再见。"

她走回自己的摊位前，感到后脖颈上被汗水蜇得又疼又痒。一颗汗珠沿着她的脊椎向下滑去，一直滑到腰间，被她那宽松的裤子拦住。她解开脏不溜丢的格子衬衣的扣子——这相当于她的工作服，家里至少有六件——脱下来，两个袖子连在一起绑在腰上。她里面穿的是一件有棱纹的红背心，腋下被汗水浸湿了一片，但这会儿她也无可奈何。

多萝西已经69岁，她头发长长的，几乎已经全白，皮肤看上去就像干涸的十里河床，一双眼睛装满了她这辈子所经历过的所有苦难和悲伤。她现在只关心一件事——自己身上有没有臭味儿。她把一条红色的大手帕往额头上一系，跨上了一辆看上去快要散架的自行车。那是她唯一的交通工具。

用心过好每一天。

这是她新的人生信条。在过去这5年中，她的生活发生了天翻地覆的变化。该丢的东西全都丢掉了，只留下对她至关重要的。现在的她几乎过着无碳生活。她收集天然肥料，亲自种植、照料各种有机作物，再把产品拿到市场上去卖。她只吃有机食物：水果、坚果、蔬菜和谷类。她已经人老珠黄风华不再，身体瘦得如同她种的豆角，但这些她全不在意。实际上，她反倒自得其乐。生活的好坏，全都写在她脸上呢。

她现在一个人生活，这是命中注定的事。她的爸爸曾经对她说过多少次，多蒂[1]，你冷得像块冰，要是不改掉这种臭脾性，你就等着一个人过一辈子吧。这么多年过去了，爸爸的话却仍在她脑海中挥之不去，真是罪恶。

她用一根橡皮筋绑住裤腿，骑上了车子。脚下一蹬，自行车开始徐徐前进。她骑着车子穿过小镇，钱箱在车篮里颠来颠去。汽车鸣着喇叭从她身旁呼啸而过，她连看都不看一眼。她已经看淡了一切，更何况她也知道现在的人们都不太喜欢老嬉皮士，尤其是骑着自行车的。

到路口时，她伸出胳膊表示自己要转弯了，随即拐上主街。她觉得这种骑行的方式趣味无穷，只需按照交通规则行进即可，尤其在转弯时用胳膊打转向，更令她有种说不出的快乐。她知道这听起来可能有点怪异，大多数人都不会理解，

---

[1] 多蒂：对多萝西的爱称。

可对于她这样一个疯狂了一辈子的人来说，规则、限制和社会所带来的和谐与平静却能让她感到前所未有的舒适和惬意。她把自行车停在药店外的一个停放架中。倘若是新来的城市市民，或时髦的郊区居民，他们定会把车子用鲜艳的红色锁套锁住，以保护他们的财产。这个曾经默默无闻的小镇之所以吸引他们到此安家，只因为它与西雅图市中心仅仅相距三十多英里。

每当多萝西看到人们对物质的东西呵护有加就不免觉得好笑。有朝一日，倘若幸运的话，他们终将明白生命中哪些东西才最值得珍爱。走在坑坑洼洼的人行道上，她把头上的大手帕重新系了系。她很奇怪今天街上的行人竟然如此之多。游客三五成群地穿梭于各种店铺，他们就是斯诺霍米什存在的理由。这条街曾是镇上唯一的街道，一边是宽阔的斯诺霍米什河的河岸，一边是拔地而起的新城区，临街店面仍保留着旧时边界的模样。

药店里灯火通明，进门后，她大步走向处方柜台。半道上，她被一些漂亮雅致的小东西吸引了目光——颜色鲜亮的发夹、印着名言警句的咖啡杯，还有各种各样的精美贺卡——但她懂得物以稀为贵的道理，但凡家里不缺，就不会贸然买回去。况且她手里并没有剩下多少钱，这个月塔莉的支票还没有收到。

"嘿，多萝西。"药店营业员说道。

"你好，斯科特。"

"今天市场上的情况怎么样？"

"挺好的，我给你和洛莉留了些蜂蜜，回头给你送过来。"

"那就谢谢你了。"斯科特说着把药递给她。药，现在已经成了她生活中不可或缺的东西。

多萝西付了钱，把那个橙色的小瓶子装进口袋，走出了药店。她回到熙熙攘攘的街上，重新骑上自行车。离家只有三英里了。

一如既往，萨默山那段上坡路是最费劲的，爬上坡顶并转入萤火虫小巷时，她已经满头大汗，气喘吁吁。来到门前的车道她向左一拐，紧紧握着自行车把手向门口骑去。

门上贴了一张纸条。她皱了皱眉，从自行车上下来，顺势将车子放倒在地。真是新鲜，她已经好多年没见过这种留纸条的方式了。

多萝西：

　　塔莉在圣心医院。强尼请你尽快过去。门垫下给你留了搭出租车的钱。

玛吉

多萝西弯腰掀开黑色的橡胶门垫。潮湿的水泥地上果然多了一个肮脏的白色信封，里面装了一张百元大钞。

她迅速推门进屋。这栋老房子最初是她的父母所有，后来又归她的女儿所有。年轻时的多萝西曾和14岁的塔莉在这里生活过一段时间。这是她们唯一共同生活过的地方。

过去这些年，多萝西也曾修缮过房子，但动作都不大。外墙已然泛着米黄色，明显需要重新粉刷。屋顶上也长满了青苔。室内，鳄梨粗毛地毯被她撕了一个大洞，露出下面的硬木地板，她原本打算把窟窿补上的，只是时间一拖再拖。厨房仍是一副世界末日般的颜色，和某种胃药广告的色调不谋而合，这是20世纪70年代一些租客的设计手笔，几十年来未曾改变，只有那条丑得落花流水的方格花布窗帘不见了踪迹。主卧是多萝西唯一大动过的房间，她拆掉了之前的破百叶窗，地上新铺了雕金地毯，墙壁也刷成了漂亮的奶油色。

多萝西打开处方药瓶，倒出一片塞进口中，而后就着自来水龙头把药冲服下去。她抓起厨房里的老式有线电话——在手机时代，这样的物件几乎可以称为古董——翻开电话簿，用查到的电话号码叫了一辆出租车。没时间洗澡了，所以她只是梳梳头、刷刷牙。走进卧室时，她把直溜的花白头发稍微编了个辫儿。从梳妆台椭圆形的镜子里，她瞥了一眼自己。

她看起来就像喝醉了的巫师甘道夫。

外面传来出租车的喇叭声，她抓起手提袋便跑了出去。直到爬上散发着臭味儿的棕色天鹅绒后座，透过脏兮兮的玻璃往外看时，她才意识到自己的一条裤腿儿仍被橡皮筋绑着。

出租车驶出车道时，她望着她的菜园子——那就是她的农场。四年多以前，当她最终决定回心转意的时候，这个地方拯救了她。她经常觉得，她园子里的那些蔬菜是在她眼泪的滋养下生长的。

她很感谢那些处方药。它们能有效平和她的神经，使周围的世界变得像雪纺绸一样柔软。只需一片，就能起到安定情绪的作用。倘若没有这些药物，此时的她恐怕早就精神崩溃，难以支撑。她受够了过去那种心神不宁、万念俱灰的日子。

回忆汹涌澎湃，且一浪高过一浪地向她涌来，直到她再也听不到司机的喘息、发动机的轰鸣和路上车水马龙的喧闹。

数十年的时光变成一条粗大的绳索，紧紧把她缠住，然而她无意反抗。她放弃了、屈服了，有那么一刻，整个世界仿佛静止不动了。

她忽地听到一阵狗叫，伴随着铁链绷紧的哗啦声。她知道自己来到了哪里，也知道自己回到了何时：2005年11月。那年她64岁，还在用着白云那个名字，她的女儿是电视上人人喜爱的大名人。她当时住在一辆废弃的拖车里，地点位于伊顿维尔[1]附近一条专门运输木材的道路旁。她被一团烟雾包围着，鼻孔里全是令人反胃的汗臭味儿……

和大麻味儿。她这会儿正飘飘欲仙，不过嗨得还不够。最近她手头拮据，已经搞不到那么多上等大麻了。

也许喝杯酒能弥补一下这小小的遗憾。她挣扎着从一把破烂的按摩椅中爬起来，结果却撞到了一张胶木咖啡桌。小腿骨一阵钻心的疼痛，空啤酒罐叮叮当当掉了一地。

她在这栋活动房中小心挪着步，心里却在纳闷儿是车底突然变斜了，还是自己比原先料想的要嗨些。走进厨房，她顿住了。她到厨房要找什么来着？

她眼神迷离地环顾了一下左右，目光落在炉子上的一堆脏盘子上。特鲁克回来之前她得把这些清理干净，要不然他会生气的……咦，那些在披萨盒周围飞来飞去的是苍蝇吗？

她慢吞吞地走到冰箱旁，拉开冷藏箱门。冰箱里的灯亮了，照耀着几块吃剩下的三明治、一箱啤酒和一瓶看起来似乎发绿的牛奶。她砰地关上门，又拉开冷冻箱。箱门架子上放着一个伏特加酒瓶，瓶里的酒只剩下五分之一。她正颤巍巍地伸手去拿，忽然听到外面传来低沉的柴油机的轰响。

该死。

此时她应该马上开始打扫卫生，可她浑身抖得厉害，而且胃里翻江倒海，似乎随时都可能吐出来。

外面，狗上蹿下跳，狂吠不止。她能听到它们向他跳去的声音，项圈紧紧勒着脖子，身后的铁链时而紧绷，时而垂在地上。

白云别无选择，只能出去见他。她捋了捋乱糟糟的头发，又抬起胳膊闻了闻腋下。她最近洗过澡吗？是不是浑身臭烘烘的？他讨厌邋遢。

她踉跄着来到门口，打开门。起初她什么也没有看到，外面只是又一个灰蒙蒙的黄昏，空气中混合着柴油废气、狗屎和湿土的气味儿。

她眨了眨眼睛，让目光集中起来。

这时她才看到柴堆旁那辆庞大的红色卡车。

特鲁克从驾驶室里跳下来。他那鞋尖上垫了钢板的大皮靴在松软的泥土地

1　伊顿维尔：位于美国华盛顿州皮尔斯县，靠近下文提到的雷尼尔山。

上砸出了两个坑。特鲁克生得五大三粗，进门时总是先看到肚子后看到脚尖。他一头棕色头发，又长又乱，裹着一张四四方方的脸。他的面容很容易暴露他的职业，因为那沧桑的样子一看就知道是在外面吃风喝雨惯了的人。

然而最能反映一个人性情的地方还是眼睛。特鲁克的双眼又小又黑，让人难以捉摸。

"嘿，特鲁克。"她说着打开一罐啤酒，"我以为你星期二才回来呢。"

他走到明亮的地方，白云看出他喝过酒。因为他的眼神有些空洞，嘴角不自觉地耷拉着。他没有接白云的话，而是首先走到那几条他心爱的杜宾犬跟前停下，从口袋里掏出一些零食分给它们。几条狗争相摇着尾巴，仿佛故意迎接他一般叫个不停，那声音在安静的夜里格外吓人。白云脸颊上的肌肉抖了抖，但努力保持住了微笑。

特鲁克从她手中接过啤酒，站在从门里射出的灯光中。狗全都安静了下来，只是仍摇头晃尾地向他示好。而这也是最令他受用的时刻。他们身后是一片杂草丛生的荒地，笼罩在一团朦胧的雾气中，上面堆满了锈迹斑斑的破汽车、不能用的烂冰箱和废弃的旧家具。

"今天就是星期二。"特鲁克大声说。他一口气喝完了啤酒，把易拉罐向狗群中扔去，几条狗立刻开始争抢起来。随后他一把将白云拉进怀里，紧紧搂住。"我想你了。"他的嗓音低沉沙哑。白云不由怀疑他下班之后去了哪里。多半是去了福地酒吧，喝点加了啤酒的威士忌，发一通关于造纸厂如何不景气的牢骚。他身上有股纸浆、油脂、烟和威士忌混合在一起的味道。

白云尽力站稳，紧张得不敢喘气。特鲁克最近脾气愈发暴躁，稍不如意就大发雷霆，在他身边白云总是战战兢兢，如履薄冰。"我也想你。"她说，她的嗓音同样沙沙的，含混不清。她头脑昏沉，思维紊乱，就像陷进了泥潭，身不由己。

"你没穿我给你买的那件衬衣。"

她不由后退一步。哪件衬衣？说实在的，她已经不记得了，"对……对不起，我想留着等重要的时刻再穿，那么漂亮的衣服平时穿可惜了。"

他喉咙里咕哝了一声，说不清那是厌恶、接受还是根本毫不在意。白云脑子里一片混沌，想也想不明白。她拉着特鲁克的手，几乎要把骨头捏碎，领着他走进了她的活动房。

屋里一股大麻味儿，她立刻就闻了出来。还有别的臭味儿添油加醋，也许是腐烂的垃圾。

"白云。"特鲁克说道，他的声音格外冷静，白云只觉得脊背发凉，后脖颈上的头发都一根根站立起来。他看到什么了？是她做错了什么，还是忘了什么？

卫生。她忘了打扫卫生。特鲁克最讨厌堆积如山的脏盘子。

她缓缓转过身，搜索枯肠也想不出一个说得过去的借口。

特鲁克无限温柔地吻着她的嘴唇，脉脉含情使她差点松了一口气。"你知道我最恨别人邋里邋遢。该给的我不是没给你。"他说。

白云慌忙后退："别——"

她本能地抬起双手保护自己，可特鲁克拳头的速度显然更快些。她怀疑自己的鼻梁骨被打碎了。血汩汩流出，滴在衬衣上。而她的惨叫只会令特鲁克更加疯狂。

粗重的呼吸声把她惊醒。起初她什么都想不起来，不过疼痛很快就提醒了她。

她使劲睁开一只眼睛，可又不得不立即合上。电视里的白光刺得她眼睛痛。她连续眨巴了几下才渐渐适应。她口干舌燥，身体不受控制地抖个不停，而且全身似乎没有一个地方不疼的。

首先查看伤情。

她早已记不清这是第多少次从狼狈中醒来，不客气地说，她几乎有些习以为常了，所以很清楚醒来后的第一件事该干什么。

她躺在床上，特鲁克四仰八叉地睡在旁边，皮球一样的肚子正对着天，两条毛茸茸的胳膊大大张开。外面漆黑一片，不知什么时候夜幕已经悄然拉上。

她小心翼翼地从床上下来，左脚点地的时候，脚踝疼得她差点叫出声。显然，在被特鲁克打倒时，她没注意崴了脚，至于是哪次倒下时崴的，已经记不清了。

她一瘸一拐地走进洗手间，在门后的全身镜子里看着自己。她头发蓬乱，上面还沾着斑斑血迹。她的眼睛肿得只剩下一条缝，周围是青一块紫一块甚至还有黄一块的淤伤。她的鼻梁塌了下去，下巴上、脸颊上到处是干了的血块。

伤得这么重，已经没必要清理了。她随手找件衣服穿在身上，也不管是不是昨天那一件。她本想看看衣服上有没有血，可她疼得根本低不下头。

她得离开这儿，离特鲁克越远越好，不然她迟早会死在他手上。这个念头她动过不下数十次，只是每一次都被打得死去活来。大约一年前，她甚至还真的逃过一次，一直逃到塔科马[1]，但最终还是被他找到，而她也乖乖跟着他回到了这里，原因是除了这里她实在无处可去。年轻时她向往流浪的生活，而也确实流浪

---

1 塔科马：美国华盛顿州普吉特海湾南端的一个港口城市。

了大半辈子。可如今她已经不再年轻，身子骨明显没有以前硬朗。万一哪天特鲁克失手将她打死该如何是好？

逃吧。

她爬着从特鲁克身边经过，来到床头桌旁，双手哆嗦着翻开他的钱包，但里面只有三张20美元的钞票。她把钱紧紧攥在手心，紧张得头上直冒汗。她知道，倘若这次没能逃掉，仅偷钱这件事就足以让她到鬼门关前走一遭。但这次她决定孤注一掷。她必须成功。

事不宜迟，她不能再等了。

她屏住一口气，战战兢兢地迈出了第一步。

地板仿佛故意告密似的，吱呀响了一声。特鲁克在睡梦中翻了个身，正好对着她。

她吓得僵在原地，一动也不敢动，心脏好像要从胸口蹦出来一样。但特鲁克并没有醒来。她偷偷呼出一口气，收起她最重要的两件东西：一条快要零散的通心粉项链和一张旧的黑白照片。她把项链戴在脖子上，把照片装进法兰绒衬衣的口袋，为了防止照片掉出来，她还特意扣上了纽扣。

白云轻轻转过那只没有受伤的脚，一瘸一拐地走出了他们的活动房。

刚到外面，几条杜宾犬立刻警觉地坐起来，目不转睛地盯着她。不远处便是朦朦胧胧的雷尼尔山，白雪皑皑的山顶在月光下熠熠生辉。

"嘘，都别叫。"她小声说着，从几条狗边上走了过去。

她绕过那张破旧的按摩椅时，传来了第一声狗叫。她毫不理会，头也不回地继续朝前走。

林子里黑得几乎伸手不见五指，她需要极其耐心、极其小心才能不被绊倒或被树枝划到，而她每走一步，疼痛就从脚底直传到全身。她的脖子也疼得厉害，脸又一阵阵抽搐，但她不敢放慢速度，更不敢停下，就这样一直走到伊顿维尔的公共汽车站。她在一个三面都被脏兮兮的树脂玻璃围起来的地方找了张长凳，如释重负般坐了下来，现在她终于可以喘口气了。

她掏出身上最后一根大麻烟卷儿，在昏暗的角落里抽了起来。遗憾的是，尽管大麻放松了她的神经，却不足以抵挡周身的疼痛。她已经开始担心这次逃亡会半途而废。

汽车一到她就爬了上去，毫不理会司机疑惑的眼神。

两个半小时后，也就是夜里10点多钟，她在西雅图市中心下了车。具体地说是先锋广场。这里是西雅图最鱼龙混杂的地方，一个人若想隐迹于这座城市，必先从这里开始。她很清楚，此时此刻她最需要的是低调、是隐藏，是在茫茫人海中做个连影子都没有的隐身人。

这里有昏暗的角落和无人问津的穷街陋巷，它们像亲人般张开怀抱准备迎接她，可她却没有丝毫轻松的感觉，反倒是头开始剧烈地疼起来，就像有人拿锥子敲她的头盖骨。她听到低低的啜泣声，却不相信那声音是来自她自己。她早就学会了如何默默忍受痛苦。当然，这要拜特鲁克所赐。

她已经头疼得无法思考。

接下来她只知道，她倒了下去。

第十九章

　　白云是一步一步醒过来的。她首先感觉到了疼痛，而后知道自己还在呼吸，接着才闻到浓浓的清洁剂的味道。这使她明白了自己身处何地。
　　医院。
　　她这辈子跟医院打过太多交道了，这里的光线、气味和声音都是那么熟悉。这是2005年的11月，她正处于逃亡的途中。
　　她静静躺着，害怕睁开眼睛。她断断续续记得前一天夜里发生的事——先是闪烁的红灯，接着她被抬上轮床，推进一个灯光雪白的房间。医生和护士们围着她，问她是谁把她打成那样，以及他们该联系谁。她只管闭着眼睛不理不睬。她本来就口干舌燥，即便有话也很难张嘴，而现在，她的手又开始哆嗦起来。
　　病房里除了她还有别的人。她能听到呼吸声，以及翻动病历单的沙沙声。她偷偷睁开情况稍好一点的那只眼睛，因为另一只眼已经肿得睁不开了。
　　"你好，多萝西。"一个身材臃肿的黑人女子说道。她满头小辫子，胖乎乎的脸颊上有几颗黑色的雀斑。
　　白云艰难地咽下一口唾沫。她很想纠正这个看起来一本正经的年轻女人，告诉她多萝西早在1973年就死了，可话说回来，谁在乎呢？"出去。"她说，她很想挥挥手，叫那样一来对方就会看到她在发抖。永远不要在医院里暴露自己的弱点。一步之错，他们就会把你送进精神科病房。
　　"我是凯伦·穆迪医生。不知道你还记不记得，昨天晚上你动手打了送你来的医护人员。"
　　白云叹气道："你是来给我做鉴定的吧，这么说吧，我对自己、对别人都没有威胁。如果我不小心打了人，那肯定是意外。"
　　"看来你不是第一次做精神鉴定。那你应该知道规矩的。"
　　白云耸了耸肩。
　　"我看了你的病历，多萝西，也向警方了解过，你的情况比较特别。"

白云盯着她，一言不发。

"你身上多处骨折，这很不寻常。而且我看到你锁骨上有烟头烫伤的痕迹，我猜别的地方应该也有吧。"

"是我自己笨。"

医生合上病历单："我可不信，多萝西。而且我认为你的自我治疗是为了忘记什么。"

"这是你们对酒鬼和瘾君子的新说法吗？如果是，那你就说对了，我两样都是，已经几十年了。"

医生低头眯眼看着她，随后伸手从口袋里掏出一张卡片，"拿着这个，多萝西。我在一家康复中心工作，什么时候你想改变自己的人生了，就过来找我，我会非常乐意帮你的。"

白云接过卡片，仔细研究了一番，"我猜你一定知道我女儿是谁吧。你以为她会为我的一切埋单对不对？"

"我只想帮你，多萝西。仅此而已。"

"为什么？你为什么想帮我？"

医生缓缓捋起她的衣袖。

白云在她胳膊上看到一连串粉色的点状伤疤，在深色的皮肤上显得异常醒目。那也是香烟烫烧的结果。"在这方面我还是有发言权的。"医生说。

白云一时无言以对。

"这种做法已经不管用了，实际上它从头到尾都不管用，喝酒只能是雪上加霜。相信我，也许我比你更明白。我可以帮到你，或者说，我愿意一试，就看你了。"

白云看着女医生走出病房并关上门。在寂静的黑暗中，她连呼吸都觉得困难。那些伤疤她已经多年不再问津了。

老实待着，该死的。你早预料到这一天的。

她强忍着痛咽下一口唾沫。对面墙上的时钟嘀嗒嘀嗒不停走着。00：01，刚过午夜。

新的一天开始了。

她闭上眼睛，渐渐睡着了。

有人在碰她，不，是在抚摸她的额头。

这一定是在做梦。

她吃力地睁开眼。起初，眼前一片黑暗。随后渐渐地，伤得较轻的那只眼睛适应了光线。她看到一扇窗户的木框，外面一盏暗淡的灯在她的房间里投下金黄色的光。门开着，护士站灯光明亮，四周静悄悄的。

从寂静的程度她可以断定，此时已经到了后半夜。

"嘿。"有人在和她说话。

塔莉。

不论何时何地她都能一下子认出女儿的声音，即便在充斥着防腐剂味道的黑暗之中。

白云在枕头上轻轻转过脑袋，结果脖子疼得她直咧嘴。

女儿站在床边，微微蹙着眉。尽管都这么晚了，塔莉看上去依旧光彩照人——赭色的头发一丝不乱，漂亮的巧克力褐色的眼睛，嘴巴虽然很大，但在她脸上却显得恰到好处。她今年多大了？44？45？

"怎么回事？"塔莉把放在白云额头上的手缩回来，问道。

触摸带来的安慰胜过千言万语，白云十分怀念这种美丽的感觉。"被人打了。"她说。随后又补充道："陌生人打的。"这样她看起来兴许不会那么可悲。

"我问的不是你怎么进的医院，是问你怎么回事。"

"看来你亲爱的外婆从来没有告诉过你，对不对？"她想把多年来压抑在心中的所有愤怒都宣泄出来，可她搜肠刮肚，却发现愤怒早已烟消云散，剩下的只有悲哀、遗憾和疲惫。连她自己都不懂的事情，她又如何解释给女儿听呢？她有黑暗的一面，一个将她全部吞噬的弱点。她一辈子都在努力阻止塔莉知道真相，就像大人警告小孩子要远离悬崖一样。然而事到如今，所有的伤害都已无可挽回。

过去的事都不重要了，就算知道真相对她们两个也未必会有帮助。搁在更早的时候，或许沟通还能解决些问题，但现在已经不可能了。当然，塔莉仍然在说，而白云却并没有在听。她知道塔莉想干什么，知道她需要什么，只是一切对她来说都爱莫能助，她满足不了塔莉的需要，这一方面是力量的问题，一方面也是认识的问题。"忘了我吧。"她说。

"我倒希望能忘了，可你是我妈妈呀。"

"你让我伤透了心。"白云低声说。

"我的心也一样被你伤透了。"

"真希望……"话到一半，白云又停住了。这么多痛苦的意义到底是什么？

"什么？"

"我希望能成为你需要的那个人，可我做不到。你还是不要管我了。"

"我也做不到，不管怎么说你都是我妈妈。"

"算了，咱们心里都清楚，我没有当过你一天妈妈。"

"我是不会放弃的。总有一天你会接纳我。"

说一千道一万，这就是两人关系的实质——女儿对母爱无止境的需求和白云作为母亲彻头彻尾的失败。她们的关系就像一个破得再也无法修补的玩具。现在塔莉松了口，开始大谈梦想和母爱，并向她发出冰释前嫌、重归于好的信号，可这一切只让白云更加过意不去。

她闭上眼睛，说道："你走吧。"

她能感觉到站在床边的塔莉，能听到她在黑暗中的呼吸。

时间发生了变形，变成塔莉的双脚摩擦地板的声音，变成了一声叹息。

白云佯装睡觉，等了仿佛几个小时，病房里终于安静了下来。

她睁开一只眼睛，看见塔莉坐在墙边的椅子上睡着了。她掀开被单翻身下床，受伤的脚踝刚一着地，她就疼得龇牙咧嘴。跛着来到橱柜前，她打开门，心里默默祈祷着她的所有东西都能完好无缺。

她首先看到了一个棕色的纸袋，这让她一阵高兴。于是她哆嗦着伸出双手打开纸袋，发现里面装着她穿过的衣服——破旧的棕色裤子，脏兮兮的灰色T恤，法兰绒衬衣，破烂靴子，内裤。没有乳罩，没有袜子。

纸袋底部，她的项链像蜗牛一样盘成一团。

实际上，那已经不再是项链，只不过是一根毛绒绒的绳子上串了几段干了的通心粉和一颗珠子。

白云把它拿起来放在手心，看着它，往事再度浮上心头。

生日快乐，我为你做了个小礼物……

10岁的塔莉用一双肉嘟嘟的粉红小手把这条项链捧到白云面前，她小心翼翼，如同捧着的是希望之星人钻石。*给你，妈妈。*

如果白云当时说*真漂亮，我太喜欢了，我爱你*，如今会怎样呢？

又一阵疼痛袭来。她把所谓的项链收好，迅速穿上衣服，然后回头看了一眼熟睡的女儿。

她蹑手蹑脚地走到女儿跟前，犹豫着伸出了一只手。然而，当她看到自己那只苍白瘦削、青筋毕露、僵直多节且在微微发抖的手时——那简直是女巫的手——她又把它缩了回来，指尖连女儿的衣袖都没有碰到。

她没有资格碰这个女人，没有资格渴望本就没有的东西，甚至没有资格遗憾。

怀着无比惆怅的心情，她又最后看了一眼女儿，然后打开病房门，小心翼翼地从一条走廊来到另一条走廊，直至找到离开医院的出口。我需要喝一杯。她心里一直想着。

来到外面，西雅图的黑暗很快将她吞没，她再一次成了隐身人。

白云伸手到口袋里，摸到了她从特鲁克那里偷来的、已经揉成一团的60美元。

再过一会儿他就该醒来了，然后会像头笨熊一样伸伸懒腰，咆哮着让她端上咖啡。

她只是稍微想象了一番特鲁克怒不可遏的样子，便继续走她的路了。黎明蓦然向她迎来，灰蒙蒙的曙光羞答答地钻过两侧高楼的空隙。天上开始飘起零星小雨，而后雨点越来越大，越来越密集，直至变成倾盆大雨，劈头盖脸地朝刚刚苏醒的城市浇来。白云跑到一栋看似空着的大楼的门廊下躲雨。她坐在地上，蜷着两条腿，望着茫茫雨幕发起了呆。

头一直疼，手一直抖。但现在所有的酒吧和卖酒的商店都还没有开门。

街对面有一排砖结构的老房子，破碎的窗户里挂着被单。视线越过屋顶，可以看到越来越亮的天空。离她不远的地方，一只瘦骨嶙峋的流浪猫在一大堆臭气熏天、装得满满当当的垃圾桶中间徘徊。大雨将一些纸片和其他垃圾冲上了人行道。

她这辈子没少在街头过夜，可相比人生中的其他遭遇，露宿街头实则成了一件幸福的事。比如跟了特鲁克那样的男人，简直要比睡在马路边痛苦百倍。她经历过的男人，不管是她自己选择的还是别人为她选择的，本质上全都一个样。拳头、酒精和愤怒。

她伸手到口袋里掏钱——特鲁克的钱。此时此刻，倘若她把那些钱扔到雨中，或许可以算作她和特鲁克一刀两断的明证？

然而当她抽出手时，躺在手心的却是一张折了角的名片。

凯伦·穆迪
西方康复中心　精神科医生

名片底部印着一行蝇头小字：是时候改变你的人生了。

这句话白云听过无数遍，说的人有医生、有社工，甚至还有她的女儿。人们总说自己能帮上忙，而且还装出一副诚心帮忙的样子。

白云谁都不相信，即便回到她仍叫多萝西的时候，以及她仍对陌生人的善良抱有幻想的幼年亦是如此。这些年来，她已经扔掉了几十张类似的名片、传单和小册子。

但是这一次，当她坐在臭烘烘的门廊下，看雨水紧追着她的脚尖时，"改变"两个字让她胸中涌起了一股冲动。她很清楚自己的孤独有多深、有多黑暗。

西方康复中心。

那条街离这里还不到一个街区。这会不会是一个暗示？

曾经有过一段时间，她对暗示征兆之类超自然的东西痴迷无度。那个时候，她还是个纯粹的一神论者。后来她从一种信仰体系跳到另一种信仰体系。每一次信仰的转变都会伴随着沮丧和失落，有时甚至能将她打倒在地。她经历了一次又一次的失败，每次失败都从她身上带走了一些东西。

而她唯一没有付之于信仰的神是她自己。戒毒、戒酒，两者同时开始。她感到害怕，倘若她真心想做一个更加健全正常的人而结果却失败了该怎么办？她还有多少值得拯救的地方？

瞧瞧她已经堕落到何种境地了。六十好几的人，却做了一个粗鲁的酒鬼的女朋友，挨打受气，无家可归，无所事事，酗酒吸毒。身为母亲却从未尽到一个母亲的责任。

她已经没有多少拯救的价值，她的人生已经跌到了最低点，这是她最恐惧的事。一旦被生活打败，想要独自重新站起便难上加难。她需要帮助。

这样的生活已经让她厌倦。她感到疲惫不堪。

正是这种疲惫促使她下定了决心。

她扶住摇摇晃晃的栏杆站起来，咬咬牙，一瘸一拐地钻进了雨幕。

康复中心位于一栋低矮的砖结构平房里，其年代之久远或可追溯到西雅图人的祖先建城之初。附近残破得发黑的混凝土高架桥上不时传来一阵轰鸣。她深吸一口气，伸手去抓门把手。

门锁着。

她直接在门口坐下。可惜这里并没有可以遮雨的门廊，雨直接淋在头上，她浑身上下已经没有一处干的地方。头疼还在持续，而脖子和脚踝上的疼痛同样有增无减。至于哆嗦的双手，她已经不在乎了。她缩成一团，瑟瑟发抖，意识逐渐变得蒙眬。终于，一个声音将她惊醒。她抬起头，看到穆迪医生站在门前的台阶上，手里擎着一把撑开的雨伞。

"我可能会让你白费工夫。"白云有气无力地说,她冷得牙齿直打战。

穆迪医生上前把她扶起:"快起来,多萝西,咱们到屋里去,里面有坐的地方。"

"坐的地方才是重点。"

穆迪医生笑了起来:"还有心思说笑。很好,保持这种幽默感,以后你会需要的。"

白云·哈特进了康复中心,四十五天后,她又成了多萝西·哈特。此刻她正在自己的小房间里收拾少得可怜的几件行李,当然,我们不得不提的还是那两样东西:一条眼看就要松脱的通心粉项链和一张有折痕的已经略微褪色的黑白照片,照片圆齿状的留白上印着一个日期:1962年10月。

来这里之前,这两样东西也只是不起眼的私人物品而已。可是如今,她懂得了它们的价值,并把它们视为宝贝。这些年来她又是酗酒又是吸毒,而这两样东西始终与她相伴。穆迪医生说,是那个真正的多萝西把这些东西保存了下来。

多萝西并没有领悟到这一层。实际上,她一直试图忘记那个过去的自己,以及她在火烈鸟牧场上的生活经历。冷静并没有使回忆变得轻松,实际上恰好相反。如今她明白了一个道理,真正的生活就藏在每时每刻之中,藏在我们的呼吸吐纳之中。她不再喝酒,也不再吸毒。只要生活是健康的,每一秒钟都是胜利。

她是抱着破釜沉舟的心态来康复中心的,初来之时,她也有种解脱的感觉。没有什么比放弃控制更令人欣慰的了。她在康复中心老老实实的,遵守各种规章制度。她没有需要上交的漱口水、酒类或其他药物,也没有需要检查的大包小包行李。穆迪医生把她领进了一个窗户上带铁栅的小房间,从那里可以俯瞰灰色的水泥高架桥。

当双手再度不受控制地开始颤抖,头痛也越来越严重时,她开始第一次反思这个决定的正确性。结果她疼得发了疯,除了用"发疯"来形容,她找不到别的词语,尽管她并不喜欢这种说法。她的疯狂达到了歇斯底里的程度——摔椅子、用头撞墙,直到血流满面,叫嚷着放她出去。

她被强制实施脱瘾治疗,在一间禁闭室里关了整整七十二个小时。这是她生命中最漫长的三天时光。她只记得一幕幕的生活画面纷至沓来,彼此重叠,从她眼前飞快闪过,直到她的双眼应接不暇,直到一切都变得虚无缥缈,毫无意义。她还记得自己的汗臭味儿,还有反流到喉咙里的胆汁的苦味儿。她大声诅咒,翻来滚去,一会儿狂吐不止,一会儿哭天喊地。她哀求工作人员放她出去,或者给她哪怕一杯酒喝。

不过出乎意料的是，她竟然睡着了，醒来时已经是另外一个世界。她神志迷乱，浑身发抖，像条初生的小狗一样柔弱不堪。

我们很难用语言来形容此时的她是多么脆弱。日复一日，她像个幽灵一样参加集体治疗会，听同伴们千篇一律的开场白：嗨，我叫巴布，我有酗酒的问题。随后其他人异口同声地说：嗨，巴布。

这就像某种恐怖的野营集会。只是一到开会时间她就头昏脑涨，不停地咬指甲，直到指甲缝里冒出血。或者轻轻跺脚，幻想着什么时候可以喝上一杯，同时在心里提醒自己并不属于这里——那些家伙都有纵酒的毛病，要么是酒后驾车撞死过人，要么是因为喝酒丢了工作。他们是真正的酗酒者，而她只不过是一个生活不如意进而借酒浇愁的失败者罢了。

她仍记得真正的改变始于何时。那是她开始戒酒治疗三星期后的一个上午。开会时，她又是心不在焉，眼睛盯着自己参差不齐且冒着血的指甲，耳朵有一句没一句地听着胖女孩儿吉尔达痛哭流涕地叙述自己在某个聚会上被人强奸的悲惨经历。这时，穆迪医生看着她问："白云，听了吉尔达的遭遇你有什么感受吗？"

感受？她为这个问题感到好笑。一段往事从记忆深处浮了上来，像具尸体漂在黑色的意识表面。

天很黑，他在抽烟。红色的火头一明一灭，看上去恐怖极了。我闻到了烟味儿。你为什么不能改过自新呢？你让我看起来也像个坏人。我不是坏人。

我知道你不是。

"白云？"

"我的原名叫多萝西。"她如此回答，尽管有些答非所问。

"你现在可以重新叫这个名字。"穆迪医生说。

"我愿意试试。"说完之后她才意识到这竟是她真实的意愿，且这个念头已经在她心里埋藏很久，她甚至隐隐担忧这个念头最终会落空。

"我知道这看起来很可怕。"穆迪医生说。其他人立刻深有同感似的点点头，伴随着一阵表示赞同的窃窃私语。

"我叫多萝西，"她开始慢慢说道，"我是个瘾君子。"

这就是忧心事面的开始，也许是她这辈子唯一一次真正的改变。从那以后，她仿佛对康复治疗上了瘾，倾诉成了她新的大麻。她不停地说啊说，告诉每一个愿意倾听的人她在黑暗中四处乱撞的岁月，她犯过的错，和跟过的男人——现在她看出来了，那些男人全都一个德行，他们只是一群粗鄙不堪的酒鬼。只是她不明白如此浅显的道理为什么当初她却没有意识到，乃至一错再错。不过，尽管现在的她头脑前所未有地清醒，在治疗组中口若悬河，但她从来没有提过她的女儿和她小时候的事。有些痛苦的根扎得太深，是无法与陌生人分享的。

"你已经做好离开大家的准备了吗？"

听到穆迪医生的声音，多萝西转过身。

穆迪医生站在门口，穿着高腰直筒牛仔裤和很有他们种族特色的绣花上装。俗话说，相由心生，穆迪医生长得慈眉善目，而事实上她也的确是一个乐善好施的热心人。她把所有的时间和精力都用在帮助别人身上了。多萝西真希望此刻她有一大笔钱，从而可以报答这个给了她第二次生命的女人。

"我想我已经准备好了，但好像心里又没底，万一……"

"用心过好每一天。"穆迪医生说。

对多萝西而言，这本该是一句无关紧要的陈词滥调，就像静心祷告一样只会惹得她翻个白眼。但如今的她已经懂得，陈词滥调同样可以表达亘古不变的真理。

"用心过好每一天。"多萝西点着头说。把抽象的人生化作可以把握的每一天，她想她应该可以做到。

穆迪医生拿出一个小信封："这是给你的。"

多萝西接过来，低头看着图片中鲜红诱人的小番茄，"番茄种子？"

"可以种到你的有机菜园里。"

多萝西抬起头。过去几周，这个"计划"逐渐浮出水面。她仔细研究过，幻想过，甚至做过与之相关的美梦。但她能做到吗？她真的可以回到父母在萤火虫小巷留下的那栋房子，拔掉院子里疯长的杜鹃和杜松，把土翻一翻并种些东西吗？

她这辈子似乎从来没有认认真真做过一件事。承认吧，她到目前为止仍一事无成呢。想到这里，她不由恐慌起来。

"我星期五过去。"穆迪医生说，"我会带上我的孩子们，他们都可以帮忙。"

"真的吗？"

"相信自己，多萝西，你能做到的。你比你想象的要坚强得多。"

不，我没那么坚强。但她有别的选择吗？她已经无路可退。回到过去那种浑浑噩噩的状态？绝对不可以。

"你会和你的女儿联系吗？"

多萝西重重叹了口气。回忆的画卷不知不觉在眼前展开。她看到白云一次又一次抛弃了塔莉。她可以把名字改回多萝西，但白云始终是她人生的一部分，而且毋庸置疑，她对女儿造成的伤害有多严重，连她自己都想象不到。"暂时还不会。"

"那什么时候会呢？"

"等我相信的时候。"

"相信什么？"

多萝西注视着她的辅导师，并在她深色的眼眸中看到了忧伤。这种神情是可以理解的，穆迪医生希望治好多萝西，那是她的目标。为了达成这个目标，她送多萝西参加了脱瘾治疗，在后者几次三番想要放弃的时候，动之以情，晓之以理，并苦口婆心地说服她用药物控制情绪波动。事实证明，医生的努力没有白费。

然而毒瘾好戒，心病却难医。这里的心病，不是对大麻的心理依赖，而是对历历往事无限的愧疚。多萝西唯一能做的就是改变，赎罪，并希望有朝一日她能拥有足够的勇气面对她的女儿并向她道歉。

"相信我自己。"她最后回答说。穆迪医生心领神会地点点头。这是个令她满意的回答，也是他们在治疗组中经常谈论的话题。做不到相信自己，就无从谈起开始新的生活，尤其那些曾经一次次辜负了家人和朋友的人。诚然，多萝西这样回答的时候已经尽量让自己的声音听起来诚恳真挚，但骨子里，她根本不相信世界上存在真正的救赎，尤其对罪孽深重的她。

用心过好每一天。不辜负每分每秒，每一次呼吸。多萝西就是在这种精神的引导下开启了她的新生活之旅。她仍然怀念毒品，怀念酒精，怀念它们将她麻醉，使她忘掉一切的感觉。当然，她也没有忘记自己做过的傻事，伤过的人心。实际上，她为保存这些记忆赋予了新的内涵，并成了自我改变的福音。她在痛苦中纵情狂欢，在澄澈的回忆中恣意畅游。

她的开始有条不紊。她写信给女儿的业务经理，告诉他她已经搬进了萤火虫小巷那栋用来出租的房子。这栋房子已经闲置多年，因此她觉得自己住进去并不算什么无理要求。信寄出后，她觉得生活有了一线希望。每天查看信箱时她都在想：她会回信的。但直到2006年1月，也就是她重新开始过有节制的生活的第一年，她才收到经理寄来的一封充满职业口吻的短信：**我会把赡养费按月转寄到萤火虫小巷17号**。没有一个字来自她的女儿。

意料之中。

她在混乱不堪的绝望、自律和疲惫中度过了第一年冬天的那些日子。她对自己前所未有地严格，每天天一亮就起床，在那一人片空地上一直忙碌到夜幕降临。如此她经常筋疲力尽，有时候一天下来，甚至会累得忘记刷牙就上床睡觉。她每天的早餐和午餐都在地里解决，早餐通常是一根香蕉和一块有机松饼，午餐则吃一个火鸡三明治和一个苹果。吃饭的时候就盘腿坐在散发着肥沃气息的新翻的黑色泥土上。晚上，她经常骑着自行车去镇上参加脱瘾互助会。嗨，我是多萝西，我曾是个瘾君子。——嗨，多萝西。

听起来可能会觉得奇怪，但这种一成不变的开场对话却让她感到平静和舒适。会后，一群素不相识的陌生人就站在那里围成个圈，用一次性杯子喝着劣质的咖啡，吃着从面包店里买来的已经不怎么新鲜的小甜点，聊着聊着就成了朋友。她在这里认识了迈伦，通过迈伦认识了佩吉，又通过佩吉认识了埃德加和欧文，以及有机农业联盟。

到2006年6月，她已经整理出四分之一英亩土地，并用旋耕机耕出了一小方土地。她买来一些小兔子，给它们搭起一个窝，并把兔子的粪便、收集来的枯枝败叶和吃饭剩下的残羹冷炙混在一起做成肥料。她已经改掉了咬指甲的坏毛病，并把她对大麻和酒精的痴迷转移到有机水果和蔬菜上。她过着近乎与世隔绝的田园生活。她认为，现代化的选择越少，对她的自我约束便越有利。

这会儿她正跪在地上，用一把小泥铲翻着土。忽然，她听到有人在喊叫着什么。

她放下泥铲，站起身，拍掉沾在那双大手套上的泥土。

一个上了年纪、身材矮小的女人正穿过大街向这边走来。她下身穿了一条深色牛仔裤，上身穿一件白色运动衫，胸前印着几个令人眼花缭乱的字：世界上最好的外婆。她黑色的头发一侧像臭鼬一样有道纯白的条纹，形成一个圈。她脸颊红润，下巴尖尖。

"哦。"女人突然停住说，"原来是你。"

多萝西摘下手套，塞进她松垮的腰带中。抬手擦擦额头上的汗，她迈步向篱笆走去。我不认识你啊。她正打算这么说，但一幕往事忽然浮现在眼前。

我四仰八叉地躺在沙发上，肚子上放着一堆大麻。我想对这个走进我家里的好心人笑一笑，但我吸大麻已经吸得五迷三道，只会傻乎乎地大笑，嘴里还说了些不干不净的话。一旁的塔露拉尴尬得满脸通红。

"你是街对面那个戴防热手套的小女孩儿的妈妈。"多萝西轻轻说道。

"玛吉·穆勒齐。没错，大概1974年的时候，我让我女儿来这儿送过一次砂锅。你当时……有点不舒服。"

"吸嗨了，而且很可能还喝醉了。"

玛吉微笑着点点头:"我也是过来看看什么情况。我不知道你搬进来了,这房子已经空了好长时间啦。我早该注意到你搬回来的,不过……唉,家家有本难念的经,我们今年也是流年不利。"

"我可以帮你看着房子,还可以替你收收邮件。"话刚一出口,多萝西就后悔了,她怪自己自作多情,像玛吉·穆勒齐这样在邻居中广受欢迎的优雅女人,怎么会接受像多萝西这种女人的帮助?

"那就太好了,谢谢你啊。门廊下有个牛奶箱,你可以把信件放在箱子里。"

"好的,这个没问题。"

玛吉偏过脑袋,视线透过她那硕大的茶色眼镜片,沿着空荡荡的马路望向太阳。"咱们的女儿以前经常在夜里偷偷溜出去,骑着自行车在这条路上飞奔。她们还以为我不知道呢。"话音刚落,玛古双腿一软,瘫倒在地。

多萝西连忙打开篱笆门,走过去把她扶起来,然后挽着她的胳膊走进后院,让她在一张脏兮兮的桦木椅子上坐下。"我……呃……还没来得及擦洗外面这些家具。"多萝西不好意思地说。

玛吉干巴巴地笑了笑:"6月了,进入夏天了。"她伸手到口袋里,掏出了一包烟。

院子里杂草丛生,多萝西盘腿坐在地上,看着一滴眼泪从对面这个女人圆圆的脸颊上滚下,滴在她青筋暴突的手背上。

"别为我担心,"玛吉说,"我已经抽了好多年了。"

"哦。"

"我的女儿,凯蒂,"玛吉说,"她得了癌症。"

多萝西不知道遇见这种情况时人们都会怎么说。*我很遗憾?* 那听起来有些不痛不痒,而且有很大的敷衍的嫌疑,可除此之外还能说什么呢?

"谢谢你。"玛吉幽幽地说。

多萝西吸了一口带有薄荷味儿的二手烟:"谢我什么?"

"谢谢你没有说'她会好起来的',或者更没意思的,'我很遗憾'。"

"人有旦夕祸福。"多萝西说。

"是啊,以前我并不相信。"

"塔莉怎么样?"

"她陪着凯蒂呢。"玛吉抬起头,"我觉得你要是去看看她,她会很高兴的。她最近已经不录节目了。"

多萝西努力笑笑,但未能成功,"我还没有做好准备。我伤她的次数已经够多了,不想再来一次。"

"唉……"玛吉叹了口气,"她表面看起来很强势,实际上内心非常脆弱。"

两人在沉默中又坐了一会儿。最后,玛吉站起身:"时候不早啦,我该回去了。"

多萝西无声地点点头。她慢慢站起,陪着玛吉走出后院,来到门前这条叫作萤火虫小巷的街上。玛吉准备穿过街道时,多萝西叫住了她。

"玛吉?"

玛吉转过身:"怎么了?"

"我敢打赌她一定知道你有多爱她,你的凯蒂,这比什么都重要。"

玛吉点点头,又擦了擦眼睛:"谢谢你,白云。"

"我现在又叫多萝西了。"

玛吉疲倦地笑了笑:"多萝西,希望你不要介意我这么说:岁月无情啊。相信我,看起来再强壮的人也会突然生病。早点去看看你的女儿吧,别等太久。"

第二十章

2006年10月，阴雨连绵。灰蒙蒙的云层笼罩着大地，像一块看不到头的吸饱了水的巨大海绵。多萝西好不容易收拾出来的那块地变得泥泞不堪，处处是明晃晃的小水坑。但不管是晴是雨，她照例会下地劳作，这已经成了她生活的中心。她种上大蒜，并混杂着种了一些冬黑麦和长毛野豌豆，用以盖住湿润的地面。另外她把苗床划成一块一块，用白云石间隔开来，并撒上肥料，准备来年开春种些作物。

这天她又在忙着干活，一辆送花的厢式货车驶上了街对面的停车道。

多萝西跪坐在地上，抬头看着穆勒齐家的房子。雨幕茫茫，硕大的水珠沿着帽檐滴落下来，遮挡了视线，萤火虫小巷里的黑色丝带变得模糊不清。

对面的房子已经许久没人住了。穆勒齐一家要么在医院里陪着凯蒂，要么在凯蒂的家里陪着她的孩子们。这些天来，多萝西负责帮他们收信，并妥善地放进门廊下那个银色的牛奶箱里，此时箱子里的信件早已堆积如山。曾经有过几次，她发现箱子里的信件被取得干干净净，于是便知道巴德和玛吉偶尔会回来，只是近一个月来，她一次也没有见过他们，或者他们的车子。

多萝西放下泥铲，慢慢站起身，并习惯性地摘下手套塞进腰带。她从园子里走出来，穿过后院，沿着前院的一侧向车道走去。

她刚走到自家的信箱前，那辆厢式货车已经从穆勒齐家的车道上倒了出来，随后左转驶入了萤火虫小巷。

她踩着一双大胶鞋来到街对面，走上碎石车道。右侧，郁郁葱葱的青草地从农舍一直延绵至围绕着房子的、纵横交错的栅栏。走近白色的门廊时，她不禁想道：这里对女儿来说是最接近家的地方，而她却一次也没有进去过。

门廊下堆满了插花，有的放在地上，有的放在桌子上，甚至有一簇就放在牛奶箱子上。多萝西一阵难过。她从近旁的一个花束上拿起一个信封，打开看了看。

务请节哀顺变。

我们永远怀念凯蒂。

戈德斯坦一家敬上。

多萝西不明白自己为何如此悲伤。她甚至连凯蒂·雷恩的样貌都想不起来。她记忆中除了一头金黄色的头发和一抹恬静的微笑之外，再无其他。

大麻、酒精，这两样东西从她身上偷走了太多太多。她从未像现在这样渴望找回那些过去的记忆。

毋庸置疑，凯蒂的离世一定让塔莉伤心欲绝。多萝西对自己的女儿也许谈不上了解，但有一件事她非常清楚：凯蒂是女儿脚下的土地，是保护着她、使她免于摔倒的栏杆。凯蒂是塔莉一直梦想但却从未拥有过的姐妹，是她一直无限向往的家。

多萝西希望巴德或玛吉能早点回来，否则到时看到门廊下堆满枯萎的花该多么让人沮丧。可她能做点什么呢？

或许，她可以找她的女儿。

这念头令她心中重新燃起了希望。也许在这个艰难的时刻出现可以让塔莉看到她的改变。于是她急匆匆地赶回家。前后打了将近三十分钟的电话，终于问清了凯蒂的葬礼安排。葬礼将在几天后在班布里奇岛的天主教堂举行。在斯诺霍米什这样的小地方，死人的消息总是传播得特别迅速。

多萝西开始为这件即将到来的大事准备起来。她已经不记得自己多久没有在公开的场合露过面了。于是，10月5日这天，她冒着倾盆大雨骑车到镇上理发。为她剪头发的年轻女孩儿时而掩嘴偷笑，时而啧啧连声，多萝西知道她一定是没见过这么长、这么乱又这么白的头发，不过多萝西这辈子被人评头论足的次数多得连她自己都记不清，所以她并不在意，也懒得解释。况且她又不指望自己能变得像简·方达[1]那样美艳照人，她已经老态龙钟，身材走样。她只想自己出现在众人面前时不会给塔莉丢脸，同时也想让女儿看到她实实在在的改变。

所以她只要求把头发剪短到及肩的长度，并让那个穿着摩托靴的黑人小姑娘帮她吹干，直到头发能自然垂下并形成好看的波浪。然后她来到第一大街（在这里她又引来人们的一阵窃窃私语和啧啧感叹），走进一家本地小服装店，买了一条黑色长裤和与之相配的高领毛衣。她让店员把衣服用塑料袋包好，拿着走回她的自行车。然而当她走到车前时，她刚刚理好的头发又被雨水淋得一塌糊涂了，

---

[1] 简·方达：好莱坞著名女影星，代表作有《柳巷芳草》《荣归》等。

不过她似乎根本就没有注意。她脑子里一直在专心思考着葬礼上要说的话。

又见到你我很高兴。

我很抱歉你失去了一个好朋友。

我知道她在你心里有多重要。

我戒酒了,到现在已经有297天。

她特意买了一本关于如何帮助亲人走出悲痛的书。但书里的大多数话倘若从她的口中说出一定会显得滑稽可笑:她去了一个更好的地方。时间会治愈一切的。祷告会让你舒服些。不过有些她倒可以试试:我知道她对你有多重要。人生中有这样的一位朋友,你应该感到幸福。她把其中一些有用的句子画出来,并对着镜子练习,尽管她需要假装看不到镜子里的自己是多么年老体衰,以及毒品和酒精在她干瘪的皮肤上留下的印迹。

葬礼那天,天气倒格外晴朗。她认认真真洗了个澡,好好梳了梳头,不过在设计发型的问题上她无计可施,头发虽然剪短了,但看上去仍然摆脱不了过去那种爱因斯坦和老嬉皮士合体的感觉。有什么办法呢?她的脸上布满皱纹,眼神忧郁疲惫,那是再多的化妆品也改变不了的。她的眼神儿已经大不如前,手也会不自觉地哆嗦,看上去多半像《兰闺惊变》里的贝蒂·戴维斯[1]。

尽管如此,她还是用心收拾了一番。她刷了牙,穿上新衣服。嗯,现在的她看起来有点儿——只是一点点——布莱思·丹纳[2]宿醉初醒的意思了,不过她的衣服却相当体面。

她骑上自行车朝镇上驶去。这天的阳光十分明媚,但外面还是有点冷冷的感觉。

来到镇上,她喝了一杯印度奶茶,一边等公共汽车,一边在脑子里把那些应景的话又过了一遍。

上了公共汽车,她在心里暗暗鼓励自己,她能做到,她终于有勇气面对她的女儿并在她最需要帮助的时候给她安慰了。

望着车窗外面,她在坡璃上看到了自己幽灵一样的面庞。面庞之外是笔直的高速公路,而与高速公路一起延伸的,是不请自来的历历往事。

一个停满车子的停车场。高大的枫树投下浓浓树荫,孩子们在城市的公园里追逐嬉戏……

---

1 贝蒂·戴维斯:美国著名女影星,曾两度获得奥斯卡最佳女主角奖,代表作有《兰闺惊变》《红衫泪痕》等。

2 布莱思·丹纳:美国著名女演员,格温妮丝·帕特洛的母亲,曾主演过《拜见岳父大人》等影片。

我又醉得一塌糊涂。这是我唯一用来消磨生命的方式。

我为什么在这儿？因为我的母亲刚刚过世。

"妈妈，你终于来了。"

女儿美丽大方，楚楚动人，看到她的那一刻我的心都碎了。她16岁了吧？作为母亲，我却连她的年龄都搞不清楚。黑暗在膨胀，超出了边界，我感觉自己越来越渺小，越来越虚弱。

"你知道我需要你。"

塔莉在微笑，微笑。

我想起自己曾经尝试着做一个合格的母亲，为她提供她所需要的一切，可每一次都以彻底的失败而告终。塔莉滔滔不绝，我却再也抑制不住滚滚而下的眼泪。我踉跄着扑向她，对她说："你看看我。"

"我看见了呀。"

"不，你仔细看看。我帮不了你。"

塔莉蹙起了眉头，后退一步说："可我需要你啊。"

多萝西收回投向窗外的目光。母亲葬礼那天她对女儿说了些什么？现在已经记不起来了。她只记得自己转身离开……还有那继之而来的，笼罩着每一天、每一月、每一年的黑暗。男人、酒精、大麻。

那一天，她把女儿拱手交给了社会。

吱呀一声，公共汽车在渡口缓缓停下。多萝西下车后又登上了开往班布里奇岛的渡轮。

她以前来过这里吗？应该没有。即便来过，恐怕也是醉得稀里糊涂，或者吸大麻吸得分不清东西南北之后的事，因为她一点印象都没有。

小岛被管理得井井有条，到处都有古雅的商店和安静的街道。这绝对是那种左邻右里都彼此相识且友爱和谐的地方，像她这样的人即使穿上体面的衣服也会显得格格不入。

她心里明白，此时倘若不是因为吃过镇定药，她恐怕会紧张得浑身出汗。不过现在还好。虽然头有点晕，但起码她还能稳稳当当地站着，这才是最重要的。以前吃药之后，她整个人都会头重脚轻，像坐过山车一样一会儿天上一会儿地下。但如今她已经没有那种找不着北的感觉。

可尽管如此，坦白地说，她还是很想喝杯酒，定定神。只要一杯。

她伸手到口袋里，紧紧抓着那张她在上次互助会上赢得的卡片——成功脱瘾9个月，很快就有10个月了，用心过好每一天。

她随着由本地人和游客组成的人群慢慢走下船，来到岸上，重新回到阳光下。她按照地址方位穿过小镇。天色尚早，街上静悄悄的。教堂的位置比她原来以为的要远一些，因此等她赶到时，仪式已经开始了。教堂两扇高高的大门紧闭着。她这一生干过不少鲁莽之事，但这一次，她可不打算独自一人推开那两扇厚重的门。

停车场边上有两棵枫树，远看像两个硕大无朋的华盖。她在树下的一张长凳上坐下。一片秋叶耗尽生命中最后一丝力气，像只斑斓的蝴蝶从枝头悄然飘落，正好经过她的面前，她本能地抬起胳膊扫了一下，而后低头看着自己的双手，陷入了沉思。

当她再度抬起头时，发现塔莉孤身一人站在教堂前面。多萝西站起身，开始向她走过去，但刚走几步又停了下来。

参加葬礼的人忽然如潮水般从教堂里涌出来，停车场上顿时人头攒动。有几个人围住了塔莉。他们大概是凯蒂的家人：一个帅气的男人，一个只有十几岁的漂亮女孩儿，还有两个头发乱蓬蓬的小鬼。

玛吉抱住了塔莉，后者在她怀里嘤嘤而泣。

多萝西又回到树荫下。多么可笑，她本以为这里会有她的位置，甚至痴心妄想自己能帮上忙。

她的女儿有人关心和照顾，而女儿也自有值得她关心和照顾的人。在这样的日子里，他们紧紧抱在一起，互相安慰，彼此鼓励。这不正是人们在悲痛时所做的事吗？这不正是家人做的事吗？

刹那间，多萝西感到无以复加的悲哀和疲惫，她仿佛一下子衰老了许多。一直以来，她都在追逐一束永远也抓不到手中的光。

你该知道，假装是毫无意义的，况且我们的时间非常有限。

我听到了凯蒂的声音，坦率地说，我倒希望没有听到。你现在明白了，对吗？

我就像一个小孩子，紧紧闭着双眼，并相信只要我看不见别人，别人也看不见我。此刻我多希望自己能够真的消失。我不愿走进那片光，也不愿在这个关头一幕幕回首往事。回忆很痛。

你在躲避我。

"哼。你们死了的人什么都知道。"

我感觉她越来越近，就像逐渐靠近的火光。黄白色的小星星从我眼前的黑暗中划过。我闻到了薰衣草和爱之宝贝古龙香水的味道，还有……大麻的烟味儿。

我一下子又回到了过去。

睁开你的眼睛。

她说话的方式动摇了我的决心。我慢慢照她说的做了，然而其实在我看到大卫·卡西迪的海报以及听到艾尔顿·约翰[1]唱《再见，黄砖路》之前，我就已经知道自己身在何地——萤火虫小巷，我的卧室。我那台旧唱机就放在床头柜上，旁边还有一堆黑胶唱片。

多萝西。《再见，黄砖路》。翡翠城。生活中有这么多显而易见的线索，为什么我会——错过？我就像迷失在奥兹国[2]中的小女孩儿，一直在想方设法让自己相信，世界上没有比家更好的地方……

凯蒂就在我身边。这里是我位于萤火虫小巷的家。我们一起坐在我的床上，靠着吱吱呀呀的床头板。一张印有"战争是儿童和一切生灵的敌人"字样的黄色海报占据了我的全部视野。

你现在明白了，对吗？凯蒂再次说道，不过这一次她的语调更加亲切平和。

我不愿想——那一天，妈妈的出现是为了我，是为了修复我们之间的关系，然而却被我搞砸了。我还搞错了哪些事？但在我回答她之前，耳畔又想起了另一个微弱的声音：对不起。

哦，天啊。

是妈妈。卧室忽然不见了。我闻到了消毒剂的味道。

我扭头问凯蒂："她在这儿，还是那儿，我是说在医院？"

闭上眼睛。凯蒂温柔地说：只管听着。

2010年9月3日
下午4:57

"这位女士？女士？你还要不要下车？"

多萝西一惊，回过神来。出租车停在医院的紧急入口处。她付了钱，并给了格外优厚的小费，而后开门下车，来到滂沱的雨地里。

前往门口的路虽然很短，却令她感到恐惧，仿佛每一步都需要难以想象的意

---

[1] 艾尔顿·约翰：英国著名流行音乐创作歌手，享有盛名的顶级音乐艺术家。

[2] 奥兹国：同上文的翡翠城都是美国童话故事《绿野仙踪》中虚构的地方。

志来完成。而只有老天知道她的意志是多么薄弱。

走进庄严的大厅，她忽然为自己的狼狈感到难为情，或许在旁人眼中，她无异于一个穿越到现代社会的原始人。

她走到服务台前，清了清嗓子。"我是多萝——白云·哈特。"她轻声说道，"塔莉·哈特的母亲。"提到旧名字时，她仿佛被什么东西勒了一下，不过也只有如此塔莉才会知道她是谁。

服务台后面的女子点点头，告诉了她病房号码。

多萝西使劲咬着牙，攥着冰凉的双手，像准备赴死的士兵一样走进电梯，上了四楼。出了电梯，她沿着泛白的亚麻地板走进等候室。她步履维艰，每走一步，神经都绷紧一分。等候室里空空荡荡，几乎没什么人。一排排深黄色的椅子，服务台前坐着一个女人，两台电视机开着，但都没有声音。屏幕上，范纳·怀特[1]翻开了一个大大的字母R。

这里的气味——消毒剂、食堂里难以下咽的食物和绝望——强烈冲击着她。她不喜欢医院，而且一直尽可能地敬而远之，尽管有好几次她曾莫名其妙地在医院里醒来。

玛吉也坐在等候室里。看到多萝西，她放下手中的毛衣针，站了起来。

玛吉身旁坐着那个帅气的男人，也就是凯蒂的丈夫。他看到玛吉站起来，皱了皱眉，循着她的目光看了过去。然后他也慢慢站起身。多萝西曾在凯蒂的葬礼上远远看过他一眼，不过此时的他更显苍白憔悴，而且也更瘦削。

玛吉主动迎上去，并伸出双手："太好了，你看到我们留的纸条了。是我让巴德贴在你门上的，我没有时间去找你。"

"谢谢你。"多萝西说，"她的情况怎么样？"

"咱们的女儿是个坚强的战士。"玛吉说。

多萝西心头一热，或许那是蠢蠢欲动的渴望，咱们的女儿，就像她和玛吉都是塔莉的妈妈一样。多萝西倒希望这是真的，然而事实上，有资格称妈妈的人只有玛吉。凯蒂的丈夫向她们走来时，多萝西连自己都不知道自己在说些什么，只知道她的嘴在动。当看到凯蒂丈夫眼中熊熊的怒火时，多萝西的声音瞬间变成了灰。

"你还记得强尼吧，"玛吉说，"凯蒂的丈夫，塔莉的朋友。"

"几年前我们见过。"多萝西轻声说。那并不是什么美好的回忆。

"你除了伤害她，什么也没有做过。"他语调平和，却足以令多萝西不寒

---

[1] 范纳·怀特：美国著名女演员和主持人，她主持的《命运之轮》节目广受欢迎。

而栗。

"我知道。"

"如果现在你还想伤害她,我第一个就不答应。你明白吗?"

多萝西忍气吞声,但她并没有胆怯,而是迎着对方的目光说:"谢谢你。"

强尼一愣,皱着眉问:"谢我干什么?"

"谢谢你对她的爱。"

强尼一脸惊讶,他没想到多萝西会这样说。

玛吉挽着多萝西的胳膊,沿着走廊来到一片呈扇形分布在一个中心护士站后面、被玻璃墙分隔包围着的明亮的重症监护病房区。玛吉松开她,让她先去护士站登个记。

"好了。"她返身回来时玛吉说道,"她的病房就在那儿,你去和她说说话吧。"

"她不会希望我来这儿的。"

"去和她说说话吧,多萝西。医生说对她苏醒会有帮助。"

多萝西瞥了一眼干净的玻璃窗,只是病房里的多功能窗帘挡住了床。

"去和她说说话。"

多萝西点点头,开始向病房走去。她步履缓慢,双腿好似灌了铅一样沉重。恐惧随着每一步在全身蔓延,充满她的肺部,疼痛难忍。真正的病人是她,是她。

推开病房门时,她的手一直在颤抖。

她深吸了一口气,向病床走去。

塔莉躺在病床上,周围是发着各种电子声音的仪器。一根透明的塑料管插在她松弛的嘴巴里。她的脸肿胀瘀青,几乎变了形。头发全剃光了,一根塑料管伸进脑壳内。一只胳膊上打着石膏。

多萝西拉过一张椅子,坐在床边。她知道塔莉想听什么。那正是女儿前去斯诺霍米什找她的原因,也是这些年来她无数次问起过的事。真相。多萝西的故事,她们的故事。

等了这么久,她终于可以为女儿做一件事了。她深吸一口气,让紧张的心情平复下来。

"我小时候,加利福尼亚州还没有现在这么多的停车场和高速公路,那时到处都是柑橘园。山坡上有不停抽吸的钻油塔,像巨大的生了锈的铁螳螂。麦当劳刚刚开始流行,处处可见他们标志性的金色拱门。我还记得加州开始修建迪士尼乐园时，我爸爸，也就是你的外公，他认为沃尔特一定是脑子进水了，花那么多钱就为了让小孩子们玩。"她声音柔和，语速平缓，仿佛每一个字都要事先斟酌。

"咱们是乌克兰人。

"这个你知道吗？

"你当然不会知道。我从来没有对你说过我的事，还有你的身世。我想现在应该是时候了。

"你不是一直都想知道我的故事吗？现在我就告诉你。

"小时候……"

我以为"乌克兰"这三个字是丑陋的意思，就连现在也有这种思想。那是我最早开始保守的秘密之一。

老老实实。低头做人，不当出头鸟。融入社会，做个真正的美国人。在表面蓬勃繁荣的20世纪50年代，我的父母最看重的就是这些。

我想你肯定无法理解。你出生在狂野自由的70年代，和你一起长大的人当中，连头巾都找不到重样的。

而在50年代，女孩子一个个都像玩具娃娃。

我们是父母的延伸，是他们的财产。我们的任务就是让自己变得更加优秀，除了孝敬父母、考取优异的成绩、嫁给一个如意郎君之外，什么都不准想。现代社会的人根本无法想象美满的婚姻对那个时代的女孩子究竟有多重要。

女孩子嘛，就是要温柔娴淑，会调鸡尾酒，会生孩子。但在结婚之前这两样却是绝对的禁忌。

我们当时住在橘了那一个很偏僻的地方，名字叫作火烈鸟牧场，那里有很多牧场风格的房子，庭院状如马蹄，房前种着茵茵绿草。要是你有那个心思，在院子里挖一个游泳池出来也不在话下。

那个时候正流行泳池派对。我还记得妈妈的朋友们穿着泳衣，戴着印花橡胶泳帽聚在泳池边抽烟、喝酒，而男人们则围着烧烤炉喝马丁尼的情景。当终于有人跳下泳池的时候，就证明他们已经喝醉了。

周末就是流动的宴会，人们从一个泳池派对转战到另一个。奇怪的是，我的记忆中只有大人们的印象。小孩子可以露面，却只能像个哑巴一样乖乖待着。

不过，我小时候对聚会什么的并不上心。我喜欢木工活儿，通常总能自得其乐。没人注意我。在大人眼里我是个怪怪的小女孩儿，头发卷卷的，眉毛又浓又密，把整个脸都遮住了。我的爸爸过去常说我像个犹太人——而且每每这样说的时候就指天骂地，我实在搞不懂这有什么可让他生气的——我有什么可让她生气的——不过很明显，我的确让他瞧着不顺眼。所以妈妈就总是对我说，没事儿别说话，做个安安静静的乖孩子就行了。

我照做了。

我越来越寡言少语，结果连小学时认识的为数不多的几个朋友也没了。到中学时，我更加孤僻，同学们都对我避而远之，或者那不叫避而远之，而叫视而不见。那个时候，世界在变，但我们毫不知情。可怕的事情，不公正的事情，在我们周围时有发生，但我们假装没看见。我们把目光投向别处。那些黑人、西班牙人和犹太人，他们是他们，我们是我们。我的爸爸妈妈在带着种族偏见评论鸡尾酒时，却从来没有提到我们自己的种族。我第一次问爸爸乌克兰人是不是都是共产党时——那年我14岁——他狠狠抽了我一个耳光。

我委屈地跑去找妈妈，她在厨房里，站在浅绿色的胶木柜台前，淡蓝色的家居服外面绑着一条围裙，嘴里叼着烟，正把洋葱汤粉倒进一碗酸奶油里。

我哭得伤心极了，鼻涕都流到了嘴里。我知道我的脸肯定要肿起来了。爸爸打我。我对妈妈说。

她慢慢转过身，一手捏着烟卷儿，一手拿着汤料包。目光透过她那明晃晃的猫眼眼镜凝视着我。你干什么了？

我？我倒吸了一口气。她通过烟嘴儿猛抽了一口手中的好彩香烟，然后吐出一团烟雾。

这时我才明白，挨打是我咎由自取。因为我做错了事，所以才会受到惩罚。可我绞尽脑汁也没有想明白，我到底错在了哪里。

但我知道这种事不能跟任何人说。

那就是我堕落的开始。我也不知道换种方式该如何描述。后来情况越来越糟。夏天，我的身体也发生了变化，来了第一次月经（你现在是个女人了。妈妈说，并递给我一条护垫和一根皮带。*自己注意点，别干些傻事让我们丢脸*），乳房也开始发育，身体也渐渐变得苗条起来。我第一次穿着性感的分体式泳衣出现在泳池派对上时，隔壁的欧罗万先生看得入了迷，结果失手摔了一个酒杯。爸爸抓住我的胳膊，好像要把我的骨头捏断似的，把我拖到屋里，按在一个角落里对我说我看上去就像个荡妇，说完还赏了我一巴掌。

与他瞪我的目光相比，那一巴掌实在算不了什么。我知道他对我是有所企图的，一些黑暗的无法说明的企图，但我就是不明白那是什么。

直到后来。

15岁那年，有天夜里他进了我的房间。当时他喝得醉醺醺的，一身烟味儿，那天晚上他彻底伤害了我。我想具体细节还是不要多说了。

事后他说那全是我的错，是我自己穿得像个荡妇。我相信了。他是我爸爸嘛，我习惯了相信他。

我曾想把那件事告诉妈妈——不止一次——但她总是躲着我，而且一点点小事都能让她大发雷霆。她只要一见到我就把我赶回自己的房间，或者让我出去转转。显然，她的视野里已经容不下我。

后来，我也尽量不再引人注意。我通常把扣子一直扣到脖子里，出门也不再化妆。我谁都不理，也不交朋友，本就寥寥无几的朋友也不再往来。我成了真正的孤家寡人。

我像那样过了好几个月。爸爸喝酒越来越厉害，脾气越来越暴躁，人也变得越来越厚颜无耻。我则完全陷入沮丧和绝望之中，不过即便在那时我仍觉得自己的生活没什么问题。好像一切都在可以忍受的范围内，直到有一天在班上，一个男生指着我疯狂大笑，后来全班都加入了进来（或者只是我的感觉）。当时的情景就像电影《夏日惊魂》[1]中那帮男孩子嘲笑伊丽莎白·泰勒和她的朋友时的那一幕。我感觉自己面对的是一群如狼似虎、饥肠辘辘而又步步紧逼的怪物。我当时崩溃了，又叫又喊，还扯自己的头发。教室里一下子就安静了下来，可能他们都被吓呆了。听到周围没了声音，我抬起头，说实在的，我自己也吓蒙了，谁知道我会做出那种举动呢？老师问我怎么回事，我只是盯着她，一句话也不说，无奈之下，她让我去了校长室。

我的父母只在乎颜面，不在乎缘由。在他们看来，我尽可以哭喊，尽可以扯自己的头发，但倘若这种行为发生在公共场所，比如教室，那就成了问题。

1　《夏日惊魂》：1959年上映的一部美国悬疑惊悚片，伊丽莎白·泰勒扮演女主角。

第二十一章

他们说，医院才是我最好的去处。

你是个坏孩子，多萝西。每个人都有自己的问题，可为什么偏偏你这么自私呢？你的爸爸当然是爱你的。你为什么要说出这么不懂事的话？

你可能不相信平行宇宙的存在，但实际上它是存在的，它就存在于你的心里。前一分钟你还是个活生生的普通女孩子，后一分钟却只剩下一具空壳。你可以转个弯——或者在你黑暗的卧室里睁开眼睛——就能跨入一个看起来像是你的但又不是你的世界。

医院——他们口中的疗养院——位于另一座城市。甚至到现在我还说不清它究竟在哪里。可能是火星也说不定。

他们给我穿上一件约束衣。用穿白大褂的那些人的说法，是为了防止我伤害自己。

结果，一个16岁的小姑娘，头上带着扯掉头发之后落下的斑秃，就这样被人像捆一只鹅一样捆绑了起来。她不叫才怪呢。妈妈每每看到我就哭，不是因为我遭了罪，而是因为我喊叫的声音太大了，吵得她难受。至于爸爸，他甚至没有跟我们一起去。

这事儿交给你了，孩子她妈。他说。

到地儿一看，那里简直像一座建在山上的监狱。

你能保证老老实实吗？要是能保证我们就脱掉你的约束衣。

我保证一定老老实实，我知道，老老实实就是要我安安静静的。20世纪50年代的女孩子都讲究文静。他们解开了我的约束衣，让我走上一道宽宽的石阶。妈妈走在我旁边，但故意和我保持着距离，就好像我有什么传染病似的。我犹如走在一团雾里，醒着，也睡着。后来我才知道他们给我吃了药。可我居然一点印象都没有。我只记得爬那些石阶的时候非常吃力，就像在水下走路一样。我知道自己在哪儿，也知道我在看什么，只是我眼中的一切都有些模糊，比例似乎也不对。

我特别希望妈妈能够拉着我的手,而且我十分确定我一直在呜呜咽咽地求她,可那只是令她走得更快。嗒、嗒、嗒。那是她的鞋跟踩在台阶上发出的声音。她的手一直紧紧攥着手提包上的皮带,我都担心那皮带会被她揪断。

到了屋里,每个人都穿着白大褂,看起来全都冷冰冰的。我记得就是在那时我注意到了窗户上的铁栅栏,加上当时我浑身轻飘飘的,所以心里就想,如果我愿意的话,说不定能从那铁栅栏中间飘出去。

医生的名字很怪,听起来像一种布料,只是记不清是灯芯绒还是天鹅绒,或者别的。他嘴巴紧绷,酒糟鼻子。看到他时我忍不住笑了起来。我觉得他的鼻子就像一顶张开的红色降落伞,我笑得越来越厉害,最后竟哭了起来。妈妈在旁边一直嘘我,提醒我别那么没规矩,她抓着提包皮带的手指攥得更紧了。

坐下,哈特小姐。

我照做了,坐下的同时也止住了笑。这时我才意识到办公室里的寂静,随后是那古怪的灯光。那个房间没有窗户。我猜一定有许多人第一次看到灯芯绒医生的鼻子时会惊讶得跳起来。

你知道自己为什么被送到这儿吗?灯芯绒医生问我。

我现在很正常啊。

不,多萝西。正常的女孩子不会揪掉自己的头发,不会像疯子一样大喊大叫,更不会无端栽赃爱自己的人。

没错。妈妈在一旁插话说。可怜的温斯顿(我的爸爸)都快气疯了。她到底是怎么回事?

我无助地望着灯芯绒医生。他说,只要你乖乖听话,我们肯定能把你治好。

我不相信他。于是我转向妈妈,求她带我回家,并发誓说以后一定老老实实的。

最后我跪在了她面前,又喊又叫。我对她说我不是有意那么做的,我很抱歉。你看见了吧?妈妈对灯芯绒医生说。你看见了吧?

似乎不管我说什么她都无法理解我有多么抱歉,多么害怕。情急之下,我哭喊了起来。我知道那样做不对,简直大错特错,因为声音太大了。我向前摔去,头撞在妈妈所坐的椅子的硬木扶手上。

妈妈也尖叫起来。快想想办法!

我感觉有人从后面过来抓住了我。

醒来时,我已经不知道过了多久。我躺在一张床上,手腕和脚踝都被死死绑着，无法动弹。

陆续有穿着白大褂的人来到我身旁，像狂欢节大转轮上的目标一样走来走去。我记得自己曾试图喊叫，可惜什么声音也没有喊出来。他们的一切活动都是针对我，却没有一个人看我一眼。

我听到轮子滚动的声音，此时我才意识到我的头仍能扭动，尽管需要费点力气。一个护士——后来我知道她叫海伦——推着一台仪器进了病房，直走到我的病床前才停下。

有人摸了摸我的头，把一团凉凉的、黏糊糊的东西涂在我的太阳穴上。我把头扭向一侧，只听那人说了句"他妈的"，然后用手拽住了我的头发。

海伦俯身下来，她的脸离我特别近，近到我能看见她鼻子里的黑毛。"别害怕，一下下就好了。"她说。

我感觉到了流泪带来的灼痛。真是可悲，这么一点点好意都能把我感动得想哭。

灯芯绒医生随后走进来，噘着嘴，伸着鼻子。他一言不发，在我的脑袋两侧各放了一个金属盘。那两个盘子我感觉就像两块冰，既让我觉得冷冰冰，又觉得热烘烘。我开始唱起了歌。

唱歌。

真不知道我是怎么想的。怪不得他们会把我当成疯子。我躺在病床上，眼里淌着泪，声嘶力竭地唱着比尔·哈利[1]的《整日摇滚》。

医生用一条皮带固定住我的头。我想告诉他皮带勒得太疼了，而且我很害怕，可我嘴里的歌似乎根本停不下来。他在我嘴里塞了一团什么东西，我差点吐了。

所有人都开始往后撤，我心里一惊，想道：炸弹。他们一定在我头上绑了个炸弹，我马上就要被炸成碎片了。我试图吐出塞在我嘴里的东西，然而这时……

我很难描述当时的震惊。现在我知道那是电击。我像个布娃娃一样浑身乱抖，还尿了裤子。传进我耳朵里的声音频率很高，呜的一声，非常刺耳。我想大概我全身的骨头都断了。电击结束的时候，我像个死人一样躺在床上，一动也不能动。我听到吧嗒吧嗒的声音，那是我的尿透过床垫滴在了亚麻地板上。

你瞧，海伦说，没那么可怕对不对？

我闭着眼睛，祈求上帝把我带走。我不知道自己究竟做了什么了不得的错事要接受这样残酷的惩罚。我想要一个妈妈，但不是我的妈妈，当然，我绝对不想我的爸爸。我猜我只是特别希望能有个人抱着我，爱我，并告诉我不要害怕，一

1　比尔·哈利（1925—1981）：美国歌手，被称为摇滚乐之父，是摇滚乐的创始人。

切都会好起来的。

可是……俗话说，如果愿望都能实现，世界上还会有叫花子吗？

可能因为你很多时候见我都是一副半醉半醒的样子，所以就觉得我这个人一定很蠢，不过实话告诉你，我可是很聪明的。没用多久我就弄明白是怎么一回事了。哦，在来医院之前我就知道他们希望我怎么做，我怎么可能会乖乖就范呢？只是我没有想到不配合的后果竟如此严重。现在我知道了。天啊，我太知道了。

老老实实、安安静静。让干什么就干什么，问什么就答什么。永远别说不知道，永远别说你的爸爸侵害了你。也不要说你的妈妈知道一切实情但却选择了视而不见。哦，不。永远都不要说你很抱歉。他最恨这个。

来到这个医院时，我几度崩溃，万念俱灰。但我很快就学会了如何振作起来。我勤点头，多微笑，医生给药我就吃，还时不时问问他们我的妈妈什么时候过来看我。我不和任何人交朋友，因为其他女孩儿都是坏孩子，是些真正的病人。妈妈是不会同意我和她们交往的。我怎么能和企图割腕自杀或者放火烧死自家狗狗的女孩子交朋友呢？

因此很多时候我都踽踽独行，孤苦伶仃，沉默寡言，但我时常笑容满面。

在那里，时间是个很奇怪的东西。记得那时我经常盯着外面的树叶，看它们渐渐变黄，最终随风飘零。那是我判断日子的唯一方式。有一天，经历又一次电击治疗后，我来到了游戏室——之所以称这里为游戏室，我估计原因可能是这里的桌子上摆了几张棋盘。我坐在轮椅上，面对窗户。我的手又控制不住地抖起来，不过我尽力不让别人看到。

多萝西·吉恩？

我妈妈的声音从来没有那么温柔过，我循着声音缓缓扭过头。

她比我记忆中要清瘦了些，头发梳得一丝不乱，且看着仿佛喷了一层漆。她穿了一条花格裙子和一件整洁的小圆翻领毛衣，戴着一副黑色的牛角框眼镜。她双手攥着提包的皮带，不过这次她戴了手套。

妈妈。我尽力克制着不哭。

你还好吗？

好多了，我发誓。我能回家了吗？我会乖乖的。

医生们说你可以回家了，但愿他们没有说错，真不敢相信你居然……和这些人待在一起。她环顾了一下四周，不由皱起眉头。

这才是她戴手套的原因。她不想被传染上神经病。不过她敢于伸手摸我，敢于呼吸我所呼吸的空气，我猜我应该为此感到高兴才对。后来我真的假装喜气洋洋呢。和灯芯绒医生告别时我尽可能地礼貌，我和海伦握了握手，在她对我妈妈说我给他们带去了很多乐趣时，我还努力笑了笑。我跟着妈妈出来，上了她那辆蓝色的克莱斯勒牌轿车。刚一上车她就点着了烟，车子开动时，一截烟灰掉到了座椅上。就是这个时候我才知道她有多么心烦意乱，因为我的妈妈是最见不得半点脏乱的。

回到家时，我特别留心看了看。单层平房的装修故意向牧场靠近，屋顶竖着一个马形的风标，车库门是按照谷仓的风格设计的，窗户上带有西方典型的回纹装饰。车库前面，一个铁皮做的黑脸骑士伸手摆出欢迎的姿势。

那就是一个弥天大谎，一个能够穿透平行宇宙的谎言。对它瞥上一眼你就会改变，而你又不能不看它。

车子开上车库前的车道，但妈妈却不让我下车，她不想让邻居们看见。"待在车里。"她对我说，然后砰的一声关上车门去打开车库的大门。车子开进车库之后我才下车。我摸黑回屋，走进了充满未来风格的明亮的客厅。屋顶是斜着的，上面装饰着五颜六色的石子。透过巨大的落地窗可以直接看到后院里波利尼西亚风格的泳池。壁炉所在的那面墙是用巨大的白色石头砌成的。屋里的家具井然有序，一尘不染。

我的爸爸站在壁炉旁，他依旧穿着那套弗兰克·辛纳屈[1]套装，一手端着一杯马丁尼，一手拿着一根点着了的骆驼牌香烟。约翰·韦恩[2]爱抽的那种牌子——美国良烟。他戴着一副用金属丝和玳瑁壳做框的眼镜，面无表情地盯着我说：他们放你回来了。

医生们说她没事了，温斯顿。我妈妈说。

是吗？

我应该让那个老畜生去死，但我只是静静地站在那里，像朵花一样在他贪婪的目光的惩罚下慢慢枯萎。我知道当众出丑的代价。我很清楚这个世界上谁更强大，反正不是我。

你瞧，她在哭呢。

如果不是他指出来，我还不知道呢。但我一直默不作声。

我知道他们希望我怎么做。

从疯人院回到家，我的名声算是臭了。在火烈鸟牧场，我成了下贱的罪人，

---

[1] 弗兰克·辛纳屈（1915—1998）：美国音乐界的传奇偶像，20世纪最重要的流行音乐人物，与猫王、披头士齐名。
[2] 约翰·韦恩（1907—1979）：美国电影明星，以演出西部片和战争片中的硬汉而闻名。代表作有《关山飞渡》《最长的一天》等。

仿佛我干了什么见不得人的事，让我的父母也为之蒙羞。后来，他们都视我为危险的动物，只允许我在有限的范围内活动，丝毫不得逾越。

如今，像你和《菲尔医生》[1]的节目都会告诉人们，有了伤痛和压力就要大胆讲出来。然而在我们那个年代却恰好相反，有些事是永远都不能说的，我进过疯人院的事就正好属于这一类。极其偶尔的情况，妈妈不小心提到我住院的那段时间时，会委婉地称之为度假。她唯一一次看着我的眼睛并说出"医院"那两个字是在我回家的第一天。

记得当晚我正为晚餐准备餐具——我尽量机灵，多做力所能及的事。我缓缓转身偷看妈妈，她正在厨房里搅着什么东西。我想应该是皇家奶油鸡。那时她的头发依旧是棕色——我想应该是染过的——虽然卷曲却规规矩矩，像个小帽一样盘在头顶，那样的发式并不是人人都驾驭得了。她的面容在今天应该可以称得上英俊，方方正正，带着点男子气概，额头宽阔，颧骨突出。她依旧戴着那副猫眼黑牛角框眼镜，穿着炭灰色的毛衣。总之她浑身上下没有一处柔和的地方。

妈妈？我轻轻叫了一声，走到她身边。

她微微抬起头，只到能够看见我的程度。多萝西·吉恩，如果生活给了你一个柠檬，你就要拿它来做柠檬汁。

可是他——

够了。她斩钉截铁地说。我不想再听到这件事。你必须把它忘掉。只要做到这一点，你很快就能学会重新微笑着面对人生。镜片后面，她圆睁着双眼，眼神中满含期许。求你了，多萝西，你爸爸是不会允许的。

我说不准她到底是想帮我却不知道该怎么帮，还是她根本就不在乎。我只知道一件事，倘若我再旧事重提，或者流露出哪怕一丝痛苦和哀怨，我的爸爸就会再次把我送回疯人院，而妈妈绝对不会阻止。

那时我总算知道，世界上的确存在更恐怖的地方。医院里那些双手颤抖、眼神空洞得如同黑板一样的孩子有时会说起些可怕的事，比如用冰水冼澡，或者更甚，脑叶切除。

我明白。

那天夜里，我连衣服都没换，便爬上我那小小的床铺。我睡得很沉，但也很不安稳。

想都不用想，他把我弄醒了。他一定等了好久，也忍了好久。我不在的那段

---

[1] 《菲尔医生》：美国一档脱口秀节目，主要为公众解答心理方面的疑问。

时间，他的愤怒就像生了触角四处延伸，碰到什么就伤害什么，据我看，那愤怒已经膨胀到快要将他勒死。我的"谎言"让他丢尽了颜面。

他现在要好好给我上一课了。

我跟他说对不起——这是个可怕的错误。他用烟头烫我，并警告我要把嘴巴闭严实。我一声不吭地盯着他。然而我的沉默反倒令他更加怒不可遏。可我有什么办法呢？我已经吃够了亏，知道什么时候应该闭嘴。我无法阻止他伤害我，不过那天夜里他看着我的时候，也发现了一些新的东西。我很可能会再度揭发他。*女人是会生孩子的*。我低声说道。*那将是证据*。

他气呼呼地退了出去，并狠狠摔上了门。那是他最后一次上我的床，但并不是最后一次伤害我。每次都是我瞪着他，而他对我拳打脚踢。以至于每天夜里我躺在床上时都万分忐忑，等待着、担心着，猜测着他什么时候能够改变主意，回到过去的样子。

从医院回来之后，学校也变得更加可怖。

但我挺过来了。我尽量低调，并无视别人的指指点点和窃窃私语。我已经是一件残次品，这是尽人皆知的事。不过唯一让人欣慰的是，我再也用不着假装。

不过我当时的举止还是犯了妈妈的忌讳，我宽松的衣服、凌乱的头发和昏昏欲睡的双眼，都让她看不惯。不管什么时候，只要看见我，她就会噘起嘴，阴阳怪气地说：唉，我说多萝西·吉恩，你难道就没有一点羞耻心吗？

但我喜欢待在局外静观局内，那样能看得更加清楚。

在泡沫十年（即20世纪50年代）的末尾，我们处在加利福尼亚州新世界的顶端泰然自若。郊区飞速发展，构建着崭新的美国梦。一切都焕然一新，干干净净。我们有了明日世界风格屋顶的购物商场，有了免下车的汉堡店。作为一个局外人，因为距离，很多事情我反倒看得更加清楚。不过直到我迷失自我之后，我才注意到学校里的学生其实也是分成很多派的。有这样一群孩子，他们来自大户人家，是学校里的焦点人物。他们穿着最时髦的服装，说话时嘴里总是嚼着泡泡糖。星期六的晚上，他们经常开着父母亮闪闪的新车在街上飞驰。他们聚在一起有说有笑，泡酒吧，开飞车。他们是老师眼中的骄子，男生都是运动健将，女生都是大学苗子，个个心安理得地花着父母的钱。他们遵纪守法，或者至少在表面上是如此。总之在我眼中他们仿佛顶着金色的光环，好像他们的皮肤和心脏永远感受不到袭击我的那种痛苦。

然而到初三那年春季时，我开始注意到另外一群孩子，一群曾一度被我忽视的孩子，一群生活在贫民区的孩子。前一天他们还像我一样毫不起眼，后一天却无处不在，充满人们的视野。他们打扮得就像《无因的反叛》[1]中的詹姆斯·迪恩[2]，梳着大背头，头发上全是发胶，T恤袖子里卷着烟盒。黑色皮夹克里面套着带号码的运动衣。

我们起初称他们为"浪人"，后来又叫"油头"。这都是些侮辱性的称谓，但他们通常只是一笑置之，点上一支烟，模仿他们偶像的样子吞云吐雾。而几乎一夜之间，关于打架的谣言就能满天飞。

后来，一个据称"品质优良"的男孩子在一场汽车加速赛中不幸意外身亡，我们的社区一下子像炸了锅，群情激愤，气势汹汹，大大出乎我的意料。

这种情绪影响了我。我一直没意识到自己的愤怒，直到它弥漫在空气中，传染了每一个人。不过和往日一样，我把这种愤怒压抑在内心深处。从走廊里经过时——孤身一人紧抱着书穿过人群——我听到两派人正在打口水仗。穿黑夹克的男生对着一群穿百褶裙的女生大声吆喝着："嘿，胆小鬼。"女生们怒目而视，扭头走开，她们目空一切的眼神中充满了优越感。

意外过后的那个星期一，我记得我们在上家政课。皮博迪老师正絮絮叨叨地讲述大空间橱柜对一个年轻家庭主妇的重要性。说到只用维也纳香肠和一些手头的食材就让不速之客满意而归时，她更加神采飞扬。她还答应向我们演示如何制作白汁沙司。谁知道那是什么东西。

我心不在焉，有一句没一句地听着。我是说，谁在乎这些玩意儿？可那些大户人家出来的女生却一个个伸长了脖子，竖起耳朵听得专心致志，还一丝不苟地记着笔记。

下课铃响过，我是最后一个离开教室的学生。我觉得这样挺好，那些人缘好的学生是不屑于向背后瞅一眼的。

我小心翼翼地穿过走廊。中学的走廊对于我这种不受欢迎的学生来说，和地雷阵没什么两样。

我恍如置身闹市，只是那噪声并非出自车辆，而是周围的人，那些受欢迎的学生。他们说话仿佛从来不分先后，数张嘴同时开口，互相揶揄取笑。

我像个机器人一样木然走向我的储物柜，周围的喧闹忽然升高了音调。不远的地方，朱迪·摩根站在饮水机旁边，被她的一群留着鸡窝头的朋友众星捧月般围在中间。她的小圆翻领上别了一枚金色的领针。

"嘿，哈特，恭喜你的头发又长出来了。"

---

[1] 《无因的反叛》：1955年美国影片，被誉为青少年影片的里程碑之作。

[2] 詹姆斯·迪恩（1931—1955）：美国著名男演员，在《无因的反叛》等影片中塑造颓废沉沦的青年形象，代表了一代年轻人的反叛与浪漫，因而成为公认的文化偶像，可惜因车祸英年早逝。

我的脸臊得通红，只管低头假装在储物柜里翻找东西。

我感觉有人来到了我身后，整个走廊忽然之间就安静了下来。我急忙转过身。

他长得人高马大，肩膀宽厚，一头浓密的黑色鬈发倘若让我妈妈看到一定会气得咬牙切齿。他已经尽力把头发梳向后面，但总有那么几缕不服管束。他皮肤黝黑——这注定了他在这个学校里不会太受欢迎——牙齿洁白，下颌方正，上身穿白色T恤，下身穿褪色的牛仔裤。一只手里很随意地拎着一件黑色皮夹克，夹克的袖子拖到了地板上。

他从卷起的袖子里拿出一包烟。嘴里说道："像她那种贱人说的话你应该不会放在心上吧？"

他点着了烟，丝毫不顾忌这是学校的走廊。发光的烟头儿赶走了我的恐惧，但我仍然不敢扭头往别处看。

"她是个疯子，朱迪说，油头，跟你正相配。"

莫罗校长沿着走廊急匆匆地走过来，她推开人群，一边吹着她那银色的哨子，一边喝令所有人返回各自的教室。

这个男生用手托着我的下巴，让我抬起头。我看到的仿佛是另外一个人。他只是个梳着背头、在学校走廊里公然抽烟的大男生而已。"我叫雷夫·蒙托亚。"他说。

"我叫多萝西·吉恩。"我只机械地蹦出了这几个字。

"多萝西，你在我眼里一点都不像疯子，"他说，"你是疯子吗？"

这还是第一次有人这么直白地问我，而我的第一反应是撒谎。可当我看到他看我的眼神时，我却说了句："也许吧。"

他的笑容比我长久以来见到的一切东西都悲哀，我的胸口又隐隐作痛起来。"那只能说明你太在意了，多萝西。"

我还没有来得及回答，莫罗校长已经抓住了我的胳膊，不由分说地拉起我就走，我跟跟跄跄地跟在她一旁。

那时候的我对人生还没有太深的认识，但有件事我可以肯定：从火烈鸟牧场来的那些听话的女孩子是从来不会和黑皮肤的蒙托亚说话的。

可是从我看见他的第一秒钟，我的大脑就一片空白了。

这听起来也许有些老套，但雷夫·蒙托亚的那句话确实改变了我的人生轨迹。那只能说明你太在意。

回家的路上，我一遍又一遍地重复着这句话，从任何一个可能的角度去理解。平生第一次我开始怀疑，或许我并不是疯子，也不是外星人。或许世界真的如我感觉的一样错乱。

接下来的这一周，我仍旧重复过去的日常，像个僵尸一样浑浑噩噩。我睡觉，起床，穿衣上学，可这一切都只是伪装。我一直想着他，寻找他。我知道这样做不对，甚至很危险，可我管不了那么多了。错又怎样？我就是要拥抱错误。

忽然间，我想做个坏女孩儿了。好女孩儿的清规戒律给我带来了灾难，也许做一做坏女孩儿倒能使我解脱出来。

我首先拿头发下手，并尽量模仿那些受欢迎的女生。我也烫起了鬈发，把多余的眉毛全部拔掉，使原本浓密粗大的两条黑线变成纤细的两弯新月架在眼睛上面。我也开始穿漂亮的小圆领裙子，且一件接一件地换，肩膀上还总是很随意地系着一件和裙子搭配得当的运动衣，同时把腰带绑得紧紧的，好凸显我纤细的腰身。我把网球鞋使劲漂白，直到白得让人无法直视。以前我总是第一个进教室，最后一个离开教室，现在我反其道而行之，每次踩着铃声进教室，丝毫不把其他学生诧异的目光放在眼里。每个人都注意到了这种变化。我的爸爸每次看到我都不免阴沉着脸，但他与我保持着距离。我很不稳定，而且我让他清楚地知道这一点——我是个疯子，我什么事都可能做得出来，什么话都可能说得出来。

男生们开始接近我，可我视而不见。我不喜欢那种喜欢我这类女孩子的男生。我每天在走廊里徘徊，只为寻找他。

我也感觉到了自己的改变。就好像我趁他不在的时候把自己拆零散，然后按照我想象的他喜欢的样子重新组装起来。这听起来有点疯狂——没错，我就是个疯子——可我感觉特别清醒。相比之下，我以前的十几年简直就是白活了。

爸爸把我看得很紧。我能感觉到他的监视，但我不打算示弱。欲望给了我新的力量。记得有一天吃晚饭的时候，我坐在到处都沾着芥末的绿色胶木餐桌前，吃着妈妈做的难以下咽的威尔士兔肉、番茄片和一点点香肠。爸爸整个晚饭期间都在抽烟——抽一口烟，动一下叉子——嘴里还断断续续地说着什么，声音大得就像打枪。

每当屋里安静下来时，妈妈就不失时机地说几句闲话，好像就为了证明我们这个家多么幸福和正常似的。可她偏偏哪壶不开提哪壶——问起我的新发型——结果爸爸一拳砸在桌子上，震得妈妈新买的那些康宁[1]碟子当当直响。

"别纵容她。"他恶狠狠地说，"她看起来就像个荡妇。"

我差一点就要说出：你巴不得我像个荡妇！但我及时克制住了。因为我害怕，也许只要说错一句话，他就会把我重新送回疯人院，所以单纯顶嘴这个念头

---

[1] 康宁：美国一个著名的餐具品牌。

就足以吓我一跳。

我拼命低着头，开始收拾桌子。洗过碗碟，我借口要做作业，赶紧溜进我的卧室，把门紧紧关上。

随后我照旧每天等待、期望、寻找，我不记得这种状态持续了多久，至少有两个星期吧，或许更久。然后有一天，我正站在储物柜前琢磨一些数字，忽然听见他在背后说道："我一直在找你。"

我呆住了。一时口干舌燥，不知所措。我以慢得不能再慢的速度转过身，发现他几乎紧贴着我，像一座塔似的杵在我面前。"你找我？"我问。

"承认吧，是你一直在找我。"

"你怎么知道？"

他又往前凑了凑，抬起胳膊——黑色的皮夹克随之发出一阵窸窣声——并用一根手指挑起我的一缕头发搭在耳后。他碰到我的一刹那，我感受到一种强烈的渴望，就像有生以来我第一次被人看到一样。在这一秒钟之前，谁都无法想象长期被人视而不见是多么痛苦。我渴望被人看见，更渴望他的触摸，这想法让我大吃一惊。对于性的了解，我仅限于痛苦和肮脏。

我知道，产生这种感觉是不对的，为这个男生而兴奋则更加危险。我应该及时悬崖勒马，我应该把头扭到一边，试着用言语告诫，然而当他用手抬起我的下巴，让我不得不看着他的脸时，一切都已经晚了。

在走廊里刺眼的灯光下，他的脸庞该平的地方平，该凹的地方凹。他的头发长得离谱，而且油乎乎的，有些地方甚至呈蓝色，还有他的皮肤，实在是太黑了，但我并不介意。在遇到雷夫之前，我的未来仅限于在郊区做个家庭主妇。

而现在，我的未来忽然多了无限的可能。如果有谁不相信一秒钟就可以改变一个人的一生，那他就是个傻瓜。我想打破常规。为了他，做什么都可以。

他简直就是潇洒的代言人，站在那里玉树临风，低头看着我，脸上带着高傲的笑容，但在他身上我看到了某种能够使我改头换面的情感。

危险。我们在一起就只会有这一个结果，我比谁都清楚，这种感觉会一直伴随着我们。

"跟我在一起吧。"他说着伸出了手，"别在乎他们怎么想。"

"他们"指的是每一个人——我的父母、邻居、老师、治疗过我的医生。他们没有一个人会同意我们两个在一起。那会让他们感到害怕，他们会认为我又疯了。

危险。我心里又一次提醒自己。

"我们能不声张吗？"我问。

显然这话伤了他的自尊，我真恨自己。直到随后他把我抱上床，让我第一次领略了什么是爱、什么是激情和什么是性之后，我才将自己的全部故事和盘托出，我把我沉闷的人生中每一个肮脏的细节都说给他听。他搂着我，任由我痛痛快快地哭了一场，并对我说，从今以后他再也不会让任何人伤害我。他吻遍了我胸口和胳膊上的每一处伤疤。那就好像我的整个人生摆在他面前。

连续数月，我们偷偷维系着这段地下情……直到有一天我发现，我怀孕了。

第二十二章

人们普遍以为,在我们那个年代,中学女生怀孕简直是天方夜谭,可实际上,这种事并不稀奇。世界上有很多事情是自然而然就发生的,青少年性行为就属其中一例。与现在不同的是,我们那时格外隐蔽。校园里总有传不断的流言蜚语。一些女生莫名其妙地就突然消失了,理由也各种各样,比如看望年老的姑妈,或者探视生病的表妹,而隔一段时间再度出现时,人往往瘦了许多,通常也更安静了。她们到底去了哪里,我不知道,也不在乎。

我爱雷夫,不是像中学生初次见面那种令人窒息的怦然心动,而是发自内心地、毫无保留地爱。那时我并不懂得爱情多么脆弱,而一个人的未来又是多么无常。那年5月底的一天晚上,爸爸回家时一反常态地满脸笑容,他对我和妈妈说,他升职了,而且我们要搬去西雅图。他让我们看了他在西雅图买的房子的照片,并在我妈妈的脸颊上亲了一口,妈妈当时和我一样惊得目瞪口呆。

人生无常。

"7月1日,"爸爸说,"到那天我们就搬家。"

我必须把怀孕的事告诉雷夫,我们已经没有时间担心和计划。我的未来——除非雷夫能够改变它——将被安置在西雅图一个名叫安妮女王山的地方。

然而我害怕把这个消息告诉他的同时,又莫名其妙地激动,或许还有一点点骄傲。这是我们爱的结晶,不也正是我人生的意义所在吗?

我最终告诉他的那天夜里,他一直紧紧搂着我。我们两个一个17,一个18,还都是孩子。他还有不到一个月就中学毕业,而我还有一年多。我们躺在我们自己的"窝"里——克里斯基老头儿的柑橘林里的一片树荫下。我们在那儿留了一个旧睡袋和一个枕头,平时不来的时候就把它们装进一个垃圾袋,塞在树篱间。放学后,我们铺好睡袋就钻了进去。我们仰躺在地上,不停地互相抚摸,望着无垠的天空。空气中弥漫着成熟的橘子味儿、肥沃的泥土味儿和被太阳炙烤了一整天的干土的气息。

"孩子。"他自言自语似的说。突然间我就开始想象你的样子了：十个小手指，十个小脚趾，一头浓密的黑头发。我情不自禁地做起了我们三个人在一起生活的美梦。可他继之而来的沉默让我的心里突然升起了一团疑窦。他怎么会要我呢，一个被玷污过的女孩子？

"我可以去。"我对着天空茫然说道，"去……那些女生去的地方。等我回来时……"

"不，这是咱们的孩子。"他斩钉截铁地说，"我们将是一家人。"

那一刻，我对他的爱简直胜过这世上的一切。

在那个橘香四溢的下午，我们开始计划起我们的将来。我知道这件事不能告诉我的父母，他们会把我锁起来，逼我放弃这个孩子。我决定退学，毫不犹豫。我不是上学的材料，而且那时我也没有意识到世界有多大，人的一生有多长。我只是个活在自己世界里的女孩子，我想做一个妻子、一个妈妈。

雷夫毕业之后我们就远走高飞。他本来也是孤身一人，了无牵挂。他的妈妈在生下他时就去世了，后来他的爸爸又丢下他走了，他跟着一个叔叔来到了加州南部。他们都是外来工人，雷夫渴望寻找属于自己的一片蓝天，而我们都天真地以为，这个目标我们一定能共同实现。

在我们计划逃走的那一天，我紧张极了，晚饭时我连话都说不出来，面对甜点更是无动于衷，妈妈做的乐之饼干派我一口都吃不下。

"她这是怎么了？"爸爸皱着眉头，隔着一团蓝色的烟雾问妈妈。

"我得做作业。"我含糊地说了一句，便起身离开餐桌。我洗碗碟的时候，爸爸边吃饼干派边抽烟，妈妈一边研究刺绣的图案一边絮絮叨叨说着话。他们聊什么我一概不知，也从不关心。况且我的心跳声那么大，我想应该也听不到他们说话。

在把洗碗巾搭在炉子的金属杆上之前，我确保所有家务都已经按照爸爸的高标准严格完成。这时爸爸和妈妈已经去了客厅。他们坐在各自最喜欢的位置——爸爸坐在他那张橄榄绿色的马海毛[1]俱乐部椅中，妈妈则坐在奶油色的沙发的一头。他们身后是挂在窗户两旁的树皮布窗帘，上面绘着橄榄绿、白色和红色的图案，将邻居家的房子正好框在当中。

"我今晚有很多作业要做。"我像个犯了错的小学生，站在客厅边说道。我双手紧握在一起，肩膀微微下垂。我已经尽最大努力装出顺从的姿态，那一刻我一点都不想招惹爸爸。

"那你还愣着干什么？"他说着，用一截烟头儿点燃了另一支烟。

---

1 马海毛：指安哥拉山羊毛，"马海"一词来自阿拉伯语，意为似蚕丝的山羊毛织物。

我如蒙大赦般溜回自己的房间，躲在门后，密切倾听着客厅里的动静，等着他们关灯回自己的房间。我心急如焚，在房间里走来走去。我的东西早就装在手提箱里，藏在床底下。

等待的时间总是特别漫长，每一秒钟都似乎被拉成了一个小时。透过薄薄的墙壁，我听到电视机里传来丹尼·托马斯[1]的歌声，而门缝下面仍然源源不断地飘进爸爸的香烟味儿。

9:15，我听到他们关了电视并锁上了房门。我又耐心等了二十分钟，足够妈妈卸完妆并用网套盘起头发。

把枕头和几个毛绒玩具塞进被窝时，我紧张得浑身发抖。我在黑暗中摸索着换上衣服。虽然已是6月，但在加州南部夜里还是会很凉，所以我穿了一条颜色夸张的格子裙和一件黑色的带纽扣的七分袖毛衣。随后我又把头发梳起扎好，便打开了卧室的房门。

门厅里静悄悄的，一团漆黑。爸爸妈妈卧室的门缝下面已经看不到灯光。

我蹑手蹑脚地穿过门厅，落在地毯上的每一步都提心吊胆。我已经做好了被抓和挨打的思想准备，不过最坏的事情始终没有发生，没人来抓我，也没有灯突然亮起。来到仿谷仓的十字形后门，我停住了，回头看了一眼我的家。

我暗暗发誓，从今往后再也不会回来。随后我转过身，看到了在小巷尽头等待着我的汽车头灯。于是，我义无反顾地奔向我的未来。

直到我们跑完了一整箱油，恐惧感才突然袭来。我们接下来怎么办？我们该怎么生活？我17岁，怀着身孕，连个中学文凭都没有，更谈不上工作技能。雷夫18岁，没有亲人，也没有钱。结果，我们身上带的钱只够我们跑到加州北部。雷夫只会干一种活儿，他挨个儿到农场里打工，帮助人们收割随便什么时令作物。夜里我们就住在帐篷里、棚屋里或者我们能找到的任意一个可以落脚的地方。

那时我印象最深的感受就是劳累、拮据、孤独，且永远灰头土脸。因为怀孕，他不让我干活儿，但我不在乎。我们找到的任何一间茅舍我都尽力把它收拾得像个家的样子。我们本打算结婚，起初因为我的年龄不够所以未能成行。后来等到我18岁时，周围的世界却开始发生翻天覆地的变化，并将我们裹挟进一片混乱之中。但我们告诉自己，真正相爱的人不需要用一张纸来证明。

我记得，那段时间我们都很快乐。我爱你的爸爸，即便后来我们都开始变了，我依然爱他。

1　丹尼·托马斯（1914—1991）：美国演员、制作人，同时也是一名歌手。

你出生那天——顺便告诉你,你是在萨利纳斯[1]野外的一顶帐篷里出生的——我觉得自己特别伟大,完全沉浸在爱情的汪洋中。我们给你取名叫塔露拉·露丝,因为我们知道你会是一个非常特别的女孩儿,而且你那粉红色的皮肤是我接触过的最柔软、最甜蜜的东西。

我爱你,真的爱你。

但你出生之后我就遇到了一些状况。我开始整夜整夜做关于我爸爸的噩梦。现在人们会告诉那些年轻的妈妈,说这叫产后抑郁症,但在我们那个年代,谁会懂得这些呢?尤其我们当时还住在帐篷里。我们的帐篷狭小不说,还到处都是尘土,我经常在半夜里尖叫着醒来。我身上那些被烟头烫伤的疤痕似乎隐隐作痛,有时候我甚至怀疑自己能看到它们在衣服下面一明一灭地发着光。关于这一点,雷夫是无法理解的。

我开始记起以前被当成疯子时的感觉,这让我恐惧不已。于是我又开始沉默寡言,并尽量乖乖的。但雷夫不愿意看到我郁郁寡欢的样子,所以他经常抓着我,摇晃我的身体,求我告诉他出了什么事。一天夜里,他终于失去了耐心,我们开始争吵,那是我们之间第一次真正的争吵。他想要的,我给不了。所以他渐渐疏远了我,或者是我一点点把他逼退了。我也记不清楚,总之,他一跺脚便走了。他的离开让我陷入了崩溃,我开始胡思乱想,我想到我的种种不对,想到我失去了他,继而又开始怀疑他从来就没有真心爱过我,他怎么能如此对我呢?最后他回来时,你正光着屁股哭闹不休,地上到处都是你拉的屎,而我只是坐在那里,像刚睡醒的人一样茫然盯着你,却无动于衷。他骂我是个疯子,于是我……我彻底失控了,我在他的脸上狠狠抽了一巴掌。

事情闹大了,连警察都被叫了过来。他们给雷夫戴上手铐带走了,并让我交出了我的驾驶执照。要知道那还是1962年,虽然我已经是成年人,而且还是个孩子的母亲,但他们照例通知了我的爸爸。那个时候,我妈妈连一张自己的信用卡都没有。我爸爸说把我抓起来,结果警察们真的照做了。

我坐在散发着恶臭的牢房里好几个小时。这段时间雷夫已经被采了指纹,并被指控以袭击罪(别忘了,我是白人女孩儿)。社会福利部门一个生着苦瓜脸的女人把你抱走了,还当着我的面说你多脏多臭。我本应该伸出胳膊大声疾呼,要求他们把你还给我。可我却只是呆呆地坐在那里,被深深的绝望、被看起来仿佛永远都无法化解的悲伤压得喘不过气。我是个疯子,现在我知道了。

我在牢里待了多久?我现在也不知道。早上,我对警察说雷夫并没有打我,

---

[1] 萨利纳斯:坐落于美国加利福尼亚州蒙特里郡,是该郡郡府所在地。

是我撒了谎，但他们已经不在乎了。"为了我的安全"，他们暂时把我扣留，直到爸爸前去把我领走。

他们送我进的第二家医院比之前那一家更为恐怖。我应该呼叫，抗争，伺机逃走。可不知道为什么我没有那么做。我像没了魂儿一样，稀里糊涂地跟着妈妈走上台阶，进了一栋充斥着死亡气息，以及刺鼻的酒精和尿臊味儿的大楼。

多萝西离家出走，和人生了孩子，后来还打了她的男朋友。现在她没话说了。

从那时起，我相当长的一段人生就荒废在那个臭气熏天、窗户上装着铁栅和铁丝网的大楼里。

对那个地方我仍有一些记忆，但我不能多说，尽管已经过了这么长时间。那里的宗旨是药物治疗。用盐酸阿米替林对付抑郁，用水合氯醛对付失眠，对付焦虑的药叫什么名字我记不起来了。此外还有电击和冰浴……以及……总之他们说是为了我好。起初我的头脑还很清醒，但是后来，氯丙嗪把我变成了一具僵尸，强光灯刺伤了我的眼睛，我的皮肤开始干裂皱缩，我的脸也开始浮肿。当我终于有力气爬起来照照镜子时，我发现他们说得没错。我确实病了，需要治疗。我相信他们所做的一切都是为了把我治好。而我需要做的就是乖乖听话，不要再又骂又打，不要再编造关于我爸爸的谎话，不要再妄言要回我的孩子。

我在那里待了两年。

离开医院时，我已经变成了另外一个人，一个没有灵魂的行尸走肉，我只能这么形容。我以为，在结实的房门砰的一声在我身后关上，在我透过铁栅和铁丝网凝望天空之前，我已经知道了恐惧的滋味，可惜我错了。等我出来时，我的记忆已经变得恍惚——有时候感觉时间仿佛逃走了一样，我的人生轨迹上有了很长的一段空白。没办法，我就是想不起来。

但我仍然记得爱情的甜蜜。这记忆虽然朦胧，却支撑着我在医院幸存下来。黑暗中，我经常死死抓着这段记忆不放，就像把玩一串美丽的念珠。他爱我。我一遍又一遍地告诉自己。我并不孤单。

而且，外面还有你。

我一直记着你的样子：粉色的小脸儿，巧克力色的眼睛——那是雷夫的眼睛——还有你试着爬动时向前探身的样子。

他们最终放我出来的时候，我慢吞吞地走出医院病房，身上穿着我自己的但我却认不出来的衣服。

我妈妈站在外面等我,她戴着手套的双手仍紧紧抓着提包的皮带。那天她穿了一件很古板的短袖连衣裙,腰间系了一条细细的白色腰带。她的头发紧紧贴在脑壳上,活似戴了一顶游泳帽。她抿着嘴唇,透过猫眼眼镜盯着我。

"你好些了吗?"

这问题早已令我心力交瘁,但我藏起疲倦的神色,"好多了。塔露拉怎么样?"

我妈妈不悦地叹了口气,我知道那是个不该问的问题。"我们对外人一律说是我们的侄女。他们也知道我们去法庭争取过抚养权,所以你最好什么都别说。"她说。

"你们要把她从我的手中夺走?"

"你看看你,你爸爸说得没错,你没有能力抚养孩子。"

"我爸爸。"我只说了这么一句话,但已经足够。妈妈顿时变得怒气冲冲。

"别再啰唆了。"她抓住我的胳膊,拉着我走出医院,走下台阶,上了一辆崭新的天蓝色的雪佛兰英帕拉轿车。当时我的心里只有一个念头,就是想尽办法把你从那个可怕的家里救出来,但我知道这件事必须慎之又慎。哪怕一个小小的失误,我可能就再也没有机会见到你了。我知道医院里的那帮人都有些什么手段。我见过被剃了光头的病人,见过病人身上的手术疤痕,见过病人空洞的眼神和拖拖拉拉的脚步,有些病人甚至大小便失禁。

回家的路途有两个多小时。我看着一眼望不到头的高速公路,发现这是一座我根本不认识的城市。我的父母住在一栋被称为太空针塔的大楼后面,这栋建筑要多奇特有多奇特,看起来就像一艘外星飞船落在了一栋高塔的塔尖上。从离开医院到车子驶进我们家的车库,我不记得我和我妈妈说过一句话。

"治疗还是很有效果的,对不对?"我妈妈问,我从她的眼神中看到了一丝忧虑,"他们说你得了病。"

你想啊,我是不可能告诉她实情的,况且我连实情是什么都已经搞不清楚。我只是很木然地说:"我好多了。"

然而当我走进他们的新房子——屋里是我熟悉的幼时的家具,以及我爸爸的古风须后水和骆驼牌香烟的味道——我只觉得一阵恶心,于是径直跑到厨房的水槽前吐了起来。

再次看到你的时候,我哭了。

"多萝西,别吓到孩子。"我妈妈严厉地说,"她都不认识你。"

她不让我碰你。我妈妈认为我的病会传染给你，我当然也无话可说。

你和她在一起的时候似乎很开心，而她见了你也总是面带微笑，有时甚至哈哈大笑。除了你，我从来没见过谁让她那么高兴过。你有自己的小房间，里面堆了许多玩具，每天晚上她都会用摇篮把你摇到睡着。回家的第一天夜里，我站在你房间的门口，看着她对你唱"睡吧，睡吧，我亲爱的宝贝"。

我感觉到我爸爸从后面走过来，空气瞬间变得冰冷。他离我特别近，一只手放在我的屁股上，在我耳边低声说："她将来会成为一个大美人的，你这个小贱货。"

我唰地转过身："你休想打我女儿的主意。"

他居然狞笑着说："我想干什么就干什么，这你比别人更清楚才对。"

我怒不可遏地大叫一声，用尽全身力气把他向后推去。他惊得目瞪口呆，身体失去了平衡。摔倒那一刻他想伸手拉我，但我躲开了，眼睁睁看着他从身后的硬木楼梯上跌下去——他连续翻了几个跟头，噼里啪啦撞断了几根栏杆。最后看他躺在地板上不动了，我才走下楼梯站在他身边，我看见他的后脑勺下面流了一摊血。

我当时脑子里一片空白，只觉得浑身冰冷，仿佛稍微碰一下就会碎掉。我跪在血泊中，咬着牙对他说："我恨你。"我希望这是他临死之前听到的最后一句话。这时我听到了妈妈的声音，于是抬起头。

"你干什么了？"我妈妈大惊失色地问。当时她还抱着正在熟睡的你，甚至她的尖叫声都没有把你惊醒。

"他死了。"我说。

"上帝呀，温斯顿！"我妈妈叫了一声，随即跑回房间。我听见了她打电话报警的声音。

我迅速追过去，赶到时她刚好放下电话。

她转过身，说："你需要治疗。"

治疗。

我知道那意味着什么。电击、冰浴、铁窗、药片，它们会使我忘记所有的事和所有的人。

"把她给我。"我恳求说。

"她和你在一起不安全。"我妈妈抱紧了你。看到她为了你几乎不顾一切，我既心痛又嫉妒。

"他伤害我的时候，你为什么无动于衷？"我指着爸爸的尸体问她。

"你让我怎么办?"

"你知道该怎么办,你知道他都干了些什么。"

她连连摇着头,嘴里说了些我听不清的话。接着,她非常镇定地说:"我会保护好她。"

"你却没有保护好我。"

"是。"她说。

远处传来了警笛声。"把她给我。"我哀求起来,但我知道为时已晚。

"求求你了。"

我妈妈只是摇头。

如果警察来了会把我抓起来的,现在我是个杀人犯了。我的亲生妈妈报的警,我用脚后跟想想也能知道,她是绝对不会为我说一句好话的。

"我会回来找她的。"我发誓说,那时我已经哭起来了,"我会找到雷夫,我们会回来的。"

我冲出爸妈的房子,在院子里的一大丛杜鹃花后面蹲了下来。后来警察赶到了,救护车也赶到了,邻居们也纷纷走出自家的门,我就一直藏在那儿。

我很希望自己能够后悔、自责,因为我害死了自己的亲生父亲,但我发现我没有。对于他的死,我除了高兴,什么其他的感觉都没有。至少将来他没有机会再祸害你了。我很想把你从我妈妈手里夺过来,可是,我独自一人又怎么养活得了你呢?我什么都没有。没工作,没钱,甚至连张高中文凭都没有。

我们需要雷夫,只有找到他我们才能组成一个家庭。

雷夫。他的名字成了一切——我的信念,我的咒语,我的目标。

我走到第一大街,伸出了大拇指。一辆贴满花纸的大众面包车停下来,司机问我要去哪儿。

"萨利纳斯。"我说。我只能想到那里——我们最后在一起的地方。

"上车吧。"司机说。

我爬上车,盯着窗外,听着司机破收音机里传出的歌声:《答案在风中飘》[1]。

"想不想爽一把?"他问我。我想了想,说:"有何不可呢?"

很多人说吸大麻是不会上瘾的,可对我来说并非如此。自从抽了第一支大麻烟卷儿,我便一发不可收,我需要它带给我平静。也就是从那时起,我开始了吸血鬼

---

[1] 《答案在风中飘》:鲍勃·迪伦的经典歌曲。

一样的生活。整夜不睡觉，永远都嗨着。我在肮脏的旧床垫上不知道和多少男人睡过觉，但不管走到哪里，我都会首先打听雷夫的下落。在加州，每到一座城市，我就搭便车到乡下，走过一个又一个农场，用蹩脚的西班牙语询问他们是否雇用过一个名叫雷夫的年轻人，并拿出唯一的一张照片让那些警惕的工人们看。

我像那样流浪了好几个月，一直到洛杉矶。我孤身一人搭便车去了火烈鸟牧场，看了看我从小在里面长大的那栋房子。而后我又去了雷夫以前的家。由于之前我从没去过他的家，所以花了好长时间才找到。我并没指望能在那里找到他。不过，在我敲门的时候，还是有人来开了门。

那是他的叔叔，一看我便知道了。他和雷夫一样都有一双乌溜溜的眼睛——你也是，塔莉——还有一头鬈发。不过他比我预料中的要老许多，饱经沧桑的脸上遍布皱纹，皮肤被太阳晒得黝黑发亮，那是一辈子辛苦劳作留下的印迹。

"我叫多萝西·哈特。"我一边擦着额头的汗一边说。

他推了推头顶上破旧的牛仔草帽，说："我知道你是谁。是你害他坐的牢。"不过由于口音很重，他说出来很像是："系你害嗒坐的牢。"

这一点我当然无可否认："你能告诉我他在哪儿吗？"

他盯着我看了好久，久到我浑身发毛。最后他抬起一只大手，打了个"跟我来"的手势。

我心里重新燃起了希望的火苗。于是我踏上凹凸不平的门廊台阶，随他一同走进干净整洁但却光线昏暗的房子。屋里弥漫着一股柠檬味儿，还有别的，也许是雪茄和烤肉。

在一个小小的被熏黑了的壁炉前，老人停住了。他的肩膀忽然垂得很低，仿佛深深地叹了一口气。之后他转过身，对我说："他生前很爱你。"

在老人深邃忧伤的眼睛里，我看到了雷夫。我的心猛然一紧。我该如何让眼前这位老人知道我的羞愧？我像头牲畜一样被锁住了手脚好几年，我是否应该为了自由放弃手和脚？"我也爱他。真的。我知道他以为我丢下他逃跑了，可是——"

思维忽然断了线。

他生前很爱你。生前？

我拼命摇头，我不想再听他说下面的话了。

"他找过你，找了很长时间。"

我强忍着眼泪。

"死在越南。"他最后还是说了出来。

也就是那时我才注意到壁炉架上摆着一个加了木框的被折叠成三角形的旗帜。

"我们本想把他埋在他热爱的地方,可他连具完整的尸身都没有留下。"

越南。我无法想象长发飘飘、脸上永远闪烁着微笑、双手柔软无力的雷夫会上了战场。

"他知道你会来找他,所以特意让我把这个交给你。"

老人从旗帜后面抽出一张普普通通的笔记本纸——中学里用的那种。纸被折成了一个小小的方形,时间和尘土已经使它变成了烟草色。

打开它时,我的手一直在颤抖。

亲爱的。他写道。那一刻我的心跳停了下来。我发誓我听到了他的声音,还闻到了橙子的清香。*我爱你,而且将永远爱你。等我回来以后,我会找到你和塔露拉,我们一家重新开始。等着我,亲爱的,就像我等着你一样。*

我看着老人,并在他的眼睛里看到了我的痛苦。我攥着那张纸,它是那么的脆弱,像一片纸灰,仿佛只要轻轻一捏就会化作千万粉末,随风飘去。我踉跄着冲出他的房子,漫无目的地一直向前走,天黑之后也没有停下。

第二天,我去参加了把我带到洛杉矶来的抗议集会。集会上我仍然哭个不停。眼泪和着尘土,变成了士兵脸上的油彩。我站在一大群人中间——他们大部分都是和我年龄相仿的年轻人,数目起码上千——听着他们时而放声高歌,时而大呼反战口号。那种氛围深深感染了我。战场上每天都有人死去,他们是和我们一样的年轻人。愤怒终于找到了最理想的宣泄口。

那天,我第一次被捕。

那是我人生中的又一段失忆期。每段空白长达数天、数周甚或数月。现在我知道那是因为我嗑了太多的药。大麻、安眠酮还有LSD[1]。这些东西在当年似乎都被认为是安全的,而我又急不可耐地需要从它们身上寻求慰藉。

你,塔莉,还有我的爸爸,你们两个的样子经常在我脑海中萦绕。我甚至开始出现了幻觉。在我住的地方,也就是莫哈韦沙漠,在袭人的热浪中我有时会看到你们从沙子中冒出来。洗碗碟或者从水池里打水的时候,我经常听到你的哭声。有时候我会感觉你的小手在轻轻触碰我的手,于是我便吓得尖叫着跳起来。朋友们都笑话我,说那是以前的恐怖经历在作祟,而且他们认为LSD可以帮上大忙。

当我回忆那些往事,当然,是在我终于清醒起来的时候,我就想,那是60年

---

[1] LSD:即麦角酸二乙基酰胺,是一种强烈的半人工致幻剂。

代，我才刚刚长大。我遭受侮辱和打骂，而我认为那是我咎由自取。难怪我会沉湎于毒品无法自拔。我就像漂浮在冰河上的一根稻草，无力改变自己的方向，只能身不由己地随波逐流，所以我宁可选择在毒品的麻醉中沉沦度日。

随后有一天夜里，因为天气太热，我在睡袋里睡得不太安稳。我梦见了我的爸爸，在噩梦中他还活着，而且要做伤害你的事。噩梦一旦在我的生活中扎下根，就再也挥之不去。毒品、性爱和药物都无济于事。终于，我受不了了。于是我对一个名叫小熊维尼——大家都那么叫他——的家伙说，只要他愿意带我回家，我愿意一路伺候他到西雅图，当然，伺候就是陪他睡觉。我给了他地址，我们五个人挤在一辆破旧的大众面包车里，吞云吐雾，听着大门乐队[1]的歌，一路颠簸着向北驶去。夜里我们就在路边宿营，用篝火和平底锅制作大麻饼干，吸毒。

我的噩梦愈发丑陋恐怖起来。我开始在白天的时候看到雷夫，并怀疑他的鬼魂一直跟着我。我听到他骂我是个荡妇，还是个可恨的妈妈，因此我经常在梦里哭得死去活来。

后来有一天，我忽然从睡梦中醒来，虽然脑子还没从大麻的麻醉中完全清醒。我发现我们的车子停在了我妈妈的房子前面。车身一半在街上，一半在人行道上。车上的人恐怕谁也不记得我们停了车。我爬过铺着地毯的车厢，从车里跳下，来到街上。我知道我看上去人不像人鬼不像鬼，浑身还散发着臭味儿，可我有什么办法呢？

我跌跌撞撞地穿过大街，走进妈妈的房子。

我打开纱门进屋时，你就坐在厨房的餐桌前，手里玩弄着一把勺子。楼上传来清脆的铃铛声。

"那是外公。"你说。我顿时勃然大怒。他怎么可能还活着？他都对你做过什么？

我冲上楼梯，结果撞上了墙。我大声喊我的妈妈，最后在卧室里找到了他们。我的爸爸躺在一张单人床上，看起来像具尸体。他的脸皮松垮垮的，苍白得吓人，口水沿着嘴角一直流到脖子里。

"他还活着？"我大声问。

"瘫痪了。"妈妈说着站起身。

我想对妈妈说我要带你走，我想看到她眼睛里的痛苦，可当时的我疯疯癫癫，大麻的劲儿还没有过去，连集中精神都感觉困难异常。于是我又跑下楼梯，一把将你抱在怀中。

---

[1] 大门乐队（The Doors）：1965 年于洛杉矶成立的美国摇滚乐队，在欧美乃至世界乐坛享有一定的地位与影响力。

我妈妈紧跟着我跑下楼："多萝西·吉恩，他已经瘫痪了。我对警察说他得了中风，我对天发誓警察绝对不会来找你的麻烦，没人知道你推了他，你可以安心留在家里。"

"你外公能动吗？"我问你。

你摇了摇头，又把拇指伸进嘴里吮吸起来。

可我仍死死抱着你不忍放开。我幻想着为自己赎罪，幻想着和你从头开始新的生活，幻想着有尖桩篱笆围绕的房子和带辅助轮的童车，以及营火少女团的篝火晚会。

于是我把你带走了。

后来因为让你误吃了一块大麻饼干还差点害死你。

你不省人事的时候，第一时间想到送你去医院的人甚至不是我，而是司机小熊维尼。

"多萝西，我觉得不对劲啊，那些大麻小孩子可能受不了。你看她的脸都青了。"

我抱着你去了急诊室，并撒谎说你在邻居家找到了藏大麻的地方。当然，没人相信我。

直到后来你脱离危险并安然睡去的时候，我才偷偷溜回医院，用别针把一张纸片别在你的衣服上，那上面写着你的名字和我妈妈的电话号码。那是我当时能想到的唯一的办法。后来我才想明白：我不配拥有你。

离开之前我吻了你。

我想你肯定不会记得这些事。但愿你不记得。

在那以后我就彻底堕落了。时间对我来说就像是可以拉伸的橡皮。大麻和安眠药使我的大脑变得迟钝，我对一切都变得无所谓起来，那种浑浑噩噩醉生梦死的生活你是想象不到的。接下来的六年中，我跟过形形色色的团体，坐过各种各样涂得乱七八糟的破校车，很多时候不得不在公路边搭便车。大部分时间我都抽大麻抽得晕晕乎乎，连自己身在何地都不清楚。我去了旧金山，当年大地震的中心。性爱、毒品、摇滚乐。我坐过一个叫吉米的男人开的大众面包车。还坐过琼和鲍勃开的一辆丰田亚洲龙。不过很多事情我都记得朦朦胧胧，直到1970年的一天，在去参加一场和平集会的途中，当我透过脏兮兮的车窗向外望的时候，我看到了太空针塔。

当时我甚至都不知道我们已经离开了加利福尼亚州。于是我急忙大声喊道：

"等等！我女儿住在这附近。"

车子停在我妈妈的房前时，我心里知道我不该下车。没有我你会生活得更好，可当时我吸了太多大麻，或者喝了太多的酒，已经什么都不管不顾了。

我踉跄着从车里钻出来，周身缭绕着大麻的烟雾，那更加鼓舞了我的勇气。我走到前门，用力地敲门。然后我尽量让自己站稳，可惜我的身体完全不听使唤。我被自己摇摇晃晃的样子逗得大笑起来。唉，我当时已经嗨得分不清东西南北了。我——

2010年9月3日
下午6：15

哔……

尖锐的声音穿透了多萝西的回忆，把她瞬间带回到现实。她在自己的故事中已经沉迷了许久，所以警报声响了一阵之后她才反应过来。

她噌地站起身。

"快来人啊！"她尖声喊道，"快来人啊！医生！她的心跳停了。求求你们，快来救救我的女儿！"

周围一片明亮，就好像我躺在一颗星星的怀里。旁边，我听见凯蒂在喘息。薰衣草的芳香晕染了夜晚的空气。"她在那儿……这儿。"我说。我的妈妈居然来看我了？我惊讶得有些语无伦次。

我聆听着她的声音，努力搞清每一个字的意思。她说到了某张照片，我还听到一句"亲爱的"，是什么意思呢？实际上，我什么都没有听懂。耳朵里一会儿有声音，一会儿又静悄悄的。那个声音听起来既陌生，又熟悉，仿佛早已刻在我的灵魂深处。

随后我又听到了别的声音，那声音和这个美丽的地方格格不入，是一个连续不断的哔声。

不，是嗡嗡声。如同一架飞机从天上飞过——或者一只蚊子在我的耳边飞来飞去。

后来的声音有些纷乱，像人们穿着厚底鞋走路。门吧嗒一声关上。

可这里哪有门啊？有吗？

也许有吧。

警报声响了，刺激着我的耳膜。

"凯蒂？"

我左右张望，发现身边一个人都没有。突如其来的寒冷使我打了个寒战。怎么回事？不对劲……

我努力集中精神，希望搞清楚我究竟在哪里——我知道我就躺在医院的病房里，身体连接着各种生命维持装置。我身体的上方有一道栅格。接着是隔音砖，白色的天花板，上面布满灰色的小孔。像浮石或者旧的混凝土路面。

忽然之间，我又回到了我的身体里。我躺在一张狭窄的床上，床边装着犹如鳝鱼一般的波浪形铁栏杆，栏杆上反射着银色的光。我看见妈妈正站在旁边大声呼叫，说什么救救她的女儿——也就是我——随后她就闪到一边去了。蜂拥而入的医生和护士把她挤到了一边。

所有的仪器几乎在同一时间集体静默，且满含期待地看着我。它们好像突然全都活了，彼此之间交头接耳，说着我完全听不懂的语言。一个黑色的方形的脸庞上画着一道绿色的曲线，它微笑着，皱起眉头，发出毫无节奏的单一声音。我的另一侧还有什么东西在呼哧呼哧地喘着气。

胸口像爆炸似的一阵剧痛，它来得迅速突然，我连喊一声凯蒂的时间都没有。

随后，绿色的线变得平直起来。

第二十三章

2010年9月3日
下午6：26

"她死了。我们还留在这儿干什么？"

玛拉扭头瞪了一眼帕克斯顿。他坐在等候室的地板上，两条大长腿平伸出去，一只脚搁在另一只的脚踝上。他旁边放了一堆五颜六色的食品包装纸——有包饼干的、有包蛋糕的，还有包薯条和糖果的。电梯旁那台自动售货机上能买到的东西他几乎买了个遍。他一直催玛拉去找她爸爸要钱，惹得玛拉连连皱眉。

"你干吗那样看着我？电视上没见过吗，那条线变直就表示人不行了。你爸爸十分钟前给你发信息说她已经停止心跳。接着医生开会，我们都知道开会干什么。她完蛋了。"

突然之间，她看清了他的面目。就好像在黑暗中进行魔术表演的破旧剧院里同时亮起了所有的灯。她注意到他那苍白的皮肤、穿着铁环的眉毛、染黑的指甲，还有脖子里厚厚的泥垢。

她翻身爬起，匆忙中一个趔趄差点摔倒。恢复平衡后，她迈开双腿跑了起来。滑进塔莉的重症监护病房时，她正好听到贝文医生说："人已经抢救过来了，现在情况大体稳定。她的脑部活动很正常，当然，这需要等她苏醒之后才能确定。"稍后他顿了顿，又补充了一句，"如果她能醒来的话。"

玛拉靠在墙上，她的爸爸和外婆站在医生旁边。多萝西一个人孤零零地站在一旁，抿着嘴，双臂紧紧抱在胸前。

"我们已经开始升高她的体温，并尝试着使她从昏迷状态中苏醒过来，不过这是个缓慢的过程。明天我们再开会研究一下她的情况，到时可能会撤掉呼吸机以观察她的反应。"

"撤掉机器她会不会死？"玛拉忽然问，声音之大连她自己也吓了一跳。病房里所有的目光一齐转向了她。

"你过来。"爸爸说。她忽然明白了爸爸不让两个弟弟来这儿的原因。

她小心翼翼地走向他。他们之间的冷战已经持续很久，如今再度向他寻求安慰，玛拉觉得有些尴尬。然而当他抬起一只胳膊时，她自然而然地侧身贴过去，依偎在他的臂膀之下。在这美丽的一刹那，过去那些不愉快的时光一下子统统烟消云散了。

"事实上我们也不知道。"贝文医生说，"脑损伤很难预料，也许她能醒来并自主呼吸，也许她能自主呼吸却无法醒来，再或者，也许她连自主呼吸都做不到。等到药效过去，以及她的体温恢复到正常值后，我们会更容易判断她的脑功能。"他逐个审视着众人的脸，"你们也知道，她的情况一直都很不稳定，仅心脏就停跳过好几次。虽然这并不代表她没有生存下来的可能，但是值得忧虑的。"他合上病历表，"我们明天碰头再看看吧。"

玛拉抬头看着她的爸爸，"我想去拿她的iPod，就是妈妈送给她的那个。也许听听音乐能让她……"她不忍再说下去。希望是个非常危险的东西，既短暂又无常，不适合大声说出来。

"这才是我的乖女儿。"他说着，在玛拉的胳膊上捏了捏。

她忽然记起曾经作为爸爸掌上明珠的岁月，那时的她感觉是多么安全。"还记得他们以前跟着《舞后》那首歌跳舞的样子吗？"她试着微笑，"她们在一起时，趣事特别多。"

"我记得。"他哑着嗓子说。玛拉知道，爸爸脑海中想着和她一样的画面：妈妈和塔莉并肩坐在露台上，虽然那时妈妈的病情恶化，苍白瘦弱得如同一张纸。她们一起听属于她们的80年代的音乐，并跟着曲调大声歌唱。强尼把头扭向一侧，过了一会儿他才微笑着低头看着玛拉，"门房会让你进她的公寓吗？"

"我还留着钥匙呢。我带帕克斯去她的公寓拿iPod，然后……"她抬起头，"如果可以的话，我们就回趟家。"

"如果可以？玛拉，我们就是为了你才搬回班布里奇岛的呀。自从你走了以后，我每晚都为你留着灯呢。"

一小时后，玛拉和帕克斯坐上了一辆出租车，向海边驶去。

"我们算什么？跑腿儿的吗？"帕克斯顿坐在她旁边，一副不耐烦的样子。他发现他的黑色T恤上有一根松脱的线头，便一个劲儿地往外抽，最后抽出长长的一根线放在腿上，而他T恤的领口则随之大大地张开了。

出租车刚刚驶过8个街区，但这个问题他至少已经问过玛拉十次。

玛拉始终默不作声。又过了一会儿，帕克斯顿说："我饿了。老头子给了你多少钱？我们能不能在基德谷停一下买个汉堡吃？"

玛拉没有理他。他们两个心里都很清楚，玛拉的爸爸给了她足够的钱，而这些钱注定会一分不剩地被帕克斯顿全部花掉。

出租车在塔莉的公寓楼前停了下来。玛拉探身把车钱递给司机，而后随着帕克斯顿进入西雅图凉爽的黄昏。蓝色的天空正一点点暗下来。

"我搞不懂何苦要多此一举，她能听见个屁呀。"

玛拉冲着门房挥了挥手，后者皱眉看着他们俩——几乎所有的成年人看到他们那副打扮都要大皱眉头，他们已经习以为常了。她领着帕克斯穿过高雅的铺着奶油色大理石的大厅，走进了被镜子环绕的电梯。来到顶层，他们走出电梯，进了塔莉的公寓。

打开门，公寓里安静得让玛拉感到不自在。塔莉的家中何时少过音乐？沿着门厅往里走时，她打开了灯。

在客厅里，帕克斯顿拿起一尊玻璃雕塑，在手里翻来覆去地看。她的第一反应是提醒帕克斯那东西很贵重，小心不要打破，但她立刻把这个念头压了下去。帕克斯极其敏感，说不定她善意的提醒也会令他大发雷霆。

"我饿了。"帕克斯说，显然手里的艺术品已经让他感到厌倦，"楼下那家红罗宾汉堡店还在吗？这会儿要是能吃上一个芝士汉堡就美死了。"

玛拉很乐意拿钱把他打发走。

"你要我捎什么吗？"帕克斯问。

"不用，我不饿。"

他接过玛拉递来的20美元——那是她爸爸给的。帕克斯离开后，公寓里再次恢复了宁静。玛拉走过堆满信件的咖啡桌。桌边的地板上放着一份最新出版的《明星》杂志，页面翻开着。

玛拉差一点瘫倒在地。昨天夜里出门之前，塔莉在看这本杂志。证据就摆在她面前。

她不敢正视自己出卖塔莉的证据，径直从杂志上跨了过去。客厅里的iPod扩展坞空着，于是玛拉就到塔莉的卧室里去寻找。床边没有，她转而走进塔莉宽敞的衣帽间。可是，她忽然愣住了。

来，玛拉，试试这一件。你穿上它就像个公主。我喜欢打扮自己，你不喜欢吗？

内疚像一团不断膨胀的黑色烟雾笼罩着她，污染着她呼吸的空气。她能闻到它的味道，感受到它拂过皮肤，撩起一层鸡皮疙瘩。她忽然有些站不住，只好缓缓跪了下来。

他会毁了你的。这是12月的那个夜晚当玛拉为了帕克斯顿选择背弃所有爱她的人时塔莉对她说的最后一句话。她闭上眼睛，陷入深深的回忆。她想起爸爸和塔莉去她学校宿舍的那一天，难道真的才只过去了9个月？为什么她会感觉像是上辈子的事？那天，帕克斯顿拉着她的手走进飘雪的黑夜，他们痛快地大笑，骄傲地称他们是罗密欧和朱丽叶……

一开始，那似乎是一件非常浪漫的事。他们被自己所谓的"我们对抗全世界"感动得一塌糊涂。玛拉退了学，搬进帕克斯顿和其他六个年轻人合住的一套破旧的公寓。那栋楼位于先锋广场附近，一共五层，没有电梯，楼里除了人，就是老鼠和各种害虫的天下。被爱情冲昏头脑的玛拉不在乎那里缺水少电，不能洗热水澡，不能冲厕所，她只在乎帕克斯顿的爱，只在乎他们能夜夜厮守，来去自由。帕克斯顿没有钱，也没有工作。但他坚信有朝一日他的诗歌会让他变得富有。况且，当时玛拉手里还有些钱。她把高中毕业时大人们给她的礼钱全都存了起来。大学期间，爸爸给的钱足够她的日常开支，所以她一直没有动用过自己的积蓄。

然而当玛拉的积蓄全部花光时，一切都开始变了。帕克斯顿认为大麻已经满足不了他们对快乐的追求，于是开始尝试甲安菲他明[1]，有时候甚至还搞海洛因。玛拉的钱包开始一点点地瘪下去，然而她从来没有在乎自己的钱，对帕克斯顿的挥霍也不以为意，只不过是他花钱的速度让她有些意外罢了。

她从一开始就找工作挣钱。但帕克斯顿没有时间工作，因为他白天要写诗，夜里还要到俱乐部参加诗歌会。她很开心能做帕克斯顿的灵感女神。她的第一份工作是在一家低级旅馆做夜班职员，只是那份工作并没有干多久。之后，她换过一个又一个工作，没有一份工作能够干得长久。

几个月前，也就是6月份，帕克斯顿很晚才从俱乐部回来，他嗑药嗑得东倒西歪，嘴里碎碎念着西雅图完了。第二天他们就收拾行李跟着帕克斯顿的一帮新朋友去了波特兰，和另外三个年轻人挤在一间地板下陷的肮脏公寓里。一周之内，玛拉就在黑魔法书店找到了工作。这份工作与她以前干过的工作都有所不同，但实质上却是一样的。每天大部分时间都要站着，时不时还要应付一些粗鲁的顾客，工资也少得可怜。这份工作她连续干了好几个月。

直到十天前，玛拉才真正明白她和帕克斯顿在一起时这种极不安定的生活有

---

[1] 甲安菲他明：一种兴奋剂，长期服用会上瘾，带来幻觉和错觉。

多可悲。

那天晚上回到家时，她看到公寓门上贴了一张退房通知单。她推开四处漏风的破门——他们搬进来时门锁就是坏的，租客们谁都懒得修理——看到室友们正坐在客厅地板上，一支大麻水烟筒在他们中间传来传去。

"我们要被驱逐出去了。"她说。

结果室友们全都笑了。帕克斯顿翻了个身，用他那双空洞无神的眼睛盯着她说："怕什么，你有工作嘛……"

连续数日，玛拉急得团团转但却束手无策。恐惧像一座冰山，巨大、坚硬。她不想做无家可归的流浪汉。她在波特兰街头见过太多无所事事的年轻人，他们伸手向路人乞讨，裹着肮脏的毯子睡在别人家的门廊下，在垃圾桶里找吃的，而乞讨得来的钱却全用在买毒品上。

更可怜的是，她心中纵有万千恐惧，却找不到一个可以倾诉的人。没有妈妈，也没有真正贴心的朋友。认识到这一点反而使她更觉孤独。

直到她想起那句话：*我的任务是无条件地爱你。*

一个念头只要扎下根来，就再也休想把它清除。有多少次塔莉曾向她伸出援手？*我看人从来不会只看表面。我知道做人有多难。*

想起那些往事，她知道自己该去哪儿求助了。

第二天，她瞒着帕克斯顿向书店请了病假，带着所剩无几的一点钱，买了去西雅图的车票。

晚上刚过7点，她来到了塔莉的公寓。她在门外久久伫立，至少用了十五分钟来鼓起敲门的勇气。而当她最终敲响房门的时候，已经紧张得无法呼吸了。

没有人应门。

玛拉从口袋里掏出她那把备用钥匙，打开门，走了进去。屋里开着灯，但没有什么动静，客厅里塔莉的iPod播放着轻柔的音乐。玛拉一听就知道是琼·贝兹[1]的那首《钻石与铁锈》。那个iPod是妈妈在生病期间特别送给塔莉的，里面的歌曲也是她精挑细选的。那是她们的歌，塔莉与凯蒂的歌。从此塔莉的公寓里再也没有播放过别的音乐。

"塔莉？"玛拉叫道。

塔莉从卧室里走了出来。她蓬头垢面，衣衫不整，双目无神，活像个流落街头的可怜虫。"玛拉？"她惊讶得愣住了。而且她看上去有些……古怪。颤颤巍巍，面色苍白，还一直在眨着眼睛，好像不那样就无法聚起目光、看不清东西似的。

---

[1] 琼·贝兹：美国著名女民歌手。

她嗑药了。过去两年，玛拉见过无数瘾君子，对他们嗑药之后的德行再熟悉不过。

玛拉心一沉，她立刻意识到塔莉这只援手恐怕再也伸不出来了。至少眼前的这个塔莉不可能，瞧她连站都站不稳了。

不过玛拉还是厚着脸皮试了试。她请求，恳求，苦苦哀求塔莉给她些钱。

塔莉说了许多动听的话，她的双眼噙满泪水，可是最终，她拒绝了玛拉。

玛拉想哭，她失望极了，"妈妈说我有事可以找你。临死之前她说你会帮我，会无条件地爱我。"

"我一直在努力，玛拉。我想帮你——"

"除非我听你的话对不对？帕克斯顿说得一点不错。"玛拉气呼呼地说。未及塔莉反应过来，她已经头也不回地跑出了公寓。

后来她去了西雅图市中心的公共汽车站，坐在冰冷的长凳上时，她的脑海中突然冒出一个邪恶的念头。她的身旁放着一本《明星》杂志，翻开的页面上是关于林赛·罗韩的八卦新闻，内容是说她在缓刑期间驾驶玛莎拉蒂上街被警察拦下。只是那个大标题格外醒目：《麻烦女星麻烦不断》。

玛拉拿起杂志，拨通了上面的热线电话，说道：我叫玛拉·雷恩，是塔莉·哈特的教女。如果我告诉你们她吸毒的事，你们打算给我多少钱？她为自己卑鄙的行为感到恶心。有些事，有些选择，在做出之时你就知道是错的。

"玛拉？你瞧瞧这个。"

仿佛有人在遥远的地方呼唤她的名字。她缓缓回过神，意识到自己正跪在塔莉的衣帽间里。

此刻她的教母仍旧躺在医院里昏迷不醒。玛拉来公寓是为了拿iPod的，那里面存着塔莉最喜欢的歌曲。她心底存着一丝侥幸，也许——只是也许——音乐能够穿透黑暗，把塔莉沉睡的心叫醒过来。

玛拉缓缓转过身，看到帕克斯顿一手拿着半块汉堡包，另一只手在塔莉的首饰盒里东翻西找。她慢慢站起来。

"帕克斯——"

"真的，你快瞧瞧这个。"他拿起一颗和铅笔头橡皮差不多大的钻石耳钉。那东西即便在昏暗的衣帽间也闪烁着五彩的光辉。

"放回去，帕克斯顿。"她无力地说。

帕克斯顿的脸上仿佛盛开了一朵花："别这样嘛。你的教母说不定都不会发现这里面少了东西。想想看，玛拉，我们可以去旧金山，那不是你梦寐以求的吗？你也知道我一直写不出好诗，原因就是我们没钱。你一整天都在外面打工挣钱，我哪里还有灵感写诗啊？"他向玛拉走过去，伸出一条胳膊搂住她，用屁股轻轻撞她。他的双手缓缓下滑，停在她的臀部，而后用力抓住。"玛拉，这说不定能决定我们的未来。"他那黑眼圈之间流露出的强烈渴望让玛拉感到了一丝胆怯。

她从帕克斯顿的怀里抽身出来，后退几步。从他们相识相爱以来，她第一次从帕克斯顿的眼神中看到了自私。他所谓的叛逆，所谓的桀骜不驯全是伪装，他苍白的双手因为懒惰而变得柔弱，他浑身上下的打扮无不透着无能而又自卑的虚荣。

他从自己耳朵上取下银质的黑色骷髅耳环，戴上了塔莉的钻石耳钉，随后对玛拉说道："咱们走吧。"

他太了解玛拉了，几乎可以肯定她必定会屈从他的意志。为什么？因为自始至终玛拉都是这么做的。在布鲁姆医生的办公室里，她遇到了这个长相帅气、玩世不恭，和她一样有过自残经历的诗人，而且这位诗人还允诺说可以帮她化解痛苦。他任她在他的臂弯里哭泣，并告诉她说，诗歌可以改变她的人生。他说自残没什么大不了的，甚至认为那是一种美丽的行为。她在无尽的悲伤中染了头，用刮胡刀片给自己理了个短发，并把自己的脸涂得惨白惨白，然后跟着他进入了一个她从未踏足的世界，并任由那里的黑暗将她吞噬。

"帕克斯，你到底爱我什么？"

他愣了一下，疑惑地看着玛拉。

她的心仿佛被一个细细的钩子钩着。

"这你还不知道？你是我的灵感女神啊。"他慵懒地朝她一笑，又去翻起了首饰盒。

"可你现在几乎已经不写诗了。"

他转过身，眼睛里闪着愤怒的光："你懂什么？"

玛拉的心一落千丈。她禁不住想起从小到大围绕在她身边的爱。爸爸妈妈之间的爱情以及他们对子女的爱。她上前一步，胸中有股奇怪的感觉，好像在这一刻她冲破了藩篱，瞬间长大了。她想象着班布里奇岛家中的客厅，突然为自己以前的生活，为那个以前的自己感到心痛。然而家还在，一切都还在，只要她跨过那片海湾。

她长长呼出一口气，叫了一声帕克斯顿的名字。

他望着她，嘴角明显带着不耐烦，眼神也阴郁起来。玛拉知道帕克斯顿有多不喜欢她质疑他的艺术。其实细想一下，他似乎不喜欢别人质疑他的一切。他爱安安静静的她，爱身心破碎的她，爱那个自残的她，这算哪门子爱情呢？

"什么事？"他问。

"吻我。"玛拉说着走到他一伸手就能抱住她的地方。

他草草地亲了她一口。但她却贴了上去，把他拉向自己，等待着以往那种能够将她融化的深情的吻。

可是那样的吻没有出现。

她忽然明白，有些爱情在终结之时，不会有烟火，不会有眼泪，也不会有遗憾，它们在无声无息中结束。她感到害怕，这不期而遇的选择让她看到了自己的孤独是多么深沉，怪不得这些年来她一直在不停地逃避。

她很理解帕克斯顿在失去妹妹又遭到父母遗弃之后的痛苦。她知道，他有时候也会在睡梦中哭泣，有些歌能让他的心情瞬间变得像墨水一样黑暗。她知道哪怕只是提到他妹妹的名字——艾玛——他的手也会不自觉地发抖。也许除了诗人、哥特人和小偷之外，他还能有更多的作为，或许某一天他也能一鸣惊人。但是现在，他已经不适合玛拉了。

"我一直都很爱你。"她说。

"我也爱你。"帕克斯顿拉着她的手，走出了公寓。

玛拉很惊奇，是否爱情——或爱情的终结——都如这般痛彻心扉？

"我忘了东西。"来到门外时，她挣脱帕克斯顿的手说，随即转身返回公寓，"在电梯那儿等我。"

"行。"帕克斯顿走到电梯前，按了下按钮。

玛拉回到公寓便立刻关上房门。她犹豫了一下，但随即马上把门反锁了起来。

帕克斯顿回来找她，他在门上使劲拍打，又喊又叫。泪水刺痛了双眼，她任由它们尽情地流淌。直到恼羞成怒的帕克斯顿在外面骂道："去你妈的，你这个假惺惺的臭婊子。"骂完，他气冲冲地走了。玛拉背靠着门，久久坐在地上。帕克斯顿的脚步声消失后，她撩起衣袖，数了数胳膊上那些细微的白色疤痕。但是接下来该怎么办，她现在仍毫无主张。

玛拉找到了iPod，并把它连同便携式扩展坞装进一个购物袋。随后她缓步穿过公寓，回忆着她和塔莉在这里的点点滴滴。她也找到了妈妈的日记本，同样装进袋子，以便有朝一日……

没有了塔莉爽朗的笑声和滔滔不绝的絮语，公寓里沉重的寂静令玛拉窒息。

她终于还是承受不住，离开公寓，去了码头。

搭上下一班渡轮，她挑了一个舒适且不易被打扰的位置坐下，掏出了iPod。她戴上小巧的耳塞，按下了播放键。艾尔顿·约翰优美的嗓音霎时传进耳朵。**再见，黄砖路……**

她扭头望向黑色的海湾，看着班布里奇岛上星星点点金色的灯光逐渐显现。渡轮驶入码头，她把iPod装回袋子，离船登岸。随后她搭了一辆公共汽车，一直走到通往她家的岔路口才下车。

一年多来，这是她第一次重新回到她的家。看见房子的一刹那，她收住了脚步。雪松墙板的颜色就像普通人家自制的焦糖，在今天这个凉爽的夜晚显得更为深沉。雪白的镶边在从屋里射出来的金色的灯光下闪闪发亮。

走在门廊下时，她停住了，心里隐隐期待着能够听到妈妈的声音。嘿，小丫头，今天过得怎么样啊？

她推门走了进去。灯光，声音，舒适的、又软又厚的家具，屋里的一切都在向她招手，欢迎着她的归来，就像她第一次从幼儿园回到家时那样。还未来得及开口，她便听到楼上咣的一声，有人拉开了门。

"她回来了！再不走你就输了，天行者！"

她的弟弟们欢呼着从楼上卧室里冲出来，一前一后噔噔噔地跑下楼梯。两个小家伙全都穿着足球运动衣，顶着一模一样的溜冰男孩儿的发型，嘴里戴着银色的牙套。威廉脸膛红润干净，嘴唇上面黑黑的，似乎已经有了长胡子的迹象。路卡的脸也是红扑扑的，但是有一些粉刺。

他们你推我搡地奔向玛拉，一边一个地搂住她。玛拉假装挣扎，他们则哈哈大笑。上次见面时他们还是小孩子，现在都差不多有12岁了。但他们的拥抱还是一样热情猛烈，不管怎么说，他们都是一对儿无比思念姐姐的小弟弟。而玛拉也想他们，虽然直到这一刻她才意识到。

"帕克斯顿呢？"三人终于撒手后，威廉问。

"走了。"她轻轻说道，"就我一个人回来。"

"太好了！"威廉一边点着头，一边拿出他最最低沉的童声说道，"那家伙是个笨蛋。"

玛拉忍不住笑起来。

"我们都好想你，姐姐。"路卡很认真地说，"你怎么会想到离家出走呢？"

她把他们再度拉进怀中，这一次她搂得更紧，结果两个小家伙纷纷尖叫着往外钻。

"塔莉怎么样了？"路卡挣脱之后问，"你去看她了吗？爸爸说明天我们也可以去。到时候她就该醒了，是吗？"

玛拉觉得嘴唇干干的。她不知道该说什么，因此只是对他们微微一笑，耸了耸肩："是啊，会醒的。"

"太棒了。"威廉高兴地说。

没过一会儿，两人又噔噔噔地跑上楼，抢着谁先谁后玩什么游戏去了。

玛拉拿起购物袋，上楼来到自己的卧室。她犹豫了一下，随即慢慢推开了门。

房间里一切都是原来的样子。梳妆台上仍旧贴着她在夏令营拍的照片。历年的年鉴堆在她的《哈利·波特》书旁边。她把袋子放在床上，走到桌子前。拿起已经被她翻旧了的《霍比特人》时，她的手微微发抖。这不奇怪，那本书是很多年前妈妈送给她的。

我想你现在还看不懂《霍比特人》这样的大书，不过终有一天，说不定只需过上几年，你也许会遇到一些让你感到孤独的伤心事，但又不愿向我或爸爸倾诉，倘若真的出现了那种情况，你要记得在自己的床头柜上放着这样一本书。到时你可以读一读，让它给你启示。这听起来可能有些幼稚，但在我13岁时，这本书的的确确给我带来了许多让我受益终生的东西。

"我爱你，妈妈。"玛拉当时说，而她的妈妈笑着回答，"我只是希望你到了十几岁的懵懂年龄能够记得这件事。"

然而玛拉还是忘记了。怎么会这样呢？

她用指尖抚摸着凸起的金色文字。你也许会遇到一些让你感到孤独的伤心事。

玛拉越想越觉得难过，泪水不知不觉间溢满了眼眶，有些失去的东西永远也找不回来了。她懊悔地想：妈妈才是最理解我的人。

第二十四章

我又回到了真假难辨的虚幻世界,从前的世界,我最好的朋友还在身边的世界。我说不清具体在哪儿,但我躺在草地上,仰望着繁星点点的夜空。我听到熟悉的音乐声。我想那应该是佩特·班纳塔[1]的歌,它告诉我,爱是战场。我不知道为什么我会在现实与虚幻之间来回穿梭,因为神学向来不是我的强项。我对宗教的理解几乎全部来自《耶稣基督万世巨星》[2]那部电影。

我的痛苦消失了,但关于痛苦的记忆却留存下来,就像一支被牢牢记住的旋律,遥远,空灵,始终萦绕在脑际。

"凯蒂,怎么下雨了?"

我感觉到了雨滴,轻柔得如同蝴蝶的翅膀扫过我的脸颊,它使我莫名其妙地伤感起来。我周围的这个世界尽管十分奇怪,但却并非不可思议。然而现在似乎有什么东西在悄悄改变,而我并不喜欢这种改变。我没有了安全感。某些最基本、最重要的东西出现了异常。

那不是雨。

她的嗓音中透出一种我从未听闻过的温柔与亲切。这又是一个不正常的地方。

那是你的妈妈,她在哭泣,你瞧。

我的眼睛是闭着的吗?

我慢慢睁开眼。黑色毫无规则地褪去,画面像小雨般倾泻而下,吸收着光。微小的黑暗的颗粒像金属屑一样聚拢在一起,组成各种各样的形状。眼前突然之间有了光,我看清了自己的所在。

毫无疑问,这里是医院的病房。我一直都在这儿,至于我光顾的其他地方,都是幻想而已。这里是真实的,我能看到自己缠着纱布的身体,我的胸膛随着床边机器发出的呼哧声一起一伏。显示屏上有条绿色的犹如连绵的山岭一样的线,

---

[1] 佩特·班纳塔:拥有高亢嗓音的美国摇滚女歌手,于20世纪80年代到90年代红遍全世界。

[2] 《耶稣基督万世巨星》:美国一部以耶稣生平事迹为题材的摇滚音乐电影。

那是我的心跳。

我的妈妈坐在床边。她比我记忆中的样子要瘦小许多。她的肩膀佝偻得厉害，仿佛一辈子都在扛着沉重的担子。她的打扮仍旧与这个时代格格不入——浓郁的嬉皮风，好像要去参加伍德斯托克音乐节一样。她穿着白袜子和勃肯凉鞋。不过这些都无关紧要。

她在哭，为我而哭。

我不知道该如何信任她，也不知道该如何放手，毕竟她是我的妈妈。那么多次她把我揽入怀中，又那么多次弃我而去，但我们之间有着血缘的纽带。她注定是我灵魂的一部分，这一点谁都无法改变。现在她又来到了我身边，这想必有着非同一般的意义。

我感觉自己正使劲侧过身体，好听到她的声音。病房里的安静放大了她的声音。我大致猜出此刻应该是半夜，因为窗外黑黢黢的，什么也看不到。

"我从没见过你受苦的样子。"她对着我的身体说。她的声音几乎和耳语差不多，"我从没见过你跌下楼梯、擦到膝盖或者从自行车上摔下来。"泪水沿着她的脸颊滚滚而下。

"我要把一切都告诉你。我是怎么改名叫白云的，我怎么努力做一个称职的妈妈，但结果却失败了。那些不景气的年头我是怎么熬过来的。我要把你想知道的一切都告诉你，但你首先必须要醒过来呀。"她向前探过身子，看着我的脸。

"我为你感到骄傲。"我的妈妈说，"我是不是从来没有对你说过这样的话？"

她已经忘记了还在流淌的眼泪，于是泪珠滴在了我的脸上。她趴得更近了些，几乎可以亲到我的脸，这是她从未有过的举动。"我爱你，塔莉。"说这句话时，她已经泣不成声，"也许你并不在乎，也许我来得太晚了，但不管怎样我都要对你说，我爱你。"

我等了一辈子，才终于听到自己的妈妈亲口说出这三个字。

塔莉？

我转向凯蒂，看到她热情洋溢的脸庞和美丽的绿色的眼眸。从她的双眼中，我看到了我的整个人生，我做到的一切，和所有我憧憬却未能做到的一切。好朋友就是这样：他们是你的一面镜子。

是时候了。她说。而我也终于明白。恍恍惚惚中，凯蒂一直陪着我在我的人生之河中惬意地漂流。不过，前面马上就要迎来急流险滩了。

我必须做出选择，但首先我必须找回我的记忆。凭直觉我知道这一定是个痛苦的过程。

"你能陪着我吗？"

如果可以，我愿意陪你一辈子。

是时候面对现实了——在雪白的病房中，我伤痕累累的身体连接着各种仪器。这一切是怎么发生的？

"那好吧。"我鼓足勇气说道，"这一切都要从玛拉开始说起。她上次来看我是多久以前的事了？一周？十天？我不知道。那是今年（2010年）8月底，我妈妈来找过我之后。说实在的，我对时间并不敏感。当时……

我正忙着写我的回忆录，可惜进展很不顺利，而且头痛也经常发作，折磨得我心神不宁。

我离开公寓多久了？我不得不红着脸承认，我基本上已经足不出户。我连开门的勇气都没有。连碰到门把手都会让我恐慌得浑身发抖，呼吸急促。我憎恨我的软弱，甚至为它感到耻辱，但我没有力量战胜它。平生第一次，我的意志举起了白旗。没有了意志，我便一无所有。

每天早晨我都对自己发誓。今天我再也不吃阿普唑仑了，我要从家里出来，到外面的世界去冒险。我要去找玛拉，或者找一份工作，一种新的生活。我设想过各种各样我到班布里奇岛请求强尼原谅的情景，每一次我都能如愿以偿。

今天没什么不同，我又是睡到后半晌才醒来，睁开眼的一刹那我就意识到自己吃了太多的安眠药。我头昏脑涨，浑身不舒服，嘴巴里黏糊糊的，好像昨天夜里忘记刷牙一样。我在床上翻了个身，看了一眼放在床头的表。我咂咂嘴，揉揉眼睛，眼睛有点酸，里面好像有沙子似的，而且可以肯定它们一定是红红的。不用说，我睡觉的时候又哭了。又一个白天被我睡过去了，对此我已经习以为常。

起床后，我努力集中精神。走进洗手间时，我看到地板上还堆着一堆衣服。

哦，对了。昨天我想出去来着。后来因为没能找到合适的衣服而放弃了。柜台上还摆着一堆化妆品呢。

越来越不像样了。

今天，我要改变我的人生。

首先，我洗了一个澡。热水从头淋到脚，只是它非但没有令我神清气爽，反而使我无精打采起来。在蒸汽的环绕中，我复活了许多别的东西：强尼的愤怒，凯蒂的离世，玛拉的出走。

我不知道我在水下发了多久的呆,直到后来我忽然感觉到水已经凉了。我慢慢眨眨眼睛,心想这到底是怎么回事,我究竟怎么了。我冷得瑟瑟发抖,立刻从喷头下钻出来,擦干了身体。

接下来:吃饭。

对。

吃饭能让我好起来。

我从卧室地板上找了件运动衣,不紧不慢地穿到身上。我浑身发抖,头痛欲裂。吃饭能让我好起来,外加一片阿普唑仑。

只吃一片。

在昏暗的公寓里穿行,我边走边打开沿途的灯。咖啡桌上的信件堆积如山,但我视若无睹。刚倒上一杯咖啡,手机响了。我马上拿起来:"喂?"

"塔莉?我是乔治。我给你搞到一张《美国人》的首映电影票,是乔治·克鲁尼主演的。细节的东西我会发邮件给你。这是一场慈善活动,地点在西雅图市中心的一家剧院,广播电视网的那些大老板们都会参加。这对你来说是个不容错过的好机会,9月2日晚上8点,别迟到了,另外,好好打扮一下。"

"谢谢你,乔治。"我说。我的脸上终于露出久违的笑容。

我再度感觉到了希望。我需要这个机会。我的眼泪早已流干,我不能再这么低落下去了。

可是继之而来的恐慌又令我不安起来:因为我得出门,得到公共场合去。我尽力压制着这种恐慌。

不。

我可以做到,我可以的。我又吃了一片阿普唑仑(明天我一定戒掉),然后钻进衣帽间,为参加这次活动挑选衣服。

我需要……

怎么回事?我干吗要站在衣帽间里发呆?

哦。我约好了要去理发。

"塔莉?"

那分明是玛拉的声音,难道我出现幻听了吗?我猛地转过身,结果一个趔趄撞到了衣帽间的门上。我摇摇晃晃地钻出卧室,朝那个尚不确定是否真实存在的声音走过去。

然而玛拉真的来了,她就站在我客厅的落地窗前,一身黑衣,一头粉红色的短碎发,眉毛上挂着银色的眉环。她看起来瘦得吓人,颧骨像刀削过一样,下面是苍白深陷的双颊。

她会再给我一次机会的。"玛拉。"我轻声叫道，爱她爱得越深，心里的痛也越是难以忍受，"你能回来我太高兴了。"

她战战兢兢的，一步一步向我挪过来，但看上去并非因为害怕，而是因为内心极度不安。

我多希望该死的头疼能够缓和一些，此刻我需要清醒的头脑。从玛拉的语气中我感觉出一丝急躁。

"我需要……"她说。

我向她走过去，步伐有些踉跄。真是难堪，不知道她注意到了没有。

"你需要什么，亲爱的？"这句话我大声说出来了吗？还是我只在脑子里想了想？我后悔吃了第二片阿普唑仑。她离开帕克斯顿了吗？"你还好吗？"

"我挺好的。我和帕克斯需要钱。"

我怔住了："你是来找我要钱的？"

"你只有这一种方式能够帮我。"

我用两根手指按压着太阳穴，希望以此来减轻头痛的感觉。美丽的童话在我身边轰然破碎。她并不需要我，她来这里也不是为了得到我的帮助。她只要钱，然后就会离开。而且这钱恐怕多半也是为了帕克斯顿，是他在背后唆使，我可以肯定。要是强尼知道我给了玛拉钱而后又让她在外面瞎跑，会怎么说我呢？

我轻轻抓住她的手腕，撸起她的衣袖。她苍白的前臂上纵横交错布满了疤痕。旧的发白，新的发红，看着让人心痛。

玛拉把手抽了回去。

我的心都要碎了。我能看出她很痛苦。这是我们之间唯一的共同点，现在我们又回到一起了，又可以相互支撑、相互鼓励了。这一次我不会再让她失望。我会做一个让凯蒂满意的好妈妈，我再也不要辜负她和强尼的期望。"既然你挺好的，为什么还要继续伤害自己呢？"我轻声问她。我已经在努力稳住自己，可我的身体还是不由自主地颤抖起来。我头痛，恶心，血液像火车一样从我的耳朵里驶过，我的整个脑袋都跟着战栗嗡响。我的恐慌症要发作了吗？可是为什么呢？

"我想帮你，你知道的——"

"你到底愿不愿意给我钱？"

"你要钱干什么？"

"那不关你事。"

显然，这话如她所愿地深深伤到了我。"所以说，你来就只是为了钱。"我看着这个我几乎不认识了的女孩子。"你看着我。"我说,天啊,我该怎么办才能让她明白她的选择有多危险呢?"玛拉,我已经毁了我的人生。我没有家庭,没有丈夫和孩子。而之前我唯一拥有的东西——我的事业——现在也没了。不要像我这样,最后孤零零的一个人。你有家啊,有爱着你的家人,回家去吧,你爸爸会帮你的。"

"我有帕克斯。"

"玛拉,和错的人在一起还不如单身呢。"

"好像你什么都懂一样。你到底帮不帮我?"

尽管当时我已经处于混沌的状态,但我知道,我不能答应她的要求。我想帮她,就像我渴求空气一样,可我不能纵容她,纵容只会让她离我越来越远。这些年来我在这个孩子身上已经犯过太多错误,而其中最大的一个错误就是我轻率地浪漫化了帕克斯顿身上的气质,这对玛拉造成的影响是灾难性的,而我还替她在强尼面前隐瞒了他们的关系。现在我已经吸取了教训。"我可以给你找个住的地方,顺便安排你和布鲁姆医生见面,但我不会再犯以前的错误。我不会再背着你爸爸给你钱,好让你又和那个不靠谱的家伙去住窝棚。那个帕克斯顿根本就不关心你,如果他关心你,就该阻止你继续伤害自己。"

后来我们都说了许多不该说的话。这个我像爱自己的生命一样爱着的孩子狠狠瞪着我,她那怨恨的目光像一双有力的大手紧紧掐住我的脖子,几乎让我窒息。最后她终于死了心,怒气冲天地摔门而去。

电影首映日悄悄来临。也就是一眨眼的工夫,居然过了那么多天,我是怎么过来的?不知道。我只知道9月2日那天晚上,我无精打采地从一个房间晃悠到另一个房间,假装在思考回忆录,而实际上却无所事事,就那样一直等到我的手机上弹出约会提醒。

我低头看了看:电影。晚8:00。巨头云集。然后我看了看表。

已经7:03了。

我要去,我必须去,这是我不可多得的好机会。我不能让恐惧、恐慌或者绝望阻止我。我要穿上漂亮的衣服,好好化个妆,看起来一定要光彩照人,我要重新成为人人瞩目的焦点。这里是美国,每个人都有获得第二次机会的权利,尤其是名人。哦,或许我也可以像休·格兰特那样参加一场脱口秀,微笑着表达一番歉意,把我的焦虑症、抑郁症全都坦白出去,人们会理解的。如今经济低迷成这个样子,有焦虑症很正常啊,谁还没丢过工作呀?

回卧室时，我又有点慌神了，不过阿普唑仑能帮我渡过难关，所以我吃了两片。今天晚上我决不允许焦虑症发作，在聚光灯前我必须完美无瑕，我一定能做到。我可不是那种只能宅在家里的家庭主妇。

走进衣帽间，我直接越过那些我已经不记得什么时候买的更不记得什么时候穿过的衣服，站在我的裙子前面。我现在的体重已经穿不出时尚范儿了，所以我从衣架上取了件过去备用的衣服：一条领线不对称、袖管上绣着精致图案的华伦天奴黑裙子。以前我穿这条裙子特别漂亮，现在它却像香肠套一样裹在身上，但好歹它是黑色的，黑色显瘦，我只能如此。

我的手哆哆嗦嗦，梳头倒成了件难事，我只好简单扎了个马尾。硕大的黑珍珠耳环定能将人们的注意力从我蜡黄的脸上转移开去（但愿如此吧）。我上了特别重的妆，可看上去依旧无精打采，看来我已经老了。先把这些杂念放到一边，我蹬上一双亮粉色的名牌皮鞋，拿起了我的晚礼包。

恐慌发作时我正要抓门把手，不过我咬着牙硬挺了过来。打开门，我来到了走廊上。

到楼下大厅时，我已经上气不接下气，但我强忍着没有重新跑回安全舒适的公寓。

门房招手叫来一辆林肯城市轿车，我在后排坐下。

你能做到，你能做到。

我闭上眼睛，一秒钟一秒钟与恐慌症做着斗争，然而当车子在剧院前面停下时，我仍旧头晕得差点栽倒。

"您不下车吗，女士？"

当然要下车。

我钻出来，走近红地毯时，感觉就像在泥潭中跋涉，强烈的弧形灯刺得我直眨眼睛。

我注意到天正下着雨，什么时候开始下的？

华盖上怪异的红色灯光飞泻而下，街上的小水洼也顿时异彩纷呈。在绳子圈起的禁区的另一边，一大群观众挨挨挤挤，翘首以待着明星们的到来。

我的手又开始发抖，我口干舌燥，连吞咽都觉得困难。我微微低着头，强迫自己勇敢地走上红毯。伴随着一阵咔嚓咔嚓声，闪光灯在不同的方向一明一灭——随后他们认出了我，于是摄影师们纷纷把头扭向了一边。

到了剧院里面，我忽然沮丧地发觉我是那里最老的女人。我担心自己会突然潮热、脸红、浑身出汗。我本该去接近广播网的那些高管，但我没那个勇气。相反，我在一个旁人不容易注意的地方找了个座位坐下。

灯光暗了，影片放映开始。剧院里瞬间安静下来，我能听到周围观众的呼吸，以及他们小心蠕动身体时椅子发出的吱呀声。

我尽力保持镇静并把注意力集中到银幕上，可惜身体并不完全由我控制。焦虑是会呼吸的生命体，它就存在于我的体内。我需要离开这儿，哪怕出去透口气也好。

我看到了剧院一角的引导标识，于是摸黑向那边走过去。厕所里灯光明亮，刺得我睁不开眼。我故意避开镜子，钻进一个小隔间，放下马桶盖，坐在上面，而后一脚把门钩上。我背靠在水箱上，闭上眼，努力让自己平静下来。放松，塔莉，放松。

再后来，我忽然醒了。也不知道我在那家剧院的厕所里昏睡了多久。

我猛地推开门，咣当一声，门撞上了相邻的隔间。我蹒跚着从隔间里走出来时，看到一群正在排队的女人，她们一个个张大了嘴巴盯着我。电影一定结束了。

在楼下时，我注意到了众人看我的眼神。他们纷纷从我面前躲开，仿佛我身上背了一捆炸药，或者我得了什么传染病。细想之后我才明白，他们那样看我其实并不奇怪，因为不久之前我因为酒驾在警局里拍的案底照片还曾登在报纸上，忽然之间我勇气全无。这个时候我不能去见那些大老板并向他们讨要工作，我的形象已经无可挽回，我没机会了。想到这里我不由一阵绝望，就像被一团流沙拖到了地底深处。我粗鲁地从人群中穿过，嘴里说着言不由衷的表示歉意的话。最后当我终于能够停下来喘口气时，我发现我来到了一条僻静的小巷。天上下着雨。

晚些时候，酒吧里有个男人想要带我走，我差一点就同意了。他盯着我看，对我微笑，说了许多让我内心蠢蠢欲动的话——当然，不是为他，而是为我失败的人生。但生活似乎遥不可及，而他却近在咫尺。我听见自己求他吻我，而当他吻我的时候我却禁不住哭了起来，因为接吻的感觉是如此奇妙，但又远远没有我想象中的那般美好。

酒吧打烊后，我　路走回家去（或者搭了出租车或便车？谁知道呢？反正最终我到家了）。公寓里一团漆黑，我跌跌撞撞地走进去，顺便打开了所有的灯。

我羞愧得想哭，可哭有什么用呢？我倒在沙发里，闭上了眼睛。

再度睁开眼时，我看见咖啡桌上成堆的信件。睡意蒙眬间，我仿佛看到了我过往的人生，而那让我愈加心烦意乱。正当我要把头扭向一边时，我眼睛的余光扫到了一张照片，我的照片。

我探身过去，推开成沓的信封。在众多账单和没用的宣传品下面，是一本《明星》杂志，我在警局拍的面部照片赫然印在封面的左上角，照片下面还有三个醒目的大字：瘾君子！

我拿起杂志，找到关于我的那篇文章。它不算什么封面故事，只是印在副页里的花边新闻罢了。

一个个文字在我眼前跳跃不停，我使劲揉了数次眼睛，终于还是一字一字地将它们收归眼底。

流言背后的真相

许多女性公众人物都很难从容面对衰老的挑战，而这对塔莉·哈特而言或许尤为不堪。她曾是当年红极一时的脱口秀节目《塔莉·哈特的私房话时间》主持人。哈特女士的教女玛拉·雷恩（20岁）近日向《明星》杂志独家爆料，证实已到天命之年的哈特女士在事业跌入谷底之后，最近似乎又出现了严重的心理问题。据雷恩小姐透露，短短数月之间哈特女士不仅体重暴增，而且染上了吸毒和酗酒的恶习。

塔莉·哈特曾经也是一位家喻户晓的大明星，但这位年华老去的脱口秀主持人此前曾在节目中公开吐露自己童年的不幸。她至今未婚，无儿无女。由于事业上的失败，最近她似乎正在巨大的压力之下苦苦挣扎。

洛莉·马尔医生是比弗利山庄的精神病专家，她虽然不是哈特女士的治疗医生，但却从专业的角度指出：“哈特女士身上具有典型的瘾君子的特征，她显然已经失去了自我控制。”

大多数药物上瘾者……

我手一松，任由杂志滑落到地板上。数月，乃至数年来我一直按压在心底的痛此时咆哮着苏醒过来，将我吸入最凄凉、最孤独的所在。我仿佛跌进了无底深渊，这一次，我恐怕再也爬不上来了。

我拿起车钥匙，跟跄着冲出客厅，离开了公寓。我漫无目的，但我必须出去。

我不能再这么活下去了。我曾以为一个人也可以活得很精彩，上帝知道我曾多么努力地尝试。但世界如此广大，而我却那么渺小，渺小到看不清自己。现在的我就像曾经那个我的一张素描，只有黑色的线条和大片的空白，一个可怜的轮廊。我的心无法承受如此巨大的失落，我再也不能对自己的失败视而不见。好好审视一番自己，前后左右，包括我的内心，我只看到了一样东西——空虚。

一阵大风就能把我吹得无影无踪，你可以想象我有多么虚弱。不过这没关系。我已经厌倦了做个强者。现在我只想……消失。

我坐电梯直接到地下车库，走向车子时，我从包里掏出阿普唑仑，吞了两片，药物的苦味让我几次差点吐出来。

钻进车子，发动引擎，风驰电掣般从地下车库开了出去。我甚至没有向左观察一眼就直接右拐开上了第一大街。眼泪和雨水模糊了我的视线，将这座熟悉的城市变成了一道我从未见过的风景——高高低低的摩天楼像张牙舞爪的怪兽，绚丽的霓虹招牌和各种灯光全都扭曲成波浪形。我的绝望就像有毒的泉水汩汩而出，淹没了我，淹没了一切。为了躲避什么东西——行人？自行车？或者我的幻觉——我向右猛打了一下方向盘。于是我看到了它：一根用来支撑古老的高架桥的水泥柱——一个巨大丑陋的东西，就矗立在车头前面不远的地方。

看到柱子的那一刻，我心里忽然冒出了一个念头：结束吧。

结束吧。

这天真的想法一时竟令我难以呼吸。它是否由来已久？是否一直朦胧存在于我的意识深处？我不知道。我只知道此时此刻它忽然蹦出来显得那么自然而然，像黑暗中的一个吻，充满了诱惑。

我再也不需要忍受痛苦的煎熬了。这一切，只需轻轻转动一下方向盘。

第二十五章

"天啊！"我转向凯蒂，"最后一秒钟我试过扭转方向避开那根柱子。"

我知道。

"有那么一瞬我曾想过，谁会在乎我的死活呢？我的脚一直踩在油门上，但在撞上的那一刻之前，我转了方向盘。只是……太晚了。"

你瞧。

她如此说着，我发现我们又回到了医院的病房。这里雪白明亮，我的床边围着一群人。

我悬浮在屋顶，木然看着他们。

我看见强尼眉头紧皱，绷着嘴巴，双臂抱在一起，身体不自觉地前后晃动。玛吉用一张手帕捂着嘴低声呜咽，还有我的妈妈，她看上去更加悲痛欲绝。双胞胎兄弟俩并肩站在一旁。路卡眼泪汪汪，威廉则愤怒地嘟着嘴巴。但不知为何，两个小家伙看起来有些缥缈，就像一幅画被人擦掉了一部分。

医院留给他们太多痛苦的记忆了。一想到我再次把他们拖到这里，不由心如刀割。

我的孩子们。凯蒂说。她语气中的温柔让我吃了一惊。他们会记得我吗？她声音之低使我不禁怀疑自己出现了幻听。或者，也许这是好朋友之间的心灵感应。

"你想谈谈吗？"

谈什么？谈我的孩子们在没有我这个妈妈的情况下独自长大？不。她摇了摇头，闪亮的金发也跟着左右晃动。那有什么可谈的？

当我们两人陷入沉默之后，我听到床头桌子上的iPod里传出悠扬的歌声。声音很小，但我能隐约听到熟悉的旋律：黑暗呀，我的老朋友……

随后我断断续续地听到了一些说话声。

"……是时候……不乐观。"

"……体温正常……撤掉呼吸机。"

"……我们已经取出了分流器,但是……"

"……排出……"

"……靠她自己了,我们拭目以待……"

穿白衣服的男人看上去凶神恶煞,他趴在我耳边问我准备好了没有时,我打了个寒战。

他们在说我的身体,在说我,在说撤销我的生命维持系统。我的朋友和家人全都在这儿,他们打算眼睁睁地看着我死掉。

或者说,他们想亲眼看到你自己呼吸。凯蒂说。随后她又说:时间到了,你想回去吗?

我懂了。所有的经历,真实的也好,虚幻的也罢,都是为了这一刻。实际上我早该看清这一点的。

我看见玛拉走进病房。她骨瘦如柴,看起来虚弱不堪。她来到强尼身旁站住,后者抬起一只胳膊将她搂住。

她需要你。凯蒂对我说。我的两个儿子也需要你。她有些哽咽,我很理解这种深沉的感情。我曾向她保证会好好照顾她的孩子们,但我却食言了。躺在病床上那具伤痕累累的身体就是证据。我感觉我的老对手——渴望——再度从我内心的最深处迸发出来了。

他们爱我。即便从我这个缥缈的世界也能看得明明白白。曾经我有机会与他们比肩而站的时候为什么就没有看出来呢?也许我们的眼睛只能看到我们想看到的东西。如果能够从头再来,我一定不会做那些可怕的自私的事情,我必定争取一切机会成为另一个我,更好的我。

我爱他们。这些年来,我一直认为自己是爱的绝缘体,然而现在我深深地感受到了爱的存在。这是怎么回事呢?我把心中的疑惑告诉凯蒂,而我的好朋友只是对我微微一笑,她那盘起的金发和浓密的睫毛随着微笑能够照亮任何房间。

我的另一半,从许多年前开始,她一直拉着我的手,直到有一天她不得不松开。

在她眼中,我看到了我们共同的人生:随着音乐翩翩起舞,在夜色中骑着自行车狂奔,坐在沙滩上说说笑笑。她就是我的心,既带我展翅高飞,又让我脚踏实地。难怪失去她我就变得六神无主,她是把我们所有人维系在一起的黏合剂。

该和我道别了。她轻轻地说。

病房里——此刻感觉它是那么遥远——我听到有人说话，应该是医生。"有没有人想先说点什么？"

可我的耳朵里只有凯蒂的声音：塔莉，我会永远陪着你，永远。无论发生什么事，我们都是最好的朋友。这一次你一定要坚信不疑。

事实上，我早已失去了对她、对我自己、对我们所有人的信任。

我穿透那片耀眼的光亮望向她，望向那张像我自己的脸一样熟悉的面孔。

当有人调皮地用屁股撞你，或者告诉你说不能全怪你一个人，或者当我们的音乐响起。仔细听，你会听到我的声音。我无处不在。

我相信她的话。也许一直以来我都知道。她走了，我在很久以前就失去了她，但我心里就是放不下，我过不去这个坎儿。你怎么可能放走自己的另一半呢？但是为了我们……我必须狠下心来。现在我明白了。可是，想说再见并不容易。

"啊，凯蒂……"我感觉到了滚烫的泪水。

瞧。她说，你已经在和我告别了。

她向我走来，伴随着一股氤氲的热浪。随后，就像被火焰燎了一下，我的皮肤上冒起无数鸡皮疙瘩，脖子后面的头发都竖了起来。"忘掉过去，杰克。"她说，"重新计划，斯坦。"

音乐，永远离不开音乐。

"我爱你。"我低声说道，也许到了最后，这一句话就足够。唯爱永存。现在我懂了，"再见。"

由衷说出这两个字，我一下子又回到了无边的黑暗中。

我想，我能远远地看到我自己。我痛苦不堪，头疼得厉害，连眼睛都无法睁开。

快点。一个古老的词汇，以前我经常拿它敦促别人，现在却用到了我自己身上。我的面前有一道黑色的天鹅绒大幕。也许我是在后台吧？外面有光透进来。

我得站起来……迈步……可我浑身无力。我太累了。

然而我没有放弃。几番尝试，我站起来了。每走一步，疼痛就沿着脊椎传遍全身，但我不会让它阻止我。台上有光，像灯塔的光束笔直明亮，为我指出了道路，随后便又消失不见。我艰难地向前跋涉，心里默默祈祷，可我的头脑像一团糨糊，自己也不知道在向谁祈祷。紧接着，突然之间，我面前的黑暗中出现了一座山，它不断膨大，不断升高。

我翻不过这座山。

从遥远的地方传来一个声音："快醒来吧，塔莉，求求你了——"

还有断断续续的音乐，似乎是关于甜蜜的梦的，我差一点就听出来了。

我试着迈出另一步，但刚要动作，肺部就像炸开了一样疼痛难忍。我的双腿失去了控制，身子一软，向下跪去。重重的撞击足以粉碎我的骨头，动摇我的决心。

"我做不到，凯蒂。"

我沮丧极了，为什么？这问题差一点就脱口而出。但我知道原因。

因为信念。

这是我最缺少的东西。

"快醒醒，塔莉。"

我循着教女的声音望去。在这个黑暗的世界中，它像蛛丝一样闪着微光，停在我刚好够不到的地方。我向它伸出手去，跟着它。然后我忍着痛，深深吸了一口气。我一定要站起来。

2010年9月4日
上午11：21

"你准备好了吗？"贝文医生问，"有没有人想先说点什么？"

玛拉甚至连点头都困难，她不愿走这一步，她宁可教母身上继续插着导管也不愿撤掉那些设备，因为起码现在她还在呼吸。没有了生命维持系统，万一她死了呢？

塔莉的妈妈走到病床近前。她苍白干裂的嘴唇轻轻嚅动着，而说出的话连近在咫尺的玛拉都听不到。他们全都围在病床前：强尼、玛拉、巴德、玛吉、双胞胎两兄弟，还有塔莉的妈妈多萝西。今天早上在渡轮上时强尼就已经向孩子们解释过这样做的意义。他们已经让塔莉的体温恢复正常，并停用了具有镇定作用的药物。现在他们准备关掉呼吸机了，希望塔莉能够苏醒过来并自主呼吸。

贝文医生把塔莉的病历单塞进床尾的套子里。一名护士进来将塔莉口中的呼吸管拔出。这一刻，时间仿佛停止了向前的脚步。

塔莉猛吸了一口气，喉咙里发出呼噜呼噜的声音。白色的棉布床单下，她的胸口一起一伏，一起一伏。

"塔露拉。"贝文医生俯身下来，凑近塔莉的耳朵说。他拨开她的眼睑，用手电筒照了照，她的瞳孔有了反应，"你能听见我说话吗？"

"别叫她塔露拉。"多萝西用嘶哑的声音说道。随后她又忽然放缓了语气，仿佛觉得自己不该说一样，"她不喜欢那个名字。"

玛吉拉住了多萝西的手。

玛拉离开爸爸的臂膀，一步步走向床边。塔莉开始呼吸了，但她看上去仍像死了一般，身上青一块紫一块，缠着绷带，头上没了头发。"快醒醒，塔莉。"她说，"回到我们身边吧。"

塔莉毫无反应。

玛拉站在床边，扶着栏杆，等待着她的教母醒来。她这样等了多久？仿佛过去了好几个小时，最后她听到贝文医生说："看来我们只能再等等了。脑损伤的结果很难预料。接下来的几个小时我们会密切监视她的情况，但愿她能醒来。"

"但愿？"玛吉诧异地问。但凡医生说出这个词，总能令他们胆战心惊。

"对，现在只能这样。"贝文医生说，"不过她的大脑活动是正常的，瞳孔也有反应，现在她又能自己呼吸，这些都是好兆头。"

"那我们就等着。"强尼说。

贝文医生点点头："我们一起等。"

玛拉的目光再次扫向时钟时，纤细的黑色指针依然在跳跃着走过时间的刻度。

她听到大人们在身后窃窃私语，于是转过身问："什么？你们说什么？"

爸爸走上前来，拉住了她的手。她有种不好的预感。

"你觉得她会死吗？"玛拉问。

强尼叹了口气，那声音如此悲伤，玛拉差点忍不住哭起来。"我不知道。"他说。

他的手仿佛突然变成了一条救生索。她怎么会忘了爸爸的手永远都那么安全？即便以前她时常和妈妈顶嘴的时候，他的手也总能让她感到踏实可靠。

"她会醒来的。"玛拉说，她努力相信这一点。她的妈妈过去常说：不到万不得已，不要放弃希望，即便万不得已，也不要放弃希望。虽然她最终还是去世了，"我们就这样干等着吗？"

爸爸点点头："我现在带你弟弟和外公出去吃午饭。你也知道威廉，一会儿不吃东西他就饿得受不了了。你饿吗？"

玛拉摇了摇头。

"我和多萝西要去喝点咖啡。"外婆走向玛拉时说道，"这几个小时都快把人熬垮了。你要一起去吗？我给你买杯热巧克力。"

"我要在这儿陪她。"玛拉回答。

众人离开后，她站在教母的床侧，抓着床栏杆。回忆悄悄溜进了病房，围绕在她身边，从前后左右挤压着她。她几乎所有最美好的童年记忆中，都有塔莉的身影。她想起妈妈和塔莉去参加她的高中演出，当时妈妈已经病入膏肓，光着头，在轮椅中缩成一团。从舞台上她的位置，她看到那一对儿好朋友双双流着眼泪，塔莉斜着身子帮妈妈擦拭眼角。

"塔莉？"玛拉说道，"求求你，听听我的声音吧。我是玛拉，我在这儿呢。我做了对不起你的事。你快点醒来吧，醒来冲我大吼一通，我想听。求求你了。"

2010年9月12日
上午10：17

"我很遗憾。"贝文医生轻声说道。

多萝西很想问问这位医生，在刚刚过去的这一周中同样的话他已经说过多少遍。如果有一件事对所有人都是毫无疑问的，那必定是：贝文医生对塔莉未能从昏迷中苏醒过来深表遗憾。但他依然在用希望鼓舞大家，就像希望是装在他口袋中的水果硬糖，一到紧急时刻便拿将出来，但他眼中的希望已经越来越渺茫。他在第二天就安排了气管切开术，以保证肺部实现有效的换气，鼻饲管也重新插进塔莉的鼻孔。

塔莉看上去就像熟睡一样，这才是最让多萝西牵挂的。她整天守在病房里，对她来说，似乎每一秒钟都意味着无限可能。

这8天来，她每天都抱着同样的信念：今天，塔莉该醒来了。

然而当夜幕降临时，她的女儿却依然在沉睡。

这天，贝文医生把他们召集起来开会。这似乎不是个好兆头。

多萝西站在角落里，背靠着墙。一身皱巴巴的衣服和黄色的木底鞋让她感觉自己是这个房间里最无关紧要的人。

强尼双臂抱在胸前，直挺挺地站着。两个儿子也站在近旁。他的忧伤在许多小细节中可窥一斑——早上刮胡子漏掉的地方，衬衣上扣错的纽扣。玛吉看起来更加瘦小了，身形也日渐佝偻，短短一个多星期的煎熬使她清减了许多，而心中早已装满的悲痛更是无法言说。巴德一直戴着墨镜，多萝西经常在那黑色的镜片后面看到晶莹的泪花。可在所有人中，最憔悴的却是玛拉。她一副失魂落魄的样子，瘦弱的身躯连站立都会左摇右晃。她走起路来小心翼翼，仿佛每迈出一步之前都要计算一番。多数人看到玛拉新染的黑头发、宽松的牛仔裤和运动衫，以及苍白的皮肤时，看到的只是一个伤心欲绝的女孩子，然而多萝西从玛拉的眼神中看到了深深的自责和内疚，这一点也只有她感同身受。他们都翘首期盼着塔莉能给他们带来好消息，只是多萝西不敢肯定，倘若出现大家都不愿看到的结局，他们中有多少人承受得住。

"是时候……"贝文医生首先清了清嗓子以吸引大家的注意，"讨论下一步的事了。塔莉已经连续昏迷8天了，她已经完全从急性损伤中恢复过来，而且到目前为止我们还没有发现有脑损伤的证据，但就她目前的认知情况，并不符合实施集中康复治疗的标准。说白了一点就是，尽管她偶尔能够睁一下眼睛或者咳嗽一下，但我们认为已经可以转入看护阶段了。她没有必要再待在医院。"

"她负担得起——"强尼话未说完，就看见医生摇了摇头。

"不是钱的问题，约翰。医院里只能容留危重症病人，这是规定。"

玛吉不安地向巴德靠近过去，后者伸手搂住了她。

"这附近有好几家不错的疗养院，我这儿有份清单——"

"不。"多萝西斩钉截铁地说。她缓缓抬起头，病房中的人全都看着她。

她不习惯这样被众人注视，继而吞吞吐吐地说："我……我能在家里照顾她吗？"

在医生锐利的目光下，恐怕没有谁能保持镇定。她知道医生是怎么看她的：一个对护理工作几乎一窍不通、连自理恐怕都成问题的老太婆。

但他不知道多萝西经历过什么才站在这里。她仰起头，迎着这位神经外科医生怀疑的目光，"可行吗？我能在家照顾她吗？"

"可行，哈特女士。"他慢慢说道，"可是你看上去……"

玛吉离开巴德，走到多萝西身旁，"她看上去怎么了？"

医生抿住嘴："我的意思是说，照顾昏迷病人是一项非常复杂和辛苦的工作，即便专业的护理人员也经常会觉得力不从心呢。"

强尼朝前跨了一步，站在他的岳母旁边，"我每个周末都可以去帮忙。"

"还有我。"玛拉说着，站到了多萝西的另一侧。

双胞胎兄弟俩一起走上前来，悬在额前的头发下面是和大人们一样热切的目光。他们异口同声地说："还有我们呢。"

多萝西对自己心间涌起的这股情感感到吃惊。几十年来，她从来没有为女儿挺身而出过，更没有人为她挺身而出。她想转身对塔莉说：看啊，这么多人爱着你呢。但她没有那么做，而是攥紧了双手，点了点头，强忍着已经模糊了她视线的眼泪。

"有家本地公司是专门从事昏迷病人的家庭护理工作的。对多数病人来说，他们的价格可能过于高昂，但既然钱不是问题，你们不妨联系他们试试。他们可以每天或者隔天派一名护士到家里去为塔莉更换导管，检查角膜看是否出现溃疡，并做一些测试，但即便如此，哈特女士，还有其他大量的工作要做。你需要遵守非常严格的规程。如果你无法完全胜任这项工作，我是不会同意将病人交给你照顾的。"

多少次，她松开了女儿的手；多少次，她把女儿丢弃在人群中；多少次，她错过了女儿的生日；还有多少问题等着她回答。这一次，多萝西全都记着。这个房间里的每一个人都知道多萝西作为母亲有着多么心酸可悲的过去。她从来没有为塔莉准备过一次学校午餐，或与她畅谈人生，或者，对她说"我爱你"。

如果此刻她不开始改变，不努力争取，或许她们母女的故事就只能以这样的结局收场，她将再也没有弥补的机会。

"我会好好照顾她。"多萝西轻声说。

"保险、钱和医疗安排的事就交给我吧。"强尼说，"塔莉会得到最好的家庭看护。"

"支出，以及昏迷，可能会持续很长时间。据我所知她生前并没有立下遗嘱，但凯瑟琳·雷恩女士是她的遗产执行人，且获得授权可以代表她做出任何医疗决策，只是雷恩女士已经亡故。"医生说。

强尼点点头："我们会以家人的身份处理这些。"他看了看多萝西，后者点头表示赞同，"如果需要的话，我们稍后可以评估。这个星期我就去找她的业务经理谈谈。即便现在经济不景气，她的公寓也值好几百万呢。如果钱不够我们可以把它卖掉。不过我想她应该有最高保额的。"

玛吉伸手拉住多萝西。两个女人郑重其事地注视着彼此："我们在斯诺霍米什的房子还没卖，我和巴德可以搬回来帮你。"

"你的心肠真是太好了。"多萝西感激地说，"但如果你在这儿，我可能就没有做妈妈的机会了。需要对她负责的人应该是我，我希望你能理解。"

玛吉的眼神表明了一切："需要的时候，我一个电话就过来。"

多萝西长长叹了一口气。

好了，该决定的事都决定了。有生以来第一次，她要做塔莉真正的妈妈了。

2010年9月12日
下午6：17

这一天，强尼大半时间都在和塔莉的业务经理弗兰克研究她的财务状况。此刻，他坐在渡轮上自己的车子里，副驾座位上放着一沓财务记录。

凯蒂去世之后，他对塔莉的生活一无所知，他不知道她的日子竟如此潦倒。他以为退出电视台是她自己的选择，她写回忆录纯粹是因为有利可图，且是她另外一种高调的职业生涯的开始。若是他对塔莉稍微关心一点点，恐怕也不至于到现在都被蒙在鼓里。

他都干什么去了？

啊，凯蒂。他失落地想道。你肯定要怪我了……

靠在椅背上，目光越过开阔的船头，小岛翼点附近的一处海岬进入了视野。渡轮靠岸后，他开车通过颠簸的钢板斜坡，驶上了平坦的柏油路。

车道尽头，房子沐浴在夕阳的余晖中。这是日落前最美丽的黄金时间，每一种颜色都显得格外新鲜清晰。美国西北部的9月格外迷人，或许这是因为漫长的阴雨天气即将到来，老天觉得过意不去，就提前用最好的天气补偿人们吧。

他粗略地扫了一眼，仿佛还能想起房子以前的样子。自从凯蒂去世后，房子、庭院，也像其他所有的东西一样全都变了。以前的院子里乱七八糟，从来没人管理。凯蒂说过无数次要学习园艺，改造庭院，可那也仅限于嘴上说说。那时的花花草草跟疯了一样到处乱长，而且又高又密，草丛里通常散落着各种东西——滑板、头盔、塑料恐龙。

而如今，院子里井井有条。园丁每周来一次，耙地，修枝，剪草。植物更加茁壮健康，花儿也更加娇艳美丽。

他把车停在昏暗的车库，在车里坐了几分钟以整理凌乱的思绪。直到他重新有了力量，才从车上下来，回到屋里。

推门进屋的一刹那，双胞胎兄弟俩就叫着嚷着，推着揉着从楼梯上跑下来。那情景就像在山上看《疯狂滑轮》[1]。他已经许久不再厉声呵斥他们，也不再担心谁会从楼梯上摔下来。这是小孩子的天性，他不想干涉。两兄弟都穿着蓝色和金色相间的班布里奇岛运动衫，脚上趿拉着板鞋。他看出他们的鞋至少要大两号。

经历这几年相依为命的生活，他和这兄弟俩俨然已经是一个三角同盟。在洛杉矶的日子拉近了他们之间的距离，搬回这里也是皆大欢喜。然而尽管如此，强

1　《疯狂滑轮》：美国于1975年上映的一部运动题材的科幻动作片。

尼还是在他们的关系中看到了隔阂。两个儿子，尤其是威廉，已经开始有了自己的小秘密。在被问起某些很正常的问题时，他已经学会了搪塞。比如当你问他："谁打来的电话？"他会回答说："没谁"。"没谁你在和谁说话呢？"诸如此类的情形。

"嘿，爸爸。"威廉跳下最后三级台阶，路卡紧随其后。两人重重落在地上，砸得地板上尘土飞扬。

天啊，他爱死这两个小家伙了。然而没有凯蒂的指导，他恐怕已经让他们失望了成百上千次。他没有为儿子们——还有玛拉——做一个称职的爸爸。他伸手扶住门口的桌子，这些年他犯过太多的错，如今清晰地看到自己的缺点，不由不感触良多。

将来他们会原谅他吗？

"你没事吧，爸爸？"路卡问。亲爱的路卡。照顾好路卡……他可能会想不通。最思念我的人可能就是他……

强尼点点头："明天我们要去帮多萝西打扫粉刷房子，收拾好了就可以接塔莉回家了，我就知道你们两个小家伙也想帮忙。"

"她和妈妈都喜欢蓝色。"威廉说，"把她的房间刷成蓝色最好。"

路卡上前一步，仰脸看着强尼。"那不是你的错，爸爸。"他柔声说道，"我是说塔莉的事。"

强尼伸手摸了摸路卡的脸，说："你真像你妈妈。"

"威廉像你。"路卡说。家族的密码总是不断重复，一代一代传下去的，这是事实。

强尼笑了笑。也许这就是他们继续生活下去的法宝——将凯蒂的生命赋予在成千上万种微小的细节上。他已经下定决心要这么做。然而讽刺的是，塔莉的意外使他重新认识到什么才是最重要的。

"你们的姐姐呢？"他问。

"唉，爸爸，你猜呢。"威廉说。

"在她的房间里？"

"是啊，她一直闷在房间里干什么啊？"

"她现在心里不好受。我们还是不要去打搅她了，好不好，征服者？"

"好。"两人异口同声地回答。

强尼从两人中间穿过去，走上楼梯。他在玛拉的房间门口停了停，但既没敲门，也没有说话，他正尽量给她点私人空间。今天在医院的时候，他已经看出女儿的内心有多痛苦，而过去几年他也早已懂得：倾听与倾诉一样重要。等将来她打算找人倾诉的时候，他会做她最好的听众，他不会再让她失望。

他走回自己的房间，将手中的一堆文件扔到床上，然后到浴室洗了个长长的热水澡。正用毛巾擦头发的时候，有人敲他的房门。

他迅速穿上牛仔裤和T恤衫，说了句"进来"。

门开了。玛拉站在门口，两手紧紧握在一起。直到今天，每每看到女儿时，他仍会被莫名的忧伤击得浑身一颤。她瘦弱、苍白，活似从前那个玛拉的悲伤的幽灵。"我能和你谈谈吗？"她说。

"当然可以。"

她扭过头："不在这儿。"说完她转身离开强尼的房间，走下了楼梯。来到杂物间，她从洗衣机旁的衣架上取下一件厚毛衣，穿上之后，开门来到了外面。

她坐在露台上妈妈最喜欢的阿第伦达克椅子[1]上。头顶茂密的枫树枝丫已披上浓浓秋装。红色、橙色、柠檬黄色的树叶散落在露台上，或被困在栏杆的缝隙里。以前，夜里孩子们睡着之后，强尼和凯蒂经常在这里小坐，他们脚踩朦胧的夜色，头顶昏黄的烛光，一边谈笑风生，一边聆听海浪拍岸的轰鸣。

他暂时收起美好的回忆，在玛拉旁边的一张椅子上坐下。饱经风霜的旧椅子随即发出一阵令人担心的呻吟。

"我卖了一条新闻给《明星》杂志。"玛拉轻声说，"我对他们说塔莉是个瘾君子，还是个酒鬼。他们给了我850美元。结果……上周去塔莉的公寓时我看到了那本杂志，她是看过杂志之后才开车出去的。"

强尼深吸了一口气，又慢慢呼出。接着他又重复了一遍，心里呼喊着：帮帮我，凯蒂。直到他认为自己的声音不至于哆嗦了，才开口说道："你认为这一切都是你造成的？"

她转过头，眼睛里的痛苦令人心碎，"是我造成的。"

强尼注视着女儿的眼睛。"你妈妈去世后，我们每个人都像丢了魂儿一样。"他说，"我也是一样，看到塔莉就会让我想起你的妈妈，所以我就故意离她远远的。不客气地说，是我落荒而逃了，你不是唯一伤害过她的人。"

"这话并不能给我安慰。"她悲哀地说。

"在你学校宿舍发生的那件事，后来我回想了不下一千遍。我当时不该发脾气的。如果时光能够倒流该多好，我做什么都愿意。我会告诉你不管你做出怎样的选择，我都会一样地爱你，这一点你永远都无须怀疑。"

---

1 阿第伦达克椅子：一种户外沙发，靠背可以调整角度，沙发座通常用宽的长木条制成。

"当时我一定会非常乐意听到这样的话。"她说着擦了擦眼睛。

"我还会向塔莉道歉。我不该指责她,把责任推到她的身上。"

玛拉点点头,但没有再说什么。

强尼回想着自己在女儿身上犯过的错误。多少次,本该留下的时候他却走开了,本该说话的时候他却沉默了。单身父亲能犯的错误他全犯了个遍。"你能原谅我吗?"他说。

玛拉凝视着他的眼睛,说道:"我爱你,爸爸。"

"我也爱你,小丫头。"

玛拉的笑容有些勉强,带着一丝哀伤,"那塔莉怎么办?她很可能会以为——"

"你现在最想对她说什么?"

"我想对她说我爱她,但我没有这个机会了。"

"会有机会的,等她醒来你就能告诉她了。"

"现在我已经不怎么相信奇迹。"

他本想说:大家都一样。但话到嘴边却变成:"你妈妈可不会愿意听到这些。她一定会说冥冥之中自有定数,不到万不得已不要放弃希望,即便——"

"即便万不得已,也不要放弃希望。"玛拉的声音与爸爸的合在了一起。

强尼有种说不出的快乐,在这美好的一刻,头顶的树叶沙沙作响,他感觉仿佛凯蒂就坐在身边。

"如果可以的话,我想再见见布鲁姆医生。"

强尼抬起头,他看到树枝上黑乎乎的梅森罐在微微晃动。谢谢你,凯蒂。

"我替你约个时间。"

第二十六章

2010年9月14日
上午9：13

在塔莉被接回家的前一天，雷恩一家和穆勒齐一家像专业的清洁队一样在萤火虫小巷的那栋房子里忙碌着。多萝西从未见过干起活儿来如此卖力，配合又如此默契的一群人。

塔莉14岁时曾经住过的卧室，如今将迎来50岁的她。为此两家人将房间彻底翻新，并漆成了漂亮的天蓝色。病床已经拉回来，并正对着房间里唯一一扇可以上下开合的窗户。这样即便塔莉躺在床上，视线也能穿过窗户，越过外面的菜园，看到对面她最好的朋友以前的家。床上用品是玛拉精心挑选后买来的，被面上带有精美的麦特拉斯提花和凸起的碎花图案。她的两个弟弟特意挑了一些照片贴在梳妆台上，总共至少有十几张。那里面有凯蒂和塔莉各个时期的合影，有塔莉抱着一个粉脸婴儿的照片，还有塔莉和强尼登台领奖的照片。多萝西很羡慕塔莉与别人的合影，遗憾的是，她一张都没有。这其间护理公司来了一位护士，就塔莉的日常护理和多萝西谈了至少两个小时。

当众人散去，多萝西从一个房间走到另一个房间，不断地给自己打气。她把护士手册和各种材料通读了两遍，并在页边的空白上写了注解。

两遍，她中途差点放弃去喝酒，但最终她坚持了下来。现在她又去了医院，沿着明亮的走廊，来到女儿的病房前。她冲值班的一个楼层护士微微一笑，推开房门走了进去。

女儿的床边坐着一个男人，正在读一本书。多萝西进来时，那人抬了抬头。只看了一眼，多萝西便注意到：一、此人很年轻，或许不会超过45岁；二、此人有外国人的特征。他头发很长，扎着马尾。多萝西可以肯定，他白大褂下面穿着一条破旧褪色的牛仔裤和一件印着某个摇滚乐队的T恤衫。而他脚上则和她一样穿着塑料木底鞋。

"对不起。"他说着站起身，并把书放在一边。多萝西看见那是一本名叫《尚塔拉姆》的小说。书很厚，但他已经读了一半。

"你在为她读书？"

他点点头，走过来并伸出一只手，"我叫德斯蒙德·格兰特，是个急诊医生。"

"我是她的妈妈多萝西。"

"嗯，我也该回去工作了。"

"你经常来看她吗？"

"要么上班前，要么下班后。我来看她的时候多半都是半夜。"他微笑着说，"我听说你们今天就要把她带回家了。"

"是的，再过一个小时左右。"

"见到你很高兴。"他扭头向门口走去。

"德斯蒙德？"

他转过身："还有什么事吗？"

"斯诺霍米什，萤火虫小巷17号。那是我们的地址，如果你想为她读完那本书的话。"

"谢谢你，多萝西。我会记住的。"

她看着德斯蒙德离开，随后走到病床跟前。意外发生十一天后，塔莉脸上的瘀青已经大为好转，颜色已经从深沉的玫红变成和生了霉点的香蕉一样的棕色。她身上几十处大大小小的伤口多数已经结痂，只剩下几处还在流着黄色的脓液。她的厚嘴唇干裂得厉害。

多萝西从工作服的大口袋里掏出一小罐蜂蜜霜，用食指指尖蘸了一点，均匀涂抹在塔莉的嘴唇上。"我想这样就没那么干了。你昨晚睡得好吗？"

"我？不怎么好。"她继续说道，就像她在和塔莉对话一样。"一想到要把你接回家去我就紧张。我不想让你失望。你觉得我不会让你失望？那真是太好了。"

她伸手抚摸着女儿光秃秃的头皮："该醒的时候你自然就醒了。痊愈是需要时间的。你以为我不知道啊？"

话音刚落，门开了，贝文医生和强尼联袂而入。

"原来你在这儿啊，多萝西。"医生说着闪到一边，让几个护士和两个护理人员走进了病房。

她勉强笑了笑。如果仅仅转运塔莉就需要这么多人手，那她一个人怎么可能照顾好她呢？

"深呼吸，多萝西。"强尼来到她身边鼓励道。

她感激地看了他一眼。

接下来的事进行得迅速而顺利。护理人员把塔莉从病床抬到轮床上，拔掉静脉注射管和各种仪器，然后推了出去。多萝西在前台签了一大堆文件，领了出院证明、护理程序手册和贝文医生特别整理的注意事项。最后坐上强尼的车子，跟着救护车驶离医院时，她已经担心得有些精神恍惚了。

汽车沿着哥伦比亚大街的下坡路缓缓行驶，透过车窗，他们能看到塔莉撞上的那根水泥柱。高架桥下的人行道上，出现了一座临时"纪念堂"。五彩气球、凋谢的花朵以及蜡烛组成了一个小小的神龛。一个牌子上写着：塔莉，祝你早日醒来。另一个牌子上写着：我们为你祈祷。

"你觉得她会不会知道有这么多人牵挂着她？"多萝西问。

"我希望她能知道。"

这之后，多萝西便再也没有说过一句话。她靠在舒适的真皮座椅上，看着窗外的风景从城市到郊区再到乡下，从高耸的摩天大楼到低矮的房前篱笆，从车水马龙喧闹嘈杂的大街到绿树成行、弯弯曲曲、安安静静、视野之内连汽车影子都看不到几个的乡间公路。到家时，他们紧跟着救护车停了下来。

多萝西着急忙慌地去开门开灯，把护理人员领进塔莉的卧室。孩子们已经在房间里贴上了巨幅海报：塔莉，欢迎回家。

多萝西如影随形地跟着护理人员，问他们各种各样的问题，并一一记录下来。

很快，一切安排妥当。塔莉已经安安稳稳地躺在她的卧室里，看起来睡得很香的样子。使命完成的救护车也开走了。

"你需不需要我留下来？"强尼问。

他的声音把沉思当中的多萝西吓了一跳："哦，不用。不过还是谢谢你。"

"玛拉周四过来，她会带些吃的。我周末再带两个小家伙过来，玛吉和巴德把对面房子的钥匙给我们了。"

今天是周一。

"玛吉还让我提醒你，她离这儿也就几个小时的路，如果你改变主意，或者需要帮助，她立马就可以搭飞机过来。"

多萝西努力挤出一丝笑容："我可以应付的。"这句话，她既像是对强尼说的，也像是对自己说的。

他们一起走到门口。强尼停住脚,低头看着多萝西,说:"我不知道你是否明白这对她的意义有多大。"

"我知道它对我的意义有多大。不是每个人都有第二次机会的,你说是吧?"

"如果你觉得扛不住了——"

"我是不会喝酒的,这一点你尽可放心。"

"我没有担心这个。我只是想告诉你,我们大家都随时待命,为了她,也为了你。"

她抬头看着这个英俊又温柔的男人,说道:"不知道她是否知道自己有多幸运。"

"是我们不知道自己有多幸运。"他轻轻地说。多萝西从他脸上的皱纹间看到了内疚。

她知道现在说什么都没有意义。人的一生难免会走错路,但不管怎样,路还是要走下去的。过去和未来,你只能改变后者。她送强尼到门外,看着他驾车离开。随后关上门,回到女儿的卧室,在床边久久伫立。

个把小时后,来了一位护士,给了多萝西一本护理手册,并说道:"跟我来。"

随后的三个小时,多萝西亦步亦趋地跟着这个女人,认真学习如何照顾自己的女儿。护士离开时,她的本子上已经记满了符号和各种提醒。

"你已经可以了。"护士最后说。

多萝西吞了口唾沫:"我不知道。"

护士轻轻一笑。"你就当她是个婴儿。"她说,"还记得她小时候哭得哇哇乱叫的情形吧?除非她安静下来,否则你根本不会知道她想要的是换尿片,是被抱在怀里晃悠还是想听一个床头故事。照顾昏迷病人和照顾小孩子是一样的道理,只管照着清单上做,不会有事的。"

"可惜她小时候我并不是一个称职的妈妈。"多萝西说。

护士轻轻拍了拍她:"亲爱的,女人都喜欢这么想。你不会有事的。别忘了她能听见你的声音,所以你尽可以和她说说话、唱唱歌、讲讲笑话之类的。"

当晚,整栋屋子就只剩下多萝西和塔莉两个人,这还是她们第一次有机会共处一室。多萝西轻手轻脚地走进塔莉的卧室,点了一根栀子花香味的蜡烛,并打开了床头的小台灯。

她按下床尾的控制按钮,让床头升高到35度的位置。停了一会儿,然后又放下,过一会儿又升起来。"但愿这不会让你觉得头晕。按照护士的交代,我每隔两个小时就要这样连续升降床头十五分钟。"这件事做完,多萝西轻轻拉开塔莉身上的毯子，开始按摩她的双手和胳膊。按照医生的说法，这种被动训练肌肉的方式有助于病人的血液循环。整个按摩期间，多萝西嘴里一直说着话。

到了后来，连她自己都不知道自己在说些什么。她只知道当她捧着女儿的脚，在干燥皲裂的皮肤上轻轻揉润肤霜的时候，她忍不住哭了起来。

塔莉出院两星期后，玛拉第一次见了布鲁姆医生。走过空荡荡的等候室时，她情不自禁地想起了帕克斯顿，他那忧郁深情的双眼，黑色的头发垂在脸前。

"玛拉。"布鲁姆医生微笑着向她打招呼，"很高兴再见到你。"

"谢谢。"

玛拉坐在椅子上，面对闪闪发亮的木办公桌。办公室比她记忆中的小了些，也私密了些。即便在这个灰蒙蒙的下雨天，窗外的艾略特湾依然美丽动人。

布鲁姆医生也坐了下来："今天你想谈些什么？"

可谈的事情太多了。很多错误需要纠正，很多事情需要厘清头绪，还有很多的内疚与悲伤需要找人倾诉。她可以继续敷衍了事，歪着脑袋看看别的，或者数盆栽植物上的叶子，然而她说道："我想我的妈妈，还有昏迷不醒的塔莉。我的人生一塌糊涂，我只想找个洞钻进去，永远藏着不出来。"

"逃避？你已经那么做过了。"布鲁姆医生说。她的声音一直都那么温柔吗？"以前和帕克斯顿在一起的时候就是逃避。现在也是。"

玛拉觉得这几句话似曾相识，但一种崭新的理解令她豁然开朗。布鲁姆说得没错。一直以来她都在逃避——那粉红色的头发，皮肤上的穿刺，毒品，性爱，都只是她逃避现实的方式和手段。但她的确爱过帕克斯顿，至少这一点是真实的。也许令人心碎，也许不健康甚至危险，但却真真切切。

"以前你一直在逃避什么？"

"那时？我只是太思念妈妈。"

"玛拉，有些痛是逃不掉的。也许现在你已经明白，有些痛你必须勇敢面对。你最怀念你妈妈的什么呢？"

"她的声音。"玛拉回答。接着又说："她抱我的方式，还有她爱我的方式。"

"你会一直思念她的。这也是我个人的经验，即使很多年以后，你的神经偶尔仍会被思念触动，痛得你无法呼吸。但思念也有它的好处，而且远远大于痛苦。当你经年累月地思念一个人时，你就会以不同的方式在生活中寻找她的影子，而且你一定能够找到。你越是长大，越能理解她。这一点我可以打包票的。"

"她如果知道我是怎么对待塔莉的,一定会非常生气。"她低声说。

"你根本想象不到一个母亲的宽容程度,教母也一样。问题是,你能原谅你自己吗?"

玛拉猛然抬起头,她的双眼已经含满泪水:"我必须原谅自己。"

"那就好。我们就从这里开始。"

玛拉发现与布鲁姆医生的交谈起到了作用。所有的回忆,关于她妈妈和塔莉,以及关于内疚和宽恕的谈话让她重新认识了自己。有时夜里躺在床上,她回忆往事,想象着妈妈就站在黑暗中与她对话。

因为那是她最为思念的:妈妈的声音。经过这些努力,她终于明白有朝一日她将不得不面对这一切。她知道,世界上存在着这么一个地方,等她足够坚强的时候,可以去那里找到妈妈的声音。

可现在她需要塔莉的陪伴。这是玛拉答应妈妈的。

连续几个星期,多萝西每晚拖着疲惫的身躯爬上床,而早上又依然要强打起精神爬起来。护理工作的清单永远都放在触手可得的地方,上面的内容她也不厌其烦地读了一遍又一遍,生怕自己漏掉了哪一件。各项任务她已经烂熟于心:每隔两个小时升降床头十五分钟,检查输液和食物,检查鼻饲管,按摩手脚,涂抹润肤霜,帮女儿刷牙,小幅度活动女儿的四肢,保持床单干爽整洁,每隔几个小时让女儿翻翻身,检查气管支气管的抽吸情况。

整整过了一个月她才开始不再心慌,而直到六周之后,家访的护士才用不着再在她的任务清单上添加提示。

到了11月底,她那黑色、泥泞、杂草丛生的园子里已经落满了枯叶。她开始满足地想,在她和女儿共同度过她们的第一个圣诞节之前,她终于可以不用拿着清单就把每件事做得井井有条了。日复一日的循环已经形成了习惯。那个名叫诺拉的护士每周来四次。她已经是12个孩子的祖母,这些孩子最小的才6个月,最大的已经24岁。上个星期她忽然有感而发,赞叹地说:"多萝西,你太了不起了。说真的,就算我亲自来做,也不会做得比你好。"

2010年圣诞节那天,黎明刚刚降临到斯诺霍米什这座小镇。多萝西终于感受到了平静,或者说她感受到了一个照顾昏迷女儿的母亲所能感受到的最大限度的平静。她比往常提前了一点醒来,起床后就立刻开始收拾房子,为这个家增加一点节日的气氛。储藏室里没有什么装饰品,但她并不介意。就地取材是她的强项。她走进昏暗的储藏室，但却不小心撞到了两个纸箱子，那里面装的全是塔莉的东西。

她站住了，默默盯着那两个已经布满灰尘的箱子。

强尼把这些箱子连同塔莉的衣服、化妆品和照片运过来时，多萝西认为它们是神圣不可侵犯的，除了塔莉，谁也无权翻看。但是现在，她想这里面的东西对塔莉的苏醒会不会有所帮助。她弯腰搬起那个写有"安妮女王丘"字样的箱子。当然，箱子很轻，17岁时的塔莉能有多少东西可以保存嘛。

多萝西擦去箱子表面的灰尘，把它搬进了塔莉的卧室。

塔莉静静地躺着，双眼紧闭，呼吸均匀。苍白的曙光透进玻璃，仿佛在地板上铺了一层银纱；窗外或有轻风吹过，银纱之上树影摇曳。窗棂上挂着漂亮的捕梦网，下摆垂着一颗颗晶莹的玻璃珠，道道金色阳光像丝带般探进窗口的时候，被玻璃珠放大开来，顿时璀璨夺目，光华四溢，室内的黑暗纷纷躲避。

"我把你的东西带过来了。"她对塔莉说，"今天是圣诞节，我想，也许我可以和你聊聊这里面的东西。"她把纸箱放在了床边。

塔莉纹丝不动。她的头顶上已经长出一层毛茸茸的泛着灰色的红头发，看起来像刚出生的小鸡雏。她身上的瘀青和伤口已经痊愈，只留下几道白色的疤痕。多萝西又往女儿干裂的嘴唇上搽了些蜂蜜霜。

随后她拉来椅子坐在床边，弯腰打开纸箱。她从箱子里拿出的第一样东西是一件印着马吉拉大猩猩的小T恤衫。摸到衣服的一刹那，回忆便如潮水般向她涌来。

妈妈，我能吃块儿饼干吗？

当然可以，一丁点儿大麻碍不了事儿。克莱姆，把饼干递过来。

然而紧接着：多萝西，你女儿浑身抽搐呢……

她盯着那件T恤。它可真小……

她忽然意识到自己已经沉默了很长时间："哦，对不起。你大概以为我出去了吧，我一直都在这儿呢，将来你会明白我为什么会一而再再而三地去找你。我一直都知道我的心属于哪里，只是我……一直没勇气面对。"她把T恤小心叠好，放在了一边。

从纸箱里拿出的第二件东西看上去很像一本相册，又大又厚的，塑料封面上印着"勿忘我"，和一个童子军模样的小女孩儿，顶上写着"塔莉的剪贴簿"。

翻开剪贴簿的第一页时，多萝西的双手微微发抖。那上面贴了一张带齿状边的照片，照片里是一个正在吹蜡烛的瘦小的女孩儿。与照片相对的那一页上写满稚嫩的文字。她开始大声地读出来。

亲爱的妈妈：
  今天是我的11岁生日。你好吗？我很好。我猜你一定正在赶过来吧？因为你就像我想你一样想着我。
爱你的女儿，塔莉

亲爱的妈妈：
  你想我吗？我好想你。
爱你的女儿，塔莉

她翻了一页，接着读了下去。

亲爱的妈妈：
  今天我们在学校骑马了。你喜欢小马驹吗？我喜欢。外婆说你可能会过敏，但我希望不会。等你来接我的时候，也许我们可以买一匹小马。
爱你的女儿，塔莉

"每一封短信下面你都写着爱你的女儿，塔莉。你有没有想过我甚至都可能不知道你是谁？"

床上，塔莉忽然有了动静。她的眼皮跳动了几下，睁开了。多萝西激动地跳起来："塔莉，你能听见我说话吗？"

塔莉发出一个微弱的声音，听起来像是疲倦的叹息，随即重新闭上了眼睛。

多萝西久久站在床边，注视着塔莉的脸，等待她做出更多的反应。塔莉睁眼已经是很平常的事情了，但多萝西仍然认为这有着非同一般的意义。"我继续读，你慢慢听着。"她说着坐下去，翻到另一页。

像那样的短信有好几百条。随着时间的推移，字迹从歪歪扭扭变得工整秀丽，语调也从幼稚变得成熟。多萝西一口气读了下去。

今天我要竞选啦啦队长，我选的伴奏曲是杜比兄弟的《中国林》[1]。
你知道这首歌吗？

---

[1]《中国林》（China Grove）：是一首1973年的歌曲的名字，根据得克萨斯州一个小镇命名，该镇被视为得克萨斯州的中国城，另外北卡罗来纳州也有同样一个地名。

我知道所有总统的名字，你现在还希望我有朝一日当总统吗？

你为什么一直不来看我呢？

信中的每一个字都如同一把尖刀刺向她的心脏，有好几次她都想停下来，可她必须坚持读下去。字里行间透露出的，是她错过的女儿的人生。尽管泪眼婆娑，双手颤抖，但她没有漏掉任何一封短信、一张贺卡或者女儿从报纸上剪下的一小片文字。

到了1972年，短信停了。没有愤怒，没有指责和怨恨，就那样无声无息地停了。

多萝西翻到最后一页。封底内侧粘着一个封口的蓝色信封，收件人的名字是：多萝西·吉恩。

她屏住了呼吸。只有一个人会叫她多萝西·吉恩。

她缓缓打开信封，用发颤的声音轻轻说道："这里有一封我妈妈给我的信。你知道这封信吗，塔莉？也许这是在你对我彻底死心之后贴在这里的？"

她抽出那张像羊皮纸一样又薄又皱的信纸，也许它曾被人揉成一团，后来又重新抻平了。

亲爱的多萝西·吉恩：

我一直以为你会回来，为此我祈祷了好多年，我祈求上帝把你送回我身边。我对他说，如果能再给我一次机会，我一定不会再装聋作哑。

可是，不管是上帝还是你，谁都没有听到一个老太婆的祷告。我谁都不怪，有些错误永远无法原谅，你说是吗？这一点连牧师都说错了。在上帝面前我一定是十恶不赦的，哪怕我曾经为你说过一句好话，恐怕也不会遭到如今这样的对待。

对不起。虽然只有简单的三个字，但我却一直没有勇气说出来。我甚至没有试过阻止你的父亲。我太懦弱、太害怕了。我们都很清楚他能用他手里的烟头干出什么。

我已经油尽灯枯，这辈子快走到头了。我不敢指望能等到你回来，但有一点我希望你能知道，塔莉跟着我比跟着你会更好些。我想，我做外婆比做妈妈要称职得多。至于你，我的罪孽恐怕要带到坟墓里去了。

我不敢奢求你的原谅，多萝西·吉恩。但我想让你知道，我很抱歉，我对不起你。

如果有来生，我愿意再做一次你的妈妈。

如果有来生。

多萝西低头看着那亲切的笔迹，信纸上的字在她眼前舞动模糊起来。她一直以为她才是家里唯一的受害者。她忽视了妈妈。

然而如果加上塔莉——她的人生实际上也毁于她那无耻的外公之手，虽然是间接的——受害者就成了三个。一个男人，毁了一个家庭中的三代女人。

她长长呼出一口气，心里想道：好吧。

好吧。简单两个字。这就是她的整个过去。

她的过去。

她低头看着女儿，像看着一个沉睡的公主。她头顶上新生出来的头发使她看起来年轻了不少。"我们之间，不会再有秘密。"她说，声音如同耳语。她要把一切都告诉塔莉，包括她母亲信中满满的遗憾。这将是她送给女儿的圣诞礼物。多萝西将在这张床边把所有的往事都说出来，从她在医院里停下的地方开始。然后她会把这一切都写下来给塔莉看，也许她在写回忆录的时候能够用上。她不会再隐瞒，也不会再逃避任何事，不管那是不是她的错。也许有一天，这些文字同样能治愈另一个受伤的心灵。

"塔莉，你觉得这个主意好吗？"她轻声问道，心中暗暗祈祷着能够得到回答。

身边，塔莉的呼吸均匀，平稳，安详。

第二十七章

这一年的冬天似乎格外漫长。阴沉的日子一天接着一天，像晾衣绳上没完没了的脏床单。厚厚的乌云笼罩着天空，淅淅沥沥的雨水把田野浸润得深沉泥泞。雪松的枝条像湿透的衣袖，有气无力地向下低垂着。当春天的第一缕阳光洒向大地，斯诺霍米什山谷以最快的速度换上了绿色的新衣，树木的枝条精神抖擞起来，一根根向着阳光伸起懒腰，炫耀着枝头上颗颗嫩绿的新芽。鸟儿们似乎一夜之间全都回来了，它们欢快地唱着歌儿，时而盘旋时而俯冲，享用着刚从潮湿泥土中探出头来的小虫子。

到了6月，当地人早已把沉闷的冬天和令人失望的春天抛在脑后。进入7月，当农贸市场重新开放，已经有不少人开始抱怨2011年的夏天为何如此炎热了。

像园子里的花儿一样，玛拉在灰暗而又漫长的冬春季节里不断积蓄着力量，也许那力量一直与她相伴，只是如今需要重新寻觅出来。

光阴似箭，转眼到了8月底。沉迷过去无济于事，现在是时候向前看了。

"你确定要一个人去吗？"爸爸从身后走上前，问道。玛拉闭上眼睛，靠在爸爸身上。他张开双臂，把她紧紧搂在怀里。

"嗯。"她能确定的已经只剩下这一件事了。她有许多话一直忍着，想对塔莉说。她在等待一个奇迹，但奇迹不会那么容易光顾普通人。塔莉出事已经一年了，现在玛拉准备重回校园，继续她的大学生涯。昨天夜里，她帮着爸爸整理他那部关于流浪儿童的纪录片——看到画面中那些流落街头的穷苦孩子，一个个双颊凹陷，眼神空洞，嘴里说着虚张声势的话时，她不寒而栗。她深深懂得自己能够重新回家是多么幸运，没有哪里比家更安全。因此当爸爸为她录像时，她说：我很高兴能够回家。然而，她还有些事没有做完。

"我答应过妈妈，所以要信守承诺。"她说。

强尼在她的额头上吻了一下："我真为你感到骄傲。最近我有没有说过这句话？"

玛拉甜甜一笑，说："自从我把红头发给染回来，把眉毛上的眉环摘掉之后，你每天都说。"

"那可不是我骄傲的原因。"

"我知道。"

他拉住女儿的手，陪她到门外，一直送到停在路边的车子前，"开车小心点。"

现在对玛拉而言，这一句叮嘱有着非同一般的分量。她点头答应着，拉开驾驶座一侧的车门，钻进车子，发动了引擎。

这是夏末难得的好天气。班布里奇岛上，渡轮马不停蹄地送来或运走一船船游客，他们挤满了维斯洛商业区的人行道。而在海峡的另一边，路上简直堵成了一锅粥，玛拉小心翼翼地驾车跟随着车流徐徐向北行驶。

到了斯诺霍米什，她驶离高速公路，转上了萤火虫小巷。

停稳车子，她在车里坐了一会儿，盯着副驾上一个灰色的购物袋。深吸了几口气后，她终于拿起袋子，向门口走去。

园子里的苹果和桃子们在成熟之前正铆足了劲儿吸收阳光，空气中弥漫着沁人心脾的果香。从这儿她能看到多萝西的菜园，里面生机盎然，有鲜红的番茄、嫩绿的豆角，还有成行成行肥大的花椰菜。

她还没有敲门，门却开了。多萝西穿着华丽的束腰外衣和宽松的工装裤站在门口。"玛拉，她一直都在等你呢。"她说着一把将玛拉揽入怀中。这是将近一年来每个星期四多萝西都会对玛拉说的话，"这个星期她睁过两次眼睛。我想这应该是好兆头，你觉得呢？"

"肯定是。"玛拉坚定地说。从塔莉开始睁眼以来，她已经考虑这个问题好几个月了。实际上第一次发现塔莉睁眼时，她激动得心脏都差点跳出来。她一边大喊多萝西，一边趴在塔莉面前连声鼓励：加油，塔莉，快醒过来……

她提起手中的购物袋："我给她带了些读的东西。"

"太好了，太好了。我也正好可以去收拾下园子，这个月草都长疯了，要不要喝点柠檬水？是我自己做的。"

"好啊。"她跟着多萝西穿过藤萝缠绕的干净的门廊。头顶的橡木上悬着干枯的薰衣草，空气里充满醉人的花香。屋子里的柜台上、桌了上，处处摆着芬芳的玫瑰花束，有的插在带裂缝的水罐里，有的插在金属锅里。

多萝西在厨房中消失了一会儿，出来时手里端了一杯柠檬水。

"谢谢。"玛拉接过来说。

两人对视了片刻，随后玛拉点点头，沿着长长的走廊来到塔莉的卧室。明媚的阳光倾泻进窗户，蓝色的墙壁闪耀着海水般的光。

塔莉躺在从医院拉回来的病床上，床头微微升起。她闭着眼睛，棕色的头发中间可见缕缕银丝，打着卷儿，凌乱地围绕在她那苍白瘦削的脸颊旁。一张奶油色的被单一直盖到她锁骨的位置，胸口有节奏地一起一伏，看上去十分平静安详。和每次站到她面前时一样，玛拉总会一厢情愿地臆想着塔莉会突然睁开眼睛，咧开嘴笑着和她打招呼。

玛拉强迫自己走近病床，房间里弥漫着多萝西很喜欢用的栀子花护手霜的味道。床头的桌子上放着一本平装的《安娜·卡列尼娜》，那本书德斯蒙德已经为塔莉读了数月。

"嘿。"玛拉对沉睡着的教母说，"我要去上大学了。我知道你已经知道，我都说了好几个月了。洛约拉-马利蒙特大学，在洛杉矶。很讽刺，对不对？我觉得小一点的学校对我有好处。"她搓了搓手。她今天来可不是说这个的。

这么长时间以来，她一直相信奇迹的存在。但是现在，她该告别了。

因为她有别的事要做。

胸口越来越痛，她伸手扶住床边的椅子，坐下来，并往前挪了挪，"我才是导致你出车祸的罪魁祸首，我没说错吧？那时我不懂事，把你的事出卖给了一家杂志社。是我告诉世人你是个瘾君子的。"

坦白之后的沉默像急流中的旋涡，拖着她一直向下沉去。布鲁姆医生曾再三安慰她说塔莉的意外并非她的错，事实上每个人都这么劝过她，可她不相信。所以每次到这里来，她都会情不自禁地道歉一番。

"我希望我们可以重新开始，你和我。我很想你。"玛拉的声音柔和之中透出一丝不安。

短暂的寂静过后，她微微叹口气，伸手到旁边的购物袋里，拿出了她最珍视的东西——她妈妈的日记本。

打开日记本，看到塔莉龙飞凤舞写的那几个大字"凯蒂的故事"，她的手抖了一下。

玛拉盯着那五个字。为什么过了这么久，她仍然害怕看到这里面的内容？按道理说，她应该非常渴望读到妈妈临终之前的想法才对，可她一直没有这个勇气，"我答应过妈妈，合适的时候要和你一起读她的日记。其实现在我还没有做好心理准备，而你也昏迷未醒，但我马上就要去上大学了，布鲁姆医生说现在很适合读一读这本日记。她说得对，是时候了。"

玛拉轻声说道："那我们就开始吧。"说完，她大声读了起来。

恐慌总是以同一种方式向我袭来。首先是感觉胃像打了结一样绞痛，随后是一阵恶心，接着便是喘不上气，无论怎样深呼吸都无济于事。然而令我恐慌的东西每天却都不一样，我根本想不到引起我恐慌的会是什么，有时候可能是我丈夫的一个吻，或者他故意掩饰的一个哀伤的眼神。有时候，尽管我还活着，但我知道他已经开始为我哀悼，开始思念我。更糟糕的是，玛拉对我说的一切都默默接受。我多希望她能像以前那样跟我顶嘴，甚至和我大吵一架。这也是我现在最想对你说的，玛拉，那些争吵是实实在在的生活。你渴望挣脱我的束缚，却不知道该做怎样的自己，而我又害怕你离我而去，这就是爱的循环。我要是能早点明白这个道理该多好啊。你的教母对我说，有朝一日，我会比你更早看到你的内疚，她说得没错。我知道你因为曾经对我说过的某些话而深感愧疚，其实我也一样。但我要告诉你的是，这些都不重要。重要的是我爱你，而我也知道你爱我。

语言终归是苍白无力的，但我想说的还有很多。如果你能忍受我的啰唆（我已经多年不写东西了），我倒想给你讲个故事。这是我的故事，也是你的。这个故事要从1960年开始说起，地点在北方的一座农业小镇。具体来说是一座小山上的一栋隔板屋，山下有一片养马的牧场。而故事真正精彩的地方则要从1974年开始，那一年有个世界上最酷的女孩儿搬到了街对面……

玛拉完全沉醉在一个14岁的孤独少女的世界里。这个女孩儿坐校车的时候会被同学嘲笑，生活中与她为伴的只有她钟爱的小说中的人物。他们给我起外号，嘲笑我的衣服，问我莫名其妙的问题，我大多时候都一声不吭，紧紧抱着我那包着牛皮纸书皮的课本。那时候，佛罗多是我最好的朋友，还有甘道夫、山姆和亚拉冈[1]。我经常幻想自己参加某种神秘的探险。玛拉毫不费力就能想象出当年的画面：一个郁郁寡欢的女孩子独自坐在星空下，恰好碰到另一个同样孤独的女孩子。寥寥数语的交流竟使那晚成了一段伟大友谊的开始，并彻底改变了她们两个人的人生。

我们自我感觉非常好。你有没有过那样的感觉，玛拉，盲目追逐潮流，即便看起来荒唐可笑，自己仍会对着镜子沾沾自喜？我记忆中的80年代就是那样。当然，那时候我穿什么衣服全都是塔莉说了算……

---

[1] 佛罗多、甘道夫、山姆和亚拉冈：都是小说《指环王》中的人物。

玛拉摸了摸自己乌黑的短发，想起它们曾经是粉红色且涂满发胶的样子……

和你爸爸相遇是很神奇的一件事。不是对他——至少当时不是——而是对我。有时候，当你注视一双眼睛，你能从中看到你自己的未来。我祝愿你将来也能遇到同样的爱情——不要将就。

当我抱着我的孩子，看着他们朦胧的眼睛，我能看到我一生的成就，我的激情，我的目标。也许这听起来有些老土，但我生来就是要做一个妈妈的，而且我十分享受做妈妈的每一分每一秒。你和你的弟弟们让我懂得了爱的真谛，而今一想到要离开你们，真是心如刀割。

日记一页一页地继续，像一部精彩的小说，时而跌宕起伏，时而峰回路转，把妈妈的一生淋漓尽致地展现在了玛拉面前。临近末尾，已是日落西山，夜幕降临，而玛拉浑然不觉。室外昏黄的灯光透过窗棂照进屋里，玛拉打开床头的台灯，又不知疲倦地大声读了下去。

玛拉，最后还有件事你需要明白。你是个桀骜不驯的女孩子，我知道我的死会让你伤心欲绝，而你也一定会想起我们之间那些不愉快的争吵。

忘了它们吧，我的小丫头。那只是真正的你和真正的我之间的碰撞。记住那些美好的东西——拥抱，亲吻，我们一起堆的沙堡，一起做的蛋糕，彼此分享的小秘密。记住我爱你，爱你的全部。记住我爱你的热心和激情。玛拉，你是最好的我，但愿有一天你能发现我也是最好的你。至于其他的一切，全都抛到九霄云外好了。记住，我们深爱着彼此。

爱、家庭、欢笑。这是当我得知一切已成定局之后想到的。我这一辈子经常觉得自己做得不够好，或追求得不够多，我想我的愚蠢应该能够得到原谅。我太年轻，我想让我的孩子们知道我为他们感到骄傲，我为自己感到骄傲。你，你的爸爸，你的两个弟弟和我，这就是我所追求的。我已经拥有了我想要的一切。

爱。

这才是我们最该铭记的。

泪水模糊了玛拉的视线，她若有所悟地注视着最后那句话。铭记。在一片朦胧中，她回想起妈妈的点点滴滴——她那似乎从来都不会服帖的满头金发，她那能够看透你的一切小心思的绿色的眼眸，她那凭借你摔门的声音就能判断该不该进去找你的神奇技能,她那随时随地都可能迸发出的爽朗的大笑,以及夜里在送上晚安之吻前,轻轻撩起玛拉眼角的发丝,在她耳边低声说"永远爱你,小丫头"的样子。

"哦,天啊,塔莉……我全想起来了……"

我能感觉到我的心跳。我能听到血液如潮水般在心房里起伏涌动,我能听到夏天的微风和隆隆的鼓点。

那是回忆的声音。

但是现在,黑暗中多了其他的东西,它敲打着我、刺激着我,扰乱了我平静的心跳。

我睁开双眼,甚至没有意识到它们一直闭着,但这无关紧要,睁开或者闭上,我的眼前除了黑暗,什么也看不见。

"塔莉。"

是我吗?是我。我又听到了,有人在叫我的名字,但那两个字仿佛黏在了一起,夹杂着回声,我听不清楚。但我感觉到了光,朦朦胧胧,也许是萤火虫,或者是手电筒的光,围着我翩翩起舞,像鱼一样游来游去。

哦,那些飘向我的熹微的光点,是从人的口中飞出的只言片语。

"……世界上最酷的女孩儿……"

"……我们一起堆的沙堡……"

"……最好的你……"

我忽然意识到了什么,猛吸了一口气,空气像一对儿骰子在我的胸膛里咯咯作响。

玛拉。

我听到的是玛拉的声音,但她说的却是凯蒂的话。凯蒂的日记。这些年来我已经读过无数遍,有些地方甚至能倒背如流。我发现自己正努力向前探着身体,并伸出双手。然而黑暗压迫着我,束缚着我,那些光点从我旁边不停地划过。

有人拉住了我的手。是玛拉。我感觉出来了,她的抓握温暖而有力,弯曲的手指将我的手指包围在中间。奇怪,这世上唯一真实的东西却变得毫无意义。

你能听到她。凯蒂说。

我翻了个身,发现凯蒂就在旁边,沐浴在奇异辉煌的光芒中。我看见她就在那片绚丽的光里,她绿色的眼,金色的发和灿烂的笑。

黑暗中,我听见"哦,天啊,塔莉,我全想起来了"。

就这样，我也全想起来了。我的生活，我未曾吸取过的教训，我如何辜负了爱我的人，我对他们的爱又是多么深沉。我想起看着他们围在我的床边，听他们为我祈祷。我想让他们回来。我想让自己回来。

我凝视着凯蒂，在她的眼睛中看到了一切：我们的过去。还有更多别的东西：渴望。我看到了她对我们所有人的爱——我，她的丈夫，她的孩子们和她的父母——这伟大的爱因为同时具有希望和死亡而变得光芒万丈。

你想要什么，塔莉？

玛拉的话飘飘洒洒地落在我们身边，在水中闪着微光，落在我的皮肤上时，感觉像甜蜜的吻。"我想要重来一次的机会。"我说。与此同时，选择的冲动令我热血沸腾，将力量源源不断地输送到我那有气无力的疲惫的四肢。

我是来告别的。我需要向前看了，塔莉，你也一样。我求你跟我说声再见，对我微笑。这是我唯一的要求。笑一笑吧，好让我可以安心地离开。

"我害怕，凯蒂。"

该说再见了。

"可是——"

塔莉，虽然我离开了，但实际上我会一直陪着你。快醒来吧……

"我永远都不会忘记咱们在一起的时光。"

我知道。现在，快点醒来吧。活下去。这是上天的恩赐……还有……告诉我的孩子们——

"我知道。"我轻轻地说。我已经明白她的嘱托。我会把那些话好好保存在心底，刻在我的灵魂上。我要告诉路卡，他的妈妈会在夜里悄悄来到他的床边，在他的耳边呢喃低语，守护他不受噩梦的侵扰，他的妈妈是幸福的，而她同样也希望自己的孩子能够幸福……我要告诉威廉，感到忧伤是很正常的事，但不要强迫自己填补妈妈离开后留下的空间。我并没有离开。这就是她要交代的话。只是去了别的地方。我会尽我所能给孩子们所有她能给的东西，并让他们明白她对他们的爱有多深。

与她告别是最艰难的事。突然之间，我觉得浑身发冷，四肢沉重。我的面前有一座无比陡峭的黑色的大山，当我试着攀登的时候，它似乎要把我压下去。

山顶上有一道光，我满怀憧憬地向它又迈出一步。

可是光却躲开了。

我必须到达顶峰，那是世界的所在，可我早已疲惫不堪。但我没有放弃尝试。我慢慢地爬着，每一步都要用上全身的力气。黑暗在后退，星光变成雪花，纷纷扬扬，烧灼着我的皮肤。但我能看到光，而且那光越来越强烈，就像一座高耸的灯塔不停闪烁，给我指明了前进的路。

我的呼吸越来越急促，越来越吃力。求你了。我意识到自己在祈祷。我人生中第一次真正的祈祷。

我做不到。

不。

我能做到。我想象着凯蒂就在我身边，就像以前我们推着自行车仅仅依靠月光就登上萨默山那样。我奋力向上爬去，眨眼间，我已置身山顶。我闻到了栀子花和干薰衣草的芳香。

现在到处都是光明，我的眼睛被刺得隐隐作痛。那光明来自我旁边一个小小的圆形的东西。

我眨了眨眼，试着控制我的呼吸。

"我做到了，凯蒂。"我激动地说道。但我声如细丝，或许我根本就没有说出来。我等待着她对我说：*我知道*。但我的耳朵里只有我自己一起一伏的呼吸声。

我再度睁开眼，并努力把目光集中到一点。有人在我身边，但我只能看到一个光影相接的轮廓。一张脸，正俯视着我。

玛拉。她还像过去一样健康美丽。"塔莉？"她小心翼翼地叫道，仿佛我是一个容易被惊动的幽灵，或幻觉。

如果这是在做梦，我希望自己不要醒来。我回来了。"玛拉。"说出这两个字，我似乎用了整整一生。

我想留住这一刻，但我力不从心。时间背叛了我。我睁开双眼，看到了玛拉和玛吉，我试着微笑，但我虚弱无力。那是我妈妈的脸吗？我想说话，可喉咙里只能发出嘶哑的咕噜声。也许这一切都是我的想象。

接下来我只记得，我又睡着了。

第二十八章

多萝西坐在医院的等候室里，紧握的双手搁在大腿上。她的两条腿紧紧并拢着，每一次蠕动身体，膝盖骨都要碰撞一番。人全都到了：强尼、双胞胎兄弟俩、玛吉、巴德，还有神情呆滞坐立不安的玛拉。三天前，塔莉睁开眼并试图说话。他们立即把她运回医院，令人痛苦的漫长等待便是从那时开始的。

也许一开始的时候看起来的确像是奇迹降临，但是现在，多萝西的心又悬了起来。最好不要寄希望于奇迹，这一点她十分明白。

贝文医生非常肯定地对他们说，塔莉的确苏醒了，但是经历漫长的昏迷，要彻底恢复意识还需要一些时间。他提醒大家有可能出现昏迷后的持续效应，这说得通。谁都不可能昏睡了一年之后，睁眼就能问人要咖啡和甜甜圈。

多萝西为这一天已经祈祷了很久。每天晚上她都会在女儿的床边跪下。这对一把年纪的她来说是极为痛苦和难以忍受的，但她相信这是她必须要付出的代价。所以，一晚又一晚，她坚持不懈地跪下祈祷。就这样从秋跪到冬，从冬又跪到春，从菜苗扎根跪到满园葱绿，从苹果树上发出新芽跪到枝上枝下果实累累。她的祈祷从来都只有一句话：万能的上帝呀，求求你让她醒来吧。

许久以来，尽管她不顾一切地渴望上帝能够听见她的祈祷，但自始至终她也未曾允许自己奢望得到上帝的回应，更没有想象过塔莉醒来的这一刻。她担心那样一来，她的祈祷会受到欲望的玷污而变得不够纯粹。

总之她是这样告诫自己的。而今她认识到，那只不过是她一生当中说过的无数谎话中的又一个。她不敢想象塔莉醒来的这一刻，只因这一刻让她感到恐惧。

如果塔莉醒来却不愿见她，那她又该如何自处呢？

这就像一出荒诞的情景剧。一直以来多萝西都没有尽到一个做母亲的责任，然而，当她终于迷途知返，开始认认真真做一个合格的妈妈时，女儿却无法看到。塔莉在昏睡中错过了她所有的努力，使得这一切看起来充满了不真实。

"你又开始哼唱了。"玛吉轻声说。

多萝西连忙按住嘴唇："一紧张就有这毛病。"

玛吉拉住多萝西的手。和玛吉的这种不经意间的亲密，有时总能让她感到意外。谁都想象不到，在你失意的时候，被一个理解你的人轻轻触碰一下会给你带来多么巨大的安慰。"我很害怕。"多萝西说。

"这很正常，你是她的妈妈呀，恐惧是你的职责。"

多萝西扭头看着玛吉："妈妈？我哪里配做一个妈妈。"

"但你学得很快啊，你的努力有目共睹。"

"万一她醒来之后不想见我呢？我已经不知道离开她我一个人该怎么生活。可我又不可能假装什么事都没有一样去面对她。"

玛吉苦笑了一下，她的笑容和她的眼神一样疲惫："多萝西，她一直都想着你。我还记得她第一次问我她怎么了，为什么你不爱她时的样子。天啊，当时我的心都碎了。我对她说，有时候，生活可能不会以我们想要的面貌出现，但我们永远都不能放弃希望。那时她17岁。你的妈妈刚刚去世，她对自己的未来充满恐惧，我们把她接过来和我们一起住。她睡在凯蒂房间的第一天晚上，我坐在床边和她道了晚安。她看着我说：'将来她会想我的。'我说：'怎么可能会不想呢？'然后塔莉特别小声地告诉我，哦，那声音小得我几乎听不到。她说：'我会一直等着。'而事实也的确如她所言，多萝西，她一直在等着，用各种方法等着你。"

多萝西十分愿意相信这些话，可她说服不了自己。

对塔莉来说，时间变成了各种各样模糊的形象和毫无意义的零碎片段——一辆白色的汽车，一个穿粉色衣服的女人说什么感觉已经好多了，一张移动的床，一台放在白色房间角落里的电视机，远处传来的嗡嗡的人声。最后只剩下一个声音。有人在对她说话，只是那声音先是四分五裂，后又重新组合在一起，形成……语言。

"你好，塔莉。"

她轻轻眨了眨眼皮儿，随后缓缓睁开。她身边站着一个男人，一个穿白大褂的男人。她的眼神还无法集中，房间里的光线为何如此暗淡？她怀念光。这意味着什么？而且她感觉到了冷。

"我是贝文医生。你现在在圣心医院。你是五天前被送到这儿来的，有印象吗？"

她皱起眉头，努力思考。她感觉自己好像在黑暗中待了好几个小时，好几年，甚至一辈子。她什么都想不起来。只断断续续记得一片光……流水的声音……春草的气息。

她想润一润嘴唇，它们已经干得快要裂开，她的喉咙像着了火一样灼痛，"我……"

"你出了车祸，受了严重的脑外伤。你的左胳膊上有三处骨折，还有左脚踝，不过那一处伤得比较轻。现在所有骨折的地方都已经长好了。"

车祸？

"别，塔莉，不要动。"

她想动弹了吗？"多……久了？"她甚至不知道自己在问什么。而医生的话她也完全听不懂。她又合上了眼睛，她想再睡一会儿……

她听到了声音，也感觉到了什么。她并非一个人。她深吸了一口气，又慢慢呼出，然后徐徐睁开双眼。

"嘿。"

是强尼。他就站在她旁边，他的身后还站着玛吉、玛拉，还有……白云？她妈妈在这儿干什么？

"你终于醒了。"强尼柔声说道，但他的声音有些微微发颤，"我们以为要失去你了呢。"

她试着开口说话，可她首先要找回自己的声音，然而不管她如何努力，她的话听起来总是含混不清。她的神志也有些模糊。

强尼抚摸着她的脸："我们在这儿呢，都在。"

她用尽全力集中精神，有件事她迫不及待地想要告诉这个男人，"强尼……我……"

看见她了。

什么意思？看见谁了？

"别担心，塔莉。"他温和地说，"现在我们有的是时间。"

她又闭上眼睛睡着了。不知道过了多久，她恍惚间又听到了声音——是强尼在和别的男人说话，但她仅仅过滤到只言片语——*恢复得很好，脑活动正常，给她点时间*——和她有关系吗？也许没有。所以她也就不再理会。

她又一次醒来时，强尼还在，还有玛吉。睁开眼睛时，他们正站在床边悄悄说着话。这一次醒来的感觉有所不同，她睁眼的一刹那就意识到了。

玛吉看到她睁开眼时激动得哭了："你醒了。"

"嘿。"塔莉勉强用低沉沙哑的声音说。她着实费了番工夫才挤出这一个字，但不管怎样，她又能说话了，虽然她不知道自己在说什么。她感觉到自己说话的速度很慢，有点含糊，但强尼和玛吉脸上的微笑打消了她全部的顾虑。

强尼走近一些说："我们都很想你。"

玛吉也靠上前来："我们的塔莉是好样的。"

"我……多久了？"她心里清楚这个问题需要的字数要比她说出来的多得多，但她想不起来该用哪些字了。

玛吉看了一眼强尼。

"你来这儿已经六天了。"强尼镇静地说，随后他吸了一口气，"你的车祸发生在2010年9月3日。"

玛吉接着说道："今天是2011年8月27日。"

"可是，等等。"

"你已经昏迷了将近一年了。"强尼说。

一年。

她闭上眼睛，感到一阵恐慌。她想不起关于车祸和昏迷的任何事——

嘿，塔莉。

突然间，在黑暗中一直陪伴着她的那段美好回忆又浮现在眼前。两个女人骑着自行车并排飞驰，她们兴奋地张开双臂……星光……凯蒂在她身边说：谁说你要死了？

那不可能是真的。一定是她想象出来的，除此之外没有其他合理的解释。

"他们一定给我用了不少猛药吧？"塔莉说着，缓缓睁开眼。

"是啊。"玛吉说，"为了救你的命呀。"

原来如此。在药物麻醉后的半死不活的状态中，她幻想出了她最好的朋友。这似乎不足为奇。

"你还要接受一些物理和职业疗法。贝文医生推荐了一位非常优秀的治疗师，他说用不了多久你就能实现自理，足以应付一个人在家的生活。"

"家。"她低声念着这个字，仿佛在思考它究竟意味着哪里。

在梦里，她坐在海边的一张阿第伦达克椅子里，凯蒂陪在她旁边。但横亘在面前的那片大海并不是班布里奇岛灰色的、遍布卵石的海岸，也不是波涛汹涌的蓝色海湾。

我们在哪儿？梦里的她问道。在等待回答的时候，蓝绿色的海水中升起了一道光，它炫目无比，照亮了一切，直到塔莉被刺得睁不开眼睛。

当有人调皮地用屁股撞你，或者告诉你说不能全怪你一个人，或者当我们的音乐响起，仔细听，你会听到我的声音。我无处不在。

塔莉猛然惊醒。她一骨碌坐起来，结果被迫连连喘了几口粗气，头也疼得厉害。

凯蒂。

关于在那片光芒中的记忆突然向她扑来，将她无情地击倒。她和凯蒂去了某个地方，在那里，她拉着凯蒂的手，听她说：我会永远陪着你的。无论何时当你听到我们的音乐，或者喜极而泣，我都在你身边。夜里当你闭上眼睛，请记住，我一直都在。

这是真的，尽管听起来并不可能。

这不是药物在作怪，也不是脑损伤的缘故，更不是她思念心切做起了白日梦。这是真的。

第二十九章

第二天是没完没了的各种检查，打针、抽血、消毒、透视。她的恢复速度令她自己，同时也令所有人震惊不已。

"准备好了吗？"最后终于可以出院时，强尼问她。

"大家都去哪儿了？"

"回去准备你的欢迎会了，这可是件大事，你准备好了吗？"

她坐在一台轮椅中，停在病房里唯一的那扇窗户前。她的反应能力还没有完全恢复，因此医院特意给她戴了顶头盔，以免磕着碰着。

"嗯。"有时候她会出现语言障碍，脑子里总是找不到想要的词，所以在回答别人时她尽量简短。

"外面有多少人？"

她皱了皱眉："什么多少人？"

"你的粉丝啊。"

她叹了口气："我没有粉丝。"

他走进病房，来到她身边，转动轮椅正对窗口，"再仔细看看。"

塔莉循着他的目光望去。只见楼下的停车场上站着一群人，挤挤挨挨地躲在颜色鲜艳的雨伞下面，看样子至少有三四十个。"我没看见……"话说到一半她忽然停住了，因为她看到了人群中的标语牌。

塔莉，我们爱你！
塔莉，祝你早日康复！
你的闺密们永不放弃！

"他们是来看我的？"

"你出院是大新闻，粉丝和记者们一得到消息就赶过来了。"

人群在塔莉的眼前模糊起来。起初她以为是雨越下越大了，随后才意识到是自己想起了过去这些年的时光，而且看到自己还没有被人们遗忘，一时感动得热泪盈眶。

"他们爱你，塔莉。我听说芭芭拉·沃尔特斯还想采访你呢。"

她不知道该说什么，反正这一刻说不说话都无所谓。强尼要动身了。他抓住轮椅上两个裹着橡胶的扶手，推着塔莉走出病房。临出门时，塔莉最后若有所思地朝房间里望了一眼。

来到大厅，强尼停下来并拉起手刹："你在这儿等我一会儿，我先去劝你的粉丝和记者们离开。"

他把轮椅挪到墙边，让塔莉背对大厅，然后走出了玻璃气动门。

在8月底的这个下午，一场小雨当着太阳的面就淅淅沥沥地下了起来。这就是本地人口中的太阳雨。

强尼走近人群时，一大堆照相机纷纷瞄准了他，闪光灯此起彼伏。写着"塔莉，我们爱你！塔莉，祝你早日康复！"以及"我们为你祈祷"的标语牌慢慢放了下来。

"我知道大家已经获悉塔莉·哈特奇迹般苏醒的消息，这的确是个奇迹。圣心医院的医生，尤其是雷吉·贝文医生为她提供了非常特别和细心的治疗。我想她一定希望我代她向医生们表示感谢，同时也向你们，为她默默祈祷的广大粉丝们表示感谢。"

"她人在哪儿？"有人喊道。

"我们想见她！"

强尼伸出一只手示意众人安静："塔莉目前还在安心恢复，我想大家应该可以理解。她——"

人群中传出一声惊呼。强尼前面的人不约而同地转过身，面向医院的门口。摄影师们你撞我我撞你，一个个疯狂按着快门。

只见塔莉的轮椅斜停在门口，她身后的自动门一开一合。她有些喘不过气，是啊，她现在身体虚弱，根本没有力气操作笨重的轮椅。雨滴落在她的头盔上，在衬衣上留下斑斑水印。强尼向她走去。

"你确定要这样？"他问。

"不……确定。管他呢。"

他推着她走向前，人群顿时安静了下来。

她勉强对人们笑了笑，说："我看上去已经好多了。"

众人的欢呼差点把强尼掀翻在地，标语牌也被扔上了天。

"谢谢你们。"当人群再度安静下来时，她说道。

"请问你打算什么时候复出？"其中一个记者问。

她望了望人群，又看看强尼。她的职业生涯从开始那天就有强尼从旁见证，因此没有人比他更了解她。她从他看她的眼神中发现了一些端倪：他是不是想起了她21岁时的样子？那时的她是个天不怕地不怕的冒失鬼，居然连续数月每天给他寄一份简历并愿意免费为他打工。他很清楚她急欲出人头地的心情。为了得到更多的观众，她几乎放弃了一切。

她深深吸了口气，平静地对那位记者说："没有复出这回事了。"她很想为自己辩解，告诉人们她已经不在乎名和利，可她没有力气一下子组织起那么复杂的语言并有条有理地说出来。现在她知道什么东西最值得珍惜。

人群像炸了锅，有的窃窃私语，有的高声议论，无数问题同时向塔莉飞来。

她扭头看着强尼。

"今天是我最为你感到骄傲的日子。"他附在塔莉的耳边说道。

"因为我放弃了？"她问。

他摸了摸她的脸："因为你永不放弃。"他的温柔几乎让她喘不过气来。

众人还在提着各种各样的问题，但强尼已经推动轮椅，转身进了医院的大厅。

片刻之后，他们已经坐上了汽车，一路向北驶去。

他们要去哪儿？她该回家才对啊。"你走错路了。"她说。

"是你在开车吗？"强尼问，他甚至连头都没有扭一下，但塔莉从他的侧脸也能看出他在微笑，"显然不是。你坐在后排嘛。我知道你现在脑筋不太好使，但你应该不会忘了司机负责开车，坐车的负责看风景的规矩吧？"

"我们……去哪儿？"

"斯诺霍米什。"

迄今为止，塔莉第一次想到为什么从来没有人说起在她昏迷长达一年的时间里都在什么地方度过。难道他们是故意瞒着她吗？为什么之前她没有想到这个问题？"一直都是巴德和玛吉在照顾我吗？"

"不是。"

"那是你咯？"

"也不是。"

她皱起了眉头："疗养院？"

他指了指一个路口，随即驶下高速公路，朝斯诺霍米什方向驶去，"你一直都在你斯诺霍米什的家里，和你妈妈住在一起。"

"我妈妈？"

他的目光瞬间变得无比柔和："你出车祸之后发生了不少奇迹呢。"

塔莉沉默了，她甚至不知道能说什么。就算有人告诉她是强尼·德普照顾了她一年，她恐怕也不会如此惊讶。

然而这时一段记忆浮现在脑海中。它仿佛在故意戏弄她，一忽儿靠近，一忽儿又远远地躲开。那是一个狡猾的光和语言的组合，还伴随着薰衣草和爱之宝贝古龙香水的味道，还有隐约的歌声……比利，别逗英雄……

凯蒂说："听，是你的妈妈。"

强尼把车一直开到萤火虫小巷她家的房子前才停下。然后他扭头看着塔莉，长长的对视之后，他说："我都不知道该如何开口，我对不起你。"

这个男人的温柔甚至使她感觉到了痛。她要怎样向他解释她在黑暗中——还有那团光中——经历的一切呢？"我看见她了。"她平静地说。

他蹙了下眉："她？"

她能看出他什么时候明白，什么时候不明白。

"凯蒂。"

"哦。"

"说我发神经也好，脑袋被撞坏了也好，或者吃药吃傻了也好，你爱怎么想就怎么想。反正我看见她了，她拉着我的手并让我告诉你：'你做得很好，你没有辜负孩子们，所以也就没有什么事是需要得到他们原谅的。'"

强尼的眉头皱得更紧了。

"她认为你一直在责备自己没有表现得足够坚强，你很希望当初能让她说出自己的恐惧。她说：'告诉他，那时我唯一需要的就是他，他说了所有我想听的话。'"

塔莉伸手拉住强尼的手，这一刻，所有的情感都复活了。他们一起经历了那么多年的风风雨雨；他们一起欢笑，一起哭泣，一起渴望，一起梦想。"如果你能原谅我，我就原谅你曾伤了我的心，所有的不愉快从此一笔勾销。"塔莉说。

强尼缓缓点了点头，他的眼眶中已经闪动着泪光："我很想你，塔莉。"

"我也想你啊，强尼。"

玛拉一心扑在塔莉的欢迎会上，但即便不时和外婆聊聊天，和两个弟弟打打闹闹，她仍然有种如履薄冰的感觉，焦虑，不安。她渴望得到塔莉的原谅，但又明知道自己不配。另一个同样对塔莉的归来感到惴惴不安的人是多萝西。短短几天，塔莉的妈妈似乎清减了许多，看起来愈发瘦小。玛拉知道这个老太婆已经把自己的一些个人物品装进了袋子。当大家都在忙着装点房子的时候，她却借口说苗圃里需要买些东西就出去了。她这一去就是几个小时，到现在还没有回来。

塔莉回到家时，众人为她举行了隆重的欢迎仪式，有欢呼，有掌声。外公外婆轻轻抱了抱她，两个小家伙兴奋得连连尖叫。

"我就知道你不会有事。"路卡对塔莉说，"我每晚都为你祈祷呢。"

"我也是。"威廉也不甘落后。

塔莉看上去疲惫极了，她的头微微斜着，笨重的银色头盔使她看起来像个小孩子，"我知道……两个小家伙……的生日快到了。我……错过了……一年，所以……现在……给双份礼物。"塔莉费了好大的劲才说出这些话，说完之后她已经累得满脸通红，气喘吁吁。

"说不定是两辆一模一样的保时捷哦。"爸爸说。

外婆笑着把两个小家伙打发到厨房拿蛋糕去了。

整个聚会期间，玛拉一直强颜欢笑，偶尔含含糊糊地说几句无关痛痒的话。好在塔莉很容易疲劳，不到8点就昏昏欲睡了。

"推我到床上去吧？"塔莉轻轻捏了捏玛拉的手，说道。

"好。"玛拉抓住轮椅的扶手，沿着狭长的走廊向塔莉的卧室走去。她小心把轮椅推进门，来到了房间里。卧室里有一张病床，到处都是鲜花，桌子上摆满了照片，床头立着一根输液架。

"我就是在这儿整整昏睡了……"塔莉说，"一年？"

"是啊。"

"栀子花。"塔莉说，"我记得……"

玛拉把她扶进洗手间。塔莉刷了牙，并换上挂在门后的一件白色长睡衣。然后她又坐回到轮椅上，玛拉把她推到了床边。在这里，玛拉扶她站了起来。

塔莉面对着她。只一眼，玛拉看到了一切：*我的任务是无条件地爱你……争吵……你是我最好的朋友……还有全部的谎言。*

"我很想你。"塔莉说。

玛拉的眼泪顿时止不住地流下来。所有的痛苦和悔恨在这一刻集体迸发，她为失去了妈妈而哭，又为在日记中重新找到妈妈而哭；她为背叛塔莉而哭，还为她给所有爱她的人带去的伤害而哭，"对不起，塔莉。"

塔莉缓缓抬起双手，用干得像纸一样的手掌捧住玛拉的脸："是你的声音把我唤醒的。"

"可是《明星》杂志的那篇文章——"

"老皇历了。来，扶我上床吧，我快累死了。"

玛拉擦了擦眼睛，掀开被单，扶塔莉躺进被窝。随后她也爬上床，躺在塔莉的身边，就像以前那样。

沉默良久——也许是为了集聚力量——之后，塔莉才重新开口："是真的，人在弥留之际真的会走进一片光，你的人生也会一幕幕在你眼前重现。这都是真的。昏迷的时候……我离开了我的身体。我看见你爸爸在病房里。当时我就像悬浮在屋顶，俯视着病床上那个是我又不是我的女人。我受不了那样的场景，所以我就转了个身，于是我就看到了那片光，我跟着它就去了。随后场景一转，我竟然在黑暗中和你妈妈骑着自行车在萨默山上飞奔。"

玛拉倒吸一口气，惊讶得用手捂住了嘴。

"她并没有离开我们，玛拉。她会永远守护你，爱你。"

"我很愿意相信。"

"这是你的选择。"塔莉微笑着说，"顺便说一句，她很高兴你把头发颜色染回来了。哦，还有一件事……"她蹙了下眉，仿佛在努力回忆，"哦，对了。她说：'万事皆休会有时，包括这个故事。'这话有什么特别的意思吗？"

"那是《霍比特人》里的一句话。"玛拉说。终有一天，你也许会遇到一些让你感到孤独的伤心事，但又不愿向我或爸爸倾诉，倘若真的出现了那种情况，你要记得在自己的床头柜上放着这样一本书。

"小孩子看的书？真奇怪。"

玛拉笑了笑，她一点都没有感觉到奇怪。

"我叫多萝西，我是个瘾君子。"

"嘿，多萝西！"

来参加今晚戒毒互助会的人围成一个圈，正在发言的多萝西站在中央。和往常一样，互助会仍在斯诺霍米什前街的老教堂里举行。

房间里灯光昏暗，弥漫着咖啡和甜甜圈的香味。多萝西向众人讲述了自己的戒毒经历——她投入的时间，经受的痛苦和考验。她需要倾诉，尤其在今晚。

互助会刚一结束，她就走出破旧的木教堂，骑上了她的自行车。平时她总会稍稍停留一会儿，和其他人聊聊天，分享一些心得。但是今天，她的心潮起伏难平，已经无暇顾及这些额外的礼节了。

这是一个美丽的深蓝色的夜晚，路边的树木在微风中轻轻摇摆，天幕上繁星闪烁。她沿着主干道，一路用胳膊指示着转向，朝镇外骑去。

来到萤火虫小巷，她骑上门前的车道才停下。随后她把自行车小心翼翼地靠在墙上，来到前门，转动了门把手。屋里静悄悄的，空气中残留着某种食物的味道——也许是意大利面——还有清新的紫苏的芳香。虽然开着几盏灯，但整栋房子寂静一片。

她拉了拉挎在肩上的包，轻轻关上门。热辣的干薰衣草的气息顿时钻进她的鼻孔。她轻手轻脚地走进屋，目光落在任何地方，都能看到她错过的欢迎会的痕迹——写着"欢迎回家"的横幅，柜台上成沓的色彩艳丽的餐巾纸，放在水槽旁晾干的红酒杯。

她真是个懦夫。

她走进厨房，在水龙头下接了一杯自来水，靠着柜台咕咚咕咚喝了个精光，那样子就像她几天几夜没喝过水似的。她的面前，是那条昏暗的走廊，一侧是她的卧室，另一侧，是塔莉的。

懦夫。她在心里又一次骂自己。然而她没有沿着那条走廊走下去，做她该做的事，反而鬼使神差般地穿过客厅，从后门来到了露台上。

从屋里出来的一刹那，她就闻到了香烟味儿。

"你在等我？"她轻声问。

玛吉站起身："当然咯。我知道这对你来说很难面对，但你不能再这么逃避下去了。"

多萝西差点双膝一软瘫坐在地上。她这辈子从来没交过一个像样的朋友，在她需要的时候，她认识的那些女人没有一个会为了她挺身而出。直到今天。她伸手扶住旁边的一把木椅子，稳住身体。

露台上有三张椅子，都是多萝西从旧货市场淘回来的，原本它们已经破旧不堪，碰一下似乎都会散架。她花了几个月的时间把它们修好，打磨光滑，重新刷上漆——色彩相当绚丽——并分别在每张椅背上写了大大的名字：多萝西、塔莉、凯蒂。

当初做这件事的时候，她心里怀着甜美的浪漫与乐观。挥动漆刷将艳丽的色彩涂在粗糙的木头上时，她想象着塔莉醒来之后会说的话。而今，她只看到自己的一厢情愿和幼稚可笑。她凭什么以为塔莉会愿意和她坐在一起喝早茶？或者，难道她就没有想到，当塔莉看到旁边空着的那张椅子，想到那个永远不可能回来的人，不会黯然神伤？

"你还记不记得我曾经对你说过的关于当妈妈的事?"玛吉在黑暗中吐出一团烟雾,问道。

多萝西挪开一个空篮子,在写有她名字的那张椅子上坐了下来。而且她还注意到,玛吉坐的那张是塔莉的椅子。

"你对我说过很多事。"多萝西说着向后靠在椅背上。

"当了妈妈,你就会知道什么是恐惧。担惊受怕几乎是家常便饭,而且没有止境。从桌角到橱柜的门,到绑架,到天气。我敢打赌,要想找出什么东西不会伤害到我们的孩子,那一定比登天还难。"她扭过头,"可讽刺的是,他们恰恰需要我们无比坚强。"

多萝西默不作声。

"为了我的凯蒂,我一直都很坚强。"玛吉继续说道。

多萝西听出朋友的声音在发颤,她不假思索地站起来,一步跨过两人之间本就微不足道的距离,一把抱住了玛吉。她感觉到了这个女人瘦弱的身躯在她怀里瑟瑟发抖,这一刻,没有人比她更能理解玛吉的心情。有时候,突如其来的安慰比冷眼旁观更令人痛心彻骨。

"强尼打算今年夏天把凯蒂的骨灰撒到海里。我不知道该怎么做,但我知道是时候了。"

多萝西不知道说什么才好,所以一直沉默不语。

两人松开后,玛吉已是泪眼朦胧。她哽咽着说:"你知道吗,是你帮我熬过来的。只是我从来没有说过一句感谢的话。想想有多少次,你在园子里播种、除草,而我坐在这里抽我的烟?"

"可我从没说过一句安慰的话。"

"用得着吗,多萝西?有你陪着就足够了。就像你陪着塔莉一样。"她擦了下眼睛,勉强笑了笑,随后温和地说,"去看看你的女儿吧。"

塔莉从沉睡中醒来,还有点迷糊不清。她猛地坐起——太猛了——结果一阵头晕目眩,连这陌生的房间也跟着一起旋转起来。

"塔莉,你没事吧?"

她慢慢眨了几下眼睛,方才想起自己身在何地。这里是她从前的卧室,是她位于萤火虫小巷的以前的家。她伸手打开了床头的台灯。

她的妈妈坐在靠墙的一张椅子上。此刻正紧握着双手,笨拙地站起来。她那身打扮看起来就像个捡破烂的,脚上穿着白色袜子和勃肯凉鞋。脖子上挂着塔莉在儿童营时为她做的那条快要散掉的通心粉项链。没想到过了这么多年，她的妈妈居然还保存着。

"我……不太放心。"她的妈妈说，"你回来的第一晚。我希望你不要介意我在这儿陪着。"

"嘿，白云。"塔莉轻声说。

"我现在叫多萝西了。"她妈妈说。她尴尬地笑了笑，带着道歉的意思，并向床边挪了挪。"白云是70年代初我跟着一些团体瞎混时取的名字，那时我们只知道享乐，拿无知当个性。"她低头看着塔莉。

"听说是你一直在照顾我。"

"那算得了什么呢？"

"照顾一个昏迷不醒的女人整整一年，怎么可能不算什么呢？"

多萝西从口袋里掏出一枚小小的纪念币。它圆圆的，闪着金光，比25美分的硬币稍微大那么一点点。纪念币上印着一个三角形，三角的左侧写着黑色的"节制"二字，右侧是"周年"二字，三角形内侧是大写的罗马数字X（10），"还记得2005年你在医院看见我那次吗？"

塔莉记得和妈妈的每一次见面："记得。"

"那是我的人生跌到谷底的时候，我厌倦了被人不当人看的日子，那之后不久我就进了康复中心。哦，对了，钱还是你出的呢。谢谢了。"

"从那之后你就戒掉了？"

"是。"

妈妈的坦白所带来的意想不到的希望令塔莉不敢相信，但她又不敢不信。"所以后来你才会去我的公寓并说要帮助我戒酒。"

"美其名曰介入治疗，那个借口实在很蹩脚。一个老太婆和一个生气的女儿。"她的脸上露出一丝苦笑，"人在清醒的时候对生活的认识会更加深刻。我照顾你就是为了弥补那么多年来我的失职。"

多萝西向前弯着腰，摸着脖子上的通心粉项链。她目光中的温柔让塔莉感到意外："我知道只是一年而已，我不指望它能改变什么。"

"我听到你的声音了。"塔莉说。她的记忆断断续续，徘徊在黑暗与光明之间。我为你感到骄傲，我是不是从来没有对你说过这样的话？那段记忆就像一块高档巧克力柔软的奶油夹心，"你在病床前给我讲了一个故事，对不对？"

她妈妈先是吃了一惊，而后又露出哀伤的神色，"很多年前我就该告诉你的。"

"你说你为我感到骄傲。"

她终于伸出一只手，用一个母亲的柔情抚摸着塔莉的脸颊，"我怎么会不骄傲呢？"

多萝西的眼睛湿润了。"我一直都爱你，塔莉。我逃避的是我自己的人生。"她缓缓拉开床头柜的抽屉，拿出了一张照片，"也许这可以作为我们新的开始。"说完她把照片递给了塔莉。

塔莉从妈妈纤瘦颤抖的手中接过那张微微反着光的照片。它方方正正，和一张扑克牌大小差不多，周围是白色的圆齿状的边儿，早已磨得参差不齐。岁月在黑白画面上留下了裂纹一样的铜绿。

照片上是一个男人，一个坐在脏兮兮的门廊台阶上的年轻男人。他一条腿伸着，一条腿蜷着，而且从伸着的那条腿看，他的个头应该不会太矮。他的头发又黑又长，可惜同样脏兮兮的。身上的白T恤遍布汗渍，早已失去了本色；脚上的牛仔靴陈旧不堪，双手沾满污垢。

然而他的笑容却格外灿烂，甚至与他那张瘦削且微微偏向一侧的脸都有些格格不入，但看上去却丝毫不会让人觉得别扭。他有一双像黑夜一样的黑色的眼睛，眼眸中仿佛藏着成千上万个秘密。他旁边的台阶上，一个裹着鼓鼓囊囊的灰色尿布的棕发婴儿睡得正香。男人的一只大手托着婴儿赤裸的后背。

"你和你爸爸。"多萝西轻声说。

"我爸爸？你不是说你不知道谁是——"

"我撒了谎。我是在中学时爱上他的。"

塔莉的目光又回到照片上。她用指尖轻轻摩挲，端详着照片上的每一条裂纹，每一处阴影。她胸口起伏着，几乎无法呼吸。她从没在亲人的脸上看到过自己的特征。可现在她看到了自己的爸爸，而她看起来和他是那么的相像，"我们笑起来很像。"

"是，你大笑的样子也和他一模一样。"

塔莉心头一热，就好像深藏在心底的一个疙瘩忽然之间解开了一样。

"他非常爱你。"她的妈妈说，"我也是。"

塔莉察觉出妈妈的声音有些嘶哑。当她抬起头时，看到的是一双泪汪汪的眼睛，她的眼眶也不觉湿润起来。

"他叫拉斐尔·本尼西奥·蒙托亚。"

"拉斐尔。"塔莉充满恭敬地念着这个名字。

"我们叫他雷夫。"

澎湃的情感令塔莉难以自持，这件事于她而言非同小可。它改变了一切，改变了她。她有一个爸爸了，而且她的爸爸非常爱她，"我能——"

"雷夫死在了越南。"

塔莉还没有意识到自己在心里已经开始搭建一个美丽的梦，但妈妈的一句话，让这个梦瞬间破碎。"哦。"她失望地说。

"不过我会把他所有的事都讲给你听。"她妈妈说，"他以前经常用西班牙语给你唱歌，还把你抛向空中逗你笑。你的名字是他起的，而且是乔克托语[1]，他说那能使你成为一个真正的美国人。我一直叫你塔露拉，就是为了纪念他。"

塔莉望着泪眼婆娑的妈妈，从她的眼中她看到了爱，看到了失去，看到了心痛，还看到了希望。那是她们母女二人生命的全部，"我等得好苦。"

多萝西抚摸着塔莉的脸，温柔地说："我知道。"

这一刻，塔莉已经等了一辈子。

在塔莉的梦里，她坐在我家露台上的一张阿第伦达克椅子里。当然，我就坐在她旁边。我们还和过去一样：年轻、快乐，永远有聊不完的话题。院子里那棵古老的枫树，如今披上了秋天的金色与红艳。树枝上挂着一些梅森罐，绳子的长度恰到好处，不至于彼此缠在一起。罐子里点着香薰许愿烛，明亮的烛光照在我们头顶，在地上投下晃动的影子。

我知道，有时候当塔莉坐在这里，她会想起我，想起我们一起骑着自行车、张开双臂从萨默山上冲下来的情景。那时的我们都相信，这是一个充满光明的广阔世界。

在她的梦里，我们是永不分离的好朋友。我们一起成长，一起穿紫色的衣服，一起唱毫无意义又意味着一切的白痴歌曲。这里没有癌症，没有衰老，没有错失的机会，没有争吵。

"我会一直陪着你。"她睡着的时候我这样对她说，她知道这是真的。

只是一转身，也许连眨眼的工夫都没有，我已经到了别的地方，穿越的不只是空间，还有时间。我回到了班布里奇岛的家中，我的家人齐聚一堂，他们被一个我听不到的笑话逗得哈哈大笑。因为寒假，玛拉从学校回来了。她已经交到了真正的朋友。我爸爸的身体依然健康。强尼的脸上也重新有了笑容——很快他就会发现自己重新坠入爱河。他会抵触、会挣扎，但最终仍会屈服。我漂亮的儿子们正在我眼前一天天长成男子汉。威廉还是那么风风火火，张扬自信；而路卡则

---

[1] 乔克托语：北美印第安人乔克托族的语言。

低调内敛，如果不是他的笑容，你甚至很难在人群中注意到他。但我在夜里听到的是路卡的声音，他在睡梦中和我说话，因为他太担心会忘记我。我思念他们，这种思念有时让人难以忍受。但我知道他们会好好的，现在和将来都会。

妈妈很快就会和我团聚，当然，她现在还不知道。

我只是扭了一下头，却忽然来到了萤火虫小巷。塔莉一瘸一拐地走进厨房，和她的妈妈一起喝完茶便到园子里忙活去了。看得出来，她恢复得很好，已经离开了轮椅，甚至连根拐杖都不需要。

时间如白驹过隙，但到底有多快呢？

在她的世界里，也许只过了几天、几周……

忽然，果园里出现了一个男人，他在和多萝西说话。

塔莉放下手中的咖啡向他走去。在地面凹凸不平的果园里，她的脚步缓慢且略带踟蹰，显然她离完全康复还有点距离。她从妈妈身边经过，走到那个男人面前，这个男人的手里居然拿着一双——

拖鞋？

"德斯。"塔莉说着向他伸出手，后者很自然地把她扶住。两人接触的一刹那，我看到了他们的未来——一片灰色的遍布卵石的海滩，靠近涨潮线的地方摆着两张木椅……一张桌子上摆满了节日的晚餐，我的家人和她的家人围在桌前，一张婴儿高脚椅显得格外醒目……一栋陈旧的房子，弧形的门廊俯瞰大海。我只用了塔莉一次心跳的时间，就看到了所有这些画面。

那一刻我知道，她的人生不会再有任何磨难，生活会以本来的面目对她。该伤的心依旧会伤，该实现的梦想依旧会实现，该冒的风险依旧会冒，但她会永远记得我们——许多年前，有两个彼此充实了对方人生的女孩子，她们一辈子都是好朋友。

我靠近她，我知道她能感觉到我。最后，我在她耳边悄悄说起了话。她听到我了，或者，也许她只是知道在这样的时刻我会说些什么。都无所谓了。

我终于到了该放手的时候。

但塔莉和凯蒂的故事并没有结束。我们已经融入彼此的生活，永远都将是对方的一部分。最好的朋友。

但我也该继续我的旅程，像塔莉一样。

当我最后一次回眸，远远地，我看到她在幸福地笑。

【全文完】

关于本书

About the Book

后　记

从很多方面来说，《萤火虫小巷》那本书改变了我的整个职业生涯。在那之前我已经写了18本小说，自认为已经是个不错的小说家了。后来有了塔莉和凯蒂的故事，她们改变了我对自己的认识。那是我第一次写一部时间跨度达数十年的作品，也是我第一次尝试涉猎流行文化以及深入发掘好朋友之间的伟大友谊。小说中的视角全部为女性。《萤火虫小巷》的确描述了一个美丽的故事，但那还是次要的，那部作品的核心是女人之间的友情。故事中包含了许多我个人的生活与经历，我用了数年时间才完成那部作品。最终定稿之时，我已经有些心力交瘁。

但我一直都知道，这个故事还远没有结束。那是我第一次在写完一部小说之后有这种感觉。通常情况下，当我到达最终编辑阶段时，我对故事人物的结局已经不会再有大的疑问。但《萤火虫小巷》不同，尤其是塔莉和白云这两个人的未来几乎让我寝食难安。我实在放心不下她们的命运，即便在我写其他小说的时候仍旧时时挂念。

直到后来有一天，我觉得是时候回过头来再关心一下《萤火虫小巷》了。你大概认为回到一个自己创造的世界应该是轻而易举的吧，然而事实上，重新进入这个故事，重新走近那些人物却是无比艰难的。这一点我早该想到。一个人在离家多年之后重新归来，情感上总要经历剧烈的波动，这就是我开始这本《再见，萤火虫小巷》时的心理状态。故事有很多种讲法，人物的生活也有很多种继续下去的方式，为此我几乎想破了脑壳来选择。我试了一稿又一稿，设计过各种各样的故事情节。我写了很多种版本的塔莉、白云、玛拉和强尼，在众多的选择中我几乎迷失自我，结果发现我选择的每一条路最终都通向了死胡同。后来我才意识到，我漏掉了一个重要的人物：凯蒂。没有凯蒂，上述这些人物发生关系的可能性微乎其微，凯蒂才是将他们联系在一起的关键。我要重新到访她的世界，没有她怎么可能实现呢？不过如此一来我就不得不面对一个问题，因为凯蒂在《萤火虫小巷》中已经死了。

　　幸运的是，我是个精神主义者。意识到问题之后，我立刻就想到了补救的方法，尽管这种方式看起来可能有些诡异，甚至需要我的读者们和我一起加入一段非凡的旅程。也就是在那一刻，《再见，萤火虫小巷》的故事在我脑海中有了大致的雏形。它讲述的是当我们失去生命中一个非常重要的人——一个维系着整个家庭的人——之后的故事。其实这一点我应该感同身受。《萤火虫小巷》是我送给我母亲的一个礼物，她在我很小的时候就死于乳腺癌。在凯蒂身上，我找到了纪念我母亲的方式。因此续集的脉络必定是失去人生至爱之后的人们该如何继续生活。找到了这个主题，相应的结构便不在话下，于是我终于有机会做一件很久之前我就想做的事情：用熟悉的人物写一部与纯粹的续集作品不同的、可以自成一体的情感小说。也就是说，在读这本《再见，萤火虫小巷》之前，你不一定非要读过《萤火虫小巷》。如果你真的读过《萤火虫小巷》，你会发现这部《再见，萤火虫小巷》的故事更加精彩，情感更加丰富。

克莉丝汀·汉娜

对话克莉丝汀·汉娜

《萤火虫小巷》刚出版时，您说那是一部家庭氛围最浓的小说，那么凯蒂与塔莉的故事对您来说究竟有多么重要的意义呢？

在我所有的作品中，我在《萤火虫小巷》中融入了最多我个人的元素。小说中的小镇是我从小长大的地方，小说中的房子也是按照我家的房子去描述的。而故事中人物所处的时代也正是我自己经历的时代。我上过华盛顿大学，和凯蒂以及塔莉拿过同样的学位。《萤火虫小巷》的世界其实也正是我的世界。而且我也失去了我的母亲。这些个人经历甚至在小说的每一页中都有所体现。《萤火虫小巷》其实是我个人以一个女性的视角重新审视我失去母亲之后的人生，并传达了我对这段人生的理解而已。此外，我还想通过这部作品提醒广大女性读者警惕乳腺癌。所以说，这本书对我来说有着非同一般的意义。

您似乎并不介意让故事中的人物遭受苦难。这对您来说会不会很难接受？她们的苦难会不会给您带来痛苦？

实际上，我很愿意将我的人物置于艰难的环境之下。在描写经历人生不幸的女性时，我允许人物发掘自我。我相信苦难对人们的教化作用，当该说的说过，该做的做过，人性会发生天翻地覆的转变。艰苦的环境既可以塑造我们的人格，也可以暴露我们的缺陷。世界充满压力和危险，女性想要独立生存并不容易。有太多文学作品——以及晚间新闻，过分关注我们周围的负面因素。因此，我认为有必要提醒大家乐观的心态至关重要，还有就是，努力付出就一定会有回报。我们可以渡过一切难关，不仅如此，我们还将战胜一切困难。我的作品就是想要表现女性这种不屈不挠、勇往直前、追求美好人生的精神。

你有很多读者会从你的作品人物身上找到共鸣。这些令人印象深刻的人物，你是如何创造出来的呢？在塑造他们之前你的脑子里是不是已经有了成型的人物？你能听到他们的声音吗？和我们分享一下你的文学创作经验吧，你是如何写活这些人物和故事的呢？

作家，从一开始就要努力创作最真实和真诚的人物。就我而言，我对真实的追求是从背景故事的设定开始的。我相信每个人都是无数人生经历的总和，这对虚构的文学作品中的人物同样适用。因此在创作之时我必须首先了解这些人物的童年，他们人生中的一些关键时刻，他们失去过什么，他们有什么希望、什么梦想。这些都是塑造真诚人物必不可少的重要细节。

至于他们的声音，我可没那么大的本事，除非嗑了药。不过从事写作这么久，我也的确做了一些研究，我发现在创作之时我已经能够很轻易地发现他们。就像考古学家在沙地中发现恐龙的脊骨一样，慢慢地，一步一步地，全貌就显露出来了。这也是我发现人物的过程，边写边探索。开始之前，我首先创造出大量的生物信息，但真正的质变发生在我以人物的视角进行场景创作之时。这时人物自己仿佛具备了灵魂，会张口说话，而对此我还经常感到惊讶，因为很多语言自己就冒了出来。另外，通过人物的幽默感我也进一步认清了人物。我什么时候发现一个人物很有趣，就说明我开始真正认识这个人物了。

有些声音自然而然地便出现在我的耳朵里，而有些声音则要经过仔细琢磨、认真推敲。比如凯蒂是和我最相似的人物，组织她的语言时我非常得心应手。相对来说塔莉的语言就难得多，因为我们的性格相差巨大，在很多方面甚至截然相反。另外还有青少年，我真的很想表现出他们与成人之间的细微差别——心态、声调和语言等。在玛拉身上，有时候我不得不深入研究和思考。不过强尼的塑造倒非常轻松，我也不知道为什么。

一部作品在完成之后，你还会怀念那些人物吗？

一部作品我通常要用一到两年的时间去完成，平均下来也要14个月。在这个过程中，我要做很多准备工作，中间也要易好几次稿。因此当一部小说接近尾声时，我真的感觉自己创造了一个最好的故事，故事框架里的人物也是最出色的。完成既定的目标之后，我通常就会转到别的事情上去，不会再特别关注这部作品。《萤火虫小巷》是个例外，所以它也是我唯一一部有续集的作品。因为我确实非常牵挂塔莉和白云。而且我十分想知道在失去了凯蒂之后她们的生活会是怎样的情景。

你创作的人物死去后，你会不会难过？

描写与情感反应有关的场景对我来说是个挑战。换句话说，通过塔莉或玛拉的视角来写凯蒂的死都非常有难度。因为坦白地说，我的书中很少有意外死亡的人物。因为从一开始我就知道谁会活下去而谁会死去，所以我一直在提防这种情绪。但奇怪的是，这本书完成之后，在重读的时候，我发现有些情感上的东西对我冲击很大，但真正抓住我的并不是死亡这件事，而是其他一些更琐碎的细节。在《萤火虫小巷》中，是凯蒂思念她的孩子们时的情景令我感触最深，虽然那只有短短几句话。

这本小说中，结尾凯蒂以一种超自然的视角指出了强尼将坠入爱河，塔莉也心有所属。读者们不由会想：《再见，萤火虫小巷》还会有下部吗？

我希望不会有了（笑）。我原以为写续集会非常简单，因为都是我熟悉的人物，可实际操作之后才发觉，续集比一部新的小说更难写，所以我以后应该不会轻易动笔写续集，一本小说，结束了就是结束了。

你希望读者从你这部小说中得到些什么？或者从你的任何一部小说中得到些什么？

首先，也是最重要的一点，我希望这是一部令读者们手不释卷的作品。我心中的好作品，是每时每刻都吸引着读者去发现故事的走向，牵挂人物的结局。所以我也希望我的作品能给读者带来这样的感受，使他们牵挂故事中的人物。我还希望读者能从我的小说中领悟到家庭、母亲以及相互关爱的重要性。在当前这种社会环境中，我们很有必要将这些积极的情感放在重要的位置。至于《再见，萤火虫小巷》最大的教育意义，我想应该是：无论何时都不要逃避问题和失败，有时候，只要你肯原谅——不管是自己还是别人——其实生活比我们想象的要更加灵活和光明。你和你爱的人都有获得第二次机会的可能。

有没有什么问题是你一直渴望读者提出的？是什么问题，而你又会如何回答？

当然有！我希望读者有一天会问我能不能写得慢一点。因为目前他们总是问我："你能不能写得再快点？"

凯蒂和塔莉的歌单

Dancing Queen（舞后）——阿巴合唱团

Daydream Believer（白日梦骑士）——门基乐队

Stairway to Heaven（天国的阶梯）——齐柏林飞船乐队

Taking Care of Business（照料生意）——BTO乐队

Goodby Yellow Brick Road（再见，黄砖路）——艾尔顿·约翰

American Pie（美国派）——唐·麦克林

Don't Give Up on Us（别放弃我们）——大卫·索尔

Thank God I'm a Country Boy（感谢上帝，我是个乡下孩子）——约翰·丹佛

Shout（呼喊）——艾斯礼兄弟合唱团

Brick House（砖房）——海军准将合唱团

Twistin'the Night Away（彻夜狂欢）——山姆·库克

Louie，Louie（路易，路易）——金斯曼乐队

Love is a Battlefield（爱是战场）——佩特·班纳塔

Jessie's Girl（杰西的女孩）——瑞克·斯普林菲尔德

Purple Rain（紫雨）——王子

You Can't Always Get What You Want（你不会总能得到你想要的）——滚石乐队

Call Me（给我打电话）——金发女郎乐队

Sweet Dreams（Are Made of This）（甜蜜的梦）——尤里思米克斯乐队

Do You Really Want to Hurt Me?（你真的忍心伤害我？）——文化俱乐部乐队

Here Comes the Bride（新娘来了）——理查德·瓦格纳作曲

Crazy for You（为你疯狂）——麦当娜

I'm Every Woman（风情万种）——惠特妮·休斯顿

I'm on Fire（我已欲火焚身）——布鲁斯·斯普林斯汀

Desperado（亡命之徒）——老鹰乐队

A Moment Like This（这样的时刻）——凯莉·克拉克森

Didn't We Almost Have It All（我们几乎拥有一切）——惠特妮·休斯顿

Papa Don't Preach（爸爸别说教）——麦当娜

Bohemian Rhapsody（波西米亚狂想曲）——皇后乐团

When Will I Be Loved（何时被爱）——琳达·朗丝黛

You've Got a Friend（你有一个朋友）——詹姆斯·泰勒

One Sweet Day（甜蜜一天）——玛丽亚·凯莉与大人小孩双拍档（*Boys II Men*）

关于读书会的一些建议

我是读书会的极力推崇者。对于众多忙碌的女性朋友来说，忙里偷闲抽出一个晚上或下午，聚在一起畅谈人生、爱、家庭以及书籍，是多么惬意的事情。这样的事情难道不值得提倡吗？

如果你们就《再见，萤火虫小巷》这本书召开读书会，我这里倒有一些建议帮助你们讨论：

本故事源自《萤火虫小巷》，核心讲述的是友情，所以每个人不妨带一张自己与好友的照片，而后谈一谈你们认识的过程和经历。

或者故意加入一些20世纪70年代和80年代的风格？也许你们可以穿上自己年轻时候的衣服。对我来说，七八十年代就意味着喇叭腿裤、扎染、香蕉夹和垫肩。你和你最好的朋友最初认识时穿着什么衣服？

另外还有食物。多萝西年轻时的开胃菜似乎非常诱人。你能从50年代的菜谱中找到相关做法。有没有人会做维也纳香肠？洋葱汤？薯条蘸酸奶油？尽情发挥你的创造力。或者你也可以带上妈妈已经多年不做的食物……

之后嘛，自然是大快朵颐啦！！！

最后请注意：

近些年，我已经可以通过电话和各地的读书会进行交流。真是过瘾！以前虽然一直写书，但我从未和我的读者们互动过。而今能够和全国各地的女性读者们直接互动交流，实在是令人快慰。我们聊天的话题无所不包——有时聊我的书，有时聊别人的书，聊孩子、姐妹等。只要你想聊，我都可以奉陪。因此，如果你是某个读书会的成员，而你们又恰好选择了《再见，萤火虫小巷》作为你们的讨论书目，你尽可以到我的网站上与我预约连线交流的时间。我不能保证会答应所有人的邀请，但我定会尽力而为的。同时大家还可以关注我的博客和Facebook。我很喜欢与读者互动，越多越好！

谢谢大家！

克莉丝汀·汉娜

可在读书会上讨论的问题

在《萤火虫小巷》中,凯蒂是一个货真价实的书迷。通篇小说她几乎都在阅读。她的这种状态和我年轻时是一样的。我都不记得父母提醒过我多少次,让我在全家出行的时候多看看沿途的风景,不要总是把头埋在书里。这里我列出了凯蒂读过的一些书,献给感兴趣的读者。

《去问问爱丽丝》(*Go Ask Alice*)
作者:碧翠丝·斯巴克斯。这本小说对少女时期的我产生过巨大影响。

《凯瑟琳》(*Katherine*)
作者:安雅·西顿。这部小说至今仍是我的最爱之一。

《局外人》(*The Outsiders*)
作者:苏珊·埃洛伊斯·辛顿。经典青春小说。还没读过的一定要读一读。

《指环王》(*The Lord of the Rings*)
作者:J.R.R.托尔金。这本书在《萤火虫小巷》和《再见,萤火虫小巷》中都多次出现。它几乎是凯蒂和玛拉的枕边书,也是两人关系紧张时能将她们拉到一起的一道桥梁。伟大的小说总能拉近人与人之间的距离,《指环王》是世界文学中最经典的作品之一。

《爱的故事》(*Love Story*)
作者:艾瑞克·席格尔。凯蒂在年轻时读过这本书,她一直都是个浪漫主义者。

《狼与鸽子》（*The Wolf and the Dove*）

作者：凯瑟琳·E.伍德威斯。20世纪70年代经典爱情小说。虽然种族和政治立场存在争议，但作品不容忽视。

《荆棘鸟》（*The Thorn Birds*）

作者：考琳·麦卡洛。又一部经典爱情小说。

《死光》（*It*）和《末日逼近》（*The Stand*）

作者：斯蒂芬·金。我最喜爱的两部恐怖小说。

当然，凯蒂最喜爱的小说大概要属玛格丽特·米切尔著的《飘》了。

问题1：首先，请读过《萤火虫小巷》的朋友们举个手。至于没有读过的朋友，你们是否遗憾自己首先读了这本续集作品？或者你们是否认为《再见，萤火虫小巷》可以自成一体？讨论你们的理由。也许可以让你更好地理解小说内容，但有一点，不要剧透哦。

问题2：《再见，萤火虫小巷》中我们第一次看到塔莉时，她潦倒不堪。你觉得好朋友的死为什么会对她产生这么大的影响呢？失去凯蒂为什么会导致塔莉失去了自我？你是否相信一个人能够成为另一个人生命中的精神支柱？

问题3：在《萤火虫小巷》中，凯蒂临死之前对塔莉说："你恐惧爱，但却又怀着深沉的爱。"这是否符合我们在《再见，萤火虫小巷》中看到的塔莉呢？付出、寻找或者得到爱，这样的选择是否凭塔莉一己之力就可以做出？塔莉为什么对爱没有信心？

问题4：凯蒂的家人都深爱着她。那么强尼、玛拉、双胞胎兄弟俩以及玛吉都是如何面对失去她这件事的呢？每个人物都是如何找到自我疗愈的方法的？他们是互相帮助呢，还是互相阻碍？作为读者，你认为他们的抗争是否真实可信？可以结合自身经历与大家分享心得。

问题5：在凯蒂的葬礼上，强尼挤过人群中听到很多人在说着类似的话，比如遗憾、解脱，去了更好的地方等，我们在现实生活中是如何谈论死去的人的？与书中有何不同吗？

问题6：更好的地方。在这本书中，凯蒂处于一个怎样的世界中？她的亲人们是如何在生活中发现她存在的迹象的？她又是如何与亲人们"接触"的？从读者的角度讨论这种接触的真实性。作者用了哪些叙述手法把与人生、死亡以及死亡之后等相关的神秘元素引入到小说中？《再见，萤火虫小巷》这本小说中的神秘元素有没有让你觉得……难以相信？

问题7：《再见，萤火虫小巷》将多萝西的过去呈现在了读者面前。她为了保护女儿，始终不愿向女儿透露她的过去，在她看来，造成的伤害已经无可挽回。你觉得这是真的吗？将自己的过去告诉自己爱的人，真有来不及的时候吗？你会不会原谅多萝西对塔莉的抛弃？你能理解她的苦衷吗？

问题8："我想成为全世界都敬仰的女人。"塔莉说。"没有名利，我能算什么呢？只是一个无家可归、毫不起眼、谁都可以抛弃的可怜虫罢了。"塔莉也算是出人头地——成了一个著名的记者，但她付出了高昂的代价——在全国观众面前的陨落。谈一谈塔莉的公共角色和个人角色。出名为塔莉带来了哪些好处，又带来了哪些伤害？你是否相信成为名人、得到大众的喜爱就能让人真正获得幸福？

问题9：将上一问题再上升一个层次。我们为什么在名人文化中投入那么多的时间和精力？在真人秀的时代，人们娱乐的对象是什么？你认为塔莉以及塔莉的名人身份与现实世界中有多少相符之处？塔莉的名和利对她后来的跌倒有没有起到推动作用？

问题10：《再见，萤火虫小巷》这本小说的主旨是爱和失去、家庭和友谊，以及夹在这些因素之间的东西。同时也体现了人们对美国梦的追求，还顺带反映了历史上的一些重要事件、潮流和文化现象。对多萝西的乌克兰父母，对雷夫·蒙托亚来说，成为美国人意味着什么？讨论本书中涉及的文化和社会热点（以及冷点）话题，从20世纪60年代的性解放、越南战争，到80年代以及至今的物质女孩儿、拜金主义。书中人物是如何迎合或反对他们所处时代流行的所谓价值观的呢？涉及哪些风险和利益？

问题11：帕克斯顿和玛拉，雷夫和多萝西，罗密欧和朱丽叶。"一开始，那似乎是一件非常浪漫的事。他们被自己所谓的'我们对抗全世界'感动得一塌糊涂。"这是玛拉最初的想法。越是被禁止的爱情越吸引人，为什么？为什么孽恋、多舛之爱这一类题材在文学领域能够长盛不衰？为什么我们都喜欢看爱情战胜一切的故事？

问题12：如果你有机会问《再见，萤火虫小巷》的作者一个问题，它可以是关于某个情节、某个人物的细节或某个场景，你会问什么？（你可以通过Facebook联系克莉丝汀·汉娜！）